KB045261

「세키가하라 합전도 병풍」앞부분

德川家康

도쿠가와 이에야스

TOKUGAWA IEYASU 1~26 by Sohachi Yamaoka
Copyright ⓒ 1987/88 by Wakako Yamaoka
Originally published in Japan by KODANSHA LTD., Tokyo.
Korean translation Copyright ⓒ 2000 by SOL Publishing Co.
Korean translation rights arranged with KODANSHA LTD., Japan
through THE SAKAI AGENCY/ORION and Imprima Korea Agency
All rights reserved.

이 책의 한국어판 저작권은
THE SAKAI AGENCY/ORION과 한국 임프리마 코리아 에이전시를 통한
KODANSHA LTD., Japan과의 독점 계약으로 솔출판사에 있습니다.
저작권법에 의해 한국 내에서 보호를 받는 저작물이므로
무단 전재와 무단 복제를 금합니다.

야마오카 소하치 대하소설
이길진 옮김

德川家康

3부
천하통일

21
파멸의 조짐

도쿠가와 이에야스

솔

『도쿠가와 이에야스』를 바로 읽기 위해

　일본의 대표적 역사 소설 『도쿠가와 이에야스德川家康』는 수준 높은 문학 작품일 뿐만 아니라 일본의 역사, 문화, 사회, 전통 생활, 정신 세계 등 일본을 총체적으로 이해하는 데 훌륭한 길잡이 역할을 할 것입니다. 따라서 이 한국어판은 일본 에도江戶 시대의 갖가지 용어, 인명 및 고유어들을 의역하거나 가감하지 않고 원문에 충실하게 번역하여, 그 단어들이 간직한 문화적인 맛과 역사적 내용을 고스란히 살리려 노력했습니다.

　편집자는 이 책에서 한국 독자들에게 다소 낯설고 복잡하게 느껴질 용어, 인명 및 고유어 등을 가려뽑아 일일이 설명하고 이를 부록으로 각권의 책 뒤에 붙였습니다. 이 책의 독자들을 위해 다음과 같이 일러 둡니다.

1. 본문 중 °표시가 된 용어는 용어 사전에서 풀이하였다.

2. 본문 중 ˙표시가 된 용어는 용어 사전 외에 부록 및 지도 등에서 설명하였다(다른 권 포함).

3. 인명과 지명은 원음 표기를 원칙으로 하며, 된소리를 피하고 거센소리로 표기하였다. 단 도쿠가와와 도요토미만은 원음과 차이가 있지만 일반인에게 익숙한 이름이기에 외래어 표기법에 따랐다. 장음은 생략하였다.

4. 인명, 지명 및 고유명사는 처음 나올 때 원어를 병기함을 원칙으로 하였으며, 강과 산, 고개, 골짜기 등과 같은 지명 역시 현지 음대로 강=카와(가와), 산=야마(잔, 산), 고개=사카(자카), 골짜기=타니(다니) 등으로 표기하였다.

5. 성과 이름 중간에 나오는 것은 대부분 관직명과 서열을 나타내는 것인데, 그 당시의 관습에 따라 이름과 혼용하여 쓰이는 경우도 있다. 각 관청 및 관직에 대해서는 부록에서 설명하였다.
   ex) 히라테 나카츠카사노타유 마사히데 → 히라테 마사히데(이름)+나카츠카사노타유(나카츠카사의 장관), 아마노 아키노카미 카게츠라→아마노 카게츠라(이름)+아키노카미(아키 지방의 장관)

6. 시간과 도량형은 에도 시대에 쓰던 것을 그대로 따랐으며, 역시 부록에서 설명하였다.

차례

《 세키가하라 전투 직전의 세력 분포 2 》

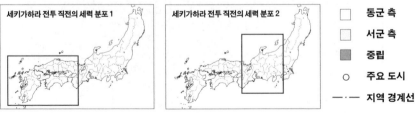

세키가하라 전투 직전의 세력 분포 1

세키가하라 전투 직전의 세력 분포 2

□ 동군 측

□ 서군 측

■ 중립

○ 주요 도시

—·— 지역 경계선

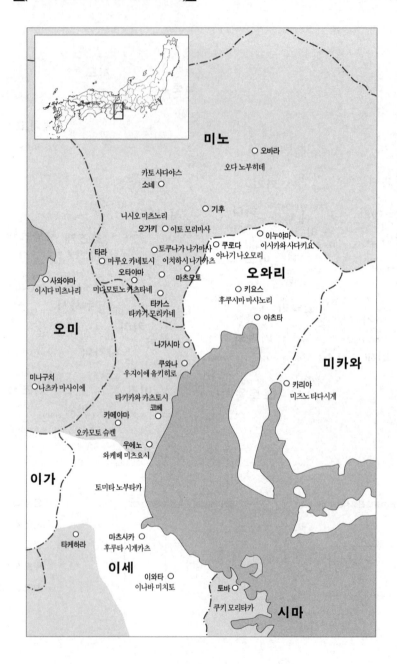

미노

○ 오바라
오다 노부히데

카토 사다야스
소네 ○

니시오 미츠노리
오가키 ○ 이토 모리마사

○ 이누야마
이시카와 사다키요

타라
마루오 카네토시
토쿠나가 나가마사
이치하시 나가카츠
○ 쿠로다
야나기 나오모리

오와리

오타야마
마츠모토
미나모토노 카츠타네
○ 키요스
후쿠시마 마사노리

사와야마
이시다 미츠나리

타카스
타카기 모리카네
○ 아츠타

오미

나가시마 ○

미카와

쿠와나
우지이에 유키히로

미나구처
나츠카 마사이에
○ 카리야
미즈노 타다시게

타키카와 카츠토시
코베

카메야마

오카모토 슈켄

우에노
와케베 미츠요시

이가

토미타 노부타카

마츠사카
후루타 시게카츠

타케하라

이세

이와타
이나바 미치토

토바
쿠키 모리타카

시마

태풍의 눈

1

혼아미 코에츠本阿彌光悅*는 곧장 앞만 바라보고 메마른 길을 걷고 있었다. 방금 요도야淀屋의 배로, 오사카大坂에서 후시미伏見로 돌아온 그는 혼아미가츠지本阿彌ヶ辻의 자기 집에는 들르지 않고 곧장 토리데通出의 미즈사가루마치水下ル町에 있는 챠야 시로지로茶屋四郎次郎*의 집으로 향하고 있었다.

이시다 미츠나리石田三成*가 실각한 지도 벌써 5개월.

쿄토京都의 거리에는 어느덧 서늘한 바람이 불고 있었다. 그런데도 이마에 송골송골 땀방울이 맺힌 코에츠는 아는 사람과 마주쳐도 모르는 체하고 걸음을 재촉하고 있었다.

무언가 마음에 걸리는 일이 생기면 다른 사람보다 더 흥분하는 버릇이 있는 코에츠, 오늘 그의 걸음걸이는 더욱 예사롭지 않았다. 그의 눈도 약간 충혈되어 있었다.

챠야의 집에 도착한 코에츠는 무엇에 홀린 사람처럼 점포 곁 봉당을 통해 현관으로 들어갔다. 그리고는 마중 나온 점원에게 더듬거리는 어조로 주인이 있는지 물었다.

"댁에 계시거든, 여……여쭐 말이 있어서 왔으니 조용히 만났으면 한다고 전해주게."

코에츠의 기질을 알고 있는 점원은 무슨 일인지 묻지도 않고 굳이 안내할 생각도 하지 않은 채 얼른 안으로 들어가며 말했다.

"들어오십시오, 거실에 계십니다."

코에츠는 크게 고개를 끄덕였다. 그래도 신발만은 얌전히 벗었다. 니치렌日蓮˚ 신자로서 예의바른 그의 일면이 겨우 그러한 태도에만 약간 남아 있었다.

"오오, 혼아미로군. 한동안 보이지 않더니……"

"예. 그간 안녕하셨는지…… 안부부터 여쭈어야 할 것이지만, 오늘은 인사를 줄이고 한 가지 은밀히 청을 드리려고 찾아왔습니다."

챠야는 고개를 갸웃했다.

'무슨 일이 있구나.'

코에츠의 태도와 말에서 무언가 다른 점을 느낄 수 있었다.

"지금 어딘가 다녀오는 길인 것 같은데?"

"예, 그렇습니다…… 오랜만에 오사카의 마에다前田 님을 찾아뵙고 돌아오다가 요도야에게 들렀습니다. 실은 거기서 놀라운 이야기를 들었기에."

"허어, 무슨 말인데?"

"머지않아 나이다이진內大臣˚ 님이 오사카 성으로 옮기신다…… 그 소문은 저도 들어서 이미 알고 있었습니다마는."

"그래서?"

"옮기시는 것은 이치에 맞는 일…… 지금은 나이다이진 님의 힘으로 겨우 평화가 유지되고 있으니, 지극히 당연한 일……이라고 마에다 님 댁에서 히젠노카미肥前守(토시나가利長) 님과도 이야기를 나누고 막 헤어진 길이었는데, 요도야에게 아주 기묘한 소문을 들었습니다."

"코에츠, 좀더 차근차근 말해보게. 그러니까 코에츠 님은 먼저 마에 다 님 댁을 찾아갔었다는 말이로군."

"예. 마에다 님과 나이다이진 님에 대한 여러 가지 이야기를 나누고 그길로 요도야를 찾아갔습니다."

"으음, 그런데 요도야가 어떤 소문을?"

"나이다이진 님이 오사카로 옮기시면 위험하다! 나이다이진 님의 등 성登城을 기다렸다가 살해……하려는 계획이 성안에서 구체적으로 세 워졌다는 소문입니다."

"뭣이! 그게 정말인가?"

"제가 무엇 때문에 챠야 님에게 거짓말을 하겠습니까…… 아니, 그 보다 이 코에츠가 놀란 것은 그 계획의 장본인이 마에다 히젠노카미 님 이라는 소문입니다."

코에츠는 비로소 크게 혀를 차면서 이마의 땀을 닦았다.

2

이번에는 챠야의 낯빛이 변했다.

챠야는 여전히 시중의 정보를 수집하고 있는 이에야스家康*의 첩자. 그러나 코에츠도 그에 못지않게 이에야스를 위해 활동하고 있었다.

챠야 시로지로는 원래 이에야스의 가신이었으니 당연한 일이었다. 그런데 코에츠가 이에야스를 돕는 이유는 좀 달랐다.

입정안국론立正安國論°을 철저히 신봉하는 코에츠로서는 히데요시 秀吉의 대담한 성격을 받아들이지 못했다.

"그분이 하시는 일에는 뿌리가 없습니다. 즉흥적인 생각과 기분으로 천하를 다스리고 계십니다. 용납할 수 없는 도道의 문란입니다. 그래서 그분이 돌아가시면 당장 내부의 붕괴와 반역이 시작될 것입니다. 니치렌 조사祖師의 말씀에는 거짓이 없습니다."

타이코太閤°가 살아 있을 때부터 서슴없이 이런 말을 했다. 그리고 실제로 그의 예언대로 되었다. 코에츠가 이에야스를 돕는 것은 히데요시에 대한 혐오와 자신의 신념, 이 두 가지 때문이라 할 수 있었다.

동시에 코에츠는 마에다 토시이에前田利家, 토시나가 부자를 깊이 존경하고 있었다.

"신앙은 다르지만, 다이나곤大納言° 님 부자의 마음은 계곡을 흐르는 맑은 물처럼 깨끗합니다. 이 세상에서 가장 아름다운 것을 지향하여 근엄하게 살아가시는 분들…… 그러기에 저도 마음으로부터 존경하고 있습니다."

이러한 코에츠가 토시나가를 만나 서로 이에야스를 칭송한 직후, 이와는 정반대의 소문을 요도야에게 들었다.

"나이다이진 님의 생명을 노리는 장본인은 바로 마에다 님…… 요도야로부터 그런 말을 들었다는 것인가?"

"깜짝 놀랐습니다. 저는 혹시 챠야 님도 그런 소문을 들으셨는지…… 허공을 걷는 심정으로 찾아왔습니다."

"코에츠, 도리어 내가 묻고 싶은 말! 자네는 그 소문을 어떻게 생각하나?"

챠야가 몸을 앞으로 내밀었다. 코에츠는 또다시 이맛살을 찌푸리고 크게 혀를 찼다.

"챠야 님! 어찌 그런 일이 있겠습니까. 히젠노카미 님만은 그런…… 일부러 평화를 짓밟는…… 그런 일은 결코 하시지 않습니다!"

"그렇다면 누군가가 그와 같은 소문을 퍼뜨려 나이다이진과 히젠노카미를 갈라놓으려 하고 있다…… 이런 말인가?"

"그렇습니다…… 정말로 그런 자가 있다면…… 그야말로 큰일이라 생각지 않으십니까, 챠야 님?"

"물론 큰일이지."

"큰일 중에서도 큰일, 그 밑바닥에 깔려 있는 것…… 그것은 천하 대란의 음모입니다."

코에츠는 가슴을 잔뜩 젖히고 마치 자기 스스로 모사謀士가 되기라도 한 듯이 눈을 빛내며 주위를 노려보았다.

챠야 시로지로는 천천히 고개를 기울이고 생각에 잠겼다.

이런 경우 섣불리 코에츠의 격한 기질에 말려들어서는 안 된다. 냉정하게 그 소문과 세상의 움직임을 면밀히 비교하고 분석해볼 필요가 있었다.

잠시 후 챠야는 부드럽게 웃었다.

"하하하…… 별로 크게 걱정할 일은 아닐세."

일부러 가볍게 말하고 담뱃대를 집어들었다.

3

"챠야 님, 걱정할 일이 아니라는 말씀입니까…… 그런 기묘한 소문이 나도는데도?"

코에츠는 어이없다는 듯 챠야 시로지로를 쳐다보았다.

"그렇다네. 마에다 님에게 그런 마음이 없다면 전혀 걱정할 것 없지. 나도 나이다이진 님에게 그 말을 전하겠네. 코에츠 님이 장담하더라고 하면서."

"챠야 님! 저는 지금 농담을 하고 있는 것이 아닙니다, 아시겠습니까. 이런 터무니없는 소문이 퍼진다는 것은 누군가가 그런 소문을 퍼뜨려 나이다이진 님과 마에다 님 사이를 갈라놓으려는 음모를 꾸민다는 증거라고는 생각지 않으십니까?"

챠야 시로지로는 다시 한 번 부드럽게 웃었다.

"그럼, 혹시 그런 소문을 퍼뜨린 장본인을 알고 있나?"

"물론입니다."

코에츠는 무겁게 고개를 끄덕였다.

"그 소문은 나츠카 마사이에長束正家, 마시타 나가모리增田長盛 등 부교奉行° 무리의 입에서 나왔습니다. 요도야가 그 두 사람의 입을 통해 들었다고 했습니다."

"허어, 부교가 그런 말을?"

"놀라셨습니까? 아니, 놀라시는 것이 당연합니다. 더구나 그 두 사람은 장본인이 마에다 님이고, 이 계획에 맨 먼저 동의한 사람은 아사노 단죠쇼히츠 나가마사淺野彈正少弼長政 님이라고……"

"과연 그렇다면 예사롭지 않은 소문이군."

"그 두 사람이 나이다이진 님과 각별한 사이라는 것은 이 코에츠만이 아니라 챠야 님도 잘 아십니다…… 그 밖에 히지카타 카와치土方河內 님, 오노 슈리大野修理 님도 그러하다면 혹시 사실인지도 모릅니다만…… 그러나 마에다 님, 아사노 님이 그리 쉽게 나이다이진 암살을 생각할 리 없습니다…… 누군가 나이다이진 신변에 의혹을 일으켜 양가를 이간시키고 소요를 일으키려는 속셈…… 결코 제가 머릿속에서 꾸민 상상만이 아닙니다. 그렇지 않다면 이런 소문이 부교로부터 요도야에게, 요도야로부터 다시 제 귀에 전해질 리 없습니다…… 그래서 이 코에츠가 허둥지둥 달려와 부탁 드리려는 것입니다."

"으음. 이야기를 듣고 보니 과연 그럴지도 모르겠군. 그렇다면 나에게 부탁하려는 것은……?"

"이 일을 곧 나이다이진 님에게 말씀 드려, 만약 마에다 님에게 의혹을 품으신다면 저를 은밀히 히젠노카미 님에게 보내시도록 챠야 님이 청을 드려주셨으면 하고……"

챠야 시로지로는 비로소 코에츠가 흥분하는 이유를 알고 안심했다. 코에츠는 이 소문으로 인해 마에다 가문이 이에야스로부터 공연한 의혹을 사게 될까 우려하고 있었다.

"잘 알겠네. 당연히 말씀 드려야 할 일일세…… 그러나 코에츠."

"예. 미심쩍은 점이 계시다면 무엇이든 물어보십시오."

"그 말이 진실이라면 마에다, 아사노 두 사람과 나이다이진 사이를 갈라놓으려 음모를 꾸미는 자는 누구란 말인가?"

"그야 말씀 드릴 것도 없이 이시다 지부쇼유石田治部少輔입니다."

코에츠는 딱 잘라 말했다.

"확실한 증거가 있습니다. 하카타博多의 야나기쵸柳町에서 데려와 엄히 감금하고 있던 유녀 출신 소실이 최근 어딘가로 끌려가 행방불명이 되었다는 사실입니다."

4

어떤 일에나 쉽게 단정하고 결론을 내리는 것이 코에츠의 성격이었다. 그런 만큼 연장자인 챠야 시로지로는 늘 신중을 기했다.

"허어, 하카타에서 데려온 여자가?"

"예. 그 여자는 시마야島屋와 카미야神屋의 밀령을 받고 있었습니다. 그런 여자를 어딘가로 데려갔다는 것은 집을 내놓게 되어 부득이한 조치……라 생각되는 점이 없지는 않습니다. 그럴 경우에도 행선지만은 반드시 이 코에츠에게 알리겠다고 한 약속…… 그 약속을 여자가 어겼다는 것은, 몰래 살해되었거나 아니면 연락도 할 수 없는 곳에 감금되었거나 그 두 가지 중 하나일 것입니다."

코에츠는 더욱 두뇌의 예리함을 보이면서 말을 이었다.

"챠야 님도 아시겠지요. 측근에 두었던 여자까지 그대로는 내보낼 수 없다⋯⋯는 것은 무엇이겠습니까? 애당초 올봄 나이다이진 님에게 도망쳐간 지부의 행동이 이 코에츠로서는 방심할 수 없는 책략이었다는 생각이 듭니다."

"허어, 그것도 책략⋯⋯이었다고 본다는 말이지?"

"그렇습니다. 타이코 님이 키우신 무장들이 노린다면 이미 오사카에서는 살지 못한다⋯⋯ 그래서 나이다이진 님 품으로 뛰어들어 의지하는 체하고 자기 영지로 돌아갔다⋯⋯ 돌아가서 무엇을 했는지는 이 코에츠도 잘 알고 있습니다. 첫째가 성과 석축의 수리, 둘째는 이름난 떠돌이무사의 고용, 셋째는 지부를 지지하는 다이묘大名°들과의 연락, 넷째는 당연히 나이다이진 님과 절친한 사람들 사이의 이간책. 이 코에츠가 지부라 해도 당연히 생각했을 순서입니다."

챠야 시로지로는 크게 고개를 끄덕이고 다시 웃으면서 말했다.

"그렇다면 나이다이진 님이 올봄 이시다 님에게 보기 좋게 속았다고 생각하는 건가?"

이 말에 코에츠는 당치도 않다는 표정으로 고개를 저었다.

"아닙니다! 물론 나이다이진 님은 지부의 속마음을 꿰뚫어보시고도 구해주었을 것이 틀림없습니다."

"허어! 금시초문이군. 그러면 어차피 모반할 사람⋯⋯임을 아시면서도 일부러 호리오堀尾 님과 아드님인 유키 히데야스結城秀康 님까지 딸려 오미近江로 수행케 하셨다는 말인가?"

"하하하⋯⋯"

이번에는 코에츠가 서슴없이 웃었다.

"그것이 달인達人과 그렇지 못한 자의 차이입니다. 이 코에츠의 판단은 일단 『법화경法華經』이 가르치는 천지 대사大事에 기초한 것, 틀림이 없습니다. 아마도 나이다이진 님은 지부의 반심叛心을 확실히 깨닫고 계셨더라도 잠자코 도와주셨을 것이 분명합니다. 천지의 기운이 아직 무르익지 않았다고 보셨기 때문입니다."

"과연 일가견을 가지고 있군, 자네는."

"상대가 반성한다면 좋지만, 그렇지 않다면 자기 영지로 돌아가 나이다이진 님을 언짢게 여기는 자들을 규합하여 거사할 것이 분명하다. 그때 어리석은 파리떼를 한꺼번에 처치해버린다…… 무략武略이 아니라 천지의 법도가 가리키는 일입니다. 그렇다고 나이다이진 님에게 반감을 갖지 않은 사람, 평화로운 세상을 원하는 사람까지 파리떼에게 이간당하거나 농락당하는 것은 그냥 보아넘기지 못할 일입니다. 그래서 제가 부탁 드립니다마는……"

코에츠의 논리는 물 흐르듯 명쾌했다.

<h1 style="text-align:center">5</h1>

챠야 시로지로는 손을 들어 가볍게 제지했다.

코에츠의 추측에 잘못이 있다고 생각하지는 않았다. 그러나 이처럼 확실하게 단정했다가 잘못이 생기는 경우만은 피해야 한다. 인간이란 주장을 내세울 때도 적당한 선에 그쳐야지 그렇지 않으면 이로 인해 뜻하지 않은 궁지에 몰릴 수도 있다.

챠야는 코에츠를 좋아했다. 자기가 갖지 못한 예리한 판단력과, 곧바로 행동에 옮기는 실천력이 있었다. 하지만 그렇기 때문에 때로는 노련한 경험자가 부드럽게 고삐를 당길 필요가 있는 코에츠였다.

"알겠네. 그 이상 말하지 말게."

"이해하시겠습니까?"

"그러니까 자네 이야기는…… 이시다 님은 아직도 나이다이진 님을 적대시하여 무언가 음모를 꾸미고 있다, 이번에 나이다이진 님이 오사카에 가셨을 때 그분을 성안에서 살해하려는 계획, 이것도 그 음모 중의 하나다. 주모자가 마에다 히젠 님이라거나 아사노 단죠니 하는 소문은 완전한 허구여서, 나이다이진 님과 마에다 님 사이를 벌어지게 하려는 모략……이라고 생각한다는 말이지?"

"그렇습니다!"

코에츠는 빨갛게 상기된 얼굴로 고개를 끄덕였다.

"지부의 속셈을 좀더 추측해보면 이렇습니다. 오사카에 간다고 해도 나이다이진 신변에는 빈틈이 없을 것이므로 어차피 암살은 불가능하다, 그렇다면 차라리 마에다, 아사노와 나이다이진 사이에 재를 뿌리자…… 이것이 그의 본심입니다."

"알겠네. 그런 수법에 놀아나지 말아라, 마에다 님은 절대로 나이다이진 님에게 반심 같은 것은 품고 있지 않다……고 천하의 혼아미 코에츠가 보증한다는 말이지. 하하하…… 알겠네. 그 뜻을 곧 후시미에 가서 말씀 드리겠네."

"하하하…… 제가 너무 말이 많았습니다. 우다이진右大臣˚ 님, 타이코 님을 거쳐 지금까지 쌓아올린 평화로운 세상을 무너뜨리면 안 됩니다. 이미 다음 천하인은 도쿠가와 나이다이진德川內大臣이라고 뜻있는 사람들은 모두 말하고 있습니다. 이것이 순리…… 아무쪼록 이 코에츠의 뜻을 잘 말씀 드려주십시오."

그런 뒤 두 사람은 요즘 코에츠가 심취해 있는 쵸지로長次郎 식 도자기 가마 이야기를 나누었다.

코에츠가 돌아간 뒤 챠야 시로지로는 급히 가마를 불러 타고 후시미 성을 향해 출발했다.

지금 이에야스는 무코지마向島 저택을 내놓고 후시미 성으로 옮겨와 있었다. 이 후시미 성 이전에 대해서는 세상에 갖가지 소문이 유포되어 있어 챠야 시로지로로서도 어느 것이 진실인지 판단을 내리지 못할 정도였다.

후시미 성 이전 계기는 이번 봄 윤3월 4일, 이시다 미츠나리가 도쿠가와 저택으로 피신한 일과 관계가 있는 것은 말할 나위도 없었다. 세상 사람들은 미츠나리가 무코지마의 도쿠가와 저택으로 도망쳤다는 말을 들었을 때 깜짝 놀랐다.

"원, 저런! 이제 지부 님의 일생도 끝났어."

그러나 이 미츠나리가 이에야스의 도움으로 무사히 자기 거성인 오미의 사와야마 성佐和山城에 들어갔다는 사실을 알게 되었을 때는 고개를 갸웃거리며 서로 얼굴을 바라보며 침묵하고 말았다. 어떻게 된 일인지 세상 사람들로서는 전혀 짐작도 할 수 없었다……

6

미츠나리의 일이 있었을 때는 챠야 시로지로로도 몹시 당황하여 무슨 말을 해야 좋을지 알 수 없었다.

미츠나리를 구해주었을 뿐만 아니라, 그를 뒤쫓아온 일곱 장수와 이에야스 사이에 심한 언쟁이 있었다고 했다. 그 일로 인해 일곱 장수 모두 이에야스에게 반감을 품게 되었다는 소문까지 떠돌았다.

더구나 이에야스는 미츠나리가 도중에 위험해질지도 모른다고 우려하여 일부러 츄로中老° 호리오 요시하루堀尾吉晴와, 현재 유키結城 가문을 계승하고 있는 히데타다秀忠의 형이자 히데요시의 양자이기도 한 미카와노카미 히데야스三河守秀康에게 군사를 딸려 오츠大津까지 호위하도록 했다……

세상 사람들이 고개를 갸웃거리는 것은 당연한 일이었다. 사실 오츠에 무사히 도착한 미츠나리는 이에야스의 배려에 눈물을 흘리며 감사하고, 도중의 경호를 담당해준 유키 히데야스에게 가보로 내려오는 마사무네正宗의 명검을 주어 고마움을 표했다.

"저는 그 모습을 보았습니다. 이것으로 나이다이진 님과 지부 님 사이에는 분명히 화해가 이루어졌습니다……"

유키의 가신 중에는 일부러 그 장면을 챠야에게 자세히 설명해주는 사람까지 있었다.

이에야스가 무코지마 저택에서 후시미 성으로 옮긴 것은 윤3월 13일이었다. 곧 미츠나리가 무사히 사와야마 성에 들어간 7일부터 엿새째 되는 날이었다.

그 뒤 미츠나리는 이에야스의 후시미 입성을 묵인하는 대가로 목숨을 건졌다는 소문이 세상에 나돌았다.

"그거 참, 놀라운 일이로군. 나이다이진이 지부를 구해준 것은 그런 흥정 때문이었구나."

후시미 성의 수비는 마에다 겐이前田玄以와 나츠카 마사이에 두 부교가 교대로 담당하고 있었다. 그런데 마에다 겐이는 자기 인척인 호리오 요시하루가 성안에 볼일이 있으니 잠시 열쇠를 빌려달라……고 했기 때문에 아무런 의심도 품지 않고 츄로인 요시하루에게 열쇠를 건넸다. 요시하루는 그길로 성문을 열어 이에야스와 그 가신들을 입성시키고 모든 창고의 열쇠까지 건넸다고 한다……

이 일이 사실이라면 후시미 입성이 미츠나리를 구해준 대가라는 추측성 소문에는 다시 의문이 생긴다.

"나이다이진이 진작부터 생각하고 있던 계략이야. 우선 귀찮은 지부를 자기 영지로 쫓아버리고 나서 후시미 성에 들어갈 생각이었어."

"그렇다면 굳이 지부를 살려서 쫓아보낼 것까지도 없었을 텐데."

"지금 은혜를 베풀어두면 나중에 귀찮게 굴지는 못할 것 아닌가."

지금 쿄토와 후시미 사람들의 화제는 이 일에 집중되어 있는 감이 있었다.

이에야스는 후시미 성으로 옮긴 뒤 곧 모리 테루모토毛利輝元*와 서약서를 교환하고, 이어서 시마즈 요시히로島津義弘, 타다츠네忠恒와도 서로 배신하지 않겠다는 약속을 했다.

4월 하순에는 이에야스의 여섯째아들 타다테루忠輝와 다테 마사무네伊達政宗의 딸 고로하치히메五郎八姬의 혼인을 정하고, 다음에는 쿄토에 있는 다이묘들에게 각각 영지로 돌아가 일을 보도록 허락했다.

이에야스의 후시미 입성과 이들 세 다이묘와의 접근, 그 후 영지 귀환의 허가 등은 세상 사람들의 눈에는 자못 독단적인 처사로 보였을 터였다. 그러나 챠야는 이러한 행위를 충분히 납득할 수 있었다. 이 모든 조치가 소란을 일으키지 않고 평온을 지속시키기 위해 손써야 할 정석定石이었다.

이에야스는 이미 곳곳에 그러한 정석定石을 두고 있을 뿐…… 이런 생각을 하고 있을 때 오늘 코에츠가 찾아왔다.

과연 이에야스는 이번 가을, 오사카로 갈 마음이 있는 것일까……? 챠야로서는 그것조차 알 수 없었다.

7

챠야 시로지로는 표면상 내전內殿에 '포목을 납품하는 상인'이었다. 그러나 도쿠가와 가문에서는 아무도 챠야를 단순한 상인으로만 대하는 사람은 없었다.

챠야가 저택에 이르러 내전에서 이에야스에게 면담을 청하면 즉시 거실로 건너갈 수 있는 것이 관례로 되어 있었다. 그러나 오늘은 내객이 있다고 4반각半刻(30분) 정도 기다리라는 연락이 있었다.

안면이 있다……기보다 서로 마음을 터놓고 있는 이타쿠라 카츠시게板倉勝重에게 챠야는 내객이 누구냐고 물어보았다. 이타쿠라는 가볍게 고개를 저으면서 대답했다.

"모르겠습니다. 병법兵法의 달인이라고 하는, 야마토大和의 야규柳生 마을에 사는 노인과 말씀을 나누고 계십니다."

"야규 마을……?"

"예. 무슨 일이 있어선지 세상을 등지고 사는 모양인데, 세키슈사이石舟齋라는 아호를 쓰고 있답니다. 돌로 만든 배이기 때문에 이 세상에서는 뜰 기회가 없다고 하는 의미라고 해요. 본명은 야규 무네요시柳生宗嚴인 모양입니다. 무네는 으뜸이라는 뜻의 마루 종宗, 요시는 엄격하다는 뜻의 엄할 엄嚴……"

"야규 무네요시…… 무슨 이유로 주군이 그분을?"

"병법의 참뜻을 배우시겠다고 주군이 일부러 초청하시고, 이전의 텐카이天海 스님에게처럼 스승으로 모시고 계십니다. 마치 어린아이처럼 천진스럽게."

"그렇다면 때때로 꾸중도 들으시겠군요?"

"그렇고 말고요. 무언가 배우실 때는 그야말로 순진한 소년같이 되십니다. 우리에게는 혼이 나갈 정도로 무서운 주군이신데…… 주군쯤 되시는 분은 우리로서는 짐작도 할 수 없을 만큼 묘한 데가 있어야 하는 모양입니다."

챠야 시로지로는 이러한 경우 이에야스가 어떤 심경인지 약간은 알 수 있을 것 같았다.

'무언가 고민하고 계신다……'

그런데 그 상대가 '병법자'라면, 전쟁과 관계가 있는 고민이거나 망설임일 것이 분명했다.

'그렇다면 코에츠가 말했듯이 이시다의 움직임을 주군도 이미 깨닫고 계신지 모른다……'

4반각쯤 지났을 때 일부러 혼다 마사노부本多正信가 챠야를 맞이하러 내전으로 건너왔다.

얼마 전까지만 해도 챠야는 마사노부를 별로 좋아하지 않았다. 코에츠를 연상케 하는 재치를 가진 마사노부, 그런데 그 재치에는 왠지 모르게 책략의 냄새가 짙어 불순한 동기를 느끼게 되곤 했다. 그런데 요즘음 마사노부는 자신의 이 음험한 그림자를 차차 신변에서부터 지워나가고 있었다. 마사노부의 이러한 변화를 챠야는 나이에서 오는 원숙함만이 아니라, 이에야스에 대한 감화 때문이라 생각하고 있었다.

"챠야 님, 중요한 문답은 끝나신 것 같소. 어서 들어가시오. 주군은 귀하에게 소개하고 싶으신 분이 계신 것 같소."

"주군이 새로 맞이하신 병법의 스승 말씀입니까?"

"그렇소. 이 사도佐渡도 그만 주군께 새삼스럽게 머리를 숙였소. 그 연세와 그 신분으로 말이오, 챠야 님. 한눈에 뛰어난 사람이라는 것을 아시고는 칠 일 동안 마치 처음 글을 배우는 어린아이처럼 경건하게 가르침을 받으셨어요."

"아니, 칠 일 동안이나?"

"그래요. 그리고는 이제야 겨우 앞서 텐카이 스님에게 가르침을 받은 인생의 큰 뜻을 알게 되었다고 하셨소."

"그러면…… 그러면 그 세키슈사이라는 분도……"

주군에게 반했을 것이라고 말하려다 말고, 챠야 시로지로는 얼른 입을 다물었다.

'그 인물을 내 눈으로 직접 볼 수 있다……'

8

혼다 사도노카미 마사노부本多佐渡守正信의 안내로 거실에 들어선 챠야는 잠시 어리둥절했다.

마사노부나 카츠시게의 말로 미루어, 그곳에서는 주객이 무릎을 맞대고 파안대소破顔大笑하고 있을 줄 알았는데 전혀 그렇지 않았다. 이에야스가 살찐 몸을 사방침에 기대고 앉아 있는 오만한 모습은 늘 그렇듯 챠야에게도 낯익은 모습이었으나 7일 동안 스승으로 모셨다는 야규 무네요시는 훨씬 말석에서 자못 황송한 듯 움츠리고 앉아 있었다.

스승과 제자이기는커녕 총대장 앞에 불려나온 아시가루足輕°와도 같은 신분으로밖에 보이지 않았다.

"예나 지금이나 변함 없으신 주군을 대하니……"

챠야는 당황하며 자기도 멀찌감치 앉아 머리를 조아렸다.

"하하하……"

이에야스는 명랑하게 웃으면서 말했다.

"아니, 왜 그러나? 여느 때처럼 좀더 가까이 와서 앉지 않고."

"예…… 그러나 손님이 계셔서."

"하하하…… 과연 이것이 신카게류新陰流°의 위력인 모양이군."

"예? 무어라 하셨습니까?"

"평소 허물없이 지내던 챠야 자네도 좀처럼 가까이 오지 못하는군. 왜 그런지 모르겠나?"

이 말에 챠야 시로지로는 얼른 야규 무네요시를 돌아보았다.

무네요시는 깡마르고 작은 체구여서 그 풍채는 정말 보잘것없었다. 그는 챠야의 시선을 깨달은 것 같기도 하고 그렇지 않은 것 같기도 한 묘한 자세로 조그맣게 앉아 있었다.

"과연…… 이분이 여기 앉아 계시는군요. 그래서 제가 주군 곁에 가까이 가지 못한 것 같습니다."

"허어, 자네도 제법이군. 좋아, 챠야도 무네요시도 모두 부담 갖지 말고 좀더 가까이들 오게."

무네요시는 가볍게 목례했을 뿐 움직이려 하지 않았다.

카츠시게의 이야기에 따르면, 그는 때때로 이에야스를 꾸짖는다고 했다. 그러나 그러한 행위는 스승으로서일 뿐, 지금은 나이다이진과 일개 병법가의 거리를 유지하기 위해 움직이지 않을 생각인 듯하다. 사실 무네요시 주변에는 확실히 돌로 만든 배에서나 느낄 수 있는 중량감이 감돌고 있었다.

"하하하…… 무네요시는 움직일 생각이 없는 모양이군. 좋아, 챠야, 자네만 앞으로 나오게. 그런데 시로지로……"

"예."

"자네도 시중에 나도는 갖가지 시끄러운 소문을 듣고 있을 테지?"

"예, 여러 가지 소문을……"

"소문은 타이코가 돌아가신 이후 끊임없이 이어지고 있어."

"그렇습니다."

"자네 역시 세상의 온갖 풍파를 다 겪어온 노련한 경험자가 아닌가. 이런 시끄러운 소문이 계속 떠도는 가장 큰 원인은 어디에 있다고 생각하는가?"

"세상이 어수선해지게 된 큰 원인…… 말씀입니까?"

"그러네."

"역시 이시다 지부 님…… 때문이라고."

이에야스는 강하게 고개를 저으면서 꾸짖는 듯한 목소리로 말했다.

"그렇지 않아! 그 원인은 다른 사람 아닌 이 이에야스에게 있었어! 내가 당연히 맡아야 할 천하인데도 사양하고 맡지 않았어. 맡아야 하는 중요성을 모르는 이 이에야스는 형편없는 녀석……이라는 사실을 이제야 절실하게 깨달았네, 챠야."

9

"이에야스는 형편없는 녀석……"

챠야는 덩달아 중얼거리다가 당황하며 머리를 조아렸다.

"황송하신 말씀…… 저로서는 무슨 말씀인지 전혀 알아듣지 못하겠습니다."

이렇게 말하면서도 그 말과는 달리 챠야는 마음속으로 크게 납득되는 점이 있었다.

'무언가 중대한 결심을 하신 모양이다.'

이에야스는 그러한 챠야의 마음은 깨닫지 못했다는 듯—

"사람의 일생이 그대로 하나의 큰 예탁물預託物이란 것을 어렴풋이는 깨닫고 있었어야 할 것인데 말일세."

이번에는 혼다 마사노부를 돌아보고 웃으며 말했다.

"사람들은 모두 자기가 살아 있다고 생각하고 있어. 그러나 이것은 처음부터 잘못된 생각. 살아 있는 동시에 삶을 위탁받고 있어…… 이것이 부처님의 으뜸가는 가르침일세."

"예. 정토종淨土宗의 참뜻은 그 타력본원他力本願°에 있다는 것을 저도 배웠습니다."

"여기까지 깨달았다면 지위도 신분도, 재물도 천하도 모두 맡겨진 것임을 알아야 했으나 깨달음이 부족했어. 알겠나, 챠야?"

"예…… 알 수 있을 것 같은 생각이 듭니다."

"자네의 부富도 이제는 상당할 거야."

"모두 주군 덕택입니다."

"그런 인사도 생각해보면 부질없는 것. 자네 손에 있기는 하나 그 재물은 결코 자네 것이 아니야."

"말씀을 듣고 보니 과연……"

"비록 자네가 아무리 집착한다 해도 이승을 떠날 때는 어쩔 수 없이 내놓아야 하네. 그렇게 된 뒤에야 깨닫는다면 안타까운 일이지."

"옳으신 말씀입니다."

"그러므로 맡아놓았을 뿐임을 분명히 깨닫고, 그 용도를 그릇되지 않게 하는 것이 맡긴 자에 대한 성의일세."

"예…… 예."

"나도 재물이 나 자신의 것이 아니라는 점은 깨닫고 있었어. 재물은 첫째로 평화를 유지하기 위한 것, 둘째는 백성이 굶주리게 되었을 때 이를 구하기 위한 것…… 이렇게 생각하고 나 자신의 생활을 위해서는 되도록 절약해왔어. 아니, 나 자신만이 아니라 지나친 낭비를 삼가도록 하기 위해 가신들의 녹봉에 대해서도 인색했어…… 이처럼 마음을 쓰면서도 실은 가장 중요한 천하라는 예탁물은 별도의 것으로 생각하고 있었어."

"그러고 보면 과연…… 천하도 예탁물!"

"그래서 여기 있는 무네요시에게 크게 꾸중을 들었네. 그렇지 않은가, 무네요시?"

무네요시는 공손히 머리를 조아리고 대답했다.

"아니, 저는 오직 병법에 대해서만 말씀 드렸습니다…… 다만 그것뿐입니다."

"으음, 병법이라…… 병법의 진수는 그대로 우주의 이치와 통한다는 말이지?"

"아닙니다. 주군의 수련이 무예를 통해 만물유전萬物流轉의 양상을 터득하는 높은 차원의 경지에 도달하신 탓이라고 생각합니다."

이에야스는 가볍게 고개를 끄덕이고 말을 이었다.

"챠야, 드디어 나는 오사카에 가기로 결심했네."

너무나 갑작스러운 말이어서 챠야는 당황했다.

"오사카로 오라…… 오지 않으면 내전의 혼란이 수습되지 않는다고…… 마시타 나가모리, 나츠카 마사이에 두 사람으로부터 은밀한 권유가 있었어. 그러나 지금까지는 갈 마음이 없었네."

화제가 대번에 핵심으로 옮겨졌다.

챠야는 저도 모르게 숨을 죽였다.

10

"주군! 실은 저도 그 일로 드릴 말씀이 있어서 찾아왔습니다."

챠야가 입을 열었다. 이에야스는 가볍게 그를 제지했다.

"오사카 성 안에 불온한 음모를 꾸미는 자가 있다, 그러므로 오사카에 가는 일은 중지하라는 말이겠지."

"예…… 아닙니다…… 주군은 그런 일까지 알고 계셨군요."

"그래. 내가 등성하기를 기다렸다가 히지카타, 오노 등이 히데요리 秀賴*님 측근들을 선동하여 나를 해치려 한다, 주모자는 아사노와 마에다…… 자네가 들은 것은 바로 그런 이야기일 테지?"

챠야 시로지로는 저도 모르게 몸을 앞으로 내밀었다.

"그렇습니다! 바로 그것입니다, 주군. 그런데 주군은 어디서 누구에게 그 말씀을 들으셨습니까?"

"내가 들은 것은 마시타와 나츠카 주변에서라고 생각하게. 자네는 누구에게 들었나?"

"마시타와 나츠카…… 저도 그 주변에서입니다. 나츠카 주변인물이 요도야에게 귀띔을 하고, 요도야가 다시 혼아미 코에츠에게 알렸다고, 코에츠가 새파랗게 질려 저에게 달려왔습니다."

"허어, 코에츠가? ……그럼."

이에야스는 고개를 갸웃하고 미소를 지으며 물었다.

"마에다 히젠에게 그런 반심이 있을 리 없다. 이것은 못된 자들의 모함이라고 말했겠군?"

"그……그렇습니다."

챠야 시로지로는 이에야스가 앞질러 말하는 바람에 이렇게 대답하며, 빨려들듯 무릎걸음으로 다시 한 발 다가앉았다.

"앞서 주군은 마시타, 나츠카 두 분으로부터 오사카 성으로 오시도록 권유를 받았다고 하시지 않았습니까?"

"그래. 마에다 다이나곤 님 별세 이후 젊은이들뿐이어서 성안의 풍기가 문란해졌다, 이대로 두면 내전 안팎에서 어떤 잘못이 일어날지 모르니 오사카에 와서 젊은이들을 감독해달라는 말이었네."

"그러면, 오사카에 가셨을 때 주군의 거처는?"

"거처가 없어 결정을 내리지 못하고 있었어. 미츠나리가 살던 집은 안 되고, 그렇다고 성안에도 있을 만한 빈 집이 없어. 굳이 가야 한다면 미츠나리의 형 모쿠노카미 마사즈미木工頭正澄의 집 정도일세. 마사즈미는 사카이堺 부교이기 때문에 집을 비우라고 할 수 있겠지만…… 그래서 결정을 내리지 못하고 있었으나, 이것이 나 자신의 책임임을 알지 못한 어린아이 같은 주저임을 깨닫게 되었네."

챠야 시로지로는 크게 한숨을 쉬고 이에야스를 쳐다보았다.

"그러면 그 비좁은 모쿠노카미의 집으로?"

"이 이에야스에게 맡겨진 천하에 충실히 봉사하는 길이라면 도리가 없는 일이지."

챠야가 다급하게 물었다.

"그러시면…… 그러시면…… 마에다 님, 아사노 님에 대한 소문은 그냥 무시하시겠다는 말씀입니까?"

"시로지로."

이에야스는 그를 예전 이름으로 부르고 목소리를 떨구었다.

"비록 터무니없는 뜬소문이라 해도 무시한다면, 그것은 필부의 만용…… 충분히 염두에 두지 않으면 이 역시 맡겨진 천하에 대해, 또 나자신에 대해 불충하다는 비난을 면치 못할 것일세. 여기에 천하인의 병법이 있다는 것을 알았어."

이렇게 말하고 다시 빙긋이 웃었다.

11

이에야스는 오사카 성으로 갈 뜻을 완전히 굳힌 모양이었다. 그렇게 되면 또다시 갖가지 소문이 나돌게 될 터.

요즘에는 쿄토와 오사카 사람들 사이에도 미츠나리를 편드는 쪽과 이에야스를 편드는 쪽의 두 흐름이 확연하게 드러나고 있었다. 아니, 미츠나리를 편든다기보다 역시 타이코 치세治世를 그리워하는 사람들이라고 하는 것이 정확할지도 몰랐다. 그들은 이성으로는 이에야스의 실력을 충분히 인정하면서도 감정적으로는 싫어했다.

"마치 타이코 님이 돌아가시기를 기다리기라도 했다는 듯…… 천하가 자신의 것인 양……"

이렇게 불만스러워하는 사람들, 불과 반년 동안에 무코지마로 옮기고 미츠나리를 쫓아보낸 뒤 후시미 성에 들어간 이에야스, 그가 다시 오사카로 옮긴다면 어떤 소문이 퍼질지 알 수 없었다.

물론 그동안의 그러한 분위기는 이에야스도 잘 꿰뚫어보고 있을 터였다. 알고 있으면서도 굳이 오사카 성으로 옮겨야 하는 이유를 챠야도 어렴풋하게는 알고 있었다.

오사카 성 안의 풍기문란 역시 세상의 소문거리가 되었다. 히데요리의 생모 요도淀 부인은 서른을 겨우 넘긴 젊은 나이, 측근의 누구누구를 총애한다느니 하는 있을 법한 소문이 나돌았다. 만일 이러한 소문이 사실이어서 요도 부인의 총애를 받은 자가 정치까지 참견하게 된다면 그야말로 수습할 길 없는 큰 혼란의 원인이 안 된다고는 할 수 없었다.

이에야스는 조금 전에 그에게 오사카 성으로 가도록 권유한 것은 마시타 나가모리와 나츠카 마사이에 두 부교였다고 했다.

'그렇다면 요도 부인의 측근과 부교들 사이에도 벌써 세력다툼이 벌어지고 있는지 모른다……'

챠야 시로지로는 자기가 수집한 정보보다 이에야스가 훨씬 더 정확하게 현상을 파악하고 있음을 알고 그만 솔직하게 고개를 숙였다.

"주군, 죄송합니다. 저는 도움을 드리고 싶어 찾아왔으나 도리어 주군을 뵙고 눈을 뜨게 되었습니다."

이에야스는 그 말에는 대답하지 않았다.

"앞으로는 종종 자네한테 여기 있는 무네요시와의 연락을 부탁하겠네. 무네요시 쪽에서도 연락을 부탁할 터이고."

두 사람에게 말하고 다시 굵은 손으로 자기 가슴을 가리켰다.

"소란의 원인이 모두 나에게 있었다는 것을 안 이상 주저하지도 않고 사양하지도 않겠네. 해야 할 일은 해야만 하는 것일세."

챠야는 새삼스럽게 야규 무네요시를 바라보지 않을 수 없었다.

'주군이나 되는 분에게 이토록 큰 영향을 끼치다니……'

당사자인 무네요시는 여전히 장식된 목각인형처럼 움직이지 않았다. 몸만이 아니라 시선도 눈썹도 꼼짝하지 않고, 코에 손을 대보지 않으면 숨을 쉬는지조차 알 수 없을 정도로 조용히 앉아 있었다.

"사도, 배가 고프군. 나도 같이 먹을 것이니 무네요시와 챠야에게 식사를 대접하도록 하게."

"알겠습니다."

사도가 공손히 머리를 숙였을 때 비로소 무네요시가 입을 열었다.

"구월 칠일, 이날이 좋을 듯합니다."

아마도 오사카로 떠나는 날이리라 생각하고 챠야는 귀를 기울였다. 그러나 무네요시는 그 말만 하고 다시 침묵을 지켰다.

하늘을 가르다

1

이에야스가 9월 7일 오사카에 와서 히데요리를 배알拜謁한다는 연락을 받고 가장 당황한 것은 마시타 나가모리였다. 그는 즉시 성안의 대기실로 나츠카 마사이에를 오게 하여 성급하게 물었다.

"나츠카 님, 귀하에게는 나이다이진이 무슨 말을 전해왔소?"

이미 가을도 깊어 요도가와淀川 기슭 갈대밭에는 하얀 이삭이 물결치고 있었다. 그 강변을 따라 도쿠가와 이에야스의 깃발을 단 배가 속속 후시미에서 내려오고 있었다. 뿐만 아니라 육로로도 거창하게 무장한 수많은 병력이 오고 있다는 보고였다.

"무슨 말씀이오. 내게는 아무런 연락도 없었소. 그렇지 않아도 마시타 님의 의도를 알아보려고 하던 참이었소."

"뭐, 나의 의도를……?"

"그렇소. 물론 마시타 님은 진작부터 알고 계셨을 테니까요."

도리어 크게 의혹을 품고 질문하는 바람에 나가모리의 표정은 더욱더 흐려졌다.

"그럼, 귀하도 몰랐다는 말이오?"

"나츠카 님, 도리어 뒤통수를 치시는군."

나가모리는 더욱 목소리를 떨구었다.

"우리가 나이다이진의 오사카 진출을 만류하려고 우회적으로 충고한 일은 잘 기억하고 계시겠지요?"

"마에다, 아사노 두 분을 중심으로 성 내부에서 불온한 움직임이 있다는 것……"

"바로 그것이오. 불온한 움직임이 있다는 말을 들으면 조심성이 많은 나이다이진이므로 오지 않는다…… 이렇게 생각했는데 허점을 찔린 것이 아니오……?"

나가모리는 이렇게 말하면서 날카로운 눈길을 마사이에의 얼굴에서 떼지 않았다.

나가모리도 마사이에도 현재 사와야마에 은거하고 있는 이시다 미츠나리와는 각자 쉬지 않고 연락을 취하고 있었다. 그런 만큼 지금 이에야스가 오사카에 온다면 그로부터 어떤 의심을 받게 될지 짐작도 할 수 없었다.

"성안에 불온한 움직임이……"

나가모리, 마사이에 두 사람은 은밀히 이러한 소문을 퍼뜨렸다. 그리고는 자기들은 결코 그들과 같은 패가 아니라는 보신保身의 효과를 올리기 위해 ─

"내전의 풍기가 문란하기 때문에……"

이러한 마음에도 없는 아첨의 말을 덧붙여야만 했다.

그런데 이에야스가 두려워하리라고 계산했던 '불온한 소문……'을 전혀 두려워하지 않고, 오지 않을 줄 알고 아첨으로 덧붙인 말을 그대로 믿고 이에야스는 오사카를 향해 오고 있는 중이었다…… 그러니 당황하는 것은 당연한 일이었다.

사실 이에야스를 반대하는 불온한 움직임이 성안에 없지는 않았다. 마에다와 아사노가 주모자라는 소문의 사실 여부는 알 수 없었으나, 만약 이에야스가 온다면 당장 처치하는 것이 히데요리를 위하는 길이라고 단순하게 생각하여 반감을 불태우고 있는 자가 적지않았다. 히지카타 카와치노카미土方河內守와 오노 슈리노스케大野修理亮를 위시하여 하야미 카이速水甲斐, 마노 요리카네眞野賴包 등 히데요시의 측근이었던 일곱 무사는 은밀히 이에야스의 목숨을 노릴 것……이라고 생각하고 있었다.

　이에야스가 오사카 성으로 온다고 해도 중양절重陽節(음력 9월 9일)에 축하인사를 드리려고…… 이렇게 내다보고 있었다. 그러나 그 날짜까지도 9월 7일로 앞당겼으니 더욱 당황할 수밖에 없었다.

　"구월 칠일이란 성안 무사들이 모의할 여유를 주지 않으려는 대비책…… 뜻하지 않은 곳에서 불길이 치솟는 꼴이 되고 말았소."

　나가모리는 이렇게 말하고 다시 마사이에의 기색을 살폈다.

2

　어느 세상에나 실력은 갖추지 않고 영리한 두뇌만으로 보신하려는 관리는 그 소심한 책략 때문에 도리어 큰 파탄을 초래하게 마련. 지금 나가모리와 마사이에는 이마를 맞대고 상의하고 있으면서도 사실은 서로 상대를 믿지 못하고 있었다. 두 사람이 솔직하게 진심을 털어놓는다면 이에야스와 미츠나리 모두 무섭다는 것이 진실이었다.

　미츠나리는 자기편인 줄로 믿고 있으므로 그와 손을 끊을 용기는 없었다. 그렇다고 이에야스로부터도 미움을 받고 싶지는 않았다…… 미츠나리로부터 연락이 있다는 사실을 숨기려다가 도리어 이에야스를 오사카로 불러들이는 결과가 되어가고 있었다.

"나이다이진이 구월 칠일…… 그러니까 오늘 당장 배알을 청했다는 것은 성안의 불온한 공기를 충분히 고려했기 때문이라고 생각해야 하는데, 정말 귀하에게는 나이다이진으로부터 아무 연락도……?"

다시 한 번 나가모리가 의심스러운 빛으로 다짐을 받으려 했다. 마사이에는 불쾌한 얼굴로 고개를 저었다. 오히려 마사이에는 어쩌면 나가모리가 자기를 따돌리고 날짜를 변경하도록 한 것이 아닌가 하고 일말의 의심을 품고 있었다.

"나츠카 님."

상대가 모른다면 문제는 더욱 복잡해질 수밖에 없었다. 나츠카는 흰 부채를 무릎 위에서 연신 폈다 접었다 하고 있었다.

"어쨌든 지금 나이다이진은 오고 있는 중이오. 우리 힘으로는 이미 그가 오는 것을 막을 수가 없소."

"내 생각도 그렇소."

"그렇다면, 만약 나이다이진이 등성하는 도중에 누가 해치려고 나타날 때는 어떻게 할 생각이오?"

"바로 내가 질문하려던 말. 나이다이진은 등성하는 이상 반드시 이에 대한 대비를 하고 있을 것이오. 그러므로 배알이 끝날 때까지는 별일이 없겠으나……"

"역시 성에서 나올 때가 위험하다는 말이군요."

"아니, 성에서 나올 때보다도 성안 회랑回廊이나 오늘 밤 숙소 쪽이 더 위험하지 않을까 하고……"

"숙소가 어딘지는 알고 있소?"

"아니, 그것은 내가 묻고 싶은 말이오."

그때 대기실 입구에서 인기척이 났기 때문에 두 사람은 당황하며 얼른 입을 다물었다.

"누구냐, 무슨 일이냐?"

나가모리는 뒤를 돌아보고 깜짝 놀랐다. 그를 수행해온 카와무라 나가토노카미河村長門守가 새파랗게 질린 얼굴로 두 손을 짚고 있었다.

"오, 나가토인가. 지금 중대한 상의를 하고 있는 중일세."

"죄송합니다마는 시급히 말씀 드릴 일이 있기 때문에……"

"뭐, 시급히……? 그럼, 잠시 실례하겠소."

나가모리는 마사이에에게 양해를 구하고 얼른 복도로 나갔다.

"무슨 일인가, 나가토?"

"예, 성안 공기가 심상치 않습니다."

"역시 그렇다는 말이군."

"히지카타 님 같은 분은 격분을 참지 못하여, 나이다이진이 본성에 오면 절대로 현관 안으로 들어오지 못하게 하고 칼을 압수하라고, 부하들에게 명령을 내렸습니다."

"그 정도의 일은 각오하고 있었네."

"그뿐만이 아닙니다. 나이다이진의 사자로 이이 나오마사井伊直政 님이 찾아와, 나이다이진은 주군을 방문하고 그대로 댁에 숙박할 것이니 그렇게 알라고 했습니다."

순간 마시타 나가모리는 입을 벌리고 급히 두어 번 눈을 깜박였다.

3

이에야스가 이대로 자기 집에서 오늘 밤을 묵는다면 세상에서는 대관절 무어라 할 것인가. 앞서 후시미 성에 들어갈 때, 호리오 요시하루가 끌어들였다는 소문이 나서 그 이후 호리오는 이에야스의 심복이라는 말을 듣고 있었다.

이번에는 그 경우와는 비교도 되지 않는 도요토미豊臣 가문의 본거지인 오사카 입성…… 그 안내자가 마시타 나가모리였다는 말이 퍼지면 미츠나리와 그 일파는 어떻게 생각할 것인가……?

아니, 그보다도 일단 이에야스가 그런 요구를 하는데 거절할 구실이 있다는 말인가……?

'있을 리가 없다!'

그것은 어떻게도 피할 길 없는 불의의 공격이라 해도 좋았다.

오사카 성 내전이 지나치게 문란해졌으니 감독하러 오십시오……이렇게 아부하는 말을 한 것은 다름 아닌 자기들. 그 말을 믿고 이에야스가 자신들과 상의를 하러 온다고 하는데 이제 와서 어떻게 거절할 수 있겠는가.

"어떻게 할까요? 이이 님에게 대답할 말씀을 듣겠다고 지금 오오카 사쿠에몬大岡作右衛門이 현관에서 기다리고 있습니다."

일단 급류에 휩쓸린 조각배의 움직임은 더 이상 멈출 방법이 없었다.

지금 집에서는 가신들이 사자를 접대하면서 난처해하고 있을 터.

"으음, 나이다이진이 우리 집에 오겠다고 한다는 말이지?"

마시타 나가모리는 이제 생각한다기보다 급류에 떠내려가면서 대답하는 수밖에 도리가 없었다.

"뜻하지 않은 영광, 변변치 못한 대접이오나 기꺼이 모시겠습니다…… 이렇게 말하게, 알겠나?"

"예."

"경비에도 만전을 기해야 한다, 성안 공기가 그처럼 험악하다면."

"그 점은 잘 알고 있습니다."

"좋아. 사자를 너무 오래 기다리게 하면 좋지 않네. 그렇게 말하고 얼른 돌려보내게."

이런 말을 하는 동안 나가모리는 겨우 냉정을 되찾았다. 이미 모든 건 결정되었다. 만일 이에야스를 자기 집에 묵게 하지 않을 방법이 있다면 그것은 오직 하나, 이에야스가 성안에서 살해되었을 때뿐……

"실례했소이다."

마시타 나가모리는 대기실로 돌아와 일부러 크게 한숨을 쉬었다.

"나츠카 님, 또 한발 늦었어요. 난처한 일이 생겼소."

"한발 늦었다니요?"

"나이다이진이 우리 집에 묵겠다고 하는군요…… 이것은 물론 귀하의 지혜는 아니겠지요?"

당연히 그렇지 않으리라 생각하면서도 일부러 마사이에에게 물은 것은, 그가 자기를 빼돌리고 이에야스에게 접근하려는 게 아닌가 하고 의심하지 않을까 두려웠기 때문이다.

"뭣이, 나의 지혜라니…… 그것은 당치도 않은 의심……"

대들듯이 다그치는 마사이에를 나가모리는 손을 들어 제지했다.

"아니, 그렇지 않을 것이라고 나도 생각하고 있소. 불쾌하셨다면 너그럽게 용서하시오…… 그래서 상의하는데, 나이다이진이 우리 집에 숙박하겠다는 것은 어떤 의도에서일까요?"

"만일 그것이 싫다면 즉시 성안에 거처를 마련하라……는 엄포가 숨어 있는 암시일 테지요."

마사이에는 이렇게 말하고 한숨을 쉬면서 팔짱을 끼었다……

4

나가모리와 마사이에는 이제야 겨우 서로에 대한 의혹의 늪에서 벗어난 듯. 나가모리의 눈으로 본 마사이에도, 마사이에의 눈으로 본 나가모리도 진정으로 난처해하고 있었다. 이렇게 되면 서로의 이해는 일치되게 마련이었다.

"과연 귀하의 말대로 성안에 거처할 장소를 마련하라는 암시인 것 같소. 그런데 성안에는 현재 비어 있는 집이 하나도 없어요……"

나가모리가 상대의 마음을 떠보듯이 중얼거렸다.

마사이에는 다시 한 번 한숨을 쉬면서 고개를 갸웃거렸다.

"만약 강제로 마련하라고 한다면……"

"마련하라고 한다면……?"

"이시다 모쿠노카미의 집이 있기는 하나…… 나이다이진이 승낙하지 않을 것이오."

"승낙하지 않는다면, 본성에는 도련님, 서쪽 성에는 코다이인高臺院 (키타노만도코로北の政所)˙님, 그 밖에는 큰 저택이 없지 않소?"

"마시타 님, 이 일은 역시 모쿠노카미와 상의할 수밖에 없겠군요."

"으음."

"일단은 마시타 님 댁에 거처하게 하고, 모쿠노카미의 집을 비우도록 합시다. 모쿠노카미는 지부 님의 형, 사카이로 옮겼으므로 현재는 주인이 없다……고 하면 일단 우리의 면목도 설 것이라 생각하는데."

나가모리는 씁쓸한 표정으로 고개를 끄덕였다.

지금은 이미 저택의 크기를 말하고 있을 때가 아니었다. 일부러 감독하러 오라고 청해놓고는 머무를 저택도 마련하지 않았다면 얼마나 무책임한 공치사였는지 스스로 증명하는 결과가 될 것이었다.

"아무리 작아도 한 채가 있다고 하면 핑계는……"

"옳은 말이오. 그러면 곧 모쿠노카미의 집으로 옮기시라고 급사를 보내주시구려."

나가모리가 마사이에에게 이렇게 말했을 때 도보同朋˚한 사람이 허둥지둥 달려와 문턱 너머에서 허리를 굽혔다.

"마시타 님에게 말씀 드립니다. 지금 댁에서 중신 한 분이 급한 일로 오시겠다고 잠시 기다리시라는 전갈이 왔습니다."

"뭣이, 급한 일로? 누가 오는지는 물어보지 않았느냐?"

"예, 하시 요헤에橋與兵衛 님이 오실 것이라고 했습니다."

"뭐, 요헤에가 온다고?"

나가모리의 안색이 다시 굳어졌다. 하시 요헤에는 마시타 가문의 으뜸가는 카로家老°, 그가 급히 상의하러 온다면 무언가 중요한 일이 생겼을 것이 분명했다. 도보가 다시 말을 이었다.

"오늘 밤 댁에서 숙박하시기로 한 나이다이진 님 예정이 갑자기 변경되었다고."

"뭣이, 나이다이진 님이 오시지 않는다는 말인가?"

"갑자기 이시다 지부 님의 옛 저택에 머무르시기로 결정하고 이미 부하들과 함께 저택에 드셨다고."

마시타 나가모리는 나직이 신음하고 나츠카 마사이에를 돌아보았다. 두 사람 모두 정신이 아찔해지는 느낌이었다.

"그렇다면 이미 들어갈 만한 집이 없다는 사실을 깨달은 거요."

"그러나저러나 마시타 님 댁에 가시지 않는다는 것은……?"

마사이에가 작은 소리로 말했다. 나가모리는 입술을 깨물고 또다시 길게 신음했다.

"화가 나신 거요…… 틀림없어요!"

5

하시 요헤에가 허둥지둥 부교 대기실로 달려온 것은 그로부터 얼마 지나지 않아서였다. 마사이에가 주저하며 자리를 피하려 했다.

"귀하도 계시는 편이 좋겠소."

나가모리는 당황하여 만류하고 급히 요헤에게 물었다.

"나이다이진이 어째서 우리 집에 오시지 않겠다고 하던가?"

"그 이유는 확실치 않습니다. 폐가 될 것 같아 이시다의 빈 저택으로 가겠다……고만 전해왔습니다마는, 지금 히지카타 님에게 여쭈었더니 오늘의 등성도 중지하셨다고 합니다."

"뭐, 등성을 중지하셨다고?"

"예. 도련님에게도 그 뜻이 전해졌다고 합니다. 역시 등성은 중양절에 하시겠다고……"

마시타 나가모리는 저도 모르게 입술을 깨물었다.

원래 중양절인 9월 9일 등성할 것인데 갑자기 7일로 변경하여 잔뜩 당황하게 만들어놓고는 다시 변경하다니…… 이 얼마나 저의가 의심스러운 행동이란 말인가.

일부러 이쪽에서 준비를 하도록 만들어놓고는 들어오지도 않고 미츠나리의 옛 저택으로 가다니…… 누군가가 성안에서 나가모리와 마사이에의 당황하는 모습을 본다면 배를 잡고 웃을 터였다.

"결코 방심할 수 없는 일입니다."

백전노장인 요헤에가 말했다.

"나이다이진의 이번 행위는 코마키小牧 전투 때 타이코 전하를 농락한 것과 같은 수법입니다."

"요헤에! 이처럼 농락하는 게 나이다이진에게 어떤 이득이 될까?"

"황송합니다마는, 나이다이진을 암살하려 한다는 소문이 귀에 들어가지 않았을까요?"

나가모리와 마사이에는 저도 모르게 서로 얼굴을 마주보았다. 그런 소문을 유포시킨 것은 바로 자기들이 아니었던가.

"그래서 나이다이진은 그자들과 두 분이 과연 연락이 있었는지 확인하려 하신다……고 저는 생각합니다마는."

그러면서 요헤에는 생각났다는 듯이 말을 이었다.

"아 참, 오늘 거느리고 온 사람들만으로도 이시다 저택의 경비는 충분하니 안심하기 바란다. 내일 낮에 부교 님을 방문하겠다…… 이것이 사자로 왔던 이이 님의 말씀이었습니다."

"뭣이, 내일 낮에 내 집을 방문하겠다고?"

"예. 오늘 밤 안으로 트집잡을 어떤 증거를 확보하고 내일 그 일을 힐문하러 오신다…… 아니, 반드시 그렇다는 것은 아니지만 조심할 필요는 있습니다. 나이다이진은 보통 전략가가 아닙니다."

하시 요헤에의 이 한마디는 나가모리와 마사이에를 더욱 혼란에 빠뜨렸다. 어쨌든 숙소 준비도 없이 이에야스를 오사카로 부른 결과가 된 것이 그들의 큰 약점이었다.

"모처럼 불렀으면서도 내가 있을 곳은 오사카에 없군요. 두 분은 내 목이 떨어질 것이니 집 따위는 필요치 않다고 계산한 게 아니오?"

이런 야유라도 하는 날에는 그야말로 두 사람의 생애는 끝나는 것이었다. 두 사람은 하시 요헤에가 물러간 뒤 허둥지둥 성을 나왔다. 만사를 제쳐놓고 옛 이시다 저택으로 가서 이에야스를 문안하지 않고는 안심할 수 없는 두 사람이었다.

6

나가모리도 마사이에도 이에야스가 마시타의 집에서 머무르겠다는 말만 하지 않았더라도 이처럼 당황하지는 않았을 터. 머무르겠다고 일부러 사자를 보내 통고하고도 그 사실을 변경했다면, 이는 분명 예삿일로 받아들일 수 없었다.

'무언가 변경하지 않으면 안 될 이유가 있었을 텐데……'

숙소 지정을 갑작스럽게 변경당한 나가모리의 마음에 당연히 떠오를 수밖에 없는 의문이었다. 만일 그 수법이 신카게류 병법에서 말하는 변화로서, 시나이韜°와 시나이가 맞부딪쳤을 때의 세법勢法임을 분별할 수 있는 사람이 있었다면, 그 사람은 이미 이에야스가 기선을 제압하지 않으면 천하의 대란을 초래한다고 단정하고 궐기했다는 것을 대번에 깨달았을 터였다.

그러나 나가모리도 마사이에도 오래 전에 야마토의 야규타니柳生谷를 떠난 세키슈사이, 곧 야규 무네요시가 70이 넘은 나이에 홀연히 이시다 미츠나리의 거성 사와야마 성으로 옛 친구 시마 사콘 카츠타케島左近勝猛를 찾아갔다는 정보는 입수하지 못하고 있었다.

시마 사콘 카츠타케는 미츠나리가 2만 석이라는 큰 녹봉을 주고 초빙한 이시다 가문의 으뜸가는 카로였다. 그는 일찍이 야규 무네요시와 함께 츠츠이筒井 가문을 섬겼으며, 지금은 미츠나리의 오른팔로 일컬어지는 맹장이었다……

이러한 시마 사콘을 야규 무네요시가 찾아가 그 맑게 다듬어진 달인達人의 마음에 무엇이 비쳐졌고, 또 무슨 이야기를 나누고 헤어졌는지는 알 도리가 없었다.

무네요시는 시마 사콘을 방문하고 돌아오는 길에 후시미 성에 들러 이에야스가 청하는 대로 7일 남짓 머물렀다.

그동안에 이에야스의 이번 오사카 방문이 결정되었다.

굳이 신카게류에 의하지 않더라도, 상대의 적의를 탐색하려면 자신의 자세를 가볍게 두세 번 바꾸어보면 알 수 있다. 그러면 상대는 초조한 나머지 자연히 정체를 드러내게 된다. 따라서 마사이에나 나가모리가 수집하는 정보망이 야규 무네요시에게까지 미치고 있었다면 이처럼 당황하지 않아도 되었을 터였다.

마사이에, 나가모리는 일단 청을 받고 나서 기꺼이 모시겠다고 대답했는데도 숙소를 바꾸었으므로 그 이유를 알 때까지는 살얼음판을 걷는 듯한 불안감을 감출 수 없었다.

"어떻게든 우리가 나이다이진 편이라고 믿도록 해야만 하오."

미츠나리와 계속 긴밀한 연락을 취하고 있었던 만큼, 두 사람은 이런 결론을 내릴 수밖에 없었다.

마시타 나가모리는 야마토 코리야마郡山에서 20만 석.

나츠카 마사이에는 오미 미나쿠치水口에서 6만 석.

두 사람 모두 진심으로 미츠나리 편이 되어야만 했던 것은 아니었다. 사와야마 성에서 군사를 일으킨 미츠나리가 만일 승리하면…… 하는 두려움과, 다섯 부교 시대의 친교에 의리를 느낀 보신책이었을 뿐이다. 그런데 미츠나리보다 더 두려운 이에야스의 눈총을 받게 되었으니 동요하는 것은 당연한 일이었다.

두 사람은 성에서 나와 미츠나리의 옛 저택에 이를 때까지 어떻게 해서라도 이에야스의 의혹만은 풀어야 한다는 말을 나누었다. 그들이 저택에 들어서면서 더욱 생각을 굳힌 것은, 배후 강기슭에서 전면 육지에 이르기까지 물샐틈없는 엄중한 경계망 때문이었다. 중무장한 병사들은 이이 나오마사나 혼다 사도의 군사들만이 아니었다. 도쿠가와 가문에서 최강이라는 혼다 타다카츠本多忠勝, 사카키바라 야스마사榊原康政 등의 맹장들까지 정예부대를 이끌고 와 있었다……

7

원래 나가모리는 주판을 놓던 사람이었고, 마사이에는 금은으로 돈을 만들던 사람이었다. 금과 은의 선별에는 탁월한 솜씨가 있었으나 군사적인 문제에 이르면 자신이 없었다.

이렇듯 두 사람을 위축시키는 것은 현재 쿄토와 오사카에는 이 이에야스의 군사와 대항할 수 있는 자가 하나도 없다는 사실이었다. 우에스기 카게카츠上衫景勝도, 모리 테루모토毛利輝元도, 마에다 토시나가前田利長도 모두 표면적으로는 이에야스에게 정치를 일임하는 형식을 취하고 자기 영지로 돌아가 있었다.

지금 문제를 일으키면 누구에게 호소할 길도 없고 누가 나서서 중재할 사람도 없었다.

이에야스 편으로 보이는 카토 키요마사加藤淸正도, 호소카와 타다오키細川忠興도, 쿠로다 나가마사黑田長政도, 호리오 요시하루도 자기 영지에 내려가 있었다.

"나이다이진 님이 도착하셨다고 하기에 급히 인사 드리러 왔습니다. 이 뜻을 전해주십시오."

현관에서 이렇게 말하는 목소리는 이미 겁에 떨고 있었다.

안내하러 나온 것은 혼다 사도의 아들 마사즈미正純였다. 그는 무슨 생각을 했는지 두 사람에게 엷은 웃음을 보이면서 물었다.

"그 뜻을 전하기만 할까요, 아니면 직접 뵙고 무슨 밀담이라도?"

순간 두 사람은 얼굴을 마주보고 눈짓을 교환했다. 만나지 않고 이대로 돌아간다면 점점 더 불안만 쌓이게 될 것이다.

"사실은…… 잠시 은밀히 드릴 말씀이 있기 때문에……"

대답하고 나서 두 사람은 다시 얼굴을 마주보았다. 은밀히 무슨 말을 할 것인가……? 스스로의 부주의한 발언에 대한 놀라움 때문이었다.

"그러면 그 뜻을 전하고 오겠으니 잠시 기다리십시오."

두 사람은 마치 자기 쪽에서 낚싯바늘에 걸려 버둥거리는 송사리와 같은 꼴이 되고 말았다. 그들이 찾아온 것은 숙소 변경의 이유를 은근히 알아보기 위해서이지 다른 할말이 있어서는 결코 아니었다……

얼마 후 다시 나타난 마사즈미가 이번에는 정중히 두 사람을 안으로 안내했다.

앞서 미츠나리가 오소데ぉ袖의 말에 암시를 받고 이에야스와의 투쟁을 평생의 집념으로 바꾼 방…… 이상하게도 그 방 장지문에 그려진 호랑이 그림이 이에야스 앞에서는 퇴색해 보였다.

"만일의 경우를 위해 칼을 맡아놓겠습니다."

방에 들어가려 했을 때 손을 내밀며 말을 건 것은 토리이 신타로鳥居新太郎. 순간적으로 두 사람은 섬뜩했다.

'이미 우리에게 중대한 의혹을 품고 있다……!'

두 사람이 칼을 맡기고 방에 들어갔을 때 이에야스는 평소와 다름없이 부드럽게 말했다.

"잘 오셨소. 어서 이리 가까이 오시오."

두 사람에게는 그것조차도 꾸민 말처럼 언짢게 들렸다.

"더욱 건강하시고, 무사히 도착하신 것을 진심으로 축하 드립니다."

"하하하…… 무사히 도착하지 않으면 어쩌겠소. 그런데 무언가 은밀히 할 얘기가 있다고…… 사람들을 물러가게 할까요?"

선수를 치는 바람에 두 사람은 그만 말문이 막히고 말았다.

은밀히 할 얘기…… 그에 맞춰 무언가 말하지 않을 수 없다.

마시타 나가모리는 떨리는 몸을 누르고 무릎걸음으로 다가앉았다.

8

"실은 전에도 잠시 말씀을 드렸습니다마는……"

나가모리는 이렇게 서두를 꺼내고는 무슨 말을 해야 할지 몰라 잠시 망설였다. 굳이 화제를 찾는다면 두 가지가 있었다. 첫째는 성안의 풍기문란에 대해서였으며, 다른 하나는 마에다와 아사노를 우두머리로

하는 음모 운운에 대해서였다.

화제는 자연스럽게 이어나갈 수 있으리라 생각했다. 그러나 곧 큰 벽에 부딪치고 말았다.

풍기 문제 하면 역시 가장 큰 화제는 요도 부인…… 요도 부인이 오노 슈리노스케를 총애하고 있다는 것은 이미 내전 시녀들 사이에서는 널리 퍼져 있는 소문이었다. 이 때문에 성안의 젊은 무사와 시녀들까지도 이를 본받고 있다……는 것은 앞서 이에야스에게도 이야기한 바 있었다. 그렇기도 했지만, 오늘 이 자리에 천하의 부교가 둘씩이나 찾아와 일부러 화제에 올릴 성질은 되지 못했다.

그렇다면 당연히 화제는 하나로 압축될 수밖에 없었다.

'그렇다, 성안의 음모에 대해 이야기하지 않으면 안 된다.'

인간의 두뇌와 마음의 회전처럼 놀라운 속도로 자기 자신을 구해주고 또 기만하는 것도 없었다.

"다름이 아니라, 성안의 음모에 대해서입니다."

"음모……라 하면, 마에다 히젠과 아사노 단죠에 대한 일 말이오?"

"예. 이 일에 관해 그 후 우리 두 사람이 들은 바를 일단 보고해야 할 것 같아 찾아왔습니다. 그렇지 않소, 나츠카 님?"

"그렇습니다."

마사이에도 안도한 듯한 표정으로 고개를 끄덕였다.

"……그렇다면, 히젠과 단죠는 아직도 꿈에서 깨어나지 못했다는 말이오?"

이에야스는 별로 놀라는 기색도 없이 조용히 반문했다. 이러한 태도 또한 더욱 나가모리의 말에 힘을 더해주는 결과가 되었다.

"예. 아시다시피 마에다 님은 현재 카나자와金澤에 돌아가 계십니다. 물론 소문입니다마는, 카나자와로 돌아가는 길에 아사노 단죠(나가마사), 오노 슈리, 히지카타 칸베에土方勘兵衛(카와치노카미 카츠히사河內

守雄久) 등을 초빙하여 비밀회담을 열었다고 합니다."

"허어, 확실한가요?"

"소문이기는 하나 아니 땐 굴뚝에 연기 날 리 있겠습니까…… 아시다시피 아사노 가문의 후계자 요시나가幸長 님은 돌아가신 다이나곤 님의 막내따님과 약혼한 사이, 또 히지카타 칸베에는 히젠 님의 생모인 호슌인芳春院의 조카입니다. 아니, 이 경우에는 아사노 단죠와 호슌인의 조카 히지카타 칸베에는 둘도 없는 친구……라는 사실이 더 결속을 굳게 한 것인지도 모릅니다."

마침내 나가모리는 소심한 인간이 빠지기 쉬운 자승자박自繩自縛의 함정에 빠졌다. 그는 마치 이 모두를 이에야스에게 고할 의무가 자신에게 있다는 착각까지 하며 무서운 모함자로 전락하고 말았다.

"허어, 그래서 회담의 결과는 어떻게 되었다고 하던가요?"

이에야스의 재촉을 받고 나가모리는 도리어 의기양양한 태도였다.

"그것을 말씀 드리기 위해 우리 두 사람이 함께 찾아왔습니다."

9

"마에다 히젠이 그런 잔재주에 앞장설 사람인 것 같지는 않으나……좌우간 이야기를 들어봅시다."

이에야스는 상대의 태도가 처음의 당혹감에서 안도로 변하고, 이것이 다시 의기양양한 표정으로 바뀌는 과정을 짓궂을 정도로 냉정하게 자기 마음의 거울에 비쳐보고 있었다. 이미 이에야스로서도 마시타 나가모리와 나츠카 마사이에란 인물을 재음미해보지 않을 수 없는 단계에 이르러 있었다.

"예. 그 회담의 결과 아사노, 히지카타, 오노 세 사람이 나이다이진 님의 등성을 기다렸다가 성안에서 암살하고, 이와 동시에 히젠은 카나자와에서 군사를 이끌고 올라오기로 했다는 것입니다."

"하하하…… 과연 그럴듯하군요."

"아니, 웃으실 일이 아닙니다. 실제로 슈리와 칸베에는 이번에 나이다이진 님이 오사카에 오신 것을 다시없는 기회로 여기고 계속 밀담을 나누고 있습니다…… 곧 나이다이진 님이 등성하실 때 아사노 단죠가 먼저 나이다이진을 현관에 나와 마중한다, 그리고 나이다이진 님의 손을 잡았을 때 뒤에서 힘이 장사인 히지카타 칸베에가 나이다이진을 끌어안는다, 그런 뒤 칼을 드는 역할은 아사노나 오노가……"

마시타 나가모리는 마치 그 장면을 눈앞에 두고 보고 있는 것처럼 말하다가 그만 얼굴을 약간 붉혔다.

"성안에 그런 소문이 유포되고 있다면 각별히 주의해주시오."

이에야스는 일부러 웃음을 거두고 말했다.

"여러모로 걱정을 끼쳐서 미안하오. 정말 그렇다면 나도 방심해선 안 되겠군요."

"예, 방심은 금물입니다."

"그러고 보니 이 이에야스에게도 예감이 있었던 모양이오."

"예……?"

"오늘 등성했더라면 두 분의 충고도 듣지 못하고 성안에서 죽었을지 모르니까."

이에야스다운 통렬한 야유였다. 그러나 마사이에, 나가모리 두 사람은 전혀 깨닫지 못했다.

이에야스는 혼다 마사즈미를 돌아보고 짐짓 시침을 뗀 표정으로 다시 한 번 비꼬았다.

"마사즈미, 자네도 잘 들어두게. 이 모두 이시다 지부의 책략일세."

"아니…… 이것 역시 지부의 책략이란 말씀입니까?"

"물론일세. 마에다 히젠이 군사를 동원하여 내가 암살될 때만을 기다리고 있다, 그런 말을 듣게 되면 나도 카나자와에 가서 히젠을 공격하고 싶어질 것 아니겠나?"

"그렇습니다……"

"내가 카나자와로 출병하면 미츠나리는 그 틈을 놓치지 않고 재빨리 오사카와 후시미 두 성을 점령한다. 앞에 마에다前田, 뒤에 이시다石田 두 밭두렁 사이에 끼면 도쿠가와德川라는 강물은 에도江戶를 향해 흐를 수밖에 없지. 그렇지 않소, 두 분?"

두 사람은 아직 이에야스의 이 말이 자기들에게 던져진 통렬한 야유임을 깨닫지 못 하는 것 같았다.

"두 분, 좋은 말을 들려주었소. 내일 다시 감사 인사를 드리리다. 등성하거든 아무쪼록 잘 부탁하오."

두 사람은 가만히 서로의 얼굴을 마주보았다. 이제는 마음이 놓여 어째서 숙소를 옮겼는지 물으려던 일마저 잊어버리고 있었다.

일단 마음을 정하고 나면 이에야스와 그들 사이에는 마치 어른과 어린아이와 같은 차이가 생겼다.

10

나가모리와 마사이에가 돌아간 뒤 이에야스는 잠시 엄한 표정으로 깊은 생각에 잠겼다. 새삼 두 사람의 역량을 마음속으로 평가하며 재검토하고 있었는지도 모른다.

배웅하러 갔던 혼다 마사즈미가 돌아와 고개를 갸웃거리며 이에야스 앞에 앉았다.

"멍청한 녀석들."

이에야스는 내뱉듯이 말하고 혀를 찼다.

"마사즈미, 잘 기억해두게. 저런 자를 모함자라 하는 것이야."

"그러시면, 마에다 님과 아사노 님에 대한 소문은 아무 근거도 없다……는 말씀인가요?"

이에야스는 불쾌한 낯으로 고개를 끄덕였다.

"마에다와 아사노는 그들이 생각하는 것처럼 어리석지 않아. 그것은 나가모리와 마사이에의 몽상이야. 자기들이라면 그렇게 하겠다고 스스로 소견이 좁고 빈약함을 고백하고 말았어."

마사즈미는 똑바로 이에야스를 쳐다보다가 마침내 싱긋 웃었다.

아버지 마사노부도 세상사람들로부터 이에야스의 지혜주머니라는 말을 듣고 있었다. 아들인 마사즈미 역시 아버지 못지않은 재사였다.

"웃는 것을 보니 알 듯한 모양이군."

"예. 자신을 위해서는 남을 모함하는 일도 마다하지 않는, 믿을 수 없는 사람들이라 생각하시는 줄로 알고 있습니다."

"마사즈미, 현명한 체하지 마라."

"예?"

"이 세상에 자기 몸을 위하지 않는 사람이 한 사람이라도 있을 것 같으냐?"

"하지만 그것은…… 아니, 그런 사람은 없을지도 모릅니다."

"그래. 그런 사람은 하나도 없어. 또 있어서도 안 돼. 이 몸은 모두 신불神佛이 우리에게 맡기신 것. 이 몸을 소중히 여기는 것은 우주의 마음, 어찌 부끄러워할 일이겠느냐."

"예……?"

"너에게도 가장 소중한 것은 역시 자신의 몸일 터. 그렇지 않다면 거짓이야, 마사즈미."

마사즈미는 눈을 깜박거리며 대답을 삼갔다. 자기를 버리고 주군을 섬기는 평소 마음가짐과는 거리가 먼 말이었기 때문이다.

"하하하…… 아직 멀었어, 마사즈미. 세상에서 가장 소중한 것은 자기 몸, 좁은 소견으로 자기 몸을 욕되게 해서는 안 된다는 말이다. 그렇다고 마에다와 아사노에게 전혀 잘못이 없는 것은 아니야."

"그러면…… 역시 사실이라고 생각하십니까?"

"그게 바로 속단이다. 마에다나 아사노에게는 반심이 없어. 그러나 나가모리와 마사이에에게 그런 꿈을 갖게 하는…… 곧 모함을 받는다는 것은 받는 쪽에서도 빈틈이 있었기 때문이야. 빈틈이란 말하자면 소중히 여겨야 할 자기 자신에 대한 불충. 좀더 의연했더라면 마사이에와 나가모리가 그런 말은 하지 않았을 것 아닌가."

"과연 그렇습니다."

"그러므로 속단하면 안 돼, 마사즈미…… 좋아, 언젠가는 알게 되겠지. 자, 그럼 모두 모이라고 이르고 오너라. 내일 모레의 등성 준비는 이것으로 끝났어."

마사즈미는 다시 한 번 고개를 갸웃거리며 일어났다. 알 것 같으면서 알지 못할 부분이 많은 이에야스의 말이었다.

마에다나 아사노에게는 반심이 없으나 히지카타 카와치, 오노 슈리에게 그것이 없다고는 할 수 없었다. 이에야스는 무엇을 생각했으며, 어떤 준비를 하고 등성하려는 것일까……?

11

혼다 마사즈미가 아버지 사도를 비롯하여 이이 나오마사, 혼다 타다카츠, 사카키바라 야스마사 등의 중신을 불러왔다.

이에야스는 마사즈미를 내보내고 그들 중신과 함께 1각刻 반(3시간)

가량 밀담을 계속했다. 무엇을 어떻게 결정했는지 마사즈미로서는 알 길이 없었다.

이에야스와 중신들의 이야기가 끝나고 저녁상이 나왔을 때는 벌써 주위는 어두워 있었다. 그 자리에는 중신들 외에 마사즈미, 이나 즈쇼伊奈圖書, 토리이 신타로도 동석을 허락받았다. 물론 술은 없고, 식사도 집에서 먹는 것보다 간소한 국 두 사발에 채소 다섯 가지였다.

이튿날 이에야스는 약속대로 마시타 나가모리를 방문하여 어제의 내방에 대해 정중하게 예를 표했다. 이때는 마사즈미와 신타로가 수행했는데, 두 사람 모두 웃음을 참기가 여간 힘들지 않았다.

이에야스는 벌써 나가모리와 마사이에의 속셈을 꿰뚫고 있으면서도 진지한 얼굴로 이렇게 말했다.

"어제의 간곡한 충고는 정말 마음으로부터 기뻤소이다. 그러나 우려할 것 없어요. 아무리 마에다와 아사노 무리가 음모를 꾀한다 해도 나는 전혀 개의치 않을 것이오."

마에다와 아사노라고 일부러 이름을 대며 말했을 때, 마시타 나가모리의 얼굴에는 옳거니! 하는 표정이 떠올랐다.

'감쪽같이 속아넘어갔다!'

이렇게 생각했을 터. 이에야스는 이와는 반대로 마에다 토시나가, 아사노 나가마사 등을 이에야스로부터 갈라놓으려는 나가모리 등의 속셈을 분명히 확인했을 터였다.

'이처럼 안과 밖을 비교해 보여준다면 잘 알 수 있다.'

마사즈미는 자못 감탄했다. 그러나 정말로 놀란 것은 그 이튿날……9월 9일 등성할 때 보여준 이에야스의 태도였다.

그날도 하늘은 맑게 개어 있었다. 그래서 9층으로 이루어진 그 유명한 성에는 서늘한 가을 햇빛이 화사하게 쏟아지고 있었다.

수행원은 이이와 두 사람의 혼다, 그리고 사카키바라 야스마사 등 네 장수가 각자 열 명씩 가려뽑은 가신에, 마사즈미와 즈쇼 및 신타로까지, 총인원은 60명 가까이 되었다.

이들 가운데 몇 사람이나 성안에 들어갈 수 있게 허용되고, 수행원은 몇이나 들어갈 수 있을지 그 지시가 언제 내리나 생각하고 있었다. 그런데 이에야스는 이들 모두를 데리고 본성으로 들어갔다. 아마 위병들도 이처럼 많은 인원을 통과시킨 적이 없었을 것이다.

이들 일행을 보고 사쿠라노고몬櫻の御門 대기소에서 위병들이 우르르 달려나온 것은 말할 나위도 없었다.

"통행은 나이다이진 님과 측근만으로 제한해주십시오."

이에야스는 무표정한 얼굴로 대답했다.

"모두 다 내 측근일세. 이들에게 본성 부엌에 있는 명물, 사방이 두 간이나 되는 큰 등을 보여주기로 약속했어. 걱정하지 말게."

그러면서 일행을 재촉하여 얼른 통과하고 말았다.

오사카 성의 큰 등은 히데요시가 자랑하던 것 중 하나로 전국에 이름을 떨친 이 성의 명물이었다. 그것을 구경시키겠다는 말에 상대가 잠시 주춤하는 동안 눈 깜짝할 사이에 통과해버렸다…… 불법이라고 하면 이보다 더 큰 불법도 없었다.

위병소에서 히데요리에게 이 불법이 통보되었다. 본성 안은 갑자기 살기가 감도는 낭패감으로 변했다.

12

통과하는 쪽에는 충분한 복안이 있었다. 그러나 통과하게 한 쪽으로서는 보기 좋게 허를 찔린 셈이었다.

나이다이진이 무려 60명이나 되는 건장한 수행원을 거느리고 성에 들어올 필요가 과연 있었을까?

이런 의혹은 당연했다. 그러나 이에 대한 답은 쉽게 나올 성질의 것이 아니었다.

먼저 성에 들어와 기다리고 있던 마시타 나가모리와 나츠카 마사이에도 물론 당황했다. 이들보다 더 놀란 것은 히지카타 카와치, 오노 슈리, 카타기리 카츠모토片桐且元, 마노 요리카네, 하야미 카이 등의 히데요리 측근이었다.

"이게 어떻게 된 일인가?"

"단숨에 도련님을 제거하려는 것은……?"

"그렇지는 않을 테지. 아마 나이다이진을 노리는 자가 있는 줄 알고 대비하기 위해서일 거야."

"오늘처럼 경사스러운 날에 누가 나이다이진을 노리겠나. 이거 정말 방심해선 안 될 일이야."

마음의 움직임은 분위기의 움직임이 되고, 분위기의 움직임은 곧바로 사람을 움직인다.

"더구나 모두 칼을 지닌 채로 들어왔다고 하더군."

"어째서 무기를 맡아놓지 않았는지 모르겠어. 그렇다면 우리도 무기를 들어야겠어."

고작 네댓 명일 줄 알았는데 60명이 들어왔다──인간의 상식은 때로는 그 기능을 완전히 잃기도 한다.

복도를 달리는 자.

칼을 가지러 가는 자.

기색을 살피러 현관으로 달려가는 자……

특히 현관에 이에야스의 부하가 한 사람도 보이지 않는다는 보고에 성안에는 더더욱 살기가 감돌았다.

"여러분, 나이다이진이 어디론가 모습을 감췄소."

"말도 안 되는 소리! 방마다 미닫이를 열고 확인해보시오. 그렇게 많은 사람이 어디로 사라진단 말이오?"

그때 이에야스 일행은 다다미疊°200장 넓이의 마루방인 부엌에 나타나 느긋한 표정으로 명물인 정말로 큰 등을 쳐다보고 있었다.

"소문에 듣던 대로 엄청나게 크군."

"과연 타이코 님의 취향다워. 그러나 여기에 드는 기름이 여간 아닐 거야."

"아무렴, 일만 석이나 이만 석은 기름 값으로 날아갈 것일세."

"흥, 쓸모없는 물건의 본보기와 다름없군 그래."

저마다 감탄도 하고 악담도 하고 있을 때 그곳으로, 아사노 나가마사, 마시타 나가모리, 나츠카 마사이에, 카타기리 카츠모토 네 사람이 허둥지둥 달려왔다.

"나이다이진 님, 여기 계셨군요. 어디 가셨나 하고 모두 깜짝 놀라 찾아다니고 있던 중입니다."

원래 이에야스 편임을 자처하고 있는 아사노 나가마사가 안도한 표정으로 말했다.

"그래서 단죠는 실망했소?"

그 말에 이에야스는 엄한 목소리로 비꼬았다.

"귀하는 내 손을 잡고 좋은 곳으로 안내하려 했다고요?"

이 말에 놀란 것은 나가모리와 마사이에였다. 순간 그들은 고개를 숙이고 몸을 움츠렸다.

이에야스는 그 두 사람을 흘끗 바라보고 말을 이었다.

"내가 왜 여기 와 있는지 나중에 마시타, 나츠카 두 분에게 물어보시오. 카타기리 님, 수고 많군요. 자, 히데요리 님 처소로 안내하시오."

이에야스는 시무룩한 표정으로 걷기 시작했다.

등을 구경하던 사람들도 그 뒤를 따랐다.

13

수행원들은 차마 히데요리의 거실에는 들어가지 못했다. 그들은 혼다 마사노부의 지시로 옆방과 그 다음 방에 대기했다. 그리고 타이코가 살아 있을 때부터 면담이 허용되었던 이이 나오마사, 혼다 타다카츠, 사카키바라 야스마사, 혼다 마사노부 부자 등 다섯 사람만이 제후諸侯의 자격으로 그 자리에 함께했다.

이렇게 되면 정말로 이에야스를 죽이려 꾀한 자가 있었다고 해도 손을 쓸 틈이 없었다.

이에야스는 토리이 신타로를 데리고 상좌로 가 히데요리 옆에 자리잡았다. 인사하기에 앞서 넓은 방에 좌정한 사람들을 아무 말 없이 천천히 둘러보았다.

중양절 축하 인사에는 오사카에 체류하고 있는 1만 석 이상 다이묘들이라면 모두 참석하는 것이 관례였다. 그러나 그들 다이묘는 현재 거의 모두 오사카에 없었다. 따라서 아사노 나가마사와 마시타 나가모리가 상석에 앉았다. 그 밖에는 히데요리의 측근인 다이묘와 그 휘하 장수들뿐이었다.

이에야스는 전혀 감정을 나타내지 않는 돌부처와도 같은 시선으로 한 사람 한 사람을 바라보았다. 그리고 나서야 비로소 히데요리를 향해 불쑥 말했다.

"에도의 할아버지가 왔으니 안심하십시오."

미소를 띠고 축사 인사와는 전혀 다른 말을 하고는 그 옆에 굳은 모습으로 앉아 있는 생모 요도 부인 쪽으로 시선을 옮겼다.

"도련님이 무사히 중양절을 맞이하시게 된 것을 기쁘게 생각하며 삼가 축하의 말씀을 드립니다."

요도 부인은 안도하는 것 같았다. 그녀도 이미 이에야스의 등성과 그로 인한 성안 사람들의 작은 소동을 알고 있는 모양이었다.

"일부러 오신 것을 저도 기쁘게 생각합니다. 보시다시피 도련님은 건강하게……"

그러면서 히데요리를 안듯이 하고 속삭였다.

"말씀을."

히데요리는 수줍은 표정으로 흘끗 어머니를 쳐다보고는 말했다.

"에도 할아버지, 찾아와주어서 고마워요."

미리 가르쳐주었음을 알 수 있는 몸놀림으로 가볍게 고개를 숙이고는 다시 기색을 살피듯 어머니를 쳐다보았다.

이에야스가 뜻밖에도 노기띤 음성으로 요도 부인에게 말한 것은 그 다음이었다.

"생모님도 잘 들어두십시오. 실은 마시타 님과 나츠카 님으로부터 성안의 사기와 풍기에 우려되는 일이 있으니 이 늙은이에게 와달라는 말씀이 있었습니다."

이 한마디에 겁을 먹고 벌벌 떤 것은 당사자인 마시타 나가모리와 나츠카 마사이에뿐만이 아니었다. 요도 부인은 물론 오노 슈리노스케도 아사노 나가마사도 히지카타 카와치도 모두 약속이라도 한 듯 낯빛이 변했다.

그들의 놀라는 모습은 똑같지가 않았다.

나가모리와 마사이에는 이에야스가 이 자리에서 그런 말을 할 줄은 상상도 못했기 때문에 놀랐고, 요도 부인과 오노 슈리노스케의 놀람은 '풍기'의 문란을 지적한 데 대한 놀라움이었다.

아사노 나가마사의 놀라움은 좀더 복잡했다. 자기와 상의도 하지 않고 마시타와 나츠카가 그런 말까지 이에야스에게 하다니, 그 아부하는 태도가 한심하다는 표정이었다.

"그러므로 이 눈으로 직접 확인하고자, 오늘은 약간 관례를 어기고 등성했습니다. 그랬더니, 사기가 여간 해이해져 있지 않더군요. 이에야스가 아니라, 뜻을 둔 다른 자였더라면 지금쯤 이 성은 적의 손에 넘어갔을지도 모릅니다."

14

"말씀이 좀 지나치십니다."

히지카타 카와치가 안색을 바꾸고 앞으로 몸을 내밀었다.

"나이다이진 님은 우리가 경비를 소홀히 했다는 말씀입니까?"

"칸베에 님, 그것은 빗나간 질문이오. 경비가 염려되고 풍기문란 역시 마음에 걸린다고 한 것은 바로 마시타, 나츠카 두 분이었소. 그러나 이런 논쟁은 도련님이나 생모님 앞에서는 할 성질이 아니니 삼가도록 하시오."

이에야스는 빗대어 하는 말로 꾸짖고, 요도 부인 쪽을 보았다.

"성안에 이 이에야스가 오는 것이 두려워 불온한 음모를 꾸미는 자가 있다는 소문이 있습니다. 이에 대한 자세한 내용도 역시 나중에 마시타, 나츠카 두 분에게 여쭙도록 하십시오. 그 소문에, 이 이에야스가 등성했을 때 아사노 단죠가 현관에 나와 맞으며 손을 잡는 것을 신호로 히지카타 칸베에가 칼로 저를 죽일 계획이라고."

이에야스는 일부러 목소리를 부드럽게 하고 말을 이었다.

"그에 대한 사실 여부를 밝히려는 것은 아닙니다. 들은 바를 그대로 말씀 드릴 뿐입니다. 더구나 저를 죽이고 나면 마에다 히젠前田肥前이 카나자와에서 군사를 거느리고 쳐들어올 것이라 하는군요."

"나이다이진 님!"

그때 새파랗게 질린 아사노 나가마사가 소리지르듯 가로막았다.

"그 무슨 당치도 않은 말씀입니까. 마에다 님과 제가 그런 음모에 가담했다니, 어찌 그런 터무니없는 말씀을……"

"닥치시오. 사실 여부는 알지 못한다고 미리 말했소."

이에야스는 한마디로 그의 입을 막았다.

"그런 소문을 알려준 사람이 있어, 만일 사실이라 해도 당황하지 않으려고 수행원을 약간 많이 데려왔소…… 이것은 무인으로서 당연한 조심성. 그런데 만에 하나라도 이 이에야스에게 불순한 마음이 있어 소문을 믿고 행동했더라면 벌써 이 성은 내 손에 떨어졌을 것이오. 이런 식의 방비라면 참으로 한심스럽소. 적을 막기에 유리한 난공불락의 이 성에 육십 명이나 되는 인원이 들어와, 그것도 분명히 큰 등을 구경하겠다고 하고 통과했는데도 별채 부엌에 가기까지 누구 하나 책임 있는 사람의 제지가 없었을 뿐 아니라, 묻는 사람조차 없었소. 이래서야 성 안은 비어 있는 것이나 마찬가지……"

마시타 나가모리와 나츠카 마사이에는 모든 사람들로부터 분노에 타는 시선을 받으며 보기에도 처량할 만큼 기가 죽어 있었다. 아마 그들 역시 자신의 아부가 이런 형태로 폭로되리라고는 상상조차 하지 못했을 것이다.

이렇게 되어 이에야스에 대한 밀고자, 내통자가 그들 두 사람이라는 사실은 모든 사람들에게 확실하게 알려졌다.

이전의 이에야스였다면 물론 이처럼 무자비한 폭로를 했을 리 없었다. 잔재주는 잔재주로서 가슴에 담아두기만 했을 터. 그러나 지금은 완전히 달라져 있었다. 이미 미츠나리의 반심은 누를 수 없는 것으로 보고 마음의 칼을 뽑아든 이에야스였다.

그런 만큼 지금 이에야스의 한마디 한마디는 미봉책이 아니라 현실을 수술하기 위한 '집도執刀'요, '단안斷案'이었다.

"이런 상황을 타이코 전하가 보신다면 얼마나 한탄하시겠소? 이대로 있어서는 안 됩니다. 그래서 이 이에야스도 결심했소이다. 마시타, 나츠카 두 분의 청을 받아들여 도련님 곁에서 정무를 보겠소."

이 말은 이미 의논이 아니라 확고한 결정이었다.

15

그동안 마시타 나가모리와 나츠카 마사이에는 더 이상 살고 싶지 않다고 느껴질 정도였다. 이것으로 그들의 잔재주는 여지없이 분쇄되고 말았다.

아사노와 마에다 두 세력을 이에야스로부터 떨어져나가게 하려던 책략은 오히려 그들로부터 한없는 증오와 불신을 당하는 결과가 되고 말았다. 미츠나리로부터는 어째서 이에야스를 오사카 성에 끌어들였느냐고 질책당하는 결과가 될 터였다. 아니, 그보다 지금 당장 히데요리 쪽 사람들은 눈앞의 두 사람을 배반자로 간주하고 분노의 시선을 집중시키고 있었다.

"말씀 도중 죄송합니다마는……"

카타기리 카츠모토가 입을 열었다.

"나이다이진 님이 성안에 계신다면…… 우선 숙소는 어디로 정하시겠습니까?"

카츠모토는 이에야스의 예사롭지 않은 태도에 다음 나올 말이 여간 마음에 걸리지 않았다.

이에야스는 간단히 고개를 흔들었다.

"염려하지 마시오. 이런 마당에 숙소 따위가 무어 그리 중요하겠소. 이시다 마사즈미石田正澄의 저택이 있으니 비좁기는 하나 당분간 그곳에 머물겠소."

이 말은 요도 부인과 그 뒤에 대령하고 있는 오쿠라大藏 부인, 아에바饗庭 부인을 안도하게 했다. 여자들은 이에야스가 히데요리에게 본성을 내놓으라 하지 않을까 불안해하고 있었다……

"축하 인사 드리는 자리에서 반갑지 않은 말씀을 드렸습니다. 이 모두 오로지 타이코 님께서 이룩하신 평화를 지키기 위해서입니다…… 안심하십시오, 도련님. 에도의 할아버지가 있는 한 어느 누구도 손가락 하나 건드리지 못할 것입니다."

다시 부드럽게 웃는 낯을 보였다. 요도 부인도 이마에 식은땀을 흘린 채로 다시 히데요리에게 무언가를 재촉했다.

히데요리는 순진하게 고개를 끄덕이며 말했다.

"그럼, 언제나처럼 잔을."

아사노 나가마사는 눈에 띄게 백발이 늘어난 머리를 숙이고 있었다. 그는 이에야스가 무엇을 생각하고 어떤 결심을 했는지 알 듯했다.

'도련님을 미츠나리의 손에 건네지 않기 위한 결의일 터……'

미츠나리는 입만 열면 도련님을 위해서……라고 한다. 그러나 당사자인 도련님은 여자들에게 둘러싸인 채 아직 아무런 의사도 갖지 못하는 어린아이…… 말하자면 세상을 떠난 타이코의 은혜를 거론할 때의 감정적인 고문 도구에 불과하다.

이러한 히데요리를 미츠나리에게 넘기지 않으려고 손을 썼다면 앞으로의 파란은 충분히 예상할 수 있었다.

'가엾은 도련님……'

가만히 고개를 들고 보니 히데요리는 이에야스에게 잔을 건네고 이번에는 어떻게 할 것인지 다시 어머니를 쳐다보고 있었다.

무릎 언저리에 놓고 있는 것은 종이로 접은 인형인 듯. 그것을 집어 들어도 좋을지 아니면 자세를 바로해야 할지 망설이며, 어머니의 눈치를 살피고 있었다.

요도 부인은 자개를 박은 사방침 가장자리를 탁 두드렸다. 위엄을 보이며 점잖게 앉아 있으라는 신호. 고쇼비나御所雛°에서 호칸寶冠°만을 벗긴 듯한 히데요리의 화려한 비단옷이 오히려 애처롭게 아사노 나가마사의 가슴을 울려왔다.

아사노 나가마사는 어느 틈에 오열을 억누르고 있었다.

'드디어 이에야스가 몸을 일으켰구나……'

출가出家

1

서쪽 성 내전에서 조용히 살아가는 키타노만도코로, 지금은 코다이인이라 불리는 네네寧寧에게도 이에야스가 오사카 성에 들어왔다는 소식은 전해졌다.

히데요리가 그녀의 친아들이었다면 이에야스도 맨 먼저 자신에게 인사하러 왔을 터. 그러나 히데요시는 이에야스의 아들인 히데타다를 아사히히메朝日姫의 양자로 삼았으면서도 히데요리는 정식으로 네네의 양자로 삼지 않았다. 처음에는 섭섭하다고 생각했고 원망하기도 했다. 그러나 지금은 그런 사소한 인간의 집념 따위는 하찮은 꿈이었음을 깨달은 코다이인이었다.

이슬로 떨어지고 이슬로 사라질 이 몸이거늘
나니와浪花(오사카와 그 부근)의 영광은 꿈속의 꿈……

지금 코다이인에게 소원이 있다면 타이코의 지세이辭世°에 담겨 있는 인생의 허무함을 깊이 되새기며 살아가겠다는 마음뿐이었다. 히데요시의 이 지세이를 곰곰이 음미해보면, 현재 살고 있는 거대한 오사카 성도 그 꿈의 가장자리에 이어진 환상처럼 생각되었다.

요도 부인과 히데요리도, 그리고 자신을 포함한 많은 가신과 그 가족들도…… 모두 환상에 빠져 집착했다가, 마침내 이슬처럼 떨어져 사라질 자신의 모습에 놀라게 될 것이 아닌가……

종종 쿄토에서 초청하곤 하는 조동종曹洞宗˚의 큐신弓箴 선사 설법을 통해 지금은 코다이인도 석가釋迦가 어째서 출가했는지 그 의미만은 확실히 파악한 듯한 기분이었다.

인간이 무언가를 소유하고자 집착하는 한 고뇌는 무한히 계속된다. 그 집착의 목표가 성城이거나 금은이거나, 혹은 영혼이거나 육친이거나 마찬가지. 아니, 이미 나의 몸과 생명조차도 집착의 도를 넘으면 '고통'의 원인 이외에 아무것도 아니다.

"전혀 어려울 것 없습니다. 생명이 있는 것은 반드시 죽고, 형태가 있는 것은 반드시 없어진다…… 이것만 알고 있으면 됩니다. 타이코님도 돌아가시기 직전에 깨달으셨습니다. 그것이 지세이에 잘 나타나 있습니다."

큐신 선사는 임제종臨濟宗˚ 승려와는 달리 코다이인의 질문에 대해 자세히 설명해주었다.

인간──이라 해도 한 인간에게 같은 상태는 두 번 다시 있지 않다. 오늘은 곧 어제가 되고, 내일은 곧 오늘이 된다. 결코 정지하는 일이 없는 시간의 흐름 속에 시시각각 변하고 있다. 그 변화의 방향을 마음에 새겨, 좋은 것으로부터는 좋은 싹이 나오고 나쁜 인연으로부터는 나쁜 결과가 생긴다는 것만 알면 된다고 가르쳤다.

곧 인간이 집착하는 대상도 시시각각 변하고 있으므로 어느 한 가지에 집착하는 일은 모든 일에 집착하는 것…… 다시 말해서 꿈에 매달리는 것에 지나지 않는다고 했다.

"이 성만 해도 성으로 볼 때는 성입니다만, 불타면 재가 됩니다. 분해하면 돌과 나무와 흙과 또 약간의 쇠붙이에 불과합니다. 이 성에 집착의 도가 지나치면 특별히 재가 되기까지 수많은 생명을 무참하게 죽이고 엄청난 피를 흘립니다…… 참으로 기괴한 일입니다……"

9월 9일 저녁 무렵, 큐신 선사가 이렇게 말한 그 성 내전으로 새파랗게 질린 아사노 나가마사가 코다이인을 찾아왔다. 아사노 나가마사는 코다이인의 여동생 야야屋屋의 사위로, 그녀에게는 조카사위였다.

2

'무슨 큰일이 벌어졌구나……'

코다이인은 나가마사의 심상치 않은 낯빛을 보고 깨달았다. 그러나 자세한 사정을 듣기까지는 그다지 놀라는 모습을 보이지 않았다.

사와야마로 돌아간 미츠나리가 무엇을 생각하고 어떤 움직임을 보이는지 어렴풋이 알고 있었고, 이에야스가 오래지 않아 이 성에 오리라는 것도 예상하고 있었다.

'후시미 성에 있으면서 천하의 일을 돌보기란 어려운 일……'

원래 후시미 성은 오사카가 있기 때문에 은거하기 위해 쌓은 성, 타이코라면 어디에 있건 정무를 볼 수 있으나 이에야스로서는 어려운 일이라 생각하고 있었다.

이에야스를 히데요시의 대리인 정도로 생각하는 사람들이 오사카 성 안에 있다. 그런 경우 당연히 정령政令은 두 군데에서 나오고, 그 갈등은 그대로 제후를 파벌 싸움의 소용돌이 속으로 끌어들여 분규의 싹을 키우게 될 것이었다.

'내가 이에야스였다고 해도 이렇게는 천하를 다스릴 수 없다……'

히데요시 곁에 있으면서 늘 남편의 움직임을 보아온 코다이인에게는 그러한 견식이 저도 모르는 사이에 몸에 배어 있었다. 그러나 이에야스가 오사카에 머무르겠다는 결의를 표명했을 뿐만 아니라, 아사노 나가마사와 마에다 토시나가가 이에야스의 목숨을 노리는 주모자라고 생각……하고 있는 듯하다는 말을 들었을 때는 그런 코다이인조차 대번에 얼굴색이 창백해졌다.

"물론 누군가의 모함입니다. 아니, 누군가……라고 새삼스럽게 이름을 숨길 필요도 없습니다. 마시타 나가모리와 나츠카 마사이에, 이들 두 사람입니다. 그들은 비밀리에 지부와도 연락을 취하며 나이다이진에게 아부하기 위해……"

나가마사는 말하다 말고 눈을 붉히면서 목소리가 잠겨들었다.

"저희는 코다이인 님 충고도 있고 하므로, 평화야말로 타이코 전하의 유지遺志라 생각하고 나이다이진을 도와왔습니다만…… 이대로 가면 물거품…… 물거품이 될 수밖에 없습니다."

나가마사가 찾아온 목적은 뻔했다. 아사노 부자가 그런 음모에 가담할 리 없다고 코다이인이 이에야스에게 말해달라는 것이었다.

코다이인은 잠시 눈을 감고 생각에 잠겼다.

최근 코다이인 곁에는 늙은 여승 코조스孝藏主만 있을 뿐이었다. 오늘도 마찬가지로, 아무도 듣는 자는 없었다. 한적한 거실에는 장지문에 그려진 화조도花鳥圖의 선명한 색채만이 어울리지 않게 화려했다.

"아시다시피 요시나가는 물론 저도 미츠나리를 싫어합니다…… 그런데도 미츠나리를 적대시하는 나이다이진의 의심을 받다니 너무나 뜻하지 않은 일입니다."

"……"

"저도 처음에는 나이다이진의 농담이라고 생각했습니다. 그런데, 저를 바라보는 눈에는 용서할 수 없다는 증오의 빛이 역력했습니다. 아시다시피 제 영지는 에도와 별로 멀리 떨어지지 않은 카이甲斐. 만약 오해를 받아 공격당한다면 손쓸 방법이 없습니다……"

그래도 코다이인은 입을 열려고 하지 않았다.

"카이에는 아직 어린 나가시게長重가 있을 뿐…… 저를 잃고 마시타나 나츠카를 얻는다 해서 나이다이진에게 무슨 이득이 있겠습니까? 이런 사정을 얘기해줄 수 있는 분은 코다이인 님말고는 없습니다."

나가마사의 말은 어느 틈에 푸념으로 변해 있었다……

3

"나가마사, 그대는 이 사태의 의미를 잘못 알고 있는 것 같아……"

코다이인이 심사숙고 끝에 처음으로 한 말이었다.

나가마사는 깜짝 놀라 몸을 앞으로 내밀었다.

"제가 사태를 잘못……?"

"그래. 그대가 걱정할 일은 아니야. 드디어 나이다이진은 각오를 하신 모양이야……"

"코다이인 님, 나이다이진의 그 각오란 저와 마에다 히젠을 적으로 돌리겠다는……"

그 말에 코다이인은 눈을 가늘게 뜨고 허공을 바라본 채 조용히 고개를 저었다.

"나가마사, 그대는 돌아가신 타이코가 노부나가信長 공을 대신하여 천하를 맡겠다는 각오를 하고 키요스淸洲의 유신遺臣 회의에 참석하셨을 때의 일을 잊지 않았겠지?"

"그야 잊지 않았습니다마는……"

"그때 타이코는 자기 뜻에 거슬리는 말을 하는 자가 있으면 곧바로 그 자리에서 물러나 낮잠을 주무셨어."

"예, 그랬습니다…… 그리고 누구를 막론하고 마치 사람이 달라지신 듯 무섭게 꾸짖으셨습니다."

비로소 코다이인은 창백한 얼굴에 미소를 떠올렸다.

"알겠나, 나가마사. 그때 타이코의 가슴에는 늘 산보시三法師 도련님이 안겨 있었어. 나이다이진도 이번에는 히데요리 도련님을 안고 오사카에서 정무를 보실 거야. 아니, 그뿐 아니라 가장 친한 그대와 마에다 히젠을 꾸중하셨어……"

"아!"

갑자기 나가마사는 짧게 소리지르고 입을 다물었다. 갑자기 대포 앞에 세워진 듯한 전율과 낭패감이 온몸을 꿰뚫고 지나갔다……

"그러면, 그러면 나이다이진이 싸울 각오를……?"

"타이코 전하가 야마자키山崎 전투가 끝나기도 전에 시바타柴田를 공격했을 때에 비하면 정말 오래 참았어."

"코다이인 님, 그러면 코다이인 님이 중재하셔도 이미 어쩔 수 없다는 말씀입니까?"

"시간의 흐름 앞에는 도리가 없지."

코다이인은 나가마사의 물음에 직접적인 대답은 하지 않고 조용히 중얼거리며 합장했다.

"나가마사, 나도 얼마 전까지는 자못 깨달은 체하고, 제발 이 평화가 지속되었으면…… 남편의 유일한 희망이라 생각하면서 집념을 버리지 못했지. 그러나 이 역시 허망한 꿈임을 알게 되었어……"

"코다이인 님!"

"이번 전쟁은 천하를 가름하는 큰 전쟁이 될 거야. 생각해보면 슬프기 짝이 없는 일. 그 누구도 전쟁은 원하지 않는데…… 그러면서도 전쟁의 원인이 되는 아집과 욕심을 버리지 못하다니. 인간이 그와 같은 업業의 덩어리로 남아 있는 한 이 세상에서 전쟁은 영원히 피할 수 없는 거야, 나가마사……"

"예."

"이제 나도 겨우 각오할 수 있게 되었어."

"어떤 각오신지요?"

"이미 타이코의 천하는 끝났어. 나도 이제 이 성을 버리려고 해."

코다이인의 조용한 어조의 술회.

"아……!"

아사노 나가마사는 또다시 짧게 소리질렀다.

어느 틈에 코조스의 손으로 등불이 밝혀져, 코다이인의 손목에 감긴 염주가 싸늘한 빛을 되쏘고 있었다.

4

"저어…… 이 성을…… 타이코 전하가 심혈을 기울여 쌓으신 이 성을 버리시겠다는 말씀입니까?"

나가마사와 코다이인의 심경은 아직도 기왓장과 구슬만큼의 차이를 보이고 있었다.

"천하 제일의 이 오사카 성…… 타이코 님의 이름과 함께 자손대대로 우뚝 솟아 있을 이 성을……"

다그치듯 말하는 나가마사를 코다이인은 엄한 표정으로 꾸짖었다.

"말을 삼가도록 해, 나가마사. 그대의 눈에는 이 성의 변화가 보이지 않는단 말인가?"

"성이 어떻게 변했다는 말씀입니까? 백 년이나 이백 년 사이에 변할

성이 아닙니다. 그것이 타이코 님의 염원이시기도 했습니다."

"내 말을 들어봐. 이 성도 타이코라는 주인이 있었기에 일본의 평화를 상징할 수 있었어. 그런데 지금은 완전히 바뀌고 말았어……"

"무슨 말씀입니까, 어디가 어떻게 변했다는 것입니까?"

"지금 이 성은 평화의 상징이 아니라, 천하를 노리는 자들의 야심을 부추기는 표적의 탑이 되고 말았어."

나가마사는 그만 말문이 막혀 겁먹은 듯 시선을 돌렸다.

'그렇구나, 그런 뜻이었구나……'

그렇다면 변하지 않았다고 우길 수 없었다. 확실히 변했다. 우선 이에야스가 이 성을 노리고 등장했으며, 미츠나리 또한 이곳에서 천하를 호령할 꿈을 꾸면서 음모를 꾸미고 있을 터였다.

'그런 뜻에서라면 확실히 이 성은 야심가들의 다툼의 장으로 변하고 있다……'

"알겠나, 나가마사? 나는 그 싸움에는 끼여들고 싶지 않아. 아니, 끼여들면 타이코의 뜻을 어기는 일, 깨끗이 이 성을 버리겠어."

"……"

"나가마사, 그대도 요시나가에게 뒷일을 맡기고 카이로 돌아가 근신하는 편이 좋을 거야. 그렇게 하면 아사노 가문은 일단 무사할 것 같은데, 어떻게 생각하나?"

나가마사는 깜짝 놀라 다시 시선을 코다이인에게 돌렸다. 그리고 의외라는 듯이 눈을 깜박거렸다.

"그렇게 하면 나이다이진이 의심을 풀 것……이라고 생각하십니까, 코다이인 님은?"

코다이인은 일부러 싸늘하게 고개를 돌렸다.

"요시나가는 나에게도 귀여운 핏줄…… 내가 이에야스 님에게 서쪽 성을 내주고 나가겠다고 하면, 그것을 보아서라도 더 이상 그대 부자를 난처하게는 만들지 않을 거야."

이렇게 말하고 코다이인은 중얼거리듯 혼잣말을 했다.

"처음부터 나이다이진은 그대나 마에다 히젠을 적으로 돌릴 생각은 갖고 있지 않았어. 다섯 부교 중에 서열이 첫째인 그대도, 다섯 타이로 大老˚ 중 으뜸인 마에다의 장남도 모두 나이다이진의 조치에는 순순히 따랐어…… 그렇게 되어서는 싸우기가 어렵지…… 키요스 회의 때의 타이코와 비슷한 상황이야. 나이다이진은 반심 따위는 믿지도 않으면서 난제難題를 제기했어…… 그래서 난 나이다이진이 싸울 결심을 확실히 했다고 판단하게 된 거야."

"……"

"알아듣겠나, 나가마사? 전쟁이 벌어지면 나는 이 성에 있지 않는 편이 좋아. 유지를 더럽히기보다 이 소용돌이를 피해 부처님에게 남편의 명복을 빌겠어…… 이것이 내가 바라는 바야. 말리지 않기를 바라겠어, 나가마사……"

5

아사노 나가마사는 비로소 코다이인이 한 말을 확실하게 깨달았다. 코다이인은 이에야스가 나가마사나 마에다 토시이에를 적대시하는 것은 아니라고 믿고 있었다. 이에야스의 그러한 마음과 오늘의 난제는 전혀 다르다고 보고 있었다.

"그러면 나이다이진은 미츠나리와 싸울 각오를 했다…… 전쟁에 대비하여 저에게 난제를 내놓았다……고 보십니까?"

코다이인은 조용히 고개를 끄덕였다.

"마시타와 나츠카의 책동을 교묘히 역이용한 거야. 나가마사, 알아들을 수 있겠지? 그들의 말을 믿는 체하고, 그대와 마에다 님에게 해명을 요구하는 거야. 전쟁을 벌일 결심이라면 이러한 조치는 그 중요한 첫걸음이 아니겠어?"

"만약 우리가 해명도 굴복도 하지 않을 경우에는?"

"물론 즉시 짓밟아버리겠지. 에도의 실력으로 보면 카이의 이십일만 석쯤은 문제도 되지 않아."

나가마사는 이맛살을 찌푸리고 혀를 찼다. 그 말이 옳다……는 것을 나가마사 자신도 분명히 알고 있었다.

"그럼, 마에다 님과 제가 서로 호응하여 궐기하면 이에야스는 어떻게 할까요?"

"마에다 쪽에서는 호응하지 않아."

코다이인은 아무 주저 없이 싸늘하게 대답했다.

"카나자와에는 오마츠阿松 님이 있어…… 아니, 지금은 호슌인芳春院이지만…… 그 호슌인이 이기지 못할 싸움은 절대로 형제에게 시키지 않을 거야."

나가마사는 다시 한 번 홀끗 코다이인을 쳐다보고 입을 다물었다.

더 이상 물을 것은 아무것도 없었다. 이에야스는 마에다 토시이에도 자기도 반항하지 못할 것이라 내다보고 짐짓 마시타와 나츠카를 방패 삼아 두 사람을 힐문하고 있다. 이 힐문을 피하기 위해 자신은 영지에 내려가 근신하는 수밖에 다른 길이 없을 듯.

코다이인은 나가마사에게 만약 그럴 생각이 있다면 자신의 출가出家와 결부시켜 아사노 가문의 안녕을 위해 이에야스에게 주선하겠다고 하고 있다……

"나가마사, 이 성도 히데요리도 또 타이코도 깨끗이 그대의 마음속에서 씻어버리는 게 좋을 거야."

코다이인은 다시 먼 곳을 바라보는 눈으로 조용히 중얼거렸다.

"일단 자신이 덧없는 존재라는 생각을 하게 되면 한없이 맑고 투명한 허공만이 남게 되지."

"……"

"아니, 허공이 아니라 잘 닦인 마음의 거울인지도 몰라…… 그 거울에 어떤 새로운 것이 비치게 될까?"

나가마사는 장지문의 손잡이에 달린 빨간 술을 바라본 채 대답하지 않았다.

코다이인은 시간의 흐름과 시대의 추이를 말하고 있었다. 타이코의 죽음으로 이미 타이코 시대는 허공 저쪽으로 사라졌다. 그러므로 새로운 시대의 거울에 자기 모습을 비쳐보고 살라는 의미였다. 생각하기에 따라 코다이인의 이 말은 도요토미 가문을 위해서나 유신들에게는 아주 냉담하게 받아들여질 수 있었다.

'도련님은 코다이인의 아들이 아니다. 그러므로 세상에서는 코다이인이 요도 부인과의 감정대립으로 이에야스 편을 들어, 그 편의를 도모하기 위해 성을 버렸다고 생각할지도 모른다……'

이렇게 생각하니 조카사위인 나가마사로서는 가만히 있을 수 없었다. 그는 생각에 잠긴 표정으로 다시 코다이인 쪽을 보았다.

6

"코다이인 님, 말씀하신 뜻은 잘 알겠습니다. 저의 가문과 자식을 위해 염려해주시는 고마운 마음, 가슴 깊이 새기겠습니다만, 그렇게 되면 세상 사람들에게 공연한 오해를 받으실 것 같아……"

나가마사의 말에 코다이인은 다시 눈을 감고 미소를 떠올리면서 염주를 굴리기 시작했다.

"내가 이에야스 님을 위해 일부러 서쪽 성을 비워주었다고 말인가?"

"예. 요도 부인에 대한 증오에서…… 그런 소문이라도 나돌게 되면 안타까운 일이 아니겠습니까?"

"나가마사, 그대 역시 말꼬리에 사로잡혀 있는 사람이로군."

"무슨 말씀인지요?"

"오해가 아니야. 세상에서 그렇게 본다면 세상의 눈이 정확한 거야."

"아니…… 무어라 하셨습니까?"

"나도 상대가 이에야스 님만 아니라면 서쪽 성을 건네지 않을 거야. 가령 모리 님이라거나 우에스기 님, 우키타宇喜多 님이라면."

나가마사는 숨을 죽이고 코다이인을 뚫어지게 쳐다보았다.

"호호호…… 물론 지부에게도 넘겨줄 리 없지. 내가 요도 부인을 미워한다는 것도 사실. 아니 부러워하는지도 모르고 질투하는지도 몰라. 좌우간 나는 속이 좁은 여자라 확실히 그런 미움은 있어…… 그러기에 이처럼 부처님에게 매달려 사죄하고 있다고 생각하면 될 거야."

"……"

"따라서 그런 소문이 난다고 해서 뜻밖이라고는 할 수 없지."

"그렇지만 코다이인 님까지 앞장서서 일부러 도요토미 가문을 멸망시켰다고도 할 텐데요……"

"호호호…… 쓸데없는 걱정이야, 나가마사."

코다이인은 소리 내어 웃었다.

"천하를 손에 넣을 만한 자가 어찌 그런 일로 망하거나 흥하거나 하겠어? 또 그런 소문을 곧이듣고 의심할 정도의 자라면 이미 보잘것없는 소인배에 지나지 않아. 나는 그런 자들의 생각 같은 것은 염두에도 두지 않고 있어."

그리고는 딱 잘라 말했다. 나가마사는 대꾸할 말이 없었다.

'과연 보통 기량을 가진 분이 아니다……'

이렇게 생각하면서도 아직 한 가지 마음에 걸리는 것이 있었다. 코다이인이 서쪽 성을 이에야스에게 넘겨준다고 했을 때 과연 요도 부인이나 그 측근들이 가만히 있을 것인가.

　나가마사와 마에다에 대한 일은 터무니없는 모함, 그런데다 이에야스가 이 성에 오는 것을 달가워하지 않는 자는 비단 오노 슈리나 히지카타 카와치만은 아니었다. 만일 진심을 묻는다면 마시타도 나츠카도, 또 마에다 겐이도 모두 반대한다고 할 것이 틀림없다.

　그런 분위기 속에서 코다이인이 성을 나가겠다고 한다면 히데요리나 요도 부인의 이름으로 어떤 방해공작이 있을지, 그것이 마음에 걸리는 나가마사였다.

　"코다이인 님, 꾸중을 각오하고 또 한 가지 말씀 드려야 할 일이 있습니다. 서쪽 성을 나이다이진에게 넘기는 일에 대해 만약 도련님의 이름으로 제지가 있을 때는 어떻게 하시겠습니까?"

　코다이인은 그 질문을 은근히 기다리고라도 있었던 듯.

　"호호호…… 나가마사답지 않은 말을 하는군. 도련님의 이름으로 그것이 가능할 정도라면 어찌 성을 나가겠나? 아무래도 그대의 거울 역시 흐려진 모양이야……"

7

　"꾸중 이상으로 무서운 말씀입니다…… 그러나 코다이인 님, 지금의 그 말씀을 저는 이해할 수 없습니다. 어째서 도련님의 이름으로도 불가능하다는 말씀입니까?"

　나가마사는 진지한 눈으로 반문했다.

　도련님의 이름으로 제지할 수 있을 정도라면 성에서 나가지 않겠다…… 무슨 생각으로 하는 말일까?

코다이인은 가볍게 고개를 끄덕였다.

"나가마사, 내일 아침 요시나가를 내게 보내게."

"제 아들을 내전으로?"

"그래, 그것으로 모든 일이 끝나."

"그렇지만 아직 저로서는……"

"요시나가를 나이다이진 님에게 보내겠어. 나이다이진이 이시다 모쿠노카미의 비좁은 집에 숙소를 정했다는 것을 알고 내가 몹시 황송해하더라고…… 나이다이진은 타이코의 부탁으로 당분간 천하를 담당할 분, 그런 분을 모쿠노카미의 집에 계시게 한다면 내가 타이코를 뵐 면목이 없다, 즉시 서쪽 성을 비울 것이니 속히 옮기셔서 타이코의 유업을 이루어달라고…… 나가마사, 이것으로 모든 게 끝나."

"그러나…… 요도 부인이 아시면?"

"요도 부인이 무슨 말을 할 수 있겠어? 가령 요도 부인이나 도련님 측근이 안 된다고 하면 나도 나가지 않겠다고 할 수밖에 없을 테지. 하지만 그런 말은 하지 못할 것이야…… 나가마사, 내가 두려워 말 못하는 게 아니라 나이다이진이 무서워 못하는 것이야. 알겠나?"

나가마사는 섬뜩했다. 지금까지 미소를 띠고 있던 코다이인의 눈에서 한꺼번에 눈물이 쏟아져나오고 있었다.

'그렇구나. 나이다이진이 들어오겠다고 하면 제지할 자가 없다……는 뜻이었구나……'

"흉을 봐도 괜찮아, 나가마사. 결국 흐트러진 꼴을 보이고 말았어."

"아닙니다. 이제야 확실히 깨닫게 되었습니다. 과연 이미 나이다이진과 맞설 자는……"

"이 말만은 하지 않을 생각이었어. 오로지 타이코의 명복을 빌겠다…… 그런 소원 때문에 성을 나온 것으로 하고 싶었는데, 아직 내 깨닮음이 부족한 모양이야."

코다이인은 가만히 옷소매로 눈을 누르고 다시 억지로 웃었다.

"이렇게 된 이상 숨길 필요도 없겠지. 나가마사, 내가 성에서 나가려
는 것은 세 가지 집념 때문이야."

"집념……?"

"그 첫째는, 언젠가는 비우라고 할 것이 분명한 이에야스 님에게 선
수를 쳐서 의리를 보이기 위해…… 부디 여기서 남편의 유업을 이루도
록 하십시오…… 이렇게 하면 이에야스 님도 도요토미 가문과 히데요
리를 미워하지 않을 것은 당연한 일 아닌가?"

"아…… 정말 그렇습니다!"

"그 다음은 여자로서의 내 체면. 과연 타이코의 아내답게 천하의 앞
날까지 내다보았다고……"

나가마사는 온몸이 뜨거워졌다. 이 역시 집념이 아닌가. 코다이인의
마음속에는 아직도 타이코에 대한 자랑스러운 애정이 재에 파묻힌 불
씨처럼 살아 있었다……

"셋째 집념은, 내가 나이다이진을 성에 들여놓으면 지부가 혹시 반
항심을 버리지 않을까 하는 희망이야. 지부의 마음을 모르는 바 아니지
만, 그러나 그가 집념을 버리지 않는 한 타이코가 키운 무장들은 두 파
로 갈려 싸우게 돼…… 나는 그것이 슬퍼……"

나가마사의 눈에서도 어느 틈에 뚝뚝 눈물이 떨어지고 있었다……

8

문득 나가마사는 주위에 밝은 빛과 향기가 떠도는 느낌이 들었다.

취한 것 같다……고 할 수도 있었고, 말로만 듣던 정토淨土에 잘못

발을 들여놓은 듯 어리둥절하다고 해도 좋았다. 어디선가 감미로운 소리가 들려오고 주위에 꽃잎이 떨어져내리는 듯한 느낌 —

고슈江州 오다니小谷 마을에서 야스이 야헤에 시게츠구安井彌兵衛重繼의 아들로 태어나 아사노 가문의 데릴사위로 들어간 나가마사. 어머니의 언니 코다이인과는 27년 전부터 아는 사이로, 때때로 그녀가 제후들 앞에서 히데요시와 다툴 때는 남몰래 혀를 찬 일도 있었다.

"얼마나 나서기를 잘하는 건방진 여자란 말인가."

재녀일 뿐 아니라 남자를 능가하는 억센 기질, 정치적인 문제에까지 간섭하는 것을 보고는 만약 히데요시를 잘못되게 하는 사람이 있다면 바로 이 여자가 아닐까…… 생각하기까지 했다.

여자 타이코라는 험담을 듣던 키타노만도코로는 히데요시의 조선朝鮮 출병 무렵부터 서서히 사람이 바뀌기 시작했다. 날카롭고 강한 개성이 사라지고, 키요스 나가야長屋에서 살던 때와 같은 둥글둥글한 성격을 되찾아갔다. 타이코가 죽은 후 코다이인은 갑자기 늙었다……고 생각했는데, 사실은 나가마사로서는 들여다볼 수 없는 세계를 향해 계속 성장하고 있었다……

이러한 코다이인 앞에서 카이의 21만 7,000석 영주 아사노 단죠쇼히츠 나가마사 따위는 그녀가 말한 하찮은 인간의 하나에 지나지 않음을 절감했다.

'도요토미 가문에서 이에야스와 맞설 수 있는 사람은 이 한 분밖에 없지 않을까……'

나가마사는 이에야스와의 중재를 부탁하러 왔다가 비로소 인간으로서 눈을 뜨는 큰 기쁨을 맛보았다…… 무엇보다 성을 버리는 각오 뒤에 숨겨진 크나큰 선의善意가 나가마사를 압도했다.

다섯 부교 중에서도 서열이 첫째인 나가마사, 도요토미 가문이 처한 현재의 위치마저 확실히 파악하지 못하고 있었다. 이에야스에게 점점 힘이 실려가고 있는 데 정신이 팔려, 이미 오사카 성 안에는 그 압력을 뿌리칠 만한 힘이 없다는 사실을 간과하고 있었다……

서쪽 성에 이에야스를 들어오게 하는 데 세 가지 집념이 따른다는 코다이인의 술회는 얼마나 치밀하고 겸손하며 슬픔을 억제한 말인가.

'과연 이것으로 이에야스도 반성하고 지부도 눈을 뜨게 될지……'

지부의 눈을 뜨게 하기 위해서는 진지하게 행동해야 한다. 근신하라면 순순히 은퇴하고, 마에다 토시나가에게도 넌지시 코다이인의 뜻이 어디 있는지 말해주어야 할 것이다……

코다이인의 말대로 지금 지부가 소란을 일으키면 타이코가 키운 장수들은 사분오열, 피로써 피를 씻게 될 것이고, 그 결과는 더욱더 도요토미 가문의 힘을 약화시킬 뿐……

"날이 밝았습니다!"

나가마사는 잠시 동안 자신을 잊고 자문자답하다가 깜짝 놀랐다.

해가 떨어진 게 언제라고 벌써 날이 밝았단 말인가……

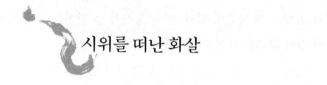

시위를 떠난 화살

1

오미 땅 이누가미고리犬上郡의 사와야마 성 북쪽에 있는 쇼호 사正法寺 본당이었다. 경내 은행잎이 노랗게 물든 이 절에 아무런 예고도 없이 말을 타고 달려온 이시다 미츠나리와 이시다 가문의 최고 카로인 시마 사콘 카츠타케, 인사하러 나온 주지도 서둘러 차를 가져온 승려도 물리치고 무심히 주위의 가을 경치를 바라보고 있었다.

"그냥 이대로도 좋소. 너무 날씨가 좋아 멀리 여기까지 온 것이오. 잠시 조용히 쉬고 싶소."

미츠나리의 말에 이어 ──

"이 넓은 경내에 인기척이 없어 더욱 좋군요. 모두 물러가도 좋소."

사콘도 다시 주지에게 이렇게 말해 모두 물러가게 한 뒤였다.

수행 인원은 불과 7기騎, 그들도 모두 산문山門의 서쪽으로 트여 있는 삼나무 숲에 말을 매어놓고 있어서 미츠나리와 사콘 주종主從 옆에는 아무도 없었다.

"주군, 삼천 정도의 군사라면…… 이 절 부근에 충분히 주둔시킬 수 있겠습니다."

미츠나리와 함께 본당 툇마루에 나란히 앉은 시마 사콘이 승려가 놓고 간 차를 마시면서 조용히 말했다.

"이곳과 사와야마 아래의 세이료清涼와 료탄龍潭 두 절, 그리고 아타고도愛宕洞 부근에 은밀히 병력을 배치할 장소를 마련하는 것이 좋겠습니다."

미츠나리는 시마 사콘의 말을 듣는 것 같기도 하고 듣지 않고 있는 것 같기도 했다.

"사와야마 성의 가장 큰 결함은 물이 부족하다는 점입니다. 어떤 경우에도 농성은 부적절하고, 성과 그 주변에 충분한 대비가 필요합니다. 그런 의미에서는 망루와 석축의 보수는 주군의 결의를 보여주는 것……이라고 생각해야 합니다."

미츠나리는 그 말에는 대답하지 않고 불쑥 말했다.

"아사노 나가마사가 코후甲府로 은퇴했다고 하더군."

"그렇습니다. 그것도 나이다이진의 강요에 의한 근신, 그리고 코후에 있던 아들 나가시게를 에도에 인질로 보냈다고 합니다."

미츠나리가 싸늘한 표정으로 중얼거렸다.

"으음. 오노 슈리와 히지카타 카와치도 히타치常陸로 유배 보낼 것이라고 하더군…… 이제 오사카 성은 나이다이진이 마음대로 주무르게 됐어."

"이해되셨습니까?"

사콘 카츠타케는 비꼬는 웃음을 띠었다.

"야규 세키슈사이柳生石舟齋가 찾아왔을 때 제가 이제부터 이에야스의 과감한 행동이 시작될 것이라고 했는데, 정말 그렇게 되었습니다."

미츠나리는 다시 사콘의 말은 그대로 흘려보내며 중얼거렸다.

"알 수 없는 것은 키타노만도코로의 마음이야."

"키타노만도코로의 마음이라면 알 수 있습니다."

"자네는 어떻게 생각하나?"

"요도 부인에 대한 반감 같은 단순한 이유에서는 아닙니다."

"으음. 어쨌든 자진하여 서쪽 성을 비우고 나이다이진을 맞아들였다는 것은 놀라운 용단이야."

"저는 용단이 아니라 대단한 도박이라 생각합니다. 모리 님도 우에스기 님도 마에다 님도 주군의 편은 들지 않을 것이라 보았기 때문에 나이다이진에게 걸었다……고 보아도 결코 틀리지 않습니다."

사콘의 말에 비로소 미츠나리의 표정이 부드러워졌다.

"그렇다면 이 미츠나리를 보잘것없고 하찮은 소인으로 보았다는 말인가? 하하하……"

이때 정적을 깨뜨리며 사찰 참배를 위해 닦아놓은 길을 달리는 말발굽소리가 희미하게 들려왔다.

2

"아, 오는 모양입니다."

시마 사콘은 상반신을 일으켜 길 쪽으로 시선을 보냈다. 미츠나리는 그 말에도 대답하지 않았다.

이곳에서 만나기로 되어 있는 사람은 역시 미츠나리의 측근인 아타카 사쿠자에몬安宅作左衛門이었다. 사쿠자에몬은 사이카 효부雜賀兵部와 역할을 분담하여 쿄토에서 카가加賀 일대의 정보를 수집하고 있었다. 오늘 새벽 오미에 돌아왔을 그는 그곳에서 쉬지 않고 말을 달려왔을 터였다.

물론 미츠나리도 그와의 약속을 위해 멀리 여기까지 말을 달려왔다.

그러나 사쿠자에몬의 보고를 기다릴 것도 없이 그 내용을 대강은 짐작할 수 있을 것 같았다. 현재 미츠나리의 가장 큰 관심사는 마에다 토시나가 형제의 거취였다.

히지카타와 오노 두 사람은 오사카에서 멀리 쫓겨나고, 아사노 나가마사도 코후에 가서 근신하도록 명령받았다. 보기에 따라 미츠나리는 발톱이 뽑히고 손가락이 잘린 것과도 같았다. 그러나 이것은 도리어 미츠나리가 바라던 바였다.

시마 사콘은 일부러 본당 아래까지 가서 아타카 사쿠자에몬을 맞이했다.

"주군이 기다리고 계시니 얼른 갑시다."

사쿠자에몬은 이미 어딘가에서 옷을 갈아입은 듯, 다른 측근들과 마찬가지로 성에서 갓 빠져나온 것 같은 노바카마野袴° 차림이었다. 다만 길을 떠나 있는 동안에 그을린 피부가 보릿빛이었으나, 별로 눈에 띌 정도는 아니었다.

"주군! 별고 없으셨는지요……"

층계 밑에서 절하는 그를 미츠나리는 가볍게 제지했다.

"인사는 나중에 해도 좋아. 자, 여기 와서 앉게."

"예."

"어때, 카가는 움직이기 시작했나?"

"그렇습니다."

짧게 대답하고 사쿠자에몬은 혀를 찼다.

"황송합니다마는 마시타, 나츠카의 생각은 모두 오산이었던 것 같습니다."

"그래?"

미츠나리는 이렇게만 말했을 뿐이었다.

"호호호."

그리고는 혼자 웃고는 입을 다물었다.

시마 사콘은 고개를 갸웃하고, 미츠나리에게 신경을 쓰면서도 질문하지 않을 수 없다는 듯이 물었다.

"두 사람 생각이 오산이라고?"

"예…… 나이다이진이 마시타 님과 나츠카 님을 불러놓고 마에다 형제의 잘못을 추궁했습니다."

"허어, 무어라고 추궁했나요?"

"이번 가을에 히지카타와 오노는 유배를 가고 아사노 단죠는 이미 은퇴했다, 그러므로 나를 암살하려는 음모에 대해서는 토시나가가 혼자 추궁받게 되었다, 따라서 토시나가는 몇 번이나 그대들에게 중재를 부탁하고 사과해야 하는데도 아직까지 그럴 기색을 보이지 않는다, 이로 미루어보아 모반은 소문만이 아닌 것 같다……고."

시마 사콘은 이 말을 듣고 흘끗 미츠나리의 안색을 살폈다.

미츠나리는 여전히 못 들은 체하고 경내에 시선을 던지고 있었다.

"주군, 이에 대해 마시타 님이 무어라 대답했는지 아시겠습니까?"

"물론 알고 있네."

미츠나리의 대답은 물처럼 조용했다.

"모두 내가 지시했어. 그 관계의 일에 대해서는."

3

미츠나리의 쌀쌀한 대답을 듣고 이번에는 사콘이 쓴웃음을 지었다.

"주군, 책략이 좀 지나치지 않았을까요?"

미츠나리는 쓴웃음마저 떠올리지 않았다.

"지나친 게 아니라 부족해."

"나이다이진의 추궁을 받는다면 마시타 님이나 나츠카 님도 대답하기 어려울 것입니다. 모두 자기들이 뿌린 씨이기 때문에."

"흥."

미츠나리는 비웃었다.

"그게 좋은 거야. 자네 말처럼 마시타도 나츠카도 대꾸할 말이 없을 테지. 따라서 그들이 말한 거짓은 사실이 돼."

"그러니까 나이다이진이 정말 화를 내고 카가 정벌에 나설 것이라고 생각하십니까?"

사콘의 어조가 강해졌다.

"그렇다면 생각이 모자랍니다. 나이다이진은 아마도 마시타, 나츠카 두 분의 말이 터무니없는 모함인 줄 알면서도 두 분을 야유하고 있을 뿐…… 만일 이럴 경우에는 어떻게 하시겠습니까?"

"흥."

미츠나리는 또다시 가볍게 코웃음을 쳤다.

"됐어. 나이다이진이 일부러 카가를 공격하지는 않을 것일세. 그러나 의심을 받아 공격받게 될지도 모른다고 생각되면 마에다 형제가 가만히 있지만은 않을 테지. 그런데, 사쿠자에몬."

"예."

"카가가 움직이기 시작했다고 했지? 자세히 말해보게."

"예. 쿄토와 오사카에서는 벌써 카가 정벌 소문이 자자합니다…… 이 소문에 편승하여, 같은 카가의 코마츠小松에 영지를 가진 니와 카가노카미 나가시게丹羽加賀守長重가 일부러 나이다이진을 찾아가 마에다 정벌의 선봉에 서겠다고 자원했습니다."

"흥, 잘됐군. 그렇게 되면 혹시 불이 붙게 될지도 모르겠어. 그럼, 마에다 쪽에서는?"

"예. 호소카와 님 같은 분은 그 소문에 몹시 침통히 여기고 즉시 카나자와에 사자를 보냈습니다. 물론 어서 나이다이진에게 고개를 숙이라는 것입니다마는."

"그것도 이 미츠나리의 생각대로 된 거야. 마에다 가문에서는 누구를 사자로 보냈다고 하던가? 히젠노카미 자신인가, 설마 토시마사利政는 아닐 테지?"

"카로 중에서 가장 서열이 높은 요코야마 야마시로노카미橫山山城守가 영지에서 떠났습니다."

미츠나리는 크게 고개를 끄덕였다.

'알겠는가……'

이렇게 말하듯이 시마 사콘을 바라보았다.

시마 사콘은 아직도 고개를 갸웃한 채 똑바로 눈을 뜨고 생각에 잠겨 있었다.

그는, 이번에는 마에다 가문을 이쪽으로 끌어들일 수 있느냐의 여부에 승패가 달려 있다는 생각이었다. 마에다 가문이 일어서면 모리나 우에스기도 안심하고 미츠나리의 편이 된다…… 따위의 어설픈 계산이 아니었다.

"마에다 님까지 궐기했다……"

이러한 상황은 이에야스의 야심에서 비롯된 결의가 이미 예전의 동료인 다섯 타이로의 존재를 인정하지 않는다는 의미…… 이렇게 판단하게 만들어 마에다 형제는 자위自衛를 위해서라도 궐기하지 않을 수 없으리라는 미츠나리의 견해였다.

그런 만큼 마에다 가문의 사자가 순순히 이에야스 앞에 사죄하여 양자간에 화해가 성립된다면 돌이킬 수 없는 사태가 벌어질 것이었다.

"너무 낙관하고 계십니다!"

느닷없이 사콘이 말했다.

"주군! 대관절 주군은 어떤 근거에서 카가를 공격할 뜻이 없는 나이

다이진과 사죄하러 가는 마에다 가문 사이에 악수할 우려가 없다고 판
단하십니까?"

미츠나리는 또다시 철석같은 자신감을 가지고 쓴웃음을 지었다.

4

"사콘, 자네는 인간의 감정과 고집이 얼마나 소중한지를 간과하고
있는 것 같아."

미츠나리는 웃음을 거두고 칼날과 같은 표정이 되어 날카롭게 노려
보았다.

"전쟁에서 승리란 애당초 양자 어느 쪽에도 없는 법이야."

"물론입니다! 그러기에 필승을 다짐하고 소홀함이 없도록 준비에 준
비가 필요합니다."

"아니, 나는 그런 말을 하고 있는 게 아니야. 아무리 준비에 준비를
거듭한다 해도 어차피 필승의 답은 나오지 않아. 그 답이 나온다면 그건
전쟁이 아니라 어린아이의 팔을 비트는 것과 같다는 말을 하고 있네."

"그 말씀은 납득이 가지 않습니다."

"흥……"

미츠나리는 가볍게 콧방귀를 뀌었다.

"나는 이에야스와는 한 하늘 아래 더불어 살 수가 없어…… 알겠나,
이 결의를 전제로 하여 말하고 있는 것일세. 자네는 나하고는 입장이
다른 모양이군. 지는 전쟁을 해서는 안 된다, 하지 않겠다는 것과는 입
장이 달라."

"그럼, 주군은 지더라도 이 전쟁을 하시겠다는 말씀입니까?"

"하하하. 희지 않은 것은 모두 검다고 섣불리 단정하면 안 돼. 이길

생각으로 싸우는 거야. 그러나 지더라도 후회하지 않을 전쟁……"

"으음."

"후회 없는 전쟁을 하기 위해서라도 이기기 위해 하는 전쟁 이상의 준비가 필요하다……고 생각하지 않나?"

"그것은 구실입니다."

"그렇지 않아. 후회 없는 전쟁을 하기 위해서는 이기기 위해 하는 전쟁 이상으로 준비가 필요해. 알겠나, 일개 마에다 가문 따위의 거취에 따라 전쟁 그 자체가 후회되기도 하고 안 되기도 한다면 그것은 어린아이의 장난에 지나지 않아…… 이에야스에 대한 나의 전쟁은 그처럼 밑이 얕은 것이 아니야."

시마 사콘은 깜짝 놀라 어깨를 들먹이며 미츠나리를 바라보았다. 미츠나리의 칼날 같은 표정이 부드럽게 변한 것은 그 순간이었다.

"무사의 고집……은 그대로 인간의 반골叛骨과 통하는 것인지도 몰라. 그래도 상관없어. 나는 그 반골 때문에 죽는다 해도 후회하지 않아. 알겠나, 사콘? 이미 움직일 수 없는 일이야. 자네가 납득할 수 없다면 결별해도 도리가 없는 일. 나는 마에다 형제의 힘을 믿고 싸우려는 것이 아니라, 나 자신의 힘을 믿고 싸우려고 해."

"으음……"

"마에다 형제가 이에야스에게 농락되면 그것을 구실로 하여 싸우고, 마에다 형제가 우리 편이 된다면 그 힘과 합쳐 싸우는 거야. 싸우겠다는 결심에는 결코 흔들림이 없어."

"그러면 참고 삼아 한 가지 여쭙겠습니다."

"좋아, 납득할 수 없는 점이 있으면 무엇이든……"

"이에야스가 마에다 정벌에 나서면 어떻게 하시겠습니까?"

"그렇다면 절호의 기회, 이 미츠나리는 즉시 군사를 이끌고 오사카에 가서 히데요리 님을 받들고 도요토미 가문의 은혜를 입은 자들의 총

궐기를 촉구하겠어."

"호응하지 않을 경우에는?"

"아직 말할 단계는 아니지만, 이에야스의 군사를 유인해낼 수 있는 것은 마에다 군사만이 아니야."

"물론 사타케佐竹도 있고 우에스기도 있습니다. 그러나 이에야스가 오사카에서 꼼짝도 하지 않고 있을 때는……"

"그럴 수는 없어. 문제를 일으키면 돼. 자네는 그 책략이 지나치다고, 나는 아직 부족하다고 했어. 인간에게는 저마다 이해와 감정의 충돌이 있게 마련, 그 충돌이 있는 한 파문도 소용돌이도 그치지 않아."

아타카 사쿠자에몬은 숨죽인 채 두 사람의 말을 듣고 있었다……

5

미츠나리는 이미 시마 사콘 카츠타케의 간언이나 제지를 받아들일 뜻이 없는 것 같았다. 어쩌면 자신의 움직일 수 없는 결의를 전하기 위해 새삼 말에 힘을 주고 있는지도 몰랐다.

그렇다 하더라도 지대한 관심을 가지고 있던 마에다 형제의 동향을 아무렇지도 않다는 듯 호언장담하는 미츠나리의 태도는 정보를 수집하고 돌아온 아타카 사쿠자에몬으로서는 뜻밖이었다.

사콘 카츠타케는 이맛살을 찌푸리고 입을 다물었다. 그 얼굴은 커다란 불만의 주름살로 뭉친 듯이 보였다.

"사콘, 자네는 불만인 모양이군."

"불만이라기보다 영리하지 못한 저로서는 주군의 마음을 전혀 이해할 수 없습니다."

"아케치나 마츠나가와 같은 어리석음을 범하지 말라는 것인가?"

"그렇습니다."

"아케치 미츠히데明智光秀는 완벽한 승리를 거두지 못한 뒤, 불안해하다가 야마자키 전투에서 패했지."

"말씀대로입니다."

"마츠나가 히사히데松永久秀는 천하를 손에 넣지 못한다면 차라리 죽는 편이 낫다면서 시기산信貴山에서 농성하다가 노부나가 공에게 죽임을 당했어…… 이 두 사람의 심경이 어떻게 다른가를 자네는 알 수 있겠나?"

"저는 양쪽 모두 배울 필요가 없는 실패의 본보기라 생각합니다."

"그래……?"

미츠나리는 흘끗 사쿠자에몬에게 시선을 옮기고 다시 웃었다.

"아케치에 대해서는 새삼 말할 필요가 없겠지. 그러나 마츠나가 히사히데가 지금껏 살아남아 노부나가 공에 이어 타이코 전하를 섬겼다면 세상에서는 무어라고 평했을까?"

"주군이 마츠나가처럼 천하를 손에 넣으려는 중병에 걸리셨다……고는 도저히 믿어지지 않습니다."

시마 사콘은 이렇게 말하고 일부러 얼굴을 돌리면서 한숨을 쉬었다. 승패를 생각 밖에 둔 전쟁…… 그런 전쟁을 감행한다면 천하 병에 걸렸다는 평을 들을 터. 그래도 좋으냐고 반문하는 태도였다.

미츠나리는 가볍게 웃었다.

"나도 자네에게 그런 생각을 갖게 하고 싶지는 않아. 그래서 마츠나가의 일을 예로 든 것일세. 마츠나가 히사히데는 자신의 생애에 세 번이나 노부나가 공을 모반했다가 그때마다 용서를 받았어. 이것이 중요한 점일세. 몇 번이나 모반했다가도 용서받고, 더구나 노부나가 공이 세상을 떠난 후 타이코 전하에게 무릎을 꿇고, 이제 다시 이에야스를 섬기며 살겠다고 한다면 세상 사람들이 어떻게 평하겠나? 자기 가문의 존속을 위해서는 어떤 일도 마다하지 않는 영리한 사람……이라는 평을 받을 테지. 단지 그뿐일세. 도리어 처음에 모반했던 사실은 자기 분수를 모르는 웃기는 일이 되어버리고, 그런 기량으로 용케도 노부나가 공을 대신하려 했다……고 손가락질을 받아 후세에까지 웃음거리가 되었을 것 아닌가……"

사콘은 갑자기 눈을 크게 뜨고 미츠나리를 응시했다.

미츠나리의 결의 뒤에 무엇이 숨어 있었는가를 비로소 깨달은 경악이었다. 미츠나리는 이미 자기를 포섭할 때부터 오늘의 일을 생각했을 터였다. 이에야스와는 한 하늘 아래 같이 살 수 없다고 한 미츠나리의 뜻은 완전한 기왓장보다는 깨진 구슬을 택하겠다는, 자신의 성격을 고려한 데서 오는 결의였던 것 같다.

"알겠나…… 마츠나가 히사히데는 그런 후세의 웃음거리를 면했어. 천하를 손에 넣는 것이 목적이었다는 자신의 근성에 충실하며 정직하게 죽어갔어. 히사히데는 노부나가 공 밑에 있지 못할 사나이, 노부나가 공과는 같은 대열의 인물임을 실증하고 죽은 것일세."

미츠나리는 이렇게 힘주어 말하고 다시 예리한 눈으로 사콘과 사쿠자에몬을 번갈아 바라보았다.

6

시마 사콘은 저도 모르게 조용히 눈을 감았다.

그 역시 전쟁터에서 얻은 용맹스러운 이름뿐만 아니라, 야규 세키슈사이 등과 친교를 맺어 병법과 군략軍略에도 상당한 자신감을 가지고 있었다. 그러므로 미츠나리의 결의가 작은 병법의 관점에서 본다면 정확하게 정곡을 뚫고 있으면서도, 그대로 큰 전략에는 통하지 않는 몇 가지 결함을 지니고 있음을 놓치지 않고 있었다.

원래 전쟁이란 '명분이 있는 전쟁'이어야 한다. 그래서 전쟁에 나서는 자의 본분은 문자 그대로 창[戈]을 막는[止] '무사武士'이다. 개인의 성격이나 감정 때문에 싸우는 사사로운 전쟁은 진정한 무사에게는 허용될 수 없었다.

'……지금은 이미 그 기회를 놓친 것 같다……'

미츠나리는 그 결의를 이에야스와는 한 하늘 아래 같이 살 수 없다는 말로 표현했다. 그리고 마츠나가 히사히데의 패배를 예로 들어, 자기가 뜻을 굽힐 수 없는 이유를 설명했다. 이렇게 되면 문제는 전쟁이나 무사도의 차원을 넘어 살아 있는 모든 인간의 업인業因°이고 업상業相이라 생각할 수밖에 없었다.

'이에야스와 미츠나리라는 인간은 같은 시대에는 손을 잡고 살 수 없는 인연을 가지고 태어난 것일까……?'

아니, 신불은 어째서 이러한 인간을 언제나 같은 시대에 태어나게 하는 것일까……?

미츠나리가 다시 조용히 입을 열었다.

"이 미츠나리는 이제 할말을 다 했어. 그래도 납득하지 못하겠다면 도리가 없네."

"잠깐 기다려주십시오."

시마 사콘이 당황하며 손을 들어 제지했다. 그의 이마에서는 마구 땀이 흐르고 있었다.

"한 가지…… 한 가지만 더 여쭙겠습니다."

"좋아, 무엇이든 물어보게."

"주군은…… 설령 나이다이진이 주군의 말씀을 모두 받아들인다고 해도 그를 용서하지 않으시겠습니까?"

"하하하…… 그런 질문은 자네 정도나 되는 인물이 입에 올릴 성질이 되지 못해."

"알겠습니다. 이미 시비곡직을 따질 때가 지났다는 말씀이군요?"

"벌써 화살은 시위를 떠났어. 이에야스로서도 마찬가지일 거야."

시마 사콘은 크게 한숨을 쉬고 무겁게 대답했다.

"결정했습니다! 장부는 자기를 알아주는 사람을 위해 죽는다 합니다. 저도 오늘부터 승패를 떠난 입장에서 생각을 바꾸겠습니다."

주위의 조용한 양지에 오늘은 비둘기 떼도 날아오지 않았다. 나무가 떨구고 있는 그림자가 고스란히 그 정적을 감싸고 있었다.

"하하하……"

갑자기 사콘이 소리 내어 웃었다.

"참으로 묘한 일이군요. 생각을 돌리니 마음이 가벼워졌습니다. 그래서 한 가지 말씀 드리려 합니다."

"좋아, 어서 말해보게."

"요도야에게 맡기신 그 여자에 대한 일입니다."

"오소데 말인가?"

"예. 그 여자는 도움이 될 것입니다. 그 여자를 쿄토의 산본기三本木에 은거하고 계신 코다이인 님에게 들여보내면 어떻겠습니까?"

느닷없는 오소데 이야기에 이번에는 미츠나리가 눈을 크게 떴다.

7

"오소데를 키타노만도코로 님에게……?"

미츠나리의 반문을 사콘은 가볍게 제지했다.

"주군의 결의를 알고는 이 사콘의 생각도 변했습니다…… 주군은 우에스기, 모리에 대한 정략을 강구하십시오. 저는 대의명분은 일단 접어

두고 승리를 위해 전력을 기울이겠습니다. 그 여자에 대해서는 저에게 일임해주십시오."

미츠나리는 선뜻 대답할 수 없었다.

오사카 저택에서 나올 때 오소데를 은밀히 요도야에게 맡겨놓았다. 요도야바시淀屋橋 본댁에 있는지, 나카노시마中之島의 창고에 있는지, 또는 카와구치川口나 사카이 지점으로 옮겨졌는지 알 수 없었으나, 사태가 마무리될 때까지는 밖에 나가지 못하도록 감시하라고 부탁해두었다. 오소데의 태도에 따라서는 혹시 감금되어 있을지도 모른다.

미츠나리는 오소데에 대해서는 애써 잊으려고 노력해왔다. 죽여서는 안 되었다. 그렇다고 그대로 놓아준다면 가신들 중에서 누군가 틀림없이 암살할 터였다. 그래서 타이코 시절부터 요도가와 강변에 대한 이권과 미곡의 매매에 이르기까지 여러모로 편의를 봐준 요도야 죠안淀屋常安에게 맡기는 것이 적당하다고 생각했다.

불쑥 꺼낸 오소데에 대한 말에 그만 미츠나리도 마음이 아팠다.

"맡길 수 없는 것은 아니지만…… 그 여자를 코다이인 곁에 보내서 어떻게 할 생각인가?"

시마 사콘은 미소를 띤 채 고개를 저었다.

"그것은 모르시는 편이……"

"으음. 오소데는 남의 말을 듣고 쉽게 움직이는 여자가 아닐세."

"그 점은 저도 잘 알고 있습니다."

"납득된다면 모르지만 그렇지 않으면 아무리 설득해도 헛일일 게야. 인생에 죽음이 있다는 것을 확실하게 내다보고 있는 여자니까."

"바로 그 점이 저의 관심을 끌었습니다. 아무튼 코다이인 님을 모시도록 해달라, 그 밖의 자세한 일은 여기 있는 아타카 사쿠자에몬을 통해서…… 이러한 내용으로 서신을 써주십시오."

미츠나리는 잠시 생각하다 허리에서 붓통을 꺼냈다.

"알겠네."

물론 미츠나리로서도 대강은 짐작할 수 있었다. 오사카 서쪽 성을 이에야스에게 넘겨주고 쿄토 산본기에 있는 작은 별장으로 옮긴 코다이인 곁에 밀정 한 사람을 들여놓는다는 것은, 타이코가 키운 무장들의 동향을 파악하기 위해서라도 반드시 필요한 일이었다.

이 일은 보통 여자로서는 할 수 있는 역할이 아니었다. 그러나 표면적으로 이시다 가문에서 쫓겨나 다른 곳에 감금되어 있으면서 미츠나리를 몹시 원망할 오소데라면 적임자라 할 수 있었다.

그 연줄은 요도야와 주변에 있는 거상巨商들 중에서 찾아보면 충분히 구할 수 있었다. 다만 문제는 오소데 자신이 이 일을 순순히 승낙할 것인가의 여부에 달려 있지만……

미츠나리는 하라는 대로 붓을 들고 '오소데에게'라고 이름을 쓰면서 또다시 약간 마음이 아팠다.

자기를 가까이하는 사람은 모두 불행한 짐을 짊어지게 된다…… 그런 말을 하면서 싸늘하게 비웃은 오소데였으나 이제 와서는 이 모두 망상으로 알고 끊어버릴 수밖에 없었다.

'이시다 지부도 묘한 사나이야……'

가볍게 스스로를 비웃으면서 편지를 봉했다.

8

"가져갈 것을 아타카에게 맡기시고 주군은 성으로 가시지요……"

사콘의 재촉을 받고 미츠나리는 품안에 따로 준비해온 작은 비단 보를 꺼내 편지와 함께 건넸다.

"다음번 연락은 아타카에게 하도록. 각별히 조심하게."

비단 보 안에도 역시 두툼한 편지가 들어 있었다. 우키타 히데이에宇
喜多秀家에게 보내는 것, 마시타 나가모리에게 보내는 것…… 그리고
모리와 코니시小西 두 가문의 성을 지키는 자에게 보내는 것 등 이른바
이시다 파의 연락 편지 다발이었다.

미츠나리가 이처럼 성밖에서 자신의 가신과 연락하는 것은 자기 성
안에도 잠입했을 적의 밀정을 경계하기 위해서였다. 경험에 따르면, 아
무리 삼엄한 감시의 눈도 결코 첩자의 잠입까지는 막을 수 없었다. 오
소데와 같은 여자마저도 처음에는 적의 첩자였다……

일을 끝낸 아타카 사쿠자에몬은 경내에서 기다리는 무사에게는 시
선도 보내지 않고 곧장 말을 달려 사라졌다.

미츠나리는 손뼉을 쳐서 주지를 불렀다.

"사원의 번창 없이는 영지의 번영도 있을 수 없는 일. 무엇이건 바라
는 것이 있거든 중신들에게 말하시오."

미츠나리가 주지에게 약간의 돈을 건네고 절을 떠난 것은 그로부터
잠시 후의 일이었다. 경내를 벗어난 사콘과 미츠나리는 이미 엄격하게
거리를 둔 예의바른 주종이었다.

"주군, 피곤하시지 않습니까?"

"아니, 휴식을 취한 탓인지 답답하던 가슴이 좀 트이는 것 같군."

"원해도 얻기 어려운 한직閑職, 이 기회에 정양에 힘쓰십시오."

"그래, 정말이지 원해도 얻을 수 없었던 한직이었네……"

미츠나리는 진지한 표정으로 고개를 끄덕이면서, 눈앞의 창공에서
무섭게 작렬하는 총포의 환상에 귀를 기울였다.

'이미 전쟁의 불길은 당겨졌다……'

니와 나가시게가 마에다 정벌의 선봉을 자원하고, 토시나가 형제는
중신인 요코야마 야마시로노카미를 이에야스에게 사자로 보내 해명하
도록 했다고 한다……

'이에야스 녀석이 용서할 줄 알고 파견했을까? 아니면 지연시키기 위해서였을까……?'

토시이에 형제의 생각이 어떻든 미츠나리가 할 일은 하나밖에 없었다. 앞뒤 생각할 것 없이 전쟁에 돌입하는 일. 니와를 뒤에서 선동해도 좋고, 도쿠가와 가문의 이이, 혼다(타다카츠), 사카키바라 등 다혈질 인간들을 밑에서 격분시켜도 좋다.

'아니, 그보다도 차라리 누군가를 시켜 코다이인을 암살하면, 그렇게 하면 사태가 어떻게 될까……?'

이에야스에게 전쟁이 불가피하다고 각오하게 한 것은 최대의 수확. 이대로 침묵하고 있으면 손과 발이 잘려 멸망하게 될 사와야마 25만 석…… 그러나 이에 앞서 천하를 다투는 전쟁에 상대를 끌어들일 수 있음은 이미 첫 전쟁에서 승리를 거둔 것이 아니고 무엇인가.

'시마 사콘도 이제는 내 계산을 납득하게 된 모양이고……'

미츠나리는 오사카 성과는 비교도 안 되는 자신의 초라한 성을 쳐다보고 전신의 피가 끓어오른다는 것을 깨달았다.

'여기 이시다 미츠나리가 혼자 서 있다. 오직 홀로 도쿠가와 이에야스의 야망을 막고 서서 화살을 쏜다!'

이미 초라한 성의 정문이 눈앞에 있었다……

지류支流와 본류本流

1

아타카 사쿠자에몬은 쇼호 사를 나와 세타瀬田까지 곧장 말을 달렸다. 도중에 이미 해가 떨어져 오하시大橋 위쪽에 있는 선주이자 선장인 미나토야 고헤에湊屋五兵衛의 집에 도착했을 때는 벌써 등불이 켜져 있었다. 미나토야 고헤에는 사쿠자에몬과 같은, 카가의 아타카安宅 미나토湊 출신으로, 사쿠자에몬의 추천으로 이시다 가문에 물품을 납품하고 있었다. 아니, 미츠나리가 사와야마에 은거하고부터는 표면적인 직업인 미곡의 운반보다 그의 집은 전적으로 사와야마와 쿄토, 오사카를 왕복할 때의 비밀 연락처로 이용되고 있었다.

사쿠자에몬은 고헤에의 마중을 받고 비와琵琶 호숫가에서 흘러내리는 물줄기가 세타가와瀬田川로 변하는 강변에 있는 집으로 들어갔다.

"속히 후시미에 갈 배 준비를."

사쿠자에몬은 이렇게 말하고는 급하게 옷을 갈아입기 시작했다. 지금까지는 전혀 흠잡을 데 없는 여행 중인 무사차림이었으나, 비단 노바카마를 벗어던지고 황록색 모모히키股引°에 토시와 각반 차림의 상인 모습 역시 여간 잘 어울리지 않았다.

상인의 모습으로 변한 그는 이미 이시다 가문의 중신 아타카 사쿠자에몬이 아니었다. 품안의 지갑에서부터 휴대용 등불에 이르기까지 동그라미 안에 요도淀 글자를 새겨넣은 요도야 죠안의 상점 지배인 지스케治助였다.

"지배인님, 저녁은 여기서 하시겠습니까, 아니면 주먹밥을 만들어 배로 가져갈까요?"

고헤에의 딸인 오키쿠阿菊의 말을 들었을 때.

"아차!"

사쿠자에몬은 묘한 소리를 내며 자기 관자놀이 언저리를 탁 쳤다.

"오소데에게 전할 말을 미처 듣지 못하고 왔구나……"

"예, 무어라고 하셨나요?"

"아니, 아가씨에게 하는 말이 아니오. 나잇값도 못하고 중요한 일을 잊어버리다니. 참, 식사는 여기서 하겠으니 곧 가져오도록."

측근에서 사자로, 그것도 비밀을 지켜야 하는 중요한 사자로 뽑힌 자가 이 얼마나 큰 실수란 말인가……

주군 미츠나리가 오소데에게 쓴 서신의 내용은 잘 알고 있었다. 자세한 이야기는 사쿠자에몬에게 들으라고 씌어 있다…… 그런데도 사쿠자에몬은 시마 사콘이 무슨 생각으로 갑자기 오소데를 코다이인에게 보내자고 한 것인지 묻지 않고 와버렸다.

물론 짐작은 할 수 있었다. 목적은 타이코가 키운 무장들의 동향을 탐색하는 데 있었다. 목적이 너무 분명했기 때문에 도리어 마음에 틈이 생겼던 듯. 사쿠자에몬 자신이 마에다 가문의 동향에 지나치게 마음을 빼앗기고 있었던 탓이기도 했다.

주군 미츠나리는 마에다 형제가 어떻게 나오건 관계없다고 큰소리치고 있으나 사쿠자에몬의 계산은 그렇지 않았다. 그는 우키타 가문을 근거지로 하여 사이카 효부와 더불어 모리 가문과 우에스기 가문에 사자로 왕래하고 있었다. 그의 짐작으로는, 분명히 도쿠가와 가문을 적대시하는 것은 우키타와 코니시 정도였다. 나머지는 아직 기회주의적인 태도를 벗어나지 못하고 있었다. 그러므로 마에다 형제가 이에야스에게 굴복한다면 이쪽 진영은 크게 동요하게 될 것이었다.

'그러나저러나 사콘 님의 생각을 모르고 오다니……'

다시 한 번 혀를 찼을 때 고헤에가 딸 오키쿠에게 상을 들게 하고 긴장한 표정으로 들어왔다.

2

"아타카 님…… 아니 지배인님, 곤란한 일이 생겼습니다."

고헤에는, 상인의 신분이 되었을 때는 사쿠자에몬의 본명은 입 밖에 내지 말라고 엄명을 내렸던 딸 앞이어서 얼른 이렇게 고쳐 부르고 그 앞에 앉았다.

"곤란한 일이라면 나에게도 있소. 무슨 일이오?"

"예. 분부하신 대로 배를 준비하는데, 뜻하지 않은 분이 같이 탔으면 하는 청이 있었습니다."

"뜻하지 않은 분……?"

사쿠자에몬의 눈이 빛났다. 혹시 누군가 자기 행동을 눈치채고 뒤를 밟아오지 않았나 싶었기 때문이다.

"예. 전혀 뜻하지 않았던 분…… 거절할 수도 없는 분입니다."

"어서 말해보시오. 누구요, 그 사람이?"

"예. 타이코 님 부인인 코다이인 님의 사자가, 카가에 계신 마에다 다이나곤 님 부인 호슌인 님을 문병하고 돌아가는 길이라 합니다."

아타카 사쿠자에몬은 숨을 죽이고 고헤에를 바라보았다. 마침 지금은 마에다 가문에 대한 일, 코다이인에 대한 일과 함께 자신의 불찰을 후회하고 있던 때가 아닌가.

"코다이인 님의 사자…… 어떤 분이오? 남자요, 아니면 여자요?"

"예, 젊은 여승과 수행하는 남자 세 사람입니다."

"뭐, 젊은 여승……?"

"예…… 케이쥰니慶順尼라고 했습니다. 나가하마長浜에서 세타까지는 배로 왔고, 이세야 이헤에伊勢屋伊兵衛의 집에서 묵고 있답니다. 호슌인 님으로부터 코다이인 님에게 보내는 급한 선물을 부탁받았으므로 배가 떠난다면 꼭 동승시켜달라는 것입니다."

아타카 사쿠자에몬은 온몸의 피가 한꺼번에 소리를 내며 흐르기 시작하는 듯한 기분이었다.

상대는 젊은 여승…… 아니, 사자의 정체보다 코다이인이 호슌인에게……라면 간과할 수 없었다. 히데요시의 부인 코다이인과 토시이에의 정실 호슌인은 다 같이 남편이 오다織田 가문의 한 부장部長에 지나지 않았을 때부터 친하게 지내던 사이……

'아무래도 수상하다!'

만약 코다이인이 마에다 형제를 뒤에서 돕는다면 그의 주군에게 불리할 것은 당연한 일이었다.

"으음, 코다이인 님의 사자……라면 거절할 수 없겠군요. 아니, 거절하기는커녕 정중히 모셔야만 할 것이오."

"그래도 괜찮겠습니까?"

"아, 물론이오! 요도야의 지배인 지스케가 쌀을 사러 왔다가 오사카로 돌아가는 길…… 요도야에게도 큰 은혜를 베푸신 코다이인 님의 사자라면 정중히 후시미까지 모셔다드릴 것이라고 전해주시오. 그리고 짧은 동안이지만 심심풀이로 이야기 상대가 되어드릴 것이니 마음놓으시라고…… 그리고 수행원의 자리도 마련해주시오."

고헤에는 안도의 표정을 지었다.

"그러면, 곧 이 뜻을 이세야에게 전하겠습니다."

"그렇게 해주시오. 나도 얼른 식사를 하고 배에 오를 것이니."

사쿠자에몬인 지스케는 물에 풀어놓은 물고기처럼 생기를 띠고 밥상으로 향했다.

3

코다이인으로부터 호슌인에게…… 이는 바로 '히데요시로부터 마에다 토시이에'에게로였다. 이미 히데요시도 토시이에도 이 세상사람은 아니지만, 그들의 영향은 두 가문에 그대로 살아 있었다.

'코다이인은 무슨 말을 카가에게 전한 것일까……?'

십중팔구 미츠나리에게 불리한 내용일 것이라고 쉽게 상상할 수 있었다. 그래서 사쿠자에몬은, 아니 지스케는 심각해질 수밖에 없었다. 만일 사자의 입을 통해 그 말의 내용을 알아낼 수 있다면, 대책을 세우는 데 큰 도움이 될 것이었다.

사쿠자에몬은 먹는 둥 마는 둥 식사를 끝낸 뒤 고헤에에게 요도야의 초롱을 들게 하고 지름길을 통해 선착장으로 갔다. 배에 오르자 이미 코다이인의 사자는 야네부네屋根船° 한가운데에 앉아 있고, 세 사람의 수행원은 작은 상자를 지키듯 고물 쪽에 웅크리고 앉아 있었다.

사쿠자에몬은 내심 안도하기도 하고 가슴이 두근거리기도 했다. 수행원은 모두 순해 보이는 상인 차림이었고, 당사자인 여승은 아직 소녀로 보일 만큼 젊었다.

"정말 잘 타셨습니다. 제가 요도야의 지배인입니다."

지스케는 가볍게 고개를 숙이고, 사자의 얼굴을 확인하듯 바라보고 웃었다.

"곧 달이 뜨기는 하겠지만 우선 초롱 하나를 여기 걸도록 하지요."

"폐를 끼치게 되어 죄송합니다."

상대는 불빛을 흡수하여 별처럼 빛나는 눈동자와 사랑스럽게 다문 꽃잎과도 같은 입술을 움직이며 가볍게 고개를 숙이고 말했다. 두건을 쓰고 있는 탓인지 몸 전체가 동그스름해 보이고 맑은 목소리에서도 소녀와 같은 분위기를 느끼게 했다.

"아직 어리신 듯한데, 카가까지…… 피곤하시겠습니다."

"처음 여행이라 모든 게 신기해서인지 별로 피로하지는 않습니다."

"그렇다면 다행입니다. 이미 여기까지 오셨으면 후시미에 도착한 것과 마찬가지. 코다이인 님은 저의 주인에게도 큰 은인, 동행하게 되어 여간 기쁘지 않습니다. 참, 스님은 케이쥰니 님……이라고요?"

"예. 코다이인 님을 측근에서 모시는 케이쥰니입니다."

"저는 요도야의 지배인 지스케라고 합니다. 그런데 배가 후시미에 도착해도 아직 밤중, 산본기 댁까지 돌아가실 준비는 되어 있는지요? 만약 아무런 연락도 없이 가시는 길이라면 댁까지 모셔다드리겠습니다. 그렇지 않으면 나중에 제가 주인의 꾸중을 듣습니다."

상대는 고개를 갸웃하고 생긋 웃었다.

"후시미에는 제 아버님의 저택이 있습니다."

"아, 그렇습니까. 그럼, 스님의 아버님은?"

"예, 타나카 효부노타유田中兵部大輔입니다."

사쿠자에몬은 섬뜩했다. 타나카 요시마사田中吉政라면 에치젠越前 토고東鄉의 11만 석 다이묘, 히데츠구秀次 사건으로 꾸중을 듣기는 했으나 타이코의 신임이 두터웠던 당당하고 성실한 무사였다.

"타나카 님의 따님이셨군요. 몰라 뵙고 그만 실례를……"

당황하여 고개를 숙였다. 그러면서도 내심으로는 에치젠과 카가의
거리가 가깝다고 생각하지 않을 수 없었다.

4

배가 떠날 때까지 이미 사쿠자에몬은 교묘하게 케이쥰니의 경계심
만은 풀어놓았다. 그뿐 아니라 그는 카가에서 에치젠까지의 지리를 잘
알고 있었다. 도중의 풍경과 카가의 사정 이야기 등 화제는 얼마든지
있었다.

"어째서 이처럼 급히 돌아가십니까?"

지금은 그렇지 않으나 옛날 같으면 고개에는 산적, 비와 호에는 해적
이 출몰하여 젊은 여자로서는 여행은 생각지도 못했다…… 이런 말을
곁들여가면서 아주 자연스럽게 화제를 핵심으로 접근시켜갔다.

"예. 수행하는 사람도 그런 말을 했지만, 호슌인 님이 코다이인 님에
게 답례하실 선물이 있어서."

"그 선물이 살아 있는 것이었던 모양이군요."

"아니, 쇼로松露라는 카가의 버섯입니다."

이미 그 무렵에는 달이 떠 있었고, 그들이 탄 배는 양쪽 기슭의 울창
한 밤 경치를 뚫고 미끄러져가고 있었다.

"아, 쇼로의 향기를 전해드리는 것이군요…… 과연 그렇다면 서둘러
가셔야지요. 이제야 완전히 이해되었습니다."

"그래도 지스케 님이 요도야 사람이란 말을 듣지 않았다면, 이 배를
타지 않았을 거예요."

"이거, 황송합니다. 요도야의 명예가 되겠습니다."

"어쨌든 마음 터놓은 교분이란 예나 지금이나 아름다운 것이에요."

"코다이인 님과 호슌인 님의 교분을 말씀하시는 것입니까?"

"예. 코다이인 님이 쿄토의 향기라면서 특별히 송이버섯을 보내주셨다…… 그 답례로 똑같은 버섯인 쇼로를…… 저는 어째서 같은 것을 보내실까 하고 처음에는 이해하지 못했어요."

"과연 그렇군요. 그러나 사자로 가시는 분이 스님이므로 비린 것은 삼가신 것이겠지요."

"아니, 그렇지 않았어요. 호슌인 님의 성함은 오마츠阿松 님, 소나무 송松 자를 쓰신다고 해요."

"으음……"

"그래서 소나무가 솔의 향기를 돌려드린다…… 이슬처럼 보잘것없는 것이지만, 이 버섯처럼 둥글둥글한 세상이 되기를 바라는 오마츠의 촌지寸志라는 말씀을 듣고 저는 그만 얼굴이 붉어졌습니다."

"이 버섯처럼 둥글둥글한 세상이 되기를……?"

아타카 사쿠자에몬은 철썩 하고 한 대 얻어맞은 듯해 당황해하며, 머리를 숙였다. 오마츠와 쇼로…… 소나무는 원래 영원히 색깔이 변하지 않는 번창의 상징, 그 오마츠를 쇼로의 소나무에 비유하여 촌지로 삼는다…… 사쿠자에몬은 두 사람의 문답을 이제야 정확하게 알 수 있을 것 같았다.

미츠나리의 편을 들어 혼란을 초래하지 말라…… 코다이인은 이런 서신을 전했을 터. 이에 답하여 둥글둥글한 세상이 되기를 바란다는 뜻의 답례를 한다면, 그 다음은 들을 필요조차 없었다.

'역시 코다이인은 크게 움직이고 있다……'

사쿠자에몬이 보기에 이 적은 가장 무서운 힘을 가질 수 있는 휴화산休火山이었다.

'그렇구나, 코다이인은 이미 마에다 가문에까지 손을 쓰고 있었구나……'

사쿠자에몬에게 경계심을 푼 케이쥰니가 다시 순진하게 말했다.

"코다이인 님도 호슌인 님도 모두 전쟁을 싫어하십니다. 다른 분들도 마찬가지겠지만, 두 분은 평생 동안 남편을 전쟁터에 보내고 언제나 불안에 떨며 사셨기 때문에……"

5

"당연히 그러실 테지요."

아타카 사쿠자에몬은 얼른 케이쥰니의 말에 맞장구를 치고, 상대의 표정이 어떻게 변하는지 모든 신경을 눈에 집중시켰다.

"당분간은 두 분이 슬퍼하실 큰 전쟁은 벌어지지 않을 겁니다. 그런 점에서는 저희들도 모두 안심하고 생업에 열중하고 있습니다."

케이쥰니는 흘끗 사쿠자에몬을 쳐다보고 불만인 듯 입을 다물었다.

'무언가 알고 있다…… 알고 있으면서도 말하지 않으려고 자제하고 있는 것 같다……'

이런 생각을 했을 때, 자신의 자제심을 억제할 수 없었던지 케이쥰니가 먼저 슬쩍 물어왔다.

"댁에서는 세상의 소문을 듣지 못했나요?"

"세상의 소문……이라면, 다시 전쟁이 일어날 것이라는 소문이라도 돌고 있습니까?"

"저는 몰라요. 하지만 나이다이진 님이 카가 정벌을 하실 것이라는 둥 아니라는 둥 그런 소문이 돌고 있는 것 같아요. 혹시 지스케 님은 듣지 못하셨나요?"

"아, 그 일이라면 육로로 오미에 가는 도중에 오츠에서 잠깐 들은 적이 있습니다. 그러나 소문일 뿐이겠지요."

사쿠자에몬은 가볍게 말하고 넌지시 탐색하듯 물어보았다.

"하하하…… 카가에 직접 다녀오신 스님이 잘 보셨을 것입니다. 카가에서는 그런 준비를 하고 있던가요?"

케이쥰니는 천진스럽게 고개를 저었다.

"안심해도 좋아요. 전쟁은 일어나지 않을 거니까요."

"그렇겠지요. 나이다이진 님과 전쟁을 벌인다면 마에다 님은 모반자라는 말을 듣게 될 것입니다. 나이다이진 님은 오사카 성 안에 도련님과 함께 계시니까 말입니다."

사쿠자에몬으로서는 대담한 탐색이었다. 만약 상대가 사려 깊은 밀정이었다면, 단순한 상인의 질문이 아님을 깨달았을 터였다.

그녀는 잠시 입을 다물었다. 이번에도 역시 무언가 말하고 싶은 것이 가슴에 잔뜩 쌓여 있는 사람의 망설임을 느끼게 했다.

"우리들 상인으로서는 나이다이진 님이든 마에다 님이든, 또는 이시다 님이든 우선 전쟁을 하지 않는 것이 첫째…… 타이코 님이 돌아가신 지금 과연 그럴 만한 분이 계실지…… 생각해보면 타이코 님은 정말 훌륭한 분이셨어요."

"지스케 님……"

"예."

"걱정하시지 마세요. 타이코 님이 돌아가시기는 했지만 큰 전쟁은 일어나지 않을 거예요."

"그것은…… 또 어째서입니까?"

"코다이인 님이 뒤에서 여러모로 애쓰고 계시기 때문이에요. 측근에서 모시다보니 마음으로부터 고개를 숙이게 되는 훌륭한 분임을 알게 되었어요…… 그분이 큰 전쟁은 일어나지 않게 하실 거예요."

아타카 사쿠자에몬은 그만 대답할 말이 없었다.

이미 그것으로 충분했다. 뒤에서 애쓰고 계시기 때문에…… 그 노력의 하나가 호슌인에 대한 마에다 가문의 공작이라고, 케이쥰니는 저도 모르게 자랑스럽게 말하고 있었다⋯⋯

'이대로 내버려둘 수 없다!'

이렇게 생각하는 순간, 사쿠자에몬은 코다이인에게 밀정을⋯⋯ 하고 말한 시마 사콘의 얼굴이 선명하게 떠올랐다.

6

"코다이인 님은⋯⋯"

케이쥰니는 다시 입을 열지 않을 수 없는 듯 순진한 표정으로 말을 이었다.

"타이코 님의 참뜻을 아는 사람은 자기뿐이라는 믿음을 가지고 계셔요. 그러므로 코다이인 님이 무사하신 한 큰 전쟁은 일어나지 않을 거예요. 모두 안심하고 생업에 종사해도 좋아요."

열아홉이나 스무 살 정도로 보이는 케이쥰니의 어조에서는, 자기가 모시는 주인이 얼마나 고맙고 훌륭한가 자랑하고 싶어 참지 못하는 자부심이 엿보였다.

"과연 그렇겠습니다."

사쿠자에몬은 뇌리에 오소데와 사콘의 환상을 나란히 떠올리면서 태연하게 대답했다. 자칫 입이 마르고 혀가 굳어질 것만 같았다.

"그러면 타이코 님을 따르던 분들은 지금도 산본기로 코다이인 님을 찾아뵙고, 문안을 드리겠군요?"

"물론입니다."

케이쥰니는 더욱더 경계의 끈을 풀었다.

"오사카에 계신 나이다이진 님 가신들까지 찾아오시지요. 지난번에도 멀리 서쪽에 계신 시마즈 님과 카토 님, 쿠로다 님…… 모리 가문의 킨고金吾 님으로부터 마음에서 우러나온 선물을 받았어요."

사쿠자에몬의 눈이 신들린 사람처럼 빛나기 시작했다. 이시다 미츠나리를 보호하여 사와야마로 도주시킨 일 때문에 감정이 대립되었던 이에야스와 일곱 장수 사이까지도 코다이인의 주선으로 다시 예전처럼 회복된 모양이었다. 아니, 그보다 더 마음에 걸리는 말은 킨고 츄나곤金吾中納言°코바야카와 히데아키小早川秀秋가 산본기에 접근하고 있다는 사실이었다.

코바야카와 가문은 모리 일족의 명문이었으나, 현재의 킨고 츄나곤 히데아키는 타카카게隆景의 친아들이 아니라 코다이인이 애지중지하며 길러낸 혈육인 조카였다. 그가 코다이인에게 접근하여 그 뜻을 받아들이고, 그로써 모리 일가의 거취에 영향을 미치게 된다면 그야말로 큰일이었다.

"과연 그런 분들이 모두 코다이인 님의 뜻을 받들어 활동하면 전쟁은 일어나지 않을 것입니다. 고마운 일이군요."

"정말이지 여장부란 이런 분을 두고 하는 말인 것 같아요."

"케이쥰니 님은 행복하시겠습니다. 그런데 스님처럼 코다이인 님을 모시는 측근은 몇 분이나 계십니까?"

"측근에서 모시는 사람은 네댓 명 정도예요. 그 큰 성에서 계시다가 지금은 세상을 버린 사람처럼 생활하십니다. 보통사람은 흉내도 내지 못할 일이에요."

"그렇군요. 그러나 댁 주변은 삼엄하게 경계하고 있겠지요?"

"코다이인 님의 뜻이 아니에요. 코다이인 님은 승복 하나만 입으시고 부처님의 자비만으로 살아가려 하시지만, 주위에서 받아들이지 않기 때문에."

이미 배는 후시미에 가까워졌다. 오구라노이케巨椋池 수면이 달빛을 반사해 반짝이는 모습이 산 그림자 너머로 보이고 있었다.

아타카 사쿠자에몬이 자기 자신의 결심에 놀라 주위를 둘러본 것은 그로부터 얼마 지나지 않아서였다.

'그렇다. 카로(시마 사콘) 님 의견 같은 것은 들을 필요도 없다! 코다이인 님이야말로 나이다이진보다 더 무서운 적……'

7

아타카 사쿠자에몬은 미츠나리의 의지와 각오를 잘 알고 있었다.

"이에야스와는 한 하늘 아래에서 같이 살 수 없다!"

그 결의가 움직일 수 없는 것인 이상 미츠나리는 촌각을 다투어 전쟁을 서둘러야 할 터였다.

지금 주저한다면 이에야스의 분열공작은 시시각각 성공을 거두고, 반대로 이쪽은 불리해진다는 점을 잘 알고 있었다. 그러나 이에야스보다 더 무서운 적이 있다고는 지금까지 생각지도 못하고 있었다.

배가 후시미에 도착하여 케이쥰니의 희고 싸늘한 손을 잡고 육지에 내려놓아줄 때 사쿠자에몬의 마음은 분명하게 결정되어 있었다. 젊은 케이쥰니가 그대로 코다이인처럼 생각되어 저도 모르게 품안의 단도를 움켜쥐었을 정도였다.

'살려둘 수 없는 사람……'

인간의 적대의식이란 때로는 전혀 부자연스럽게 연소하게 마련.

아타카 사쿠자에몬은 코다이인에게 개인적으로는 아무런 원한도 없었다. 아니, 그보다 이시다 미츠나리를 위해 목숨을 내던지고 일해야 한다는 의리가 무섭게 그를 짓누르고 있는 것도 아니었다. 단지 미츠나리의 가신으로 살고 있으며, 배신하지 않을 사나이로 인정받아 일하고 있다——오직 이 하나만으로 오늘의 그는 코다이인에 대한 살의를 확고부동한 것으로 만들어나갔다.

시마 사콘의 뜻도 여기에 있을 것이 틀림없다……고 생각했고, 만일 그렇지 않다 해도 자신의 생각에는 잘못이 없다고 자문자답했다. 코다이인 때문에 마에다도 모리도 미츠나리로부터 멀어져간다…… 그렇게 되면 자신의 생애도 끝장이라는 의식과 계산도 그의 생각 어딘가에 깔려 있었을 터.

그는 케이준니를 배에서 내려주고 가만히 팔짱을 낀 채로 있었다. 배는 화살처럼 흘러가고 있었다. 선원들은 후시미에 들르는 바람에 지체된 시간을 만회하려고 노력하고 있을 것이 틀림없다. 밤인데도 의외로 배가 많아, 앞의 배를 추월하다가 뱃전이 부딪쳐서 간담이 서늘해진 적도 한두 번이 아니었다.

'그렇다. 주군과 카로 님의 은밀한 명령이라 하고, 서둘러 오소데를 설득해야겠다.'

원래 요도야 죠안은 코다이인의 마음에 드는 사람이기도 했다. 해마다 일찍 새로운 차를 선사하거나 사카이의 생선, 에치젠의 건어물 등을 계절에 앞서 보내거나 하여, 그녀가 오사카 성에 있을 때는 자주 다회 茶會에 초대받았다고 자랑하기도 했다.

그런 만큼 죠안을 설득하여 오소데를 산본기 저택에 들여놓는 일은 별로 어렵지 않게 생각되었다. 물론 죠안에게 살의까지는 밝힐 수 없었다. 그러나 코다이인에게 어떤 사람들이 찾아오는지 그 정보를 수집하도록 하겠다……고 하면 죠안도 거절하지 못할 은혜를 미츠나리에게 입고 있었다.

'그렇다, 이제 정해졌다!'

배가 요도야의 나카노시마 건너편 선착장에 도착했을 때는 이미 날이 완전히 밝아 있었다. 밥 짓는 연기로 자욱하게 덮여 있는, 해마다 번

영을 더해가는 오사카 거리 모습이 뚜렷했다.

'적의 본류本流는 뜻하지 않은 곳에 있었다……'

아타카 사쿠자에몬은 가만히 주먹을 쥐고 아침을 맞이한 거리에 내려섰다. 아침 일찍 일어나는 죠안은 이미 창고로 갔거나 정원을 산책하고 있을 터였다.

8

"주인께서는 벌써 일어나셨겠지?"

선착장 돌계단을 올라가면 상점 봉당으로 통하는 길 외에 안뜰로 들어가는 작은 문이 있었다. 그 문 앞에서 물을 뿌리고 있는 하인에게 말을 걸었다.

"사쿠자에몬, 나 여기 있네, 여기."

사쿠자에몬의 등뒤에서 죠안이 싱글벙글 웃으며 돌계단을 올라오고 있었다. 아닌 게 아니라 배가 도착할 때마다 꼬박꼬박 강가에 나가 보는 것도 죠안의 버릇이었다.

"아, 일찍 일어나셨군요."

사쿠자에몬은 하인들에게 의심을 사지 않으려고 점원처럼 인사했다. 귀밑머리가 희끗희끗한 죠안은 그런 일에는 전혀 개의치 않았다.

"그렇지 않아도 돌아올 때가 되었다 생각하고 있었지. 할 이야기가 있으니 거실로 가세."

굵고 짧은 목, 인생의 풍파를 모두 겪은 거무스레한 살갗은 죠안을 보통 상인으로 보이게 하지 않았다. 히데요시가 살아 있을 때부터 '장사꾼 타이코'라는 별명을 들었을 정도여서, 전쟁터를 누빈 백전노장의 무사를 연상케 하는 품격이 온몸에 듬직하게 배어 있었다.

죠안은 손발도 굵고 컸는데, 은빛 털이 수북히 돋아 있었다. 젊어서 나카노시마를 열심히 개간하기 시작했을 때 사람들은 그의 상혼商魂을 의심했다. 그가 요도가와 기슭에 이루어진 비옥한 토지에 직접 씨를 뿌려 곡식을 수확하리라 생각했다.

그러나 개간을 내세워 섬을 개척한 죠안은 즉시 시가지 건설계획에 착수했다. 그 착상은 히데요시가 노부나가의 암시에 따라 오사카를 근거지로 삼은 것과 마찬가지였다. 죠안 역시 이 시가지가 킨키近畿°의 대동맥이 되고 심장이 되며 위장이 되리라는 것을 면밀히 계산에 넣고 있었다.

개간 소문이 퍼지자 여러 다이묘들이 속속 분양을 신청해왔다. 죠안은 쾌히 이를 승낙하고, 그 다이묘의 영지에서 수확되는 곡식의 매입을 약속받았다.

"타이코 님의 위업으로 남는다 생각하고, 도박을 했던 것이지. 그것이 들어맞았어."

이러한 설명과 함께 죠안은 사쿠자에몬에게 이렇게 이야기한 적이 있었다.

"타이코 님이 누구에게 천하를 빼앗긴다고 해도 오사카 거리만은 남을 것일세. 아니, 오사카의 배꼽과 같은 나카노시마는 망하지 않아. 그것이 무사의 주판과 내 주판의 차이점이라네."

그 말이 정말 옳았다고 사쿠자에몬은 생각한다. 현재 다이묘 중에서 요도야에게 빚이 없는 사람은 거의 없었다. 전국 다이묘들이 모두 요도야의 재산을 늘려주고 있다고 해도 과언이 아니었다.

그런 요도야는 히데요시의 측근이었던 미츠나리에게 적지않은 은혜를 느끼고 있다……고 사쿠자에몬은 믿고 있었다. 어쩌면 미츠나리의 후원이 요도야의 기초를 튼튼하게 해주었다고 고마워하고 있는지도 모른다……고.

요도야 죠안은 점원 차림의 아타카 사쿠자에몬을, 요도가와의 물을 끌어들여 만든 커다란 연못에 면해 있는 자기 방으로 안내했다.

"지부 님은 큰 잉어를 낚다가 놓치셨어."

그리고는 느닷없이 말했다.

"마에다 가문이라는 잉어를 말일세…… 놓치고 보니 그 잉어는 너무 큰 것이었어."

사쿠자에몬은 갑작스런 말에 그만 몸을 앞으로 내밀었다.

"그것은…… 그것은 무슨 뜻입니까?"

9

요도야 죠안은 웃지도 않고 별로 서두르는 기색도 없었다.

"엊그제 성안에서 마에다 가문의 카로 요코야마 야마시로노카미 나가카즈橫山山城守長和 님이 나이다이진 님을 만났다고 하더군. 이이 나오마사 님의 주선으로."

가볍게 말하고 혼자 고개를 끄덕였다.

"당연히 그렇게 될 수밖에 없었어. 지부 님은 여자의 힘을 잘못 알고 계시거든. 이 세상을 움직이는 것은 여자의 힘이 칠 할, 남자의 힘은 고작 삼 할밖에 안 된다는 것을."

사쿠자에몬은 깜짝 놀라 눈을 깜박거렸다. 요도야의 말이 무엇을 의미하는지 알 것 같으면서도 알 수 없었기 때문이다.

요도야는 말을 계속했다.

"여자는 하늘이 내린 세 가지 큰 힘을 가지고 있어. 첫째는 색色으로 남자를 사로잡는 힘, 둘째는 아내 자리를 차지하는 힘, 셋째는 어머니 자리에 앉는 힘…… 뛰어난 여자는 이 세 가지 힘을 하나로 묶어 남자

들의 마음과 손발을 꽁꽁 묶는 것일세. 알겠나, 사쿠자에몬?"

사쿠자에몬은 당황하며 손을 흔들었다.

"그것은…… 호슌인 님이 마에다 형제를 움직였다는 것을 가리키는 말씀입니까?"

"그렇다네. 호슌인 님이 지닌 어머니로서의 힘에 다른 여자의 힘까지 가해졌어. 코다이인 님과 아사노 님의 부인 말일세. 이 세 사람은 젊었을 때부터 절친한 사이였어. 이들 세 사람이 지부 님 편은 들 수 없다는 결심을 하고 움직이기 시작했다면, 아마 지부 님은 낚시질을 해도 놓치는 게 많을 거야."

"그러면, 마에다 가문에서는 사과하기 위한 사자가 다녀갔습니까?"

요도야는 고개를 끄덕였다.

"마에다 가문의 어머니라는 자리는 강력한 것일세."

요도야는 가볍게 말하고 자기 나름의 견해로 여성의 힘이 얼마나 큰지에 대해 재미있게 이야기했다.

무사들은 유난히 사나이의 체면이 선다거나 안 선다고 고집을 부리는 버릇이 있다. 그러나 요도야의 상점에서 보고 있으려면 전혀 반대라고 했다. 어느 다이묘든 여자의 마음가짐 여하에 따라 소요되는 경비가 크게 좌우되기도 하고, 훌륭한 영주가 되거나 어리석은 영주가 되는 등 가문의 큰 소동이 되풀이된다……

"타이코 님조차도 여자에게는 꼼짝 못했어. 지부 님은 그런 점에서 남자의 힘을 과신하고 있거든. 좀더 인간이 살아가는 방법에 대해 깊이 음미해볼 필요가 있을 거야."

사쿠자에몬은 그제야 겨우 자기가 할 말의 돌파구를 찾았다. 요도야의 말은 결국 코다이인이나 호슌인뿐 아니라 요도 부인을 비롯하여 다른 다이묘들의 부인에게 좀더 관심을 기울여야 한다는, 미츠나리에 대한 조언이었다.

"바로 그 일입니다. 늦기는 했으나, 저의 주군 미츠나리 님도 그러한 점을 깨달으시고……"

사쿠자에몬은 서둘러, 미츠나리로부터 오소데에게 보내는 서신을 가지고 왔다는 것, 오소데를 코다이인의 측근에 들여놓기 위해 요도야의 힘을 빌리고 싶다는 말을 했다. 결코 말하기 쉬운 일은 아니었다. 이미 자신은 오소데에게 코다이인을 죽이게 할 결심. 그러나 그런 눈치를 보이면 요도야가 협조하겠다고 할 리 없었다……

말을 마치고 사쿠자에몬은 가만히 땀을 닦았다. 둔중해 보이면서도 온몸이 예민한 촉각이라 할 수 있는 요도야였다. 요도야는 사쿠자에몬이 말을 마치는 것과 동시에 선뜻 고개를 끄덕였다.

"알겠네. 이 일에 대해서는 그렇지 않아도 나 역시 오소데의 부탁을 받고 있었네."

10

"아니, 오소데가 요도야 님에게?"

사쿠자에몬이 깜짝 놀라 반문했다.

"그것이 사실입니까?"

"무슨 소리를 하고 있나. 이 요도야 죠안이 무엇 때문에 자네한테 거짓말을 하겠어. 오소데는 말일세, 전부터 지부 님에게는 부족한 면이 있다고 걱정해왔네."

"으음."

"일을 처리하는 데는 지나칠 정도로 예리하면서도 아무래도 인정이란 면에서는 부족한 점이 너무 많다, 여자를 감정에 치우친 귀찮은 존재로 여기고 그 힘이 얼마나 크게 작용하는가는 생각해보려고 하지 않는다……고."

"오소데가 그렇게 주군을 비판했다는 말씀입니까?"

요도야는 웃으면서 고개를 끄덕였다.

"여자라도 특히 어리석은 경우에는 이야기가 되지 않지만, 보통 여자라면 일단 품에 안겨 안에서부터 보아나가면 남자의 가치를 완전히 파악하는 모양일세. 웬만큼 현명한 여자에게는 남자가 철모르는 어린아이로 보이는 모양이야."

"오소데가 그런 말까지도……"

"하하하…… 오소데가 한 말이 아니라 이 요도야의 짐작일세. 어쨌든 오소데는, 지부 님이 코다이인 님의 존재가 얼마나 중요한지 모르고 계시는데, 정면으로 말씀 드려도 듣지 않으실 테니 자기를 코다이인 님 측근에 들여보내달라……고 부탁했어."

"이거, 정말 놀랍습니다."

"사실은 나도 놀랐어. 아마 오소데는 지부 님의 품에 안겨 있는 동안 어머니의 마음을 갖게 된 모양일세."

"어머니의 마음을……?"

"그래. 처음에는 어린아이처럼 생각하고 대했을 테지. 그러다가 이런저런 부족한 점을 발견하게 되고는 가만히 있을 수 없게 되었을 것일세. 색정으로 보이는 남녀관계에도 이와 같은 어머니의 마음이 깃들여 있는 거야. 그 어머니 마음은 상대방 남자에게 부족한 면이 있다고 생각하면 할수록 사랑이 더해지게 마련. 신불은 여자를 그런 존재로 만들어놓았어."

요도야는 말하기 좋아하는 노인에게 있게 마련인, 이야기 그 자체를 즐기는 투로 천천히 말을 계속했다.

"그래서 나는 그 일을 지부 님에게 직접이 아니라, 카로인 시마 사콘 카츠타케 님에게 이야기했지. 지부 님에게 이의가 없다면 이 요도야가 주선해도 좋다고 말일세."

사쿠자에몬은 자기 귀를 의심했다. 그렇다면 벌써 이야기는 성립된 것이나 마찬가지였다.

"그러면 제가 주군의 서신을 오소데에게 전하기만 하면 나머지 일은 모두 요도야 님이 추진하시겠다……는 말씀이군요."

"그래. 오소데도 그렇게 각오하고 있을 테니까."

"만나게 해주십시오!"

사쿠자에몬은 큰 소리로 요도야에게 말했다.

"아무래도 이 일에는 신불의 뜻이 작용하고 있다……고밖에 생각할 수 없습니다. 그런데, 오소데는 지금 어디 있습니까?"

"어디라니…… 바로 이 집에 있어. 그럼, 이리 데려오겠네. 지부 님의 가신들은 감금하라는 등 답답한 소리를 하고 있지만, 나는 그럴 필요가 없어 저쪽 별채에서 자유롭게 지내도록 했어."

요도야는 천천히 일어나 안뜰 너머로 보이는 다실茶室 모양의 작은 암자를 가리켰다.

11

사쿠자에몬은 마치 꿈을 꾸는 것 같았다.

미츠나리로부터 서신은 건네받았으나 전할 말을 듣지 못하고 왔음을 깨달았을 때는 자기가 얼마나 멍청했는가 싶어 어이가 없었다. 그런데 바로 그 뒤 케이쥰니와 같은 배에 타는 행운을 만났다. 젊은 여승의 입에서 이런저런 비밀을 알아내는 동안 코다이인이야말로 이에야스를 능가하는 큰 적이라는 것을 확인했다. 그러므로 일은 벌써 9할 9푼까지 성취된 것이나 다름없었다.

'미안한 일이지만, 코다이인의 운이 이미 다했다는 증거야……'

돌이켜보면, 도요토미 가문의 후계자를 낳지 못했다는 것, 요도 부인에게 히데요리를 낳게 한 것, 오사카 성에서 나올 수밖에 없었던 것 모두가 다 그러했다. 곧 그 모두는 코다이인으로서는 보이지 않는 힘에 의해 마지막 비운의 자리로 끌려가는 과정이었다.

케이쥰니의 말에 따르면, 코다이인의 측근에는 불과 4, 5명의 여자가 있을 뿐…… 여기에 요도야의 주선으로 처음부터 그럴 생각으로 있던 오소데가 들어간다……

'마치 물이 낮은 데로 흘러가듯 순조로운 진전!'

사쿠자에몬은 요도야의 뒤를 따라 정원용 나막신을 신고, 깨끗한 나치구로那智黒° 자갈이 깔린 정원의 길을 걸으면서 그답지 않게 두근거리는 가슴을 억제하지 못했다.

작은 정원 입구에는 형식만 갖춘 가시나무 울타리가 쳐져 있었다. 여기서부터는 아무도 접근하지 말라는 의미일 듯.

"오소데."

요도야는 가시나무 울타리를 가볍게 옆으로 치우고, 다정한 소리로 불렀다.

"이시다 가문의 아타카 님이 주군의 서신을 가지고 찾아오셨어. 들어가셔도 되겠지?"

안에서 대답소리가 들리고 툇마루로 향한 작은 창이 열렸다. 그리고 아직도 푸른색을 띠고 있는 대나무 창살 너머로 오소데의 흰 얼굴이 보였다.

"어머, 황송해라. 어서 들어오십시오."

"나는 허락이 없으니 들어갈 수 없겠군. 여기서 물러갈 테니 천천히 이야기를 나누도록."

"호호호. 조심성이 여간 아니시군요. 그럼, 말씀대로 하겠습니다."

아타카 사쿠자에몬은 그대로 사라지는 요도야의 뒷모습을 바라보고 나서 얼른 정원으로 들어섰다.

오소데는 리큐利休의 기호에 맞게 지은 다실풍 암자의 문을 열고 기다리고 있었다.

"자, 들어오십시오."

"실례하겠소."

방에 들어선 사쿠자에몬은 오소데가 지금까지 무엇을 하고 있었는지 알고 문득 가슴에 아픔을 느꼈다.

중앙에 화로를 놓은 다다미 4장 반짜리 다실 옆에 8장 크기의 방이 이어져 있었다. 거기가 오소데의 거실. 그 방과 연결된 창가에 옻칠을 한 탁자가 놓여 있고, 오소데는 그 탁자 앞에 단정히 앉아 경전을 베끼고 있었던 듯.

주군 미츠나리의 눈에 들었다…… 해도 유곽 출신에 지나지 않는 여자, 요도야에게 맡겨진 이유는 자신도 잘 알고 있었다. 죽이기에는 불쌍하지만 그렇다고 놓아줄 수도 없다…… 이런 묘한 입장에 처해 있는 몸이므로 원한에 원한을 품고 있을 것이라 생각했다. 그러나 조용히 경전을 베끼면서 도울 수 있는 길을 찾고 있었다니……

사쿠자에몬은 자세를 바로하고 앉아 미츠나리의 서신을 공손히 오소데 앞에 내놓았다.

12

"주군이 직접 쓰신 서한입니다. 우선 읽어보시지요."

사쿠자에몬은 상대가 미츠나리의 서한을 읽고 났을 때 무슨 말부터 해야 할지 생각했다.

상대는 코다이인을 측근에서 모시고 싶다고는 했으나 살해할 각오까지는 되어 있지 않을 터. 다만 곁에 있으면서 접근해오는 자의 정보를…… 이렇게 생각하고 입을 여는 것이 순서였다. 그녀가 생각지도 않았던 일을 입에 올렸다가 —

"저는 그런 일은 못합니다."

이렇게 나온다면 설득하기가 여간 어렵지 않을 터였다.

"읽어보겠습니다."

오소데는 서신을 공손히 받아 펼치고 작은 입술을 약간씩 움직이며 읽기 시작했다.

"다 읽었습니다. 자세한 내용은 아타카 님께 여쭈어보라고……"

사쿠자에몬은 고작 유곽 출신인 주제에…… 이렇게 생각하면서도 오소데의 일거일동에 불가사의한 무게를 느끼고 혀가 굳어졌다.

"예. 우선 오소데 님의 생각을 알고 싶습니다."

"제 생각을……?"

"그렇습니다. 요도야 님에게 이야기를 들었습니다마는, 코다이인 님을 모시고 싶다는 것, 오소데 님의 희망이기도 하다고요?"

"예, 사실입니다. 그러나 주군께서는 주군의 생각이 계실 것, 그것부터 먼저 여쭙고 싶습니다."

부드러운 목소리로 반문하는 바람에 사쿠자에몬은 당황했다. 조리에 맞는 상대의 말이어서 자칫 사쿠자에몬 쪽에서 주도권을 빼앗길 것 같았다.

"오소데 님은 코다이인 님을 어떻게 보십니까? 주군께 도움이 되실 분인지, 아니면 적으로 돌아서실 분인지……?"

얼른 화제를 돌렸다. 오소데는 약간 눈을 크게 떴다. 어째서 솔직하게 미츠나리의 말을 전하지 않는 것일까? 미심쩍은 모양이었다.

"지금 이대로는 도움이 되지 않을 분이라고 생각해요."

"그럼, 적이 되실 것이라고?"

"아뇨."

오소데는 천천히 고개를 가로저었다. 그리고 사쿠자에몬이 무슨 말을 하려는지 탐색하듯 미소를 떠올렸다.

"저는 인간에게는 처음부터 적도 자기편도 없다고 생각해요."

"으음."

"적으로 돌리건 자기편으로 삼건 모두 이쪽에서 하기에 달렸습니다…… 주군은 적으로 알고 가라……고 말씀하시던가요?"

사쿠자에몬은 섬뜩했다.

'말조심해야겠구나……'

"오소데 님, 주군의 생각에 앞서 이 사쿠자에몬의 생각을 먼저 말씀 드리고 싶은데 괜찮겠습니까?"

"그러는 편이 좋으시다면……"

"이 사쿠자에몬이 보기에는, 코다이인 님은 이미 주군의 적으로 돌아서신 듯합니다."

"그 이유는?"

"카가의 미망인까지 움직여 마에다 님 형제가 주군의 편이 되지 않도록 도모했다는 증거가 있기 때문입니다."

오소데는 별로 깊이 물으려고 하지 않았다. 조용히 고개를 끄덕였을 뿐 사쿠자에몬의 다음 말을 기다리는 눈치였다.

13

사쿠자에몬의 겨드랑이에서 식은땀이 흘러내렸다. 코다이인은 주군의 적…… 이렇게 말하면 당연히 상대도 그 말에 이끌려 무어라 하지 않을까 예상하고 있었다. 그러나 옳은 말……이라는 의미인 듯 가볍게 고개를 끄덕였을 뿐 아무 말도 하지 않았다.

순간 사쿠자에몬은 생각도 입도 모두 막혀 무슨 말을 해야 할지 당황스럽기만 했다.

"오소데 님은…… 그……그래도 코다이인 님이 적이 아니라고 생각하십니까……?"

"아타카 님, 무언가 망설이고 계시는 것 같군요."

"예……?"

"할 이야기는 따로 있으면서 생각지도 않은 말씀을 하신다…… 이렇게 되면 자신도 피곤하시겠지만 저도 난처합니다."

"과……과연 그럴 것입니다."

"망설이지 마시고 생각하신 바 그대로 말씀해주세요. 저도 홀가분하게 대답하겠어요."

'이미 완전히 속을 들여다보고 있다……'

이런 생각에 사쿠자에몬도 태도를 바꿀 수밖에 없었다.

"뜻밖의 말씀을 하시는군요. 나는 오소데 님에게 코다이인을 적으로 생각하시는지, 아니면 우리편으로 생각하시는지 묻고 있습니다."

"그렇다면 이렇게 대답하겠어요. 저는 코다이인 님을 알지 못합니다. 그러나 주군에 대해서는 알고 있어요. 혹시 주군에게 도움이 될 수 있을까 싶어 코다이인 님 곁으로 갔으면 하고 청을 드렸어요."

"그러니까 측근에 계시면서 주군을 위해 여러 가지 정보를 수집하겠다는 것입니까?"

"호호호…… 그런 것도 있어요."

"그럼, 그 이상의 목적도?"

"예, 그 이상의 목적도요."

"오소데 님!"

"어서 주저하지 말고 말씀하세요."

사쿠자에몬은 저도 모르게 몸을 앞으로 내밀었다.

생각해보면 재미있다. 지금 두 사람이 바로 인간 수련의 차이, 가치의 차이를 드러내보이는 경우이리라. 처음부터 오소데의 마음에 있는 것을 이끌어내려던 사쿠자에몬이 어느 틈에 거꾸로 자기가 속을 드러낸 셈이 되고 말았다.

"그러면 오소데 님은 주군을 위해 첩자 이상의 일을 맡아도 좋다는 말인가요?"

"첩자 이상의……? 예, 그럴 생각이에요."

"이제 나도 안심했습니다."

사쿠자에몬은 진심으로 안도하는 표정이었다.

"이제는 주군과 카로 님의 말씀을 안심하고 전할 수 있습니다. 코다이인 님은 마에다 님 형제를 주군으로부터 떼어놓았을 뿐 아니라, 코바야카와 히데아키 님을 떼어놓고 다시 타이코 님이 키우신 무장들까지 모두 나이다이진 편으로 돌아서게 할 것입니다."

"글쎄요…… 그럴지도 모르겠군요."

"그렇게 되면 주군은 설 자리가 없어집니다. 이미 아사노 님도 코후에 은퇴…… 그러니 코다이인 님이 계시면 우리편이 불리……하다고 생각지 않습니까?"

"옳아요, 그렇게 생각해요."

"그렇다면 수단은 하나밖에 없습니다."

"그 하나밖에 없는 수단이란?"

"코다이인의 측근으로 들어가 한시라도 빨리……"

사쿠자에몬은 이렇게 말하다가 차마 죽이라는 말은 못하고 손을 칼 모양으로 만들어 불쑥 내밀었다.

이번에도 오소데는 가볍게 머리를 끄덕였다.

"그것이 주군이 서신에 쓰시지 못한 말씀인가요?"

"그렇습니다…… 바로 그렇습니다."

아타카 사쿠자에몬은 말끝에 힘을 주고 얼굴이 빨갛게 되었다.

14

오소데는 약간 놀란 듯했다. 정보수집 역할 이상의 일을 하고 싶다……는 오소데의 말을 확실하게 마음에 받아들였다면 당연히 아타카 사쿠자에몬은 의심을 품었어야만 했다. 오소데가 살해하라……는 말을 듣고 놀랄 정도라면 어째서 정보수집이란 역할 이상의 일을 할 생각……이라고 말했을지, 또 그 역할이 무엇을 가리키는지……?

사쿠자에몬은 마음의 무거운 짐을 벗게 되어 걱정을 덜었기 때문에 오소데의 표정이 미묘하게 움직이는 것까지는 깨닫지 못했다.

"물론, 물론 맡아주겠지요, 오소데 님은?"

거듭 다짐했다. 순간 오소데의 낯빛이 약간 흐려졌다.

"주군의 분부라면 저는 받아들일 수밖에 없는 입장에 있어요."

"그 말을 듣고 마음을 놓았습니다!"

사쿠자에몬은 또 오소데의 말에 담긴 함축성을 깨닫지 못했다.

"그러면 요도야 님께 부탁해놓겠습니다. 반드시 주군을 위해……"

"잘 알고 있어요."

"이미 코다이인은 의심할 나위 없는 나이다이진 편, 도요토미 가문에 화근이 될 것이 분명하므로……"

오소데는 무슨 말을 할 듯하다가 그만두는 표정으로 입을 다물고 말았다. 그 정도로 사쿠자에몬을 신뢰하고 있지 않았다.

사쿠자에몬은 그 뒤에도 잠시 동안 케이쥰니와 코바야카와 히데아키의 성격 등에 대해 이야기했다. 그러나 그 어느 것도 오소데의 견해와는 달랐다.

오소데로서는 그가 무슨 말을 하건 굳이 반대하지 않고 듣는 수밖에 없었다. 미츠나리에게 전멸을 각오하고 궐기하라고 조언한 꼴이 된 오소데였다……

재삼 다짐을 하고 사쿠자에몬은 방을 나갔다. 오소데는 문 어귀까지 사쿠자에몬을 배웅하고 다시 방으로 돌아왔다.

가슴이 답답했다. 자기가 생각했던 것과는 아주 다른 방향으로 사태가 진행되고 있었다.

'강물이 거꾸로 흐르고 있다.'

오소데는 미츠나리의 성격을 이에야스도 시대도 용납할 수 없음을 간파하고 그 비극을 최소한으로 막아보려 했다. 그러나 흐르기 시작한 그 기운은 그녀의 상상력과 힘을 초월한 흐름이 되고 말았다.

그래도 오소데는 단념하지 않았다.

'아직 손쓸 방법은 남아 있을 거야……'

오소데가 심각하게 생각한 끝에 내린 결론이 코다이인의 측근으로 있으면서 어떤 역할을 하겠다는 것이었다. 그런데 그 계획 또한 같은 충성이란 미명 아래 일그러지게 될 것 같았다.

오소데는 가만히 탁자 앞에 앉아 저도 모르게 눈을 감고 합장했다.

"나무, 대자대비 관세음보살……"

결코 애처롭게 매달리는 것이 아니었다. 그 마음이 미츠나리에게 통하기를 바라는 의욕이 담긴 기도였다.

"저, 오소데. 이번에는 들어가도 되겠지?"

다시 밖에서 목소리가 들렸다.

"예, 어서 들어오세요……"

오소데는 마음을 놓은 듯 가볍게 일어섰다.

죠안은 사쿠자에몬과는 인생에 대한 견해, 생활방식에 큰 차이가 있었다. 죠안을 만나는 일은 결코 괴롭지 않았다. 그러한 감정이 오소데의 대답에도 동작에도 확실하게 나타나 있었다……

15

요도야 죠안은 아타카 사쿠자에몬을 안내했을 때와는 사람이 달라지기라도 한 듯 굳은 표정으로 들어왔다.

'무슨 일이 있었구나……'

오소데는 얼른 거실로 맞아들였다. 그러면서 애써 냉정함을 가장하고 죠안을 대했다.

"오소데…… 이제부턴 말을 놓고 부르겠어. 그편이 나로서는 더욱 정답게 느껴지니까."

죠안은 오소데 앞에 앉자마자 혼잣말처럼 중얼거렸다.

"지금 사쿠자에몬의 이야기를 들었더니 오소데는 어떤 분을 제거하기로 약속했다고?"

오소데는 잠자코 죠안을 쳐다보았다. 그는 격앙되어 있는 듯했다. 찬성의 뜻이 담긴 감동인지 아니면 당치도 않다는 분노인지, 그것을 깨닫기 전에는 섣불리 대답할 수 없었다.

"나는 사쿠자에몬을 말상대로 여기지 않아. 그는 자신의 세계에서 날뛰고 있기 때문에 내가 의견을 말한다 해도 귀담아들을 인간이 아니야. 그래서 오소데가 코다이인 님을 모실 수 있도록 주선만 하기로 하고 일단 돌려보냈어. 오소데의 마음에 달려 있으니까."

죠안의 말에 오소데는 가볍게 고개를 끄덕였다. 이미 죠안의 생각은 알 수 있었다. 측근으로 들어가 모시는 것은 좋으나 살해는 당치도 않다는 의견이었다.

"그래서 오소데의 마음을 알고 싶어. 무슨 생각으로 코다이인 님을 곁에서 모시고 싶다고 했지?"

"지부 님에게 여자의 진심을 보여주고 싶다! 다만 이것뿐입니다."

"그럼, 살해하라는 것이 지부 님의 명령이라면 그대로 따르겠다는 말인가?"

오소데는 살짝 미소를 띠고 천천히 고개를 흔들었다.

"그 반대입니다."

"그 반대……라니?"

"지부 님도 코다이인 님이 키우신 사람…… 지부 님을 대신하여 코다이인 님의 여생을 편안하게 해드리려고 합니다."

"으음. 그럴 테지, 그렇게 하지 않으면 안 돼! 그 말을 들으니 안심이 되는군. 내가 주선하겠어."

죠안은 크게 고개를 끄덕였다.

"그러나 이것이 지부 님에게는 어떤 도움이 될까?"

"저어……"

이번에는 오소데가 대답하지 못했다. 죠안을 믿지 못해서가 아니라 갑작스런 질문이어서 대답할 말을 정리하지 못했다……

"웃지는 마십시오."

"웃기는 내가 왜 웃겠나. 나는 오소데와 같은 여성을 만나게 되어 지부 님의 인생에 마지막 꽃이 피었다고 생각하는 사람이야. 어려워하지 말고 말해요."

"예."

오소데는 조용히 눈을 내리깔았다. 그리고 무릎 위에 가지런히 놓인 자기 손끝을 내려다보며 말을 이었다.

"지부 님은 빨리 지셔야만 해요."

"으음, 과연."

"그렇다고 자손까지도 뿌리가 끊긴다면 너무나 가엾은 일입니다. 이 경우 나이다이진 님에게 유족의 구명을 부탁할 수 있는 분은 코다이인 님 한 사람뿐…… 이런 희망을 가지고 모신다면 도리를 다하는 일이 아닐까요?"

요도야 죠안은 가만히 오소데를 바라본 채 숨도 쉬지 않고 눈도 깜박거리지 않았다……

기회와 결단

1

오사카 성에 들어온 이에야스는 얼마 지나지 않아 서쪽 성에 장중한 텐슈카쿠天守閣°를 지었다. 물론 본성의 그것과는 비교가 되지 않았으나, 완성되고 보니 어린 주군 히데요리의 싯세이執政°가 묵을 거처로서는 너무나 훌륭했다.

전국에서 가장 실력 있는 이에야스가 히데요시의 요청에 따라 그가 남긴 어린 아들을 도와주고 있다, 불만인 자가 있으면 누구든지 나와보라, 이 이에야스가 상대해주겠다⋯⋯ 나란히 솟은 두 텐슈카쿠가 이처럼 무언의 시위를 하고 있다는 것은 부정할 수 없는 일이었다.

이에야스는 서쪽 성에 들어온 이후 위정자로서 주저 없이 단호하게 제후들을 대했다. 히지카타 카와치노카미 카츠히사와 오노 슈리를 히타치로 귀양보내고, 아사노 나가마사를 카이로 쫓아 근신하도록 했다. 그리고 이번에는 마에다 정벌의 소문을 퍼뜨려 암암리에 토시나가 형제의 복종을 강요했다.

아사노 사건은 그렇다 하더라도 마에다 형제가 설마 이에야스에게 꼬리를 치겠는가 하는 것이 세상의 평이었다. 그러나 그 마에다 가문으로부터도 요코야마 야마시로노카미 나가카즈가 토시나가를 대신해 해명하러 옴으로써 사정이 일변했다.

이에야스는 요코야마 나가카즈에게 토시나가 형제의 어머니인 호슌인을 에도에 인질로 보내도록 명했다.

이에 대해서는 마에다 형제 이상으로 마시타, 나츠카 등의 부교들이 경악했다. 지금까지 인질을 오사카에 보내도록 한 일은 있었으나 제후가 개인적으로 자기 영지에 다른 다이묘의 인질을 잡아놓은 예는 전혀 없었다.

이로써 이에야스 개인에게 토시나가 형제가 굴복한 것이 되었다. 그처럼 수락하기 어려운 요구를 한다면 마에다 형제가 받아들일 리 없고, 이에야스 자신도 성립되지 않으리라 알고서도 감히 도전했을 터…… 이러한 추측 속에 마에다 가문에서 인질을 승낙했다는 사실이 전해지고 사정을 아는 사람들은 더욱 놀랐다.

당사자인 호슌인 자신.

"전례가 없지는 않다. 아사노 님은 이미 아들을 인질로 에도에 보냈다. 또 코마키小牧와 나가쿠테長久手 전투 뒤에는 타이코 님의 생모인 오만도코로大政所 님도 멀리 오카자키岡崎까지 가신 일이 있다. 천하의 평화를 위하는 길이라면 나도 모든 것을 참고 인질로 가겠다."

이에 따라 수락하기 어려운 요구를 받고 소란스러워진 마에다 쪽에서는 가문의 동요를 막기 위해, 에도에 간다는 것은 일단 숨기고 우선 오사카에 인질을…… 하고 내세웠다. 그리고는 무라이 분고村井豊後와 야마자키 아와山崎安房를 딸려 호슌인을 오사카에 보냈다가 그곳에서 다시 에도에 가는 방법을 취했다.

토시나가보다 동생 토시마사——

"어머니를 에도에 인질로 보낸다면 이미 가문도 영지도 필요 없게 되었다……"

뚝뚝 눈물을 흘리며 분하게 여겼다고 한다.

호슌인의 이러한 결심 뒤에는, 히데요시의 이상이 '천하 태평'에 있었다고 굳게 가슴에 새기고 다짐하는 코다이인의 작용이 있었다는 사실은 끝내 세상에 소문이 나지 않았다.

마에다 가문에 반심이 없음을 알면서도 받아들이기 어려운 요구를 한 이에야스는, 문제가 해결된 뒤 히데타다의 둘째딸을 토시나가의 어린 동생으로 그의 후계자가 된 토시츠네利常와 약혼시켰다.

히데타다의 둘째딸은 히데요리의 약혼자인 센히메千姬의 동생이었다. 따라서 천하가 평온한 채 다음 세대로 이어진다면 히데요리와 토시츠네는 동서가 되어 도요토미 가문이나 도쿠가와 가문도, 또 마에다 가문도 긴밀한 혈연으로 맺어지게 된다.

어디까지나 정략이었으나, 이것이 당시 이에야스가 은밀히 마음에 품고 있던 양심에 대한 보답이었음은 부인할 수 없다.

이렇게 하여 마에다 가문과의 문제는 일단락되었다……

2

마에다 가문에 이어서 문제가 된 것은 당연히 모리 가문과 우에스기 가문의 거취였다. 모리와 우에스기 가문이 이에야스의 편이라는 사실이 드러나면 이시다 미츠나리의 불평은 돌파구를 찾지 못하고 그대로 지하에서 소멸될 수밖에 없었다.

이에야스는 그러한 점을 누구보다 잘 알고 있었다. 그러나 지난해(케이쵸慶長 4, 1599) 8월에 영지로 돌아간 모리 테루모토에게는 이렇다 할 손을 쓰지 않았다. 테루모토와 전후하여 아이즈會津로 돌아간 우에스기 카게카츠에게는 에도에 있는 히데타다와 더불어 계속 오우奧羽의 상황을 알아보기도 하고 쿄토 주변의 사정을 알리기도 하면서 연락을 그치지 않았다.

우에스기 카게카츠가 켄신謙信 때부터의 거성인 에치고越後의 카스가야마 성春日山城에서 아이즈로 이봉移封된 것은 히데요시가 죽던 해(1598) 정월이었다.

히데요시가 무슨 생각으로 카게카츠를 121만 9,000석인 아이즈 영주로 봉했는가는 새삼 기록할 필요도 없다. 나날이 번창하는 에도를 북쪽에서 압박하기 위해서는 우지사토氏鄉가 죽은 가모蒲生 가문만으로는 미덥지 않았다. 이에 대한 대비로 켄신 때부터 무력으로 이름을 떨친 우에스기 가문을 옮겨 에도를 감시하도록 하자는 것이었다.

이 사실은 카게카츠 자신은 물론 이에야스도 미츠나리도 결코 잊을 수 없는 일.

카게카츠는 영지가 옮겨진 그해(1598) 8월, 히데요시가 위독하다는 소식을 접하고 상경하여 이듬해 8월까지 1년 동안 새로운 영지에는 돌아가지 못했다. 그 당연한 결과로서, 돌아오자마자 성곽 보수며 도로 정비 등에 심혈을 기울여야 할 것은 말할 나위도 없었다.

그러한 사정은 물론 이에야스도 잘 알고 있었다. 그러나 과연 카게카츠가 앞으로의 천하에 대해 어떤 생각을 가지고 있고, 어떤 노력을 기울일지에 대해서는 아직 확실하게 파악하지 못하고 있었다. 히데요시가 확립시킨 봉건제도가 이대로 평화를 지속시켜 나갈 수 없는 한, 현상유지나 자기 가문만을 생각하는 좁은 시야에 국한된 견식을 가졌다면, 많은 녹봉은 물론, 함께 내일의 국가 경영을 상의하기에는 부족한 인물이라 할 수밖에 없었다.

이에야스가 오사카에서 계속 카게카츠와 연락하는 것은 다분히 그러한 인물 평가의 의미를 내포하고 있었다. 그런 의미에서 마에다 토시나가는, 생모 호슌인의 조언도 있고 하여, 겨우 이 인물 평가에 합격했다고 할 수 있었다.

드디어 우에스기 카게카츠를 크게 시험할 기회가 왔다.

케이쵸 5년(1600) 정월. 토리이 모토타다鳥居元忠의 사위로 데와出羽의 카쿠노다테角館 성주인 토자와 시로 마사모리戸澤四郎政盛로부터 다음과 같은 보고가 들어왔다.

"우에스기 츄나곤은 카로 나오에 야마시로노카미 카네츠구直江山城守兼續*와 협의하여 영지 변두리에 있는 성들을 크게 보수하고 있을 뿐만 아니라, 대대로 내려오는 아시나芦名 가의 거성이었던 아이즈 성은 지대가 낮아 요새로서는 불충분하다고 팔십 리 떨어진 코자시바라神刺原에 새로 성을 쌓을 생각인 듯……"

이와 전후하여, 우에스기 가문의 옛 영지로 옮긴 에치고의 30만 석 영주 호리 사에몬노카미 히데하루堀左衛門督秀治로부터도 카게카츠에게 반심이 있는 듯하다는 보고가 들어왔다.

우에스기가 아이즈로 옮길 때 에치고에서 반년 분 공납을 미리 거둬가, 옮겨온 뒤 큰 어려움을 겪고 있다, 우에스기는 미리 거둔 공납을 새로 성을 쌓는 일과 에치고 가도, 츠가와津川 부근 군비軍備를 보강하기 위해 사용한 것 같다……는 원망 섞인 심상치 않은 밀고였다.

3

이에야스는 토자와 마사모리와 호리 히데하루의 보고에 대해서는 별로 놀라지도, 분노하지도 않았다.

군비보강은 새로운 영지에 옮겨온 무장으로서는 당연히 해야 할 일이었다. 공납을 미리 받는 것도 실은 아이즈에서 우츠노미야宇都宮로 옮긴 가모도 같은 일을 하고 떠났기 때문에 부득이한 면이 있었다. 문제는 그런 사소한 것이 아니었다.

"백이십만여 석의 방대한 영지를 소유한 우에스기 카게카츠가 과연 새로운 일본을 건설하는 데 동지가 될 수 있는 기량과 식견을 갖춘 인물인가······?"

중요한 것은 바로 이러한 점에 있었다. 기량을 갖추지 못한 자가 넓은 영지를 소유하고 무력을 과시하면 세상을 어지럽게 만드는 원인이 될 뿐이었다.

이에야스는 지난해에 마에다 토시나가에게 시도했던 것과 같은 시험의 화살을 카게카츠에게 겨누었다.

"아이즈 츄나곤이 영지로 돌아간 뒤 모반할 것이라는 풍문이 계속 나돌고 있소. 그대들도 알고 있을 것이오. 병력을 동원해야 하지 않을까 싶은데, 그대는 어떻게 생각하시오?"

마시타, 나츠카 외에 새로 부교가 된 오타니 요시츠구大谷吉繼˚ 등을 불러 이에야스는 이렇게 말했다.

이미 홋코쿠北國의 눈도 녹고, 벚꽃이 피려 하는 케이쵸 5년 3월 초순의 일이었다.

마시타 나가모리도 나츠카 마사이에도 이 일이 앞서 마에다 가문에 시도했던 것과 같은 카게카츠에 대한 '인물 평가'임을 깨닫지 못했다. 그들은 서로 얼굴을 마주보고 나서 도움을 청하듯이 오타니 요시츠구를 바라보았다. 이시다 미츠나리의 밀사가 우에스기 가문의 카로 나오에 야마시로노카미 카네츠구를 종종 찾아가고 있다는 사실을 알고 있었기 때문인 듯.

오타니 요시츠구는 과연 마시타 나가모리나 나츠카 마사이에보다는 시대를 통찰하는 눈이 날카로웠다.

"제가 보기에는 츄나곤 님이 타이코 전하의 은혜를 망각하고 도련님을 배신하지는 않을 것 같습니다. 먼저 세상에 나도는 소문이 사실인지 아닌지 규명하기 위한 사자를 보내시는 것이 옳다고 생각합니다."

"으음, 과연 그것이 순서겠군."

이에야스는 순순히 동의했다. 이번 경우에도 물론 카게카츠에게 반심이 있다고는 생각지 않았기 때문에 굳이 다른 의견을 제시할 필요가 없었다.

"그러면, 이나 즈쇼에게 우에몬右衛門° 님(마시타 나가모리)의 가신이라도 딸려 보내면 어떻겠소?"

마시타 나가모리는 마음놓은 듯 무릎걸음으로 다가앉았다.

이나 즈쇼 아키츠나伊奈圖書昭綱는 이에야스의 심복이었는데, 그에게 나가모리의 가신을 딸려 보낸다고 하면 그로서는 여간 다행이 아니라는 생각이었다.

"그러면 나이다이진 님을 위시하여 저희들이 연서한 힐문장詰問狀을 가져가게 하시겠습니까?"

"아니, 일부러 사람을 보낼 정도니 힐문이라는 단호한 방법을 쓸 필요는 없을 것이오. 사자의 입을 통해, 이런저런 소문이 퍼지고 있으니 카게카츠 자신이 올라와 해명하도록…… 이렇게 말하는 것이 좋겠소. 그런데, 마시타 님의 가신으로는 누가 적당할까요?"

"그것은…… 카와무라 나가토노카미를 보내면 츄나곤 님이나 나오에 야마시로노카미와도 면식이 있으므로……"

"으음, 우선 그렇게 하고 일단 사태를 지켜보기로 합시다. 아니, 그밖에 호코지 쇼타이豊光寺承兌가 야마시로노카미와 절친하므로 그에게 편지를 쓰게 하는 것이 좋겠소. 그러면 사실 여부를 확실히 알 수 있을 테니까……"

병력을 동원해야겠다고 한 말은 깡그리 잊은 듯한 이에야스의 부드러운 어조였다.

이에야스의 말대로 쇼코쿠 사相國寺에 속한 호코지 쇼타이는 우에스기 가문의 카로 나오에 야마시로노카미가 쿄토에 있을 때 아주 가깝게 지내던 사이……임을 알고 있는 만큼 아무도 이의를 제기하는 사람이 없었다.

"그러면 이나 즈쇼와 카와무라 나가토노카미에게 쇼타이의 서신을 주어 파견한다…… 이렇게 결정하시겠습니까?"

"그 정도면 될 것이오. 그 다음 일은 그쪽 회답에 달려 있소."

이에야스는 아무렇지도 않은 듯 말했다. 그러나 마음속은 결코 담담할 수 없었다.

이에야스는 우에스기 가문의 거취에 대해 영주 카게카츠보다도 카로 나오에 카네츠구라는 인물에 더 무게를 두고 주의를 늦추지 않았다.

나오에 카네츠구는 가신이면서도 타이코가 살아 있을 때부터 제후와 같은 대우를 받아 면회가 허락되었던, 재치있고 자신감에 넘치는 호탕한 인물이었다. 예전에는 히구치 오키로쿠樋口興六라고 하여 켄신의 코쇼小姓°로 있었는데, 켄신 생존 중 총신 나오에 요헤에 노부츠나直江與兵衛信綱가 젊은 나이에 죽자 그의 미모의 아내와 혼인해 나오에 가문을 이어받고 등용되어 카로 대열에 올랐다. 지금은 영주 카게카츠가 아이즈의 120여 만 석에 봉해지자 30여 만 석이라는 녹봉을 받으면서 요네자와 성米澤城 성주가 되어 있었다. 영주의 가신으로 30만 석 녹봉을 받는 것은 물론 전국에서 나오에 카네츠구 한 사람뿐, 영주인 카게카츠도 가볍게 대할 수 없는 존재였다.

그런 나오에 카네츠구에게 사와야마의 이시다 미츠나리로부터 종종 밀사가 파견되고 있었다. 아니, 사와야마에서만이 아니라 최근에는 우에스기 쪽에서도 나가오 세이시치로長尾淸七郞, 시키부 토노모色部主

殿 등 상당한 인물이 사와야마에 사자로 다닌다는 것도 이에야스는 잘 알고 있었다.

그러므로 쇼타이에게 카네츠구 앞으로 서신을 써서 보내는 것은 우에스기 가문의 방향을 결정하는 실력자의 속셈을 알 수 있는 최선의 방법이었다.

쇼타이는 곧바로 쿄토에서 불려왔다. 사람을 물린 채 2각(4시간) 남짓 이에야스와 단둘이 밀담을 나눈 뒤, 쇼타이는 방에 틀어박혀 카네츠구 앞으로 긴 서신을 쓰기 시작했다.

——급한 서신을 통해 드리고 싶은 말씀을 대신합니다. 다름 아니라 츄나곤(카게카츠) 님의 상경이 지연되는 데 대해 나이다이진 님이 크게 의심하고 계실 뿐 아니라, 갖가지 불온한 소문이 떠돌고 있어 사자를 파견합니다. 자세한 내용은 사자가 말씀 드릴 것이오나, 소승도 귀하와 다년 간 각별하게 지낸 사이라 마음에 걸리는 일을 말씀 드리지 않을 수 없습니다. 만약 츄나곤 님이 간과하고 계시거나 생각을 잘못하고 계시다면 귀하가 간곡히 말씀 드려 나이다이진 님의 의혹을 푸시도록 주선해주시기 바랍니다……

오만한 태도를 취하지 않고 그러면서도 사태의 중요성을 강조하며, 사이사이에 깊은 우정을 담아 간언한다는 것은 어려운 일이었다. 더구나 이에야스와 상의한 뒤에 쓴 서한……이라는 느낌이 드러나면 그 효과는 반감될 수밖에 없었다.

쇼타이는 초고를 썼다가는 지우고, 지우고 나서는 다시 써서 덧붙이기를 계속했다.

"켄신의 호쾌한 유풍遺風을 이어받은 놀라운 인물."

타이코가 침이 마르도록 칭찬한 나오에 야마시로노카미 카네츠구에게는 어딘지 모르게 이시다 미츠나리를 연상케 하는 고집스러운 면이 있었다. 젊었을 때의 단정하던 그의 용모는 노부나가의 코쇼 란마루蘭丸, 우지사토의 코쇼 나고야 산자名古屋山三와 더불어 유명했는데, 지금은 그 역시 마흔이라는 분별 있는 나이가 되어 있었다.

<h2 style="text-align:center">5</h2>

쇼타이는 고심 끝에 서신을 쓰고 나서 이에야스에게 가져갔다. 쇼타이로서는 우에스기 가문에 보이는 이에야스의 마지막 온정……이라는 생각이 들어 일단 보여주지 않고는 마음이 놓이지 않았다.

1. 코자시바라에 새로 성을 쌓는 것은, 앞으로 국내에 전란이 일어난다고 생각하기 때문이 아니라면, 불필요하다 생각지 않으시는지요?

1. 나이다이진 님께서 카게카츠 님에게 다른 마음이 없다면 서약서를 쓰고 해명하라 하시는데, 이에 대해 어떻게 생각하시는지요?

1. 카게카츠 님의 성실하고 정직한 성품이 타이코 님 생전부터 변함 없다는 것은 나이다이진 님도 잘 알고 계시므로 해명만 하면 무사하리라 생각하는데 어떻게 보시는지요?

1. 호리 히데하루의 고발이 잘못되었다면 이에 대해 변명하는 것이 좋을 듯합니다.

1. 카가의 마에다 토시나가 님이 군사를 일으켰다는 풍설에 대해서는 나이다이진 님이 별로 문제 삼지 않으셔서 없었던 일로 처리했습니다. 이를 본보기로 귀하도 깊이 생각해보시는 것이 어떠할까요?(은근히 인질을 보내도록 종용) 동의한다면 마시타 님이나 오타니

님, 또는 사카키바라 님과 상의하시면 어떨까요?

1. 여러 가지 많은 말을 했으나, 카게카츠 님이 상경하셔서 직접 나이다이진 님과 대화하시면 만사가 다 해결될 것입니다. 속히 상경하시도록 귀하가 권해주십시오.

1. 쿄토 주변에서는 아이즈 군비가 심상치 않다는 소문이 돌고 있습니다. 나이다이진 님이 카게카츠 님을 기다리는 이유는 이 밖에도 또 있습니다. 조선에서 군비를 강화하고 있다는 보고가 들어와 나이다이진 님은 사신을 파견했습니다. 만일 항복하지 않으면 내년이나 그 다음 해 원정군을 보낼 예정인 듯합니다. 이에 대해서도 상의하실 일이 계실 듯, 속히 상경하셨으면 합니다.

1. 소승은 귀하와의 오랜 교제를 통해 모반이 터무니없는 소문임을 알고 있으면서도 이런 말씀을 드립니다. 우에스기 가문의 흥망은 이번 일에 달려 있으니 심사숙고하시기를……

이에야스는 묵묵히 읽고 나서 아무 말도 않고 서신을 말았다.

"이 정도면 되겠습니까?"

이에야스는 고개를 끄덕였다.

"순서가 바뀌기는 했으나, 도리어 스님의 심정을 잘 나타낸 것 같아 좋군요."

그러면서 목소리를 낮추고 속삭이듯 말했다.

"스님은 이 이에야스의 마음을 꿰뚫어보고 있군요."

"예…… 아니…… 그것은……"

"사실 이 이에야스가 츄나곤에게 보내는 마지막 온정이오. 이 안에 츄나곤이 취해야 할 태도가 확실히 제시되어 있군요. 백이십여 만 석이나 되는 영지를 가진 자가 해외에서 일이 벌어질 것 같다는 서신을 보고도 달려오지 않는다면 이삼만 석의 가치도 없어요. 녹봉과 기량이 균

형을 이루지 못하면 세상은 어지러워지게 마련입니다."

"예. 그러시면, 이래도 상경하지 않으면 정말 출병하시렵니까?"

이에야스는 대답 대신 빙긋이 웃었다.

"기회와 결단은 천하를 맡은 자가 유념해야 할 가장 중요한 일. 이로써 츄나곤의 기량도 카네츠구의 기량도 분명히 알게 될 것이오."

6

이나 즈쇼 아키츠나와 마시타 나가모리의 가신 카와무라 나가토노카미가 쇼타이의 서신을 가지고 오사카를 떠난 것은 4월 1일이었다.

카와무라 나가토노카미는 우에스기 가문에 친척이 있었다. 그러므로 우에스기 가문의 분위기를 더욱 잘 알 수 있으리라는 것이 사자로 선발된 표면적 이유였으나, 그 이면에는 좀더 복잡한 사정이 있었다.

이미 사와야마의 이시다 미츠나리와 나오에 야마시로노카미 사이에 사자가 왕래하고 있다는 사실에 대해서는 잘 알고 있었다. 그 왕래에 마시타 나가모리가 한몫 거들고 있지는 않는가? 이나 즈쇼에게 은밀히 카와무라 나가토노카미를 감시하게 하면 그동안의 사정을 확실히 알 수 있게 될 터였다.

사실 마시타 나가모리의 거취는 이에야스나 혼다 사도노카미, 사카키바라 야스마사, 이이 나오마사 등이 보기에 여간 애매하지 않았다. 마에다 토시나가의 경우도 그랬으나, 이에야스 앞에 나오면 지나칠 만큼 의리를 내세우면서도 이면에서는 미츠나리와도, 우키타 히데이에와 코니시 유키나가 등과도 더욱 밀착되어 있었다.

이유를 물으면 대답은 뻔했다.

"나이다이진 님과 히데요리 님을 위해 그들의 동향을 잘 파악하고 있지 않으면 안 됩니다."

그 해명은 무엇보다도 자신을 위한 보신保身. 그러나 만약 큰일이 일어났을 경우 어느 쪽에 가담할 각오일까? 정체불명의, 참으로 파악하기 어려운 측면이 있었다.

"어쩌면 스스로도 갈피를 못 잡고 있는 우유부단한 사내인지도 몰라. 그렇다면 그렇게 알고 대해야겠어."

이나 즈쇼가 출발할 때 이에야스는 이렇게만 말했다. 이렇게만 말하면 즈쇼는 충분히 카와무라 나가토노카미의 행동을 감시할 수 있는 사나이였다.

오사카를 출발한 두 사람은 밤낮을 가리지 않고 길을 재촉해 13일에는 아이즈에 도착했다. 그들은 나오에 야마시로노카미 카네츠구의 마중을 받고, 우에스기 카게카츠를 만나기 전에 먼저 호코지 쇼타이가 쓴 서신을 건넸다.

"나이다이진 님의 말씀은 내일 츄나곤 님에게 전하기로 하고, 우선 귀하께서 잘 말씀 드려주십시오."

도착했을 때는 이미 날이 저물었으므로, 이나 즈쇼는 이렇게 말했다. 그리고는 카와무라 나가토노카미와 같이 야마시로노카미의 집에서 물러나왔다.

카와무라 나가토노카미는 친척의 집에서, 이나 즈쇼는 성안에 있는 사자의 숙소에서 하룻밤을 묵기로 했다.

나오에 야마시로노카미 카네츠구는 두 사람 앞에서는 거의 감정을 드러내지 않았다.

"우리 가문에서도 오사카와 연락을 하기 위해 치사카 카게치카千坂景親가 파견되어 있습니다. 이렇게 일부러 먼길을 오시지 않아도 되셨을 텐데요."

카네츠구는 가볍게 말하고 그 자리에서는 쇼타이의 서신을 펴보지 않았다. 그러나 두 사람이 물러간 뒤 얼마 지나지 않아 그는 그 서신을 들고 카게카츠 앞에 나타났다.

"나이다이진으로부터 사자가 왔다는 말을 들었는데, 사자의 말은 그대가 들었나?"

카게카츠가 먼저 물었다. 카네츠구는 호탕하게 웃으면서 대답했다.

"무슨 말을 할 것인지는 진작부터 알고 있는 일, 서두를 것 없다고 생각합니다."

"그럼, 내일 내가 만나야겠군."

"그렇습니다. 만나셔서 단호하게 거절하십시오…… 우선 쇼타이가 제게 보낸 서신부터 읽어보시지요."

이렇게 말하고 가져온 서신을 펼치면서 또다시 큰 소리로 웃었다.

7

우에스기 카게카츠는 양아버지 켄신과 같이 예리하고 서슬푸른 성격은 아니었다. 그러나 가풍에 단련된 탓으로 그 풍모도 동작도 보는 사람에게 담금질한 칼처럼 묵직함을 느끼게 했다. 호쾌하다기보다 중량감을 지닌 대범함이었다.

"긴 서신이로군. 용케도 이렇게 길게 썼어."

무감동하게 천천히 서신을 읽고 나서 카게카츠는 손으로 종이의 무게를 재듯이 하면서 말을 이었다.

"이 정도로 쓰려면 여간 힘들지 않았을 것일세."

"주군의 마음에 거슬리는 대목은 없습니까?"

"지부나 우에몬노다이부右衛門大夫(마시타 나가모리)가 알려온 것과 같은 내용 아닌가?"

"그러시면, 주군은 내일 단호히 거절하시겠군요."

"음. 사자의 말도 이와 같은 것일 테지. 그렇다면 꾸짖어 보낼 수밖에 없네. 그런데……"

"그런데…… 무엇입니까?"

카네츠구는 미소를 지우지 않은 부드러운 표정으로 주군이 현명한지 여부를 시험하는 듯한 어조로 물었다.

"나이다이진 정도나 되는 자가 어째서 내게 이런 협박을 하는 것일까……? 설마 노망이 들 나이는 아닐 텐데."

"하하하…… 노망은커녕 서쪽 성에서 그 오카메於龜인가 하는 소실에게 아들을 낳게 했다고 합니다."

"그렇다 해도 이상하지 않은가? 켄신 이래 우리 가문은 상대의 협박에 굴복한 예가 한 번도 없어. 그것을 잊었다니 우스운 일일세."

"하하하……"

카네츠구는 또다시 웃었다.

"지금 그 말씀은 사와야마의 지부가 주군을 치켜세운 것과 같은 말씀이군요."

"흥, 지부가 나를 치켜세웠다고?"

"예, 이 경우에는 지부의 말에 넘어가는 체해도 전혀 상관없습니다. 그런데 나이다이진이 이런 일을 쇼타이에게까지 쓰도록 한 속셈을 주군은 깨달으셨습니까?"

"그대는 깨달았다는 말인가? 그럼, 어서 말해보게."

"마에다 토시나가가 나이다이진 협박에 겁을 먹었기 때문입니다."

"으음."

"카가의 백만 석과 통하는 것은 우에스기의 백만 석과도 통한다…… 아니, 통할지도 모른다는 아주 미묘한 함축성이 담긴 서신입니다."

"그렇게 단정해도 틀림없을까?"

약간 불안한 기색을 띠고 카게카츠가 물었다. 나오에 카네츠구는 비로소 날카롭게 눈을 빛내면서 강한 어조로 자신만만하게 대답했다.

"절대로 틀림없습니다."

"그래? 그대가 틀림없다면 그 말이 옳겠지."

"주군! 내일은 사자를 호되게 꾸짖어 돌려보내십시오. 주군이 아무리 강하게 나가셔도 이에야스는 절대로 여기까지 출병하지 못합니다."

"그 이유는?"

"이에야스는 그처럼 어리석은 자가 아니기 때문입니다. 지금 이에야스가 아이즈 운운하며 오사카를 비운다면 그야말로 지부는 쾌재를 부르며 일을 저지를 것입니다…… 이러한 상황을 이에야스가 모르고 있을 리 없습니다, 그 너구리가……"

8

"주군, 어떤 경우에도 기회를 포착하는 민첩함과 결단을 내리는 과단성이 있어야 합니다."

나오에 야마시로노카미 카네츠구도 이에야스와 똑같은 말을 하고 다시 웃는 얼굴로 돌아왔다.

"주군이 단호히 이에야스의 사자를 꾸짖어 돌려보내지 않으면 다테를 비롯한 이 부근의 어중이떠중이들이 시끄러워집니다. 우리는 칸토關東 일대에 군림하고 있는 가문, 그리고 켄신 공의 용맹으로 이름을 떨친 명문. 이에야스 따위에게 꼬리를 치며 그 말석에 앉을 자가 아니라는 것을 천하에 분명하게 과시할 절호의 기회입니다."

"으음…… 이에야스는 그것으로는 좀처럼 화를 낼 인물이 아니란 말이지, 그대는?"

"화를 내서 이득이 있다면 무섭게 화를 내겠지요. 그러나 화를 내면 손해가 분명하므로 그러합니다. 지금 이 기회에 호되게 꾸짖어 누구도 깔보지 못하도록 철저히 대비하지 않으면 안 됩니다."

카네츠구는 촛대의 불이 가끔 흐려지면 손을 뻗쳐 심지를 자르면서 카게카츠에게 으르렁거리듯 큰소리를 쳤다.

호언장담에는 어딘지 모르게 얼빠진 듯한 애교가 있게 마련. 그렇지만 카네츠구의 입에서 나오는 순간 자못 냉엄하고 진실성을 띠는 것이 이상하다면 이상한 일. 그래서 히데요시도 칭찬을 아끼지 않고, 다이묘들보다 많은 녹봉을 주었던 것인지도 모른다……

"주군…… 염려하실 것 없습니다. 저도 이 서신보다 더 긴 글을 써서 쇼타이…… 아니, 이에야스를 조롱해주겠습니다. 두 번 다시 이런 무례한 사자를 보내지 못하도록……"

"알겠어. 그럼, 자네 말에 따르겠네."

"그렇게 하시는 편이 좋다고…… 아니, 생각하기에 따라서는 새 영지에 갓 옮겨왔기 때문에 꾸짖는 정도로 끝내는 것이 사실은 얼마나 유감스러운 일인지 모릅니다."

"으음, 아직 영내의 정비가 마무리되지 않았으니까."

"십 년이나 십오 년 정도 다스렸던 영지라면 지부를 이용하여 천하도 손에 넣을 수 있는 기회입니다마는……"

"지부를 이용하여……라니?"

"아니, 이용할 순 없습니다. 그저 그렇게 말해보았을 뿐이지요. 지부가 좀더 뛰어나거나 좀더 어리석었더라면 재미있었을 텐데…… 싫지 않습니까? ……지금 주군이 하실 일은 한 가지뿐입니다."

카네츠구는 이렇게 말하고는 웃으면서 손에 쥔 서신을 말았다 폈다 하고 있었다. 이 사나이에게는 이에야스도 별로 두려운 존재가 아니었으며, 미츠나리나 나가모리 따위는 정보수집을 위한 방편이기는 했으나 문제 삼을 만한 인물은 못 되는 모양이었다.

그 후 주종은 잠시 환담을 나누다가 헤어졌다. 그리고 그들이 사자를 접견한 것은 이튿날인 14일 사시巳時(오전 9시)였다.

이나 즈쇼는 카와무라 나가토노카미를 동반하고 본성의 큰방에서 카게카츠와 대면했다. 대면의 순간 즈쇼는 카게카츠 따위는 안중에도 없다는 듯한 기백으로 말하기 시작했다.

"귀하는 오로지 전쟁과 농성 준비에만 급급하고 있다는 것이 세상의 소문인데, 어찌된 일이오! 타이코 전하의 은혜를 입은 몸으로 황송하게 생각지 않습니까? 유언遺言을 잊으셨단 말이오? 마음을 바꾸어 하루속히 오사카에 올라가서 해명해야 할 줄로 압니다."

카게카츠는 눈을 가늘게 뜨고 그 말을 즐기듯이 듣고 있었다.

9

우에스기 가문에도 나오에 카네츠구와 같은 강경론자만 있는 것은 아니었다. 오사카에 있는 치사카 카게치카도, 새삼스럽게 이에야스에게 대항하는 행위는 불이익만 초래할 뿐이므로 성의 수축이나 떠돌이 무사 고용도 부디 남의 눈에 띄지 않도록…… 하라는 당부를 해왔다. 그리고 신년인사를 위해 오사카 성에 갔던 노신老臣 후지타 노토노카미 노부요시藤田能登守信吉 같은 사람도 강경론은 우에스기 가문을 멸망시킬지도 모른다고 간언하고 다시는 아이즈에 돌아오지 않았다.

그러나 당시 카게카츠는 카네츠구를 철저하게 신뢰하여 거의 모든 것이 그의 뜻대로 움직이고 있었다.

사자가 일단 말을 끊었을 때 —

"할말은 그것뿐이오?"

카게카츠는 웃으면서 물었다.

"알아듣지 못했습니까? 오사카에 가시겠다는 답을 듣고 싶습니다."

이나 즈쇼가 다그쳤다.

"그럼 대답하리다. ……나는 나이다이진에게 서신을 써서 보낼 정도로 할말이 있지는 않소. 그러므로 대답은 말로만 할 것이니 사자는 잘 듣도록 하시오."

"알았소. 어서 말씀하시오."

"나는 반역할 뜻은 전혀 없소이다!"

카게카츠가 힘주어 말하고 가슴을 폈다.

"내가 무슨 원한이 있어 도련님에게 등을 돌린단 말이오. 그대들이 사자로 와서 하는 말은 도무지 이해가 되지 않소. 내가 여기저기 손을 대고 있는 일은 모두 이 영지에 필요한 조치들이오. 그런 일을 가지고 시비를 하다니, 이는 모함하는 자가 있어서 생긴 오해라고 생각하오. 먼저 모함하는 자부터 규명해야 할 것이오. 그러기 전에는 무슨 말을 하든 오사카에는 가지 않겠소."

카게카츠는 잠시 말을 끊고 상대의 반응을 기다렸다.

인간이란 과격한 말을 하다 보면 자연히 도취되게 마련이다. 상대의 말을 받아들일 마음은 전혀 없으므로 두말하지 못할 단호한 말로 이야기를 끝맺고 싶어졌다.

"혹시 오사카에 가게 되는 일이 생긴다 해도, 이 카게카츠는 나름대로 생각하는 바가 있으므로 나이다이진 밑에서는 결코 정무를 보지 않겠다고 전하시오."

이 말은 달리 해석할 여지가 없는 최후통첩이었다. 아니, 생각하기에 따라서는 자신의 말에 도취되어 다섯 타이로 중의 한 사람인 스스로의 직위를 내던진 격이 되고 말았다.

이에야스 밑에서는 정무를 보지 않겠다는 것은 이에야스를 실각시키지 않고는 히데요리를 보좌하지 않겠다는 뜻, 타협의 여지가 없는 선언이라 보아도 좋을 것 같았다.

이나 즈쇼는 옆에 있는 카와무라 나가토노카미를 흘끗 돌아보았다. 이런 대답이 나올 거라고 친척 집에서 묵고 온 카와무라 나가토노카미는 예상했을 것⋯⋯이라 생각했기 때문이다.

아니나 다를까 나가토노카미는 푹 고개를 떨구고 즈쇼의 시선을 피했다. 그렇다면 카게카츠가 이에야스와 타협할 생각이 없다는 것은 이미 널리 알려진 사실이라 판단해도 좋았다.

"무슨 말씀인지 잘 알아들었습니다. 그대로 나이다이진 님에게 전하겠습니다."

"그렇게 하시오. 나도 사자에게는 더 이상 할말이 없소. 먼길에 수고가 많았소이다. 야마시로노카미, 노고를 치하하고 돌려보내게."

카네츠구는 진지한 표정으로 고개를 숙였다.

"두 분에게 이 야마시로노카미가 호코지 쇼타이 님에게 전할 서신을 부탁하고 싶소. 그때까지 편히 쉬십시오."

그 말을 끝내자마자 카게카츠는 얼른 자리에서 일어났다.

10

이에야스는 우에스기 카게카츠를 잘못 보고 있는 게 아닐까⋯⋯ 하고 이나 즈쇼는 생각했다. 카게카츠의 대답으로 미루어 나오에 카네츠구의 답장 내용은 즈쇼와 카와무라도 짐작할 수 있었다.

카네츠구가 쇼타이에게 보내는 서신을 통해 주군의 무례를 사과한다고 해도, 이 때문에 즈쇼가 우에스기 가문에 적의가 없다고 보고해서는 안 된다고 생각했다.

"방심하시면 안 됩니다. 우에스기 가문은 에치고 시절부터 병력의 강력함을 자랑할 뿐 천하를 내다보는 안목이 좀 잘못되어 있습니다."

이렇게 말하지 않으면 이에야스가 다시 한 번 오산할 것 같은 걱정을 떨칠 수 없었다. 이에야스는 미츠나리의 집념과도 같은 반항심을 꿰뚫어보고 있었다. 그러나 우에스기 카게카츠가 그토록 강한 반감을 나타내리라고는 생각지 않고 있는 듯했다.

"카게카츠의 그릇을 시험하겠다……"

그래서 이런 느긋한 말을 할 수 있었을 것이다……

두 사람은 카네츠구가 쇼타이에게 보내는 서신을 받아들고 이번에도 역시 밤낮을 가리지 않고 길을 재촉하여 돌아왔다.

쇼타이에게 보내온 서신은 이에야스와 이나 즈쇼, 혼다 마사노부가 참석한 네 사람이 있는 자리에서 개봉되었다. 서신을 읽은 사람은——

"우에스기 가문의 흥망이 달려 있으니 심사숙고하시기를……"

생각을 거듭한 끝에 이렇게 써서 보낸 쇼타이였다.

이나 즈쇼는 마른침을 삼키며 쇼타이를 바라보고 있었다. 쇼타이의 얼굴에서 핏기가 가신 것은 서두 몇 줄을 읽고 나서부터였다. 그때부터 쇼타이의 손은 부들부들 떨리고 묵독하는 입술이 차마 보고 있을 수 없을 정도로 떨렸다. 쇼타이가 이런 모습을 보인 것은 명明나라 사신의 책봉서를 히데요시 앞에서 읽었을 때뿐이었다.

"그대를 일본의 국왕에 봉하노라……"

이 대목에서 쇼타이는 히데요시의 얼굴을 쳐다보지도 못했을 정도였는데, 이번에도 마찬가지였다.

이에야스와 혼다 마사노부는 뜻밖에도 놀라는 기색 없이, 쇼타이가 한참 동안이나 긴 서신을 읽고 나서 묵묵히 이에야스 앞에 내놓을 때까지 웃지도 않고 도중에 질문하지도 않았다.

"별로 유쾌한 서신이 아닌 모양이군요."

이에야스는 지난 정월에 챠야 시로지로로부터 선사받은 안경을 끼고 사방침 위에 서신을 펼쳤다.

쇼타이의 안색이 변한 것은 당연한 일이었다. 나오에 야마시로노카미 카네츠구의 서신은 처음부터 무례하기 짝이 없었다. 쇼타이 따위는 어린아이라는 듯 야유로 일관되어 있었다……

"우리가 하는 일에 여러 가지 소문이 나돌고 나이다이진까지 의심하신다는데, 당연한 일이오. 타이코 생전에도 쿄토와 후시미에서는 헛소문이 그칠 날이 없었소. 하물며 아이즈는 멀리 떨어져 있고, 우리 주군 카게카츠는 아직 애송이(카게카츠는 46세, 카네츠구는 40세)요. 그러므로 당연히 나돌 소문, 스님은 너무 염려 마시기 바랍니다."

자기보다 여섯 살이나 많은 주군을 애송이라고 한 카네츠구, 쇼타이 따윈 안중에도 없는 게 오히려 당연했다. 오랜 정의를 생각하고 쓴 서신에 너무 염려 말라니 이 얼마나 오만한 자신감이란 말인가.

"허어."

이에야스는 안경 너머로 웃었다.

"스님에게 보낸 서신이 아니오. 내가 읽을 것……을 알고 썼군요. 걱정하지 마시오."

그리고는, 카게카츠가 이쪽에서 보낸 사자의 말을 즐기듯이 듣고 있던 비슷한 표정으로 계속 읽어내려갔다……

11

이나 즈쇼는 때때로 이에야스를 몰래 훔쳐보고 그 태연한 모습에 고개를 갸웃했다. 그의 생각대로라면 이에야스는 당연히 카네츠구의 서신을 그 자리에 내던지고 화를 낼 것이었다.

이에야스는 전혀 분노하는 기색 없이 가끔 미소를 떠올리고 고개를 끄덕이면서 읽고 있었다.

'……그렇다면 쇼타이의 낯빛이 변한 것은 어째서일까……?'

이에야스가 서신을 다 읽을 때까지 아무도 말을 하지 않았다.

읽고 난 카네츠구의 서신을 사방침 위에 놓고 이에야스는 혼다 마사노부를 돌아보았다.

"사도, 역시 나오에 야마시로노카미는 대단한 사람일세. ……말에 조리가 분명해."

"예……?"

새파랗게 질린 얼굴로 떨고 있던 쇼타이가 혼다 사도노카미보다 먼저 몸을 앞으로 내밀고 물었다.

"이런 무례한 글을 보시고도 나이다이진 님은…… 저어, 상대를 칭찬하십니까?"

이에야스는 천천히 고개를 끄덕였다.

"언사는 매우 무례하오. 이 이에야스는 태어난 이후 이처럼 무례한 서신을 읽은 적이 없어요."

"그……그러실 것입니다. 제게 보낸 것인 줄은 알면서도 읽다 말고 도중에 찢어버리고 싶었습니다."

이에야스는 그 말에는 대답하지 않고 마사노부를 향해 말했다.

"첫째 호코지는 공연한 걱정은 하지 말라는 내용이네. 둘째는 카게카츠가 영지를 옮긴 것은 재작년의 일, 그리고 상경했다가 겨우 돌아왔는데 다시 올라오라니 그렇다면 영지의 정무는 누가 보란 말인가, 영지 일을 보는 것을 가리켜 반심 운운한다니 도대체 누가 그런 소리를 한다는 말인가, 참으로 천만부당한 일이라고 씌어 있네."

"과연 조리에 닿는 말입니다."

혼다 마사노부도 진지한 표정으로 맞장구를 쳤다.

"그렇다면, 주군 쪽에서 무리한 요구를 하신 셈이 되는군요."

"그래."

이에야스는 가볍게 끄덕였다.

"셋째로 카게카츠가 이제는 서약서 따위를 지겹게 여긴다고 씌어 있군. 몇 장을 써도 믿어주지 않는 서약서 같은 것은 제출할 생각이 전혀 없다고. 그 다음에는, 카게카츠는 타이코 님 때부터 성실하며 정직한 사람이고 지금도 역시 그러하다, 흔히 볼 수 있는 사나이들과는 다르다고 했어."

"흔히 볼 수 있는 사나이……라면, 주군을 가리키는 말일까요?"

"그럴 테지. 또 그 다음에는, 카게카츠에게 반심이 있다는 모함만 믿고 그런 자들을 색출하지 않는 나이다이진은 불공평하기 짝이 없다고 되어 있네."

"으음, 그럴듯하군요."

"사도, 그 다음에는 대담한 말을 했네. 카가의 히젠 님 문제가 무사히 해결되다니 나이다이진의 위세가 대단하다고 나를 조롱하고 있어. 그리고 마시타와 오타니는 정무를 보는 자이므로 용무가 있으면 연락하겠지만, 사카키바라나 혼다 사도에게는 볼일이 없다고 했네."

"저도 믿을 수 없다는 것입니까?"

"그런 모양이야. 이런 자들은 호리 히데하루 따위의 말만 믿고 주군을 잘못 보필하는 무리라고 하는군. 대관절 그들이 도쿠가와 가문의 충신인지 간신인지, 잘 생각해보라고 되어 있어. 어떤가 사도, 자네는 간신인가 충신인가?"

이 말에 혼다 사도노카미는 머리를 긁으면서 쓴웃음을 지었다.

"원 이런, 훌륭한 주군을 모시고 있으려니, 가신들은 체면조차 세울 수 없군요."

이에야스가 웃으면서 던져주는 서신을 이번에는 마사노부가 공손히 받아들고 읽기 시작했다.

12

"그대에게도 크게 참고가 될 테니 읽어보게."

카네츠구의 서신이 이나 즈쇼에게 건네진 것은 혼다 마사노부가 익살스러울 만큼 공손하게 읽고 난 다음이었다.

서신을 손에 들고 즈쇼는 전신이 굳어졌다. 이처럼 대담하고, 또 이처럼 꾸밈없는 내용의 서신은 본 적이 없었다. 대담하게 자기 주군을 '애송이'라 지칭하고 있는 카네츠구는 이에야스 역시 안중에도 없는 투였다.

카네츠구는 상경을 연기하는 이유는 군비를 충실히 하기 위해서라고 잘라 말하고 있었다. 곧, 쿄토 주변의 무사들은 지금 새로 구워낸 찻잔이나 숯을 담을 바가지 등으로 사람들을 홀리기에 열중하고 있는 모양이지만, 우리와 같은 시골 무사들은 창과 총포, 활을 준비하고 있다. 이것은 영지의 차이, 관습의 차이에 지나지 않는다. 카게카츠의 재정으로 어느 정도나 군비를 마련할 수 있다고 생각하는가. 신분에 어울리는 군비를 갖추려 하는데도 겁을 먹다니, 그렇게까지 속이 좁은 분이냐고 조소하고 있었다.

도로를 만들고 다리를 놓는 것도 모두 그런 마음가짐을 나타낸 것에 지나지 않고, 내년이나 그 다음 해에 조선에 출병하겠다는 말을 귀하는 진심으로 믿고 있느냐고, 이에 대해서도 심하게 반발하고 있었다. 만일 정말이라 생각한다면 나이다이진을 너무도 모르는 가소로운 일이라고 씌어 있었다. 아니, 그보다도 즈쇼를 깜짝 놀라게 한 것은 마지막 한 구절이었다.

"굳이 길게 말할 것 없이, 카게카츠는 추호도 반역할 마음이 없습니다. 이러한 카게카츠를 도리어 그쪽에서 상경하지 못하게 했소이다. 이렇게 된 이상 나이다이진 님의 태도 여하에 따라 상경 여부를 결정하겠소. 이대로 영지에 머문다고 해도 모반은 하지 않을 것이오. 타이코 님의 유언을 무시하고 여러 통의 서약서를 휴지로 만들며 어리신 히데요리 님마저 저버리거나 나이다이진에게 불미스러운 일을 하면서까지 군사를 일으켜 천하의 주인이 된다 해도, 악인이란 이름을 면치 못할 것이니 그 오명을 어떻게 켄신의 아들인 카게카츠가 견딜 수 있다는 말이오. 후세에까지 치욕이 이어질 터, 염려를 놓으시오. 다만 나이다이진 님이 모함을 믿고 도리에 어긋난 일을 할 경우에는 서약도 약속도 이쪽에서 파기할 것이니 각오하시기를……"

읽는 동안 즈쇼는 숨이 막힐 것 같았다.

이에야스는 나오에 야마시로노카미의 기량을 시험한다고 했으나, 이 서신에서는 도리어 카네츠구가 이에야스의 인물됨을 평가하려는 것처럼 보였다.

언사가 무례하다는 점을 제외한다면 그야말로 정정당당하게 쇼타이의 말을 여지없이 반박하고 있는, 그래서 오히려 통쾌함마저 느끼게 하는 내용이었다. 쇼타이의 서신을 요약하면 —

'강한 자에게는 복종하라.'

이러한 내용에 지나지 않았다. 카네츠구는 이에 대해서는 한마디 언급도 없이, 정의를 위해서라면 언제든지 이에야스와 상대해주겠다고 하고 있었다. 이 양자 사이에는 전혀 일치되는 점이 없었다.

'그런데도……'

즈쇼는 서신을 말면서 이에야스의 기색을 살피지 않을 수 없었다. 이에야스의 표정은 여전히 태연자약 그 자체였다. 아니, 도리어 그는 이런 대답을 예기하고 있었던 것처럼도 보였다.

"어때, 알겠나?"

이에야스는 즈쇼가 내미는 서신을 아무렇게나 받아들고 다시 혼다 마사노부를 보면서 말했다.

"어떤가 사도, 야마시로는 내 마음을 읽었다고 생각하지 않나?"

즈쇼도 깜짝 놀랐으나 쇼타이는 더욱 놀란 모양이었다.

"예?"

앞으로 내민 쇼타이의 얼굴은 어쩔 줄 몰라 하는 어린아이의 얼굴이었다.

13

이에야스는 쇼타이가 기성을 지르는 바람에 시선을 돌렸다.

"아니, 야마시로가 내 마음을 꿰뚫어보고 쓴 것인지 아니면 아무것도 모르고 쓴 것인지를 물은 것이오."

쇼타이는 더욱 어리둥절한 표정이었다.

"나이다이진 님의 마음을 읽고 쓴 것이라면 어떻게 될까요?"

"뛰어난 기량을 가진 사람! 그러나 우에스기 가문에는 충성스럽지 못한 가신이 될 것이오. 그릇이 너무 커서 카게카츠의 품안에는 들 수가 없어요."

이번에는 쇼타이보다 먼저 이나 즈쇼가 물었다.

"주군, 그렇다면…… 우리가 알아두어야 할 일은 무엇일까요?"

이에야스는 가볍게 혀를 차고 마사노부를 바라보았다. 마사노부만은 이에야스가 한 말의 뜻을 알았는지 미소를 떠올리고 있었다.

"마사노부, 자네가 즈쇼에게 말해주게."

"예. 그러나 저도 아직 잘못 알고 있는 미숙한 점이 있을지도……"

"즈쇼는 자네보다 젊네. 자네가 생각한 대로 말해주게."

"알겠습니다."

마사노부는 즈쇼와 쇼타이 쪽으로 약간 방향을 돌렸다.

"주군은 이미 마음속으로 결단을 내리셨소."

"결단이라니요?"

"우에스기 정벌이오."

마사노부는 나직하게 말하고 이에야스를 흘끗 쳐다보았다. 만약 잘못 말했다면 당연히 무어라고 언급할 것이라 기대하는 시선이었다.

이에야스는 잠자코 정원을 내다보고 있었다. 마사노부는 고개를 끄덕이면서 다시 말을 계속했다.

"이 결단이 이미 움직일 수 없는 것이라고 우에스기 쪽에서 판단했다면 어떤 해명이나 변명도 소용없는 일. 황송하다고 항복하거나 자, 덤비라고 하면서 적으로 돌아서거나……"

마사노부는 여기까지 말하고는 일단 입을 다물고 고개를 갸웃했다. 설명할 방법을 신중하게 생각하는 모양이었다.

"이 경우 적으로 돌아서는 것처럼 보일 때는 당연히 두 가지 마음가짐이 있을 것이오. 첫째는 진정으로 지부들과 같은 편이 되어 전쟁을 벌일 생각일 경우…… 또 하나는 적으로 돌아설 것처럼 꾸미고 사실은 주군의 결단을 도와주는 경우……"

"말씀 도중에 죄송합니다마는……"

쇼타이가 끼여들었다.

"이처럼 무례하기 짝이 없는 서신을 보낸 나오에 카네츠구가 후자의 경우와 같이 나이다이진 님을 은밀히 돕는다…… 과연 그런 일이 있을 수 있겠습니까?"

마사노부는 또다시 이에야스를 흘끗 쳐다보았다. 이쯤에서 설명을 이에야스에게 양보하고 싶은 듯했다. 자기 입으로 태연히 말하기에는 너무나 중대한 억측이었다.

이에야스는 아무 말도 않고 여전히 늦봄을 맞은 정원의 양지 쪽을 가늘게 눈을 뜬 채 바라보고 있었다.

"스님, 이 늙은이의 추측에 불과하므로 잘못되었다면 주군의 꾸중을 듣게 될지 알 수 없으나…… 주군은 이미 우에스기를 용서할 마음이 없으십니다. 우에스기 정벌을 명분으로 군사를 동원해 오사카를 비움으로써 지부와 그 일파를 유인하려는 뜻을 세우고 계십니다…… 이건 하나의 예에 지나지 않습니다. 나오에 카네츠구가 사태를 이렇게 파악했다면, 주군에게 그대로 출병케 하여 지부 일파를 일어서게 한다…… 이건 전혀 있을 수 없는 일이라고는 할 수 없습니다."

14

차분한 설명에 쇼타이도 이나 즈쇼도 안도의 숨을 내쉬었다.

"과연 그렇다면 나오에 야마시로노카미도 내심으로는 주군의 소중한 한편이란 뜻이겠군요."

"지레짐작하지 말게, 즈쇼."

옆을 본 채 이번에는 이에야스가 짧게 꾸짖었다.

"아직 사도는 속에 있는 말을 전부 하지는 않았어."

"예."

"그렇습니다."

마사노부는 난처하다는 듯이 고개를 숙였다.

미츠히데처럼 전국을 떠돌아다녔던 마사노부는 마음먹은 대로 입밖에 내는 것이 얼마나 위험을 동반하는 일인지 잘 알고 있었다. 따라서 이 자리에서 그런 중요한 말을 하게 된 것이 여간 꺼림칙하지 않았다. 이에야스의 생각을 정확히 알아맞힌다면 미움을 받거나 경계를 당하게 되는 것은 바로 그 자신이었다.

'녀석은 언제나 내 마음을 꿰뚫어보고 있다.'

꿰뚫어보지 못하면 중요한 회의에 참석할 수 없게 되고, 지나치게 꿰뚫어보면 늘 어디선가 의심을 받게 된다. 노부나가는 타케나카 한베에 竹中半兵衛의 기량을 전략가로서는 높이 평가하고 있었으나 끝내 그를 다이묘로 삼지는 않았다…… 등의 예는 얼마든지 있었다.

"조금 전에 주군께서 카게카츠는 포섭할 수 없을 정도의 그릇……이라고 말씀하셨지 않습니까?"

"예. 그런 말씀을 하셨습니다."

"나오에 야마시로노카미가 주군의 마음을 읽고 일본의 평화를 위해 주군을 은밀히 도와야 한다는 생각에서, 우에스기 정벌 구실을 주려고 그런 서신을 보냈다면 그야말로 가신으로서는 보기 드물게 놀라운 기량을 가진 사람…… 하지만 그렇다고만 볼 수는 없습니다. 정말 화가 나서 쓴 것인지도 모르고, 또는 한편인 체해 일부러 오슈奧州까지 출병케 해놓고는 그 기회를 노려 공격해올지도 모릅니다. 그럴 경우를 생각하면 어느 쪽인지 속단하기 어렵습니다."

"과연 충분히 그럴 수도 있겠군요."

"그래서 조금 전에 주군은, 야마시로 녀석은 내 마음을 읽었을까…… 하신 게 아닌가……"

"분명히 그렇습니다!"

"나는 읽지 못했다고 생각하지만, 물론 그렇게 단언할 수 있을 정도로 자신있는 것은 아닙니다. 그러나 이 점만은 말할 수 있습니다."

"이 점만이라니요?"

"알고서 한편이 되거나 모른 채로 싸울 생각이거나, 어쨌든 이것으로 아이즈의 백이십여 만 석은 무사하지 못합니다. 내심은 어떤지 모르나, 주군이 히데요리 님의 대리로 오사카에 오라고 한 명령을 거부한 죄는 면할 수 없습니다."

"으음……"

"그런 의미에서는 스님이 서신에 써서 보내신 한마디, 우에스기 가문의 존망이 달린 갈림길……이란 한마디는 엄연히 살아 있습니다. 비록 일전을 벌이지는 않더라도 히데요리 님 명으로 주군의 군사를 출동시킨다는 것만으로도 우선 백만 석은 쉽게 날아갑니다. 그러고 보면 이 서신은 백만 석의 대가를 치르게 하는 증서라 할 수도 있고, 백만 석의 힘을 가진 위세라 할 수도 있습니다. 자기 주군에게 백만 석의 피해를 끼쳐가면서까지 일시적인 쾌감을 맛보는 사나이……라면 나오에 야마시로노카미는 결코 충신이라 할 수 없지요…… 주군, 저는 여기까지밖에는 설명할 수 없습니다."

마사노부는 교묘하게 이야기를 다른 방향으로 틀고 꾸벅 고개를 숙였다.

15

이에야스는 여전히 반은 웃고 반은 노한 표정이었다.

"사도, 멋대로 떠들어대고 있군."

이에야스는 불쑥 말하고는 가늘게 뜬 눈을 쇼타이로부터 이나 즈쇼에게로 옮겼다.

솔직히 혼다 마사노부의 말은 이에야스의 속셈을 속속들이 꿰뚫고 있었다. 그런 의미에서 이에야스는 이야기 도중에 마사노부한테 입을 열도록 한 것을 후회하고 있었다. 이나 즈쇼는 그렇다 하더라도, 호코지 쇼타이는 현재 이에야스에게 없어서는 안 될 측근의 협력자가 되어 있었다. 하지만 그가 교제하는 상대 중에는 미츠나리와 친한 자도 많았다.

'이 일이 새나가면 그야말로 큰일……'

이런 생각과 함께 이에야스는 마사노부가 한 말의 핵심만은 부정해놓지 않으면 안 되었다.

"사도, 자네 생각은 역시 탁상공론卓上空論에 지나지 않아."

"과연 그럴까요?"

"실전을 모르기 때문에 그런 말을 하는 것일세. 전쟁이란 살아 있는 생물과 같아. 오천의 군사가 일천이나 일천오백의 군사에게 패한 예는 무수히 많아. 내가 히데요리 님 명령을 받아 군사를 출동시켰다 해서 반드시 이긴다고는 장담할 수 없는 일일세."

"물론 그렇기는 합니다마는……"

"자네는 내가 얼마나 조심성이 많은지, 그래서 지금까지 패배를 맛보지 않고 살았지만…… 그 고심에 대해 아직 모르고 있네. 지금 자네 말을 들으면서 나는 몇 번이나 소름이 돋았어."

"황송합니다."

"황송할 것 없으나, 지금은 신중에 신중을 기하지 않으면 안 돼."

이에야스는 근엄한 표정으로 말하고 나서 쇼타이가 들으라는 듯 나직한 목소리로 말했다.

"이런 무례한 서신을 받고 그냥 내버려둔다면 천하의 질서가 바로잡히지 않아. 우에스기는 반드시 징벌해야만 하오! 내가 말한 것은 바로 이 점이오. 오사카에 오기를 거부하면 내가 일어서리라는 것을 야마시로는 이미 알고 있었소. 알고도 감히 도전하려는 것이오."

"저도 동감입니다."

"그렇다고 가볍게 사방에서 전쟁을 일으켜서는 안 됩니다. 호코지 님도 사도도, 우에스기 공격이 선결 문제이므로 지부와는 일을 벌이지 않도록 배려에 배려를 거듭해주시오. 일부러 아이즈까지 가서 우에스기 군과 결전을 벌이고 있는 동안 지부에게 오사카 성을 점령당하기라도 한다면 어떻게 하겠소. 물러가려 해도 물러갈 데가 없고, 전진하려해도 전진할 곳이 없으면 내 생애는 끝나고 말 것 아니오?"

마사노부는 이에야스가 무슨 뜻으로 이런 말을 하는지 눈치를 챈 모양이었다.

"정말이지, 제 꿈 이야기처럼 쉬운 일이 아닙니다. 옳습니다. 지금은지부를 자극하지 않도록 모든 수단을 강구하는 것이 중요합니다."

"그래, 지금은 오로지 우에스기 정벌에 모든 힘을 기울여야 하네. 물론 나도 진두에 설 것일세."

그러면서 이에야스는 얼굴을 찌푸리고 중얼거렸다.

"참으로 묘한 일이야. 이에야스 평생에 이처럼 무례한 서신은 처음이야…… 점점 더 화가 치미는군. 카네츠구가 바로 이런 점을 노리는 줄 알면서도 용서할 수 없다는 생각이 드니 말일세."

이미 이에야스의 마음은 출병 쪽으로 결정되어 있었다. 물론 진정한 적은 우에스기가 아니었다. 그에 호응하여 일어설 미츠나리였다……

찻잔의 마음

1

산본기에 은거하고 있는 키타노만도코로, 곧 코다이인이 혼아미가
츠지에 사는 코에츠에게 쵸지로가 최근에 구운 찻잔을 감정하여 이름
을 지어달라고 부탁해온 것은 5월 하순이었다.

심부름을 온 시녀를 보고 코에츠는 깜짝 놀랐다.

"어디서 본 적이 있는데……?"

하지만 얼른 떠오르지 않았다.

겨우 장마가 끝나 그날은 하늘이 반쯤 푸르고, 어디서인지 매미의 울
음소리가 들려오고 있었다.

"오랜만입니다."

시녀는 찻잔을 예법대로 코에츠 앞에 놓고 살며시 웃었다.

코에츠의 시선이 아직 찻잔으로는 향하지 않고 자기 얼굴에서 떠나
지 않는 것을 보고는 무언가를 회상시키려는 웃음이었다.

"아니, 어디서 그대를 만난 일이 있었던 것만 같은데……"

다른 사람 아닌 코다이인의 사자여서 내실로 안내한 코에츠였다. 마

루 너머로 보이는 정원의 푸른 대나무 잎이 물로 씻은 듯 선명했다.

"호호호…… 생각이 안 나시나요?"

"글쎄……"

"당연한 일이에요. 저 같은 사람이 코다이인 님을 모신다는 것은 있을 수 없는 일이니까요."

"아, 생각나는군. 그대는 하카타의……"

"그래요, 이시다 지부 님을 따라왔던 오소데예요."

여자는 이렇게 말하고 친근감을 드러내면서 웃었다.

"그때는 여러모로 폐를 끼쳤어요."

"그렇군! 역시 코죠로小女郎……가 아닌 오소데로군. 그런데 어떻게 해서 지금은……?"

코에츠는 말하다가 그만 당황하여 입을 다물고 얼른 눈앞의 찻잔과 오소데를 번갈아 바라보았다.

찻잔은 쵸지로의 특징인 주걱 자국이 뚜렷이 드러나 보이는 검은 색깔의 것이었는데, 이렇다 할 결점이 없는 대신 별로 훌륭한 명품 같아 보이지도 않았다.

'찻잔을 이 여자에게 들려 보내다니……'

코에츠는 문득 한 가지 생각을 떠올렸다.

"이 찻잔을 들려 보내겠으니 여자도 잘 살펴보도록."

코다이인의 목소리가 귓불을 때리며 들려오는 것 같았다.

"이거, 놀라운 일이로군!"

코에츠는 비로소 찻잔을 집어들었다. 그러나 눈은 오소데에게서 떼지 않았다.

세상은 지금 우에스기 정벌 소문으로 어수선했다.

이에야스는 우에스기 카게카츠가 오사카에 오기를 거부했을 뿐만 아니라 착착 군비를 확충하고 떠돌이무사들을 고용하고 있다는 이유로 출병을 결심하고 있었다. 그런데 마시타 나가모리, 나츠카 마사이에, 나카무라 카즈우지中村一氏, 호리오 요시하루, 이코마 치카마사生駒親正 등 다섯 사람은 지금은 그럴 시기가 아니라고 하면서 연서連署로 이를 만류하려 하고 있었다…… 그러나 이에야스가 듣지 않으리란 것이 소문의 핵심이었다.

이런 때 세상에서 이에야스의 편이라 생각하는 코다이인에게 미츠나리의 시중을 들던 여자가 들어가 모시고 있다……는 것 자체가 벌써 이중삼중으로 수상한 일이었다.

'보통 일이 아니다!'

그런 생각을 하고 질문할 실마리를 찾고 있던 코에츠에게 오소데가 태연스럽게 물었다.

"코에츠 님, 코다이인 님은 이 찻잔보다 찻잔을 들고 가는 여자의 마음을 감정해보라는 말씀이었을 거예요."

2

코에츠는 가만히 찻잔을 무릎 앞에 놓았다.

이 여자는 벌써 내 마음의 움직임을 눈치채고 있다……는 생각에 코에츠 또한 무서운 투지를 불사르지 않을 수 없었다.

"잘 알고 있군. 그래, 이 찻잔보다 그대의 마음을 알아내라……고 하시는 것 같아."

"저도 그렇게 알고 왔어요. 코에츠 님은 칼의 감정에도 천하 제일이지만, 사람의 근성과 뜬세상의 흐름을 감정시키면 그 이상의 솜씨를 발휘할 것이라고 나이다이진 님이 말씀하셨다고 하더군요."

"원, 그런 황송한 말씀을…… 그러나 나이다이진이 그런 말씀을 하셨다 해도 그대의 생각은 다를 테지."

"어찌 그럴 리가 있겠어요?"

오소데는 다시 요염하게 웃었다. 그녀의 웃는 모습에서는 코죠로 시절 몸에 익었던 교태가 고개를 드는 듯했다.

"인간은…… 아니, 어리석은 여자는 때때로 자기 자신을 잃어버리는 경우가 있게 마련…… 저는 코에츠 님의 철저한 감정을 받고 난 뒤, 앞으로의 방향을 정하고 싶어요."

"으음, 과연 오소데로군!"

코에츠는 무릎걸음으로 한 발 다가앉으면서 입을 열었다.

"그대는 어떤 경우에도 자기 자신을 잃는 일이 없는 여자. 누구의 추천으로 코다이인 님 측근에 들어가게 됐나?"

"코에츠 님도 잘 아시는 요도야 님……"

"허어, 죠안 님이 그대를?"

코에츠는 잠시의 여유도 두지 않고 고개를 갸웃거렸다.

"그러나 그 노인만은 아닐 테지. 다른 사람이 또 있을 거야, 그대에게 이런 결심을 하게 만든 사람이……"

"과연 예리하시군요. 물론 또 있습니다."

"그분의 성함은?"

"이시다 지부쇼유 미츠나리 님."

오소데도 코에츠의 기세에 눌리지 않고 즉시 대답했다.

"역시 그렇군. 그렇다면 목적은 새삼스럽게 물을 필요도 없겠군."

"아닙니다. 그렇다고만은 할 수 없습니다."

"카토 키요마사 님, 후쿠시마 마사노리福島正則 님, 쿠로다 나가마사 님, 카토 요시아키加藤嘉明 님 등 돌아가신 타이코 전하의 유신 네 분이 우에스기 정벌 소문을 듣고 사자를 코다이인 님에게 보냈다는 것은 알고 있을 테지?"

"예, 잘 알고 있습니다."

"그분들도 우에스기 정벌을 중지하도록 코다이인 님이 나이다이진에게 청원을 드려달라고 부탁한 것이겠지?"

"바로 그렇습니다. 네 분 유신은 만약 중지할 수 없다면 나이다이진을 대신해 자기들이 우에스기를 치겠다고 청을 드렸습니다."

"그대는 이것을 이시다 지부 님에게 알렸나?"

약간 목소리를 떨구고 탐색하듯 질문했다. 이번에도 오소데는 즉시 대답했다.

"예. 그것이 코다이인 님을 모시는 제 목적 가운데 하나니까요."

"뭐, 목적 가운데 하나……?"

"예. 그것이 전부는 아닙니다. 그 밖에도 한두 가지 더 있습니다."

"그렇다면, 혹시 그대는 코다이인 님을……?"

"예. 살해하라는 은밀한 명령도 받았습니다."

오소데는 태연하게 말하고 눈을 가늘게 떴다.

3

코에츠는 상대의 당돌한 말에 놀라 한순간은 숨도 제대로 쉬지 못한 채 전율했다.

'이 여자가 자객으로 코다이인의 측근에 들어갔다……'

설마 하고 반은 농담 삼아 물었는데 상대는 아무렇지도 않다는 듯이 이를 자백했다. 처음부터 인생에 겁을 먹거나 교태를 부리면서 살 여자가 아니라고는 알고 있었다. 지난날의 처참한 생활이 이 여자를 무한한 허무 속으로 끌어들이고 있었다.

무슨 일을 저지를지 모르는 여자……

삶의 공포에서 해탈한 여자······

그래서 하카타의 카미야와 시마야가 눈독을 들였던 여자였다. 그런데 미츠나리를 따라 상경한 뒤 이 여자로부터 정보가 두절되었다는 것이 카미야 소탄神屋宗湛의 말이었다.

"역시 여자야. 코죠로도 지부 님에게 반한 모양일세."

소탄이 웃으면서 말했다고, 큐슈에 칼을 갈러 갔던 그의 제자 산요山陽가 돌아와서 이야기했다.

소탄 등의 보는 눈이 틀림없다면, 이 여자는 코다이인을 살해하는 대신 미츠나리를 찔러야 했을 여자였는데······

"으음, 그런 명령도 받았었군."

"코에츠 님, 저를 묘한 여자라고 생각하시겠죠?"

"묘하지 않다······고는 할 수 없겠지."

"애당초 이 오소데는 전쟁을 저주하기 때문에 지부 님을 찌를 생각이었어요."

"그런데······?"

"반한 것은 아니에요."

"반하지 않았다······고 볼 수는 없지 않아?"

"그래요······ 반했다고 할 수 있는지도 몰라요."

코에츠는 자기가 점점 더 오소데의 생각대로 말려드는 듯한 위기감을 느끼고 얼른 화제를 바꾸었다.

"인간의 마음이란 참으로 미묘해. 상대가 발산하는, 눈에 보이지 않는 마음의 물결에 따라 변질되는 것이거든."

"호호호······ 그러면 코에츠 님은 지부 님의 그 물결이 저보다 강했다는 것인가요?"

"웃을 일이 아니야. 상대에 따라서는 맹수도 새끼고양이로 변하고 무쇠도 엿가락처럼 되지."

"저는 맹수가 됐어요."

"그런지도 몰라."

"이 맹수도 코에츠 님 앞에서는 새끼고양이로 변해요."

"뭐, 내 앞에서는……?"

"예. 제가 만약 남자에게 반한다고 하면…… 그래요, 코에츠 님에게 반한 거예요."

"오소데! 그대는 나를 야유하러 왔나?"

"아닙니다. 코다이인 님의 심부름으로 왔습니다."

코에츠는 저도 모르게 자세를 고쳤다. 예사로운 문답이 아니었다. 앞서 리큐 거사가 다이토쿠 사大德寺 고승들과 마주앉아 불꽃을 튀기며 논쟁하던 무렵의 광경이 문득 뇌리에 떠올랐다.

'이 여자는 무언가 붙들려고 필사적으로 안간힘을 쓰고 있다……'

코에츠는 가볍게 고개를 내저으며, 무거운 소리로 위협했다.

"이제 됐어! 그대는 내게 무언가 호소하고 싶은 게 있군. 그것을 깨끗이 털어놓도록 해."

4

오소데는 고개를 갸웃하고 생각에 잠겼다. 자못 진지하고 깊이 사색하는 여자의 표정이었다.

"코에츠 님, 저는 말씀하신 대로 무언가를 호소하러 왔습니다."

"그러기에 깨끗이 털어놓으라고 했지 않아……"

코에츠는 상대에게서 시선을 떼지 않고 말을 이었다.

"아니면 호소하고 싶은 것이 무엇인지 잘 모르겠다는 말인가?"

"그렇습니다!"

오소데는 약간 기세를 부리면서 말했다.

"알고는 있으나 말할 수 없어요⋯⋯ 저는 누구에게나 좋은 사람이 되고 싶어요. 미움과 가련함, 희망과 저주의 구별도 모르는 천성인지도 몰라요."

"으음, 그 말을 이해 못하는 건 아니야. 실은 인간이란 모두 그런지도 몰라. 밉다면 밉고, 가련하다면 가련한 사람이 무수히 많아."

"코에츠 님! 저는 코다이인 님을 해칠 수는 없어요."

코에츠는 가만히 눈빛으로 인정했다.

"내가 보기에도 그럴 것 같아."

"그러면서도 해치겠다는 약속을 하고 측근에 들어갔어요."

코에츠는 웃는 대신 탄식하며 말했다.

"그렇다면 또 배신 아닌가? 전에는 시마야와 카미야를⋯⋯ 이번에는 지부 님을."

"아닙니다. 그 전부터 수도 없이 남자의 마음을 배신했어요."

"그야 직업상 그럴 수도 있는 일이지."

"하지만 그 이전에는 제가 세상으로부터 참을 수 없을 정도로 배신 당했어요⋯⋯ 세상으로부터 배신당하며 살아온 인간은 결국 그 복수밖에는 할 수 없는 것일까요?"

또다시 코에츠는 오소데에게 걸려들고 말았다. 그러나 이번에는 굳이 벗어나려 하지 않았다.

"그러니까 오소데는 지부 님도 배신하고 싶지 않고 코다이인 님도 해치고 싶지 않다⋯⋯ 그래서 고민하고 있다는 말인가?"

"아닙니다. 코다이인 님은 처음부터 해칠 마음이 없었어요."

오소데는 이번에도 얼른 대답하고 슬픈 낯으로 고개를 떨구었다.

"제가 여쭙고 싶은 것은 저라는 인간이 살아 있는 한, 항상 남을 배신하고 남을 저주하며 또 남을 슬프게 하고 남을 불행하게 만들지는 않을까…… 하는 거예요."

"어려운 질문이로군. 그리고 보면 나 역시 그런 인간인지 몰라. 하지만 오소데, 그런 업인業因을 불태워버릴 기백을 가져야 해. 그렇지 않으면 미쳐서 죽을 수밖에 없어."

"코에츠 님, 이 오소데는 미쳐서 죽었으면 싶어요."

이번에도 역시 아무 주저도 없이 말하는 바람에 코에츠는 전신에 오싹 소름이 돋았다.

"저는 이제 아무것도 숨기지 않겠어요. 지부 님에게 나이다이진과 싸우라고 권한 것은 바로 이 오소데입니다. 그것도 지부 님이 이기리라고는 전혀 생각지 않고……"

코에츠는 잠자코 상대를 바라보고만 있었다.

"싸우다 죽으면 그만이다…… 그럴 수밖에는 없는 분, 이렇게 생각하고 싸울 각오를 굳히게 했어요. 싸우지 않는다 해도 언젠가는 나이다이진에게 짓밟히고 만다, 그러기보다는 고집이라도 관철시키게 하고 싶다…… 이 오소데의 사랑은 비뚤어져 있었어요."

오소데는 그만 얼굴을 가리고 울기 시작했다.

5

코에츠는 오소데가 하려는 말을 어렴풋이 깨닫기 시작했다.

'이 여자라면 미츠나리에게 능히 전쟁을 권할 수 있을 터……'

그러나 권하고 나서 무서워졌음이 틀림없다. 어쩌면 전쟁의 규모가 그녀 생각보다 몇 배나 큰 난리가 될지도 모른다는 사실을 깨달았기 때문이 아닐까……?

지금 오소데는 진지하게 자신의 미망迷妄 앞에서 고민하고 있었다.

그렇지 않다면 코에츠에게 눈물을 보일 리 없는 여자였다.

"코에츠 님……"

오소데는 잠시 흐느껴 울다가 부끄러운 듯이 눈물을 닦았다.

"나이다이진 님은 정말 자신이 직접 우에스기 정벌에 나설까요?"

"어째서 그것을 알려고 하나?"

"얄궂게도 지부 님에게 전쟁을 권한 제가 어떻게 해서라도 전쟁을 막으려 고심하시는 코다이인 님을 모시게 되었기 때문이에요."

"그렇다면 전쟁처럼 무익한 살생이 없다는 것을 그대도 깨달았다는 말인가?"

다그쳐 물었으나 오소데는 대답하지 않았다.

"나이다이진 님이 출정하면 지부 님은 그 틈을 노리고 군사를 일으킬 거예요."

"그렇게 된다……고 할 수도 있기 때문에 코다이인 님도, 카토 님과 쿠로다 님도 여간 걱정하시지 않아."

"제가 두려워하는 것은 그 뒤의 일이에요."

"그 뒤의 일이라니?"

"지부 님은 오사카에 남아 있는 나이다이진 님 쪽 무장의 가족을."

"뭣이!"

코에츠는 또다시 전신에 냉수를 뒤집어쓴 느낌이었다. 오소데가 고민하는 것은 바로 그 일인 모양이었다.

'그렇다. 당연히 미츠나리는 군사를 일으키는 것과 동시에 이에야스 쪽 무장의 가족을 모두 인질로 잡을 터……'

"저는 여자의 좁은 소견 때문에 최근까지도 그런 점을 깨닫지 못하고 있었어요."

오소데는 자기가 하려는 말이 코에츠에게 통했다고 깨달았는지 갑자기 어조를 빨리 했다.

"누가 이기든 그 인질은 아마도 무사하지 못할 거예요. 전쟁과는 아무 상관도 없는 부인과 그 자식들이 피의 지옥으로 던져지게 됩니다. 그것을 가만히 보고 있을 정도로 이 오소데는 강한 여자가 되지 못합니다…… 그러나 이미 수레는 내리막길을……"

코에츠는 다시 자세를 바로했다. 남자인 그 역시 아직 거기까지는 생각지 못하고 있었다. 그러나 말을 듣고 보니 이번 전쟁의 승패를 좌우할 큰 요인이라고 할 수 있었다.

"코에츠 님, 저를 상대해주어 정말 감사합니다. 지금까지 제 말을 들어주셔서 이 오소데는 저 자신을 찾았습니다."

"아니, 자기 자신을 찾았다고?"

"예. 이제야 알았어요! 제가 무엇을 호소하려고 망설이고 있었는지를…… 그래요! 이것이었어요…… 이 일 때문에……"

오소데의 눈에 드디어 한 점 빛이 깃들이더니 반짝이기 시작했다.

코에츠는 비로소 길게 한숨을 내쉬었다.

6

인간이 곤혹스러움의 나락에 빠졌을 때는 종종 혼잣말을 하게 마련. 그러나 혼잣말일 때는 자기 생각의 테두리에서 좀처럼 벗어나기가 어렵다. 그런데 듣는 사람이 있고, 경우에 따라 맞장구를 쳐주면 창이 활짝 열리는 수가 있다.

지금 나눈 오소데와 코에츠의 대화도 그런 작용을 한 듯. 결국 오소데는 코에츠로부터 되돌아오는 메아리로 인해 자신을 비판하고 자신의 지혜를 이끌어낸 모양이었다.

"코에츠 님! 코에츠 님은 이 오소데의 마음을 훤히 들여다보고 계십니다. 아무쪼록 코다이인 님에게 오소데는 도움이 될 찻잔……이라고 대답해주세요."

코에츠는 잔뜩 배에 힘을 주고 고개를 끄덕였다. 확실히 그의 눈에도 오소데는 구운 솜씨도 놀랍고 깊이도 지닌 명품으로 보였다.

"더 이상 분에 맞지 않는 청은 드리지 않겠어요. 오소데를 이대로 코다이인 님 곁에 있게 해 두 가지 소원을 이룰 수 있게 해주십시오."

"두 가지 소원이라고?"

"예. 조금 전까지만 해도 두 올의 실이 얽히고 또 얽혀 무수한 것으로 보여 죽을 수밖에 없다는 생각을 했었어요."

"알 수 있어. 사람이 달라진 것처럼 그대 얼굴이 환해졌어."

"저는 우선 코다이인 님에게 부탁하여 이 전쟁이 확대되지 않도록, 만약에 인질 문제가 생기더라도 비탄의 못이 깊어지지 않도록 심혈을 기울이겠어요."

"그것이 첫번째 희망이군."

"예. 그리고 두번째 희망은……"

말하다 말고 오소데는 새삼스럽게 코에츠의 날카로운 시선을 응시했다. 그것은 마치 갓 벼른 명검名劍을 연상케 하는, 살을 파고드는 정기 어린 시선이었다.

"특히 이 희망에 대해서는 오해하시지 마세요."

코에츠는 고개를 끄덕였다.

"그대는 정말 남자를 능가하는 여장부야. 혼아미 코에츠가 이처럼 자세를 바로하고 듣고 있어."

"감사합니다. 이 일만은 두 번 다시 말하지 않겠어요…… 이것이야말로 처음부터 제가 코다이인 님에게 접근하려던 목적이었어요."

"어서 말해봐요, 들을 테니까."

"저는 지부 님의 생애가 무사히 끝나리라고는 생각지 않아요. 전쟁의 승패와는 관계없이, 나이다이진 님과의 사이가 어떻게 되든……"

"흔히 말하는 것처럼 이부자리에 누워 죽지는 못한다는 말이로군."

"예. 자신의 불 같은 성격 때문에 그 불로 자기를 태우지 않고는 못 견딜 분이라고 보았어요."

"과연 훌륭한 식견이기는 하지만……"

"그러므로…… 전쟁을 하게 만든 속죄를 위해 한 가지 일을 하고 싶어요."

"그것이 두번째 희망인가?"

"예. 지부 님이 어떤 말로를 걷든지 이시다 가문의 핏줄만은 끊어지지 않도록…… 코다이인 님에게 매달리면 이루어질 수 있을 희망이라 믿고 곁에서 모시려고 했던 거예요."

오소데의 말에 코에츠는 깜짝 놀란 듯 시선을 돌리고 조용히 웃었다.

"과연 훌륭한 생각이로군! 그런데 이 일에 대해 이시다 가문에서도 아는 사람이 있나?"

오소데는 천천히 고개를 가로저었다. 또다시 눈에 깊은 슬픔이 되살아나고 있었다.

7

코에츠는 무릎 앞의 찻잔을 날카롭게 응시하며 생각에 잠겼다. 아직 그의 마음은 결정되지 않았다.

오소데의 생각도 각오도 납득할 수 있었다. 이 여자라면 능히 그런 정도의 생각은 할 수 있었다. 그러나 문제는 오소데의 배후에 있는 이시다 가문의 압력이었다. 그 계산을 그르치면 코다이인에게 위해가 미칠 터였다.

코에츠는 상대의 신뢰에 대해 한마디로 대답하고 싶었다. 흑백을 분명히 가리고 옳은 일을 위해서라면 수난을 두려워하지 않는다…… 니치렌 신자인 그는 리큐의 죽음을 되새기고 나서부터 더욱 그 생활신조가 굳건해졌다. 그렇기는 하지만, 오소데의 신뢰에 부응하기 위해 만에 하나라도 코다이인의 신뢰를 저버리는 결과를 가져온다면 이야말로 종사宗師도 『법화경』도 대할 낯이 없어질 뿐이었다.

"상당히 어려운 문제로군."

코에츠는 저도 모르게 찻잔을 들고 손바닥으로 쓰다듬었다.

"어디에도 결점은 없어, 모양도 좋고. 알맞게 구워졌어. 특히 이 엷은 유약을 통해 드러나 보이는 안의 풍경 그림은 구운 사람의 부드러운 마음이 그대로 나타나 있어…… 그렇다고 누구에게나 이 찻잔이 천하의 명품이라고 권할 수 있는 것은 아냐."

오소데는 고개를 끄덕이는 대신 다시 한 번 시선을 내리깔았다.

"이전에 소유했던 사람이 잘못이라는 말씀입니까?"

"이전의 소유자와 손이 끊어지지 않았어. 만일 명품이라면서 사도록 했다가 그 값을 받으러 엉뚱한 자가 나타난다면 권한 사람의 실수."

"찻잔 자체는 소유자와는 관계가 없는 무심한 것인데도 말이군요."

코에츠는 대답하지 않았다.

"그대는 내가 이 찻잔은 사지 않는 편이 좋겠다……고 코다이인 님에게 말씀 드릴 때는 어떻게 할 생각인가? 요도야에게 돌아가겠나?"

오소데는 꿈틀 눈썹을 움직였을 뿐 입을 다물고 있었다.

"나를 움직이려고 온 마음은 알고 있으나, 이 코에츠는 고집스러운 사람. 세상에는 얼마든지 사람이 있습니다, 그런데 어째서 굳이 위험한 자를 측근에 두시려 하십니까, 찬성할 수 없습니다…… 이렇게 말한다면 어떻게 하겠나? 그대는 이 정도도 생각지 않고 찾아왔을 사람이 아니야. 이에 대한 생각은 진작에 했을 텐데……?"

"코에츠 님, 그때는 다시 한 번 자세히 사정을 말씀 드리고 코다이인 님에게 매달릴 생각이었습니다."

"뭐, 코다이인 님에게 직접?"

이 대답은 과연 코에츠로서도 예상하지 못한 것이었다.

"그럼, 코다이인 님이 다시 거절하신다면?"

"거기까지는 생각지 않았습니다."

오소데는 문득 업신여기는 듯한 표정이 되며 내뱉었다.

"삶도 죽음도 저는 알 바 아니에요! 오소데는 다만 해야 한다고 생각하는 일을 하려는 것뿐입니다."

순간 코에츠의 마음은 결정되었다.

이번에는 코에츠가 오소데의 메아리를 받아들일 차례였다.

코에츠는 손에 들었던 찻잔을 홱 다다미에 내던졌다.

"앗, 찻잔이 둘로……"

코에츠는 두 조각이 난 찻잔을 천천히 집어 상자에 넣었다.

8

코에츠의 표정에는 별로 노한 빛이 보이지 않았다. 무언가 생각하는 바가 있어서 깨뜨렸을 터…… 이렇게 생각은 하면서도 그 순간은 오소데도 불쾌했다.

코에츠는 오소데의 그러한 의아심을 충분히 깨달았으면서도 묵묵히 두 조각난 찻잔을 상자에 넣고, 코다이인이 좋아하는 남만南蠻의 비단 보자기로 정성껏 상자를 쌌다. 그리고 오소데와 시선이 마주치자 아무렇지도 않은 표정으로 고개를 갸웃거렸다.

"코다이인 님의 마음은 알 수가 없다니까."

오소데는 얼굴에 싸늘한 바람이 스치는 듯한 기분이 들어 저도 모르게 상반신을 앞으로 내밀었다.

"어, 어째서입니까?"

"이런 깨진 찻잔의 이름을 지으라니 농담이라 해도 도가 지나쳐."

"어머……!"

"그렇다고 심부름 온 그대에게 이 수수께끼를 물어도 대답할 수 있을 리 없지. 내가 같이 가서 직접 여쭙는 수밖에 없겠어. 같이 갈 것이니 준비하고 오는 동안 잠시 기다리도록."

단호한 어조로 이렇게 말하고, 찻잔을 싼 보자기를 그대로 둔 채 자리를 떴다.

오소데의 눈이 일단 빛났다가 촉촉해졌다.

이미 아무것도 물을 필요가 없었다. 코에츠는 오소데의 마지막 말을 듣고 직접 산본기로 갈 생각을 했다. 그 기질로 보아 모든 것을 숨김없이 코다이인에게 털어놓고 나서 마음을 결정하려는 듯. 지나칠 정도로 꼼꼼한 코에츠에게 이처럼 난폭한 면이 있다니 뜻밖이었다.

'역시 무서운 사람이다……'

코에츠는 얼마 후 하카마袴°를 입고 나왔다. 그러나 오소데 쪽은 보지도 않았다.

"그럼, 갑시다."

공손히 찻잔을 싼 보자기를 들고, 오소데를 재촉하는 목소리도 태도도 무뚝뚝한 원래의 코에츠로 돌아와 있었다.

오소데는 잠자코 그러한 코에츠의 뒤를 따랐다.

문 앞에는 이미 오소데의 가마가 준비되어 있었다. 그러나 코에츠의 가마는 없었다. 타이코가 살아 있을 때 내린 가마를 타지 말라는 금지령을 지금까지 철저히 지키고 있는 모양이었다.

벌써 쿄토의 더위는 찜통 같았다. 서서히 피서객들이 카모가와賀茂

川 기슭 일대를 메우기 시작할 계절이었다.

오소데는 가마 안에서 탄식도 하고 눈을 감아보기도 했으며, 길 양쪽 거리로 분주하게 눈길을 보내기도 했다.

코다이인이 자신의 신분에 의문을 품고 코에츠에게 심부름을 보냈다는 사실이 다행이란 생각이 들기도 하고, 한편으로는 이로써 모든 것이 끝장이라는 생각도 들었다.

그러면서도 오소데에게 직언을 서슴지 않는 이 사람이, 자신이 깨뜨린 찻잔을 코다이인에게 들이대고 무슨 말을 할 것인지는 또 다른 흥미거리였다.

'이제는 내 몸에 종말이 온다고 해도 아까울 것 없다……'

그런데 코에츠가 산본기의 저택에 도착하여 코다이인 앞에서 하는 말을 듣고는 그만 버럭 화가 치밀었다.

"마님, 이 여자가 하는 말은 모두 횡설수설이어서 저로서는 무슨 말인지 알아들을 수가 없습니다."

코에츠는 찻잔 싼 보자기를 풀며 이렇게 말했다. 마치 그녀를 백치로 알고 있다는 듯한 말투였다……

9

코다이인은 거실 사방 문을 모두 열게 하고 시원한 우물물에 탄 보릿가루를 코에츠에게 권하면서 재미있다는 듯이 웃었다. 머리를 짧게 자른 탓인지 오사카 성에 있을 때보다 훨씬 더 젊어 보이는 곱고 둥근 얼굴이었다. 아이를 낳지 않아서인지 아직 마흔을 갓 넘겼을 뿐인 젊음으로 보였다.

"원 이런, 그렇다면 큰 폐를 끼친 셈이로군. 나는 오소데가 꽤나 영리한 여자인 줄 알고 있었는데."

"예. 저도 하카타에서 보았을 때는 남자를 능가하는 여자, 과연 지부님이 쿄토로 데려갈 만하다…… 이렇게 생각하고 감탄했습니다마는, 오늘의 이야기는 도무지 알아들을 수 없는 것들일 뿐……"

처음부터 미츠나리와 관계가 있는 여자라는 말을 하면서 찻잔이 든 상자를 열었다.

코다이인은 깜짝 놀라는 것 같았다. 오소데가 미츠나리와 관련이 있는 여자라는 사실을 오늘 처음 알게 된 듯.

"코조스와 케이쥰느는 잠시 옆방에 가서 더위를 식히도록."

두 사람을 물러가게 하는 말을 코에츠는 못 들은 체하고 둘로 쪼개진 찻잔을 보자기 위에 나란히 놓았다.

"사용하던 여자가 실수로 깨뜨린 것입니까, 아니면 다시 붙여놓은 다음에 이름을 지으라고 하시는 것입니까?"

코다이인은 흘끗 찻잔을 바라보고 그 눈을 오소데에게로 옮겼다.

오소데는 잔뜩 굳어진 몸으로 다다미에 두 손을 짚고 있었다.

"코에츠."

"예."

"찻잔에게 물어보세요. 찻잔이 그대에게 무어라 속삭이는지."

오소데는 꿀꺽 마른침을 삼켰다. 코에츠의 말도 당돌할 만큼 단도직입적이었으나, 찻잔에게 물어보라고 하는 코다이인의 대답 또한 뜻밖이었다.

"황송합니다마는, 이 찻잔이 불길한 말을 속삭이고 있습니다."

"허어, 무어라고?"

"마님을 해치라는 명을 받고 접근했다고……"

"그것은 나도 깨닫고 있었어요. 그러나 두 조각이 났으니 생각도 달라졌겠지요. 타이코 전하가 사랑하시던 이도井戸 찻잔°의 선례도 있어요. 붙이면 다시 쓸 수 있다고 생각하는데 어떤가요?"

코에츠는 흘끗 오소데를 날카롭게 바라보고 얼른 시치미를 떼는 표정으로 돌아와 찻잔을 집어들었다.

"마님이 일부러 붙여서 쓰실 것까지는 없는 물건이라 생각합니다."

"과연 그럴까."

"그렇다고 이대로 내버리기도 아까우니 제가 하사받아 붙여서 가졌으면 합니다마는……"

"그때는 찻잔의 이름을 무어라 짓겠어요?"

"누구 소매에 닿아 깨졌는지는 알 수 없으나 도자기로서는 불운한 일…… 타가소데誰が袖(누구의 소매)……라고 이름붙일까 합니다."

"타가소데…… 좋은 이름이군. 그렇지, 오소데?"

"예…… 예."

"이름이 좋아! 나도 풍류를 좋아하시던 타이코의 아내. 이름이 마음에 들어서 이 찻잔은 내가 가지고 코에츠에게는 다른 것을 주고 싶기도 해. 오소데, 이번에는 네가 찻잔에게 물어보도록 해. 내 것이 되고 싶은가, 아니면 코에츠에게 하사되었으면 좋겠나?"

10

오소데는 무섭게 눈을 깜박거렸다.

코다이인의 질문이 오소데의 의표를 찌른 모양이었다. 보기 드문 이 재녀도 그만 대답이 궁해 당황하는 표정이었다.

코다이인은 눈을 가늘게 뜨고 그 모습을 바라보고 있었다.

그러한 코다이인은 확실히 오사카에 있을 때와는 사람이 달라진 것 같았다. 원래부터 보통 여자가 아니었다. 제후 앞에서 태연히 부부싸움을 할 정도로 거센 성격이었다. 그러나 이러한 코다이인도 히데요시가 죽은 후에는 어딘지 모르게 무거운 짐에 짓눌린 듯한 기색이 눈에 띄곤 했다. 그런데 깨끗이 성을 버리고 산본기로 옮긴 뒤부터는 천진스러운 명랑함이 자연스럽게 몸에 배어 있었다.

"잇큐—休° 같은 계집이!"

타이코가 살아 있었다면 이렇게 욕했을 정도로, 시침떼는 듯한 날카로움을 가볍게 감싸고 있는 느낌이었다.

"오소데, 그 찻잔은 하나의 찻잔으로 있기가 싫어 일부러 깨졌는지도 몰라. 귀를 대고 양쪽의 변명을 들어보도록 해."

"예…… 예."

오소데는 굳게 마음을 먹고 찻잔을 무릎 앞으로 끌어당겼다. 그리고는 진지한 표정으로 깨진 두 조각을 좌우의 귀에 갖다대었다.

"들리느냐, 양쪽의 소리가?"

"예…… 예."

"대체로 찻잔이란 세상 고통을 모르고 버릇없이 굴기가 쉽지. 제멋대로 지껄이거든 단단히 타일러주어라. 그리고 두 쪽이 붙여져서 타가소데라는 이름으로 이 코다이인 밑에 있고 싶은지, 아니면 붙여진 채로 코에츠 밑에 있고 싶은지…… 그것도 아니라면 깨진 그대로 있겠다, 붙여지기 싫다고 하는지…… 붙여지기 싫다면 그것은 이미 찻잔이 아니야. 단지 쓸모 없는 파편에 지나지 않아. 어떻게 할 것인지 확실히 물어보도록 해."

"예. 소리가 들립니다."

이렇게 말하고 찻잔을 귀에서 떼었을 때 오소데의 입술은 하얗게 되어 있었다. 아마도 오소데 나름으로 마음을 가다듬은 모양이었다.

"그래, 무어라고 하더냐?"

"코다이인 님 곁에 있겠다고 합니다."

"코에츠의 손으로 붙여져서 말이냐?"

"예. 그리고 둘로 갈라졌을 때의 경험에 비추어 둥글게 이 세상을 살아가는 찻잔 본래의 역할을 했으면 좋겠다고 합니다."

"허어, 기특한 소리로구나…… 그래, 이 세상을 둥글게 살아가겠다고 하더냐?"

"예…… 예."

오소데는 이렇게 대답하고 찻잔을 다시 보자기 위에 올려놓으면서 말했다.

"부탁이 있습니다."

코다이인에게인지 코에츠에게인지 모를 시선으로 머리를 숙였다.

"새삼스럽게 무슨 부탁이냐? 나는 분명히 내보내지 않겠다고 했어."

"예. 나가겠다는 것은 아닙니다. 이 찻잔은 일단 코다이인 님이 곁에 두셨다가 저에게 주십시오."

"이 찻잔을 말이냐…… 그렇게도 마음에 드느냐?"

"아닙니다. 이 찻잔을 전해주고 싶은 사람이 있습니다."

이렇게 말한 뒤 비로소 오소데는 웃는 낯을 지었다.

"옛날에 알던 사람입니다. 한 번 맺어졌다가 헤어진 사람에게 붙여진 찻잔을 제 손으로 전해주고 싶습니다."

11

코다이인과 코에츠는 저로 모르게 얼굴을 마주보았다.

조금 전까지만 해도 분명히 당황하는 표정이고 수동적이었던 오소데가 갑자기 무슨 생각을 했는지 태도가 달라졌다.

"코에츠, 어떻게 했으면 좋을까요? 그대가 타가소데라 이름지은 이 찻잔을 오소데가 필요하다고 하는군요."

"그렇다면, 참고 삼아 옛날에 정을 나누었다는 그 사람 이름을……"

"그런 것은 묻지 않는 편이 좋아요. 여자를 존중하는 의미에서도."

"그러나 옛날에 맺어졌다……고까지 밝힌 이상 오히려 물어보는 것이 도리일지도 모릅니다."

코에츠는 오소데 쪽을 돌아보았다.

"오소데, 들은 바와 같아. 말하기 거북하면 물론 대답하지 않아도 좋지만……"

"아니, 말씀 드리겠습니다."

"그렇겠지. 나도 그렇게 알아들었기에 마님에게 말씀 드린 거야. 이 찻잔을 전해주고 싶은 상대란……?"

"예, 킨고 츄나곤 님입니다."

"뭣이, 코바야카와 히데아키 님?"

코에츠도 당장에는 그 뜻을 알아듣지 못하고 고개를 갸웃했다.

코다이인은 좀더 놀란 모양이었다.

모리毛利 일족인 코바야카와 타카카게小早川隆景의 양자로 들어가 그 후계자가 된 킨고 츄나곤 히데아키는 코다이인의 조카였다.

"그럼, 츄나곤 님도 그대의 손님이었다는 말인가?"

"예. 츄나곤 님이 조선에 출병하시면서 하카타의 야나기쵸에……"

오소데도 그만 낯을 붉히고 옷소매로 얼굴을 가렸다.

"타이코 전하의 꾸중을 들었다고 하시면서 며칠 동안 저와 같이 지낸 일이 있습니다."

"으음, 그분도 젊은 나이셨으니까."

"저도 어릴 때였습니다. 그러나 타이코 님의 진노가 두려워 그대로 마음만 남긴 채 헤어졌습니다."

"그래서 킨고 츄나곤 님에게 이 찻잔을 전하고 싶단 말이지?"

코에츠는 오소데의 마음을 알 수 없었다. 다그쳐 묻는 목소리가 떨리고 있었다.

"예. 옛날 이야기도 나눌 겸 한번 찾아뵙고 싶습니다."

"으음, 그것이 인정이니까⋯⋯"

코에츠는 크게 신음하고 살짝 코다이인을 훔쳐보았다.

코다이인은 과연 오소데가 한 말의 속뜻을 깨달았을까?

오소데는 이미 전쟁은 불가피하다고 내다보고 있었다. 이 전쟁을 축소시키기 위해서는 모리 일족의 움직임을 이 전쟁 테두리에서 벗어나게 하는 길뿐이라 생각하고 있는 것 같았다. 따라서 찻잔을 비유하여 자신의 뜻이 어디 있는지 호소하고자 고심하고 있다⋯⋯ 이렇게 생각되는 순간 코다이인은 잘라 말했다.

"킨고를 만나 지부 편은 들지 말라고 할 작정이군. 그러나 이 일은 네게 맡길 수 없다. 나마저도 말을 삼가고 있어. 모리 가문에는 테루모토라는 훌륭한 일족의 우두머리가 있고⋯⋯ 그 일족의 결속을 깨뜨릴지도 모르는 참견이란 생각할 수도 없는 일이야."

코에츠는 숨을 죽이고 두 사람을 번갈아 바라보고 있었다.

오소데의 입술에 차차 혈색이 되살아나기 시작했다.

12

오소데는 굳이 히데아키의 방문을 고집할 마음은 없다⋯⋯고 코에츠는 판단했다. 다만 그녀는 소견이 좁아 미츠나리의 지시대로 하고 있는 것은 아니라는 사실을 코다이인에게 호소하고 싶었던 듯.

코다이인도 그 마음을 알고 있는 것 같았다. 말로는 엄하게 훈계하면서도 눈은 반대로 장난을 즐기는 소녀와 같은 빛을 띠고 있었다.

"킨고에게 주제넘은 말을 한다는 것은 당치도 않은 일. 따라서 이 찻잔을 붙이더라도 네게는 주지 않을 것이야. 이 일만은 깊이 명심하도록. 알겠지, 오소데?"

"예…… 예."

"그러므로 역시 찻잔은 내가 가지고 있어야겠어."

코다이인은 입가에 미소를 떠올린 채 말을 이었다.

"코에츠, 이것은 당분간 붙이지 않고 그대로 둘 생각인데 어떨까?"

코에츠는 이해할 수 없다는 듯 고개를 갸웃했다.

"그냥 두시는 편이 좋겠습니까?"

"그래요. 타가소데……라고 그대가 이름을 지어서 그런지 내 눈에는 갑자기 이 찻잔이 오소데가 아닌가 하는 기분이 드는군. 이름이 비슷하기 때문이겠지만."

"과연 찻잔은 바로 오소데와 같습니다."

"오소데의 마음도 지금은 이런저런 생각으로 갈라져 있는 것 같아. 잠시 내 밑에 두도록 하겠어요."

"그렇게 하시면 찻잔도 기뻐하리라 생각합니다."

"전혀 가치가 없는 찻잔이라면, 깨진 찻잔 하나를 위해 그대도 일부러 여기까지 오지는 않았을 거예요."

"그러합니다……"

"어딘가 쓸모가 있기에 그대는 이름도 짓고 다시 붙이려는 생각도 했을 거예요."

코다이인은 즐거운 듯 눈을 가늘게 뜨고 오소데에게 말했다.

"그러므로 내 마음이 오소데의 봉사를 잊을 수 없게 되었을 때 다시 코에츠에게 붙여달라고 해야겠어. 그렇지, 오소데?"

"예…… 예. 감사합니다."

"굳이 인사할 건 없어. 나는 그대가 사랑스러운 거야. 그대도 나도 여자로서는 제대로 구워진 찻잔이 못 돼. 일찍부터 이 뜬세상의 물로 반죽되어 짓밟히고 짓이겨져 이루어진 찻잔이야…… 그래서 놓일 장소도 차의 마음도 소박해 보이는지 몰라."

"황송합니다."

"찻잔은 그대로 차의 마음을 고스란히 담는 그릇…… 차의 마음은 자연의 마음…… 조용한 가운데 참다운 사람의 마음을 정확히 가려낸다는 것이 리큐 거사의 가르침이었어. 그 마음을 잊지 말고 노후의 나를 섬겨줬으면 해."

"예…… 예."

"어떤 경우에도 해롭게는 하지 않겠어. 안심해도 좋아……"

코다이인은 이렇게 말하고 소리 내어 웃었다.

"자, 이것으로 찻잔의 처리는 끝났어. 그대는 이만 물러가 있도록 해. 나는 이제부터 코에츠에게 한 가지 일을 꾸짖을 생각이야."

코에츠는 안도하면서 고개를 갸웃거리며 큰 소리로 말했다.

"이거, 겁이 나는군요! 이 코에츠가 마님에게 꾸중들을 잘못을 저질렀습니까……?"

13

오소데가 물러간 뒤 코다이인은 무서운 눈으로 코에츠를 뚫어지게 바라보았다. 코에츠는 저도 모르게 자세를 바로하고 숨을 죽였다. 이런 눈이 될 때의 코다이인은 반드시 무언가 중요한 이야기를 한다……는 것을 알고 있었다.

"수고가 많았어요, 코에츠."

코에츠는 아무 말도 않고 공손하게 머리를 숙였다.

"수고한 김에 그대에게 한두 가지 더 부탁할 게 있어요. 아니, 두 군데만 다녀왔으면 해요."

"알겠습니다. 제가 갈 수 있다면, 어디든지 가겠습니다."

"우선 후쿠시마 댁에 갔다가, 이어 킨고를 찾아가세요."

"사에몬노다이부左衛門大夫 님과 킨고 츄나곤 님을?"

"그래요. 후쿠시마의 집에서는 이치마츠市松(마사노리)에게 내가 특별히 히데요리 님 앞날을 걱정하고 있더라는 말만 전하면 돼요."

"도련님의 앞날을……?"

"그래요. 천하에 큰 난리가 일어나면 힘없는 도련님은 설 곳이 없어요. 난세의 제물이 되지 않도록…… 믿는 나무 그늘인데 잘못됨이 없도록……이라고."

코에츠는 정중하게 고개를 숙였다.

아무래도 코다이인은 이에야스가 우에스기 정벌을 단행할 것이라 판단하고 있는 듯했다. 출정하게 되면 에도와 오사카 중앙에 위치한 키요스의 성주 후쿠시마 마사노리의 움직임은 도요토미 가문 전체의 운명에 중요한 의미를 지니게 된다. 그러므로 가볍게 움직이지 않도록 은밀히 다짐해두려는 것이 분명했다.

"다음은 킨고 츄나곤인데……"

코다이인은 약간 목소리를 떨구었다.

"오늘 오소데가 한 말과 그것을 꾸짖은 내 말을 그대로 킨고에게 농담 삼아 전하세요."

"저어, 오소데가 한 말과 꾸짖으신 마님의 말씀을……?"

"그래요. 되도록 자세하게 우스갯소리로."

"예."

코에츠는 자기도 모르게 큰 소리도 대답하고 고개를 끄덕였다. 아까 당황하면서 오소데를 꾸짖은 것은 그녀가 너무도 정확하게 코다이인의 마음을 알아맞혔기 때문인 듯.

"알겠지요, 코에츠?"

"예. 분명히 알아들었습니다."

"호호호…… 그럼, 됐어요. 수고가 많았어요."

코다이인은 다시 밝게 웃으면서 말했다.

"오소데는 재미있는 여자예요."

"예. 보기 드문 여자입니다."

"아무래도 앞날을 알고 있으면서도 마음으로부터 지부를 불쌍하게 여기는 것 같아요."

"잘 보셨습니다. 그녀가 마님을 섬기는 이유는 지부 일족의 목숨을 구하는 데 있다고 보았습니다."

"틀림없을 거예요, 코에츠는 감정의 명수니까."

그리고는 눈앞에 놓인 찻잔을 집어들고 맞추면서 말했다.

"여자란 가엾은 존재인 모양이에요. 코에츠, 이 찻잔은 그대가 일부러 깨뜨렸을 테지만, 깨지고 나서야 비로소 오소데를 닮다니……"

문득 생각이 달라진 듯 진지하게 말하면서 찻잔을 보자기에 쌌다.

"코에츠, 이 세상도 역시 두 조각을 내었다가 다시 붙여 맞추어야 될 것 같군요……"

기회는 무르익다

1

이에야스의 우에스기 정벌 준비는 세상의 소문과 병행하여 거침없이 진행되었다. 무리할 정도라고 해도 좋았다. 마시타, 나츠카, 나카무라, 이코마, 호리오 등 다섯 사람이 연명으로 간언했으나 일축하고, 두사람의 카토와 호소카와, 후쿠시마, 쿠로다 등이 사자를 보내 충고했는데도 받아들이지 않았다.

"나이다이진이 직접 출전할 필요는 없는 일. 우에스기를 치려거든 우리에게 명하시기 바랍니다. 생각건대 지부와 그 일당이 카게카츠 모반을 미끼 삼아 나이다이진을 유인하고, 오사카의 빈틈을 노려 무언가 음모를 꾸미려는 것이 분명합니다. 부디 이 점을 유의해주십시오."

카토 등 타이코가 키운 무장들의 주장은 이러했지만 이에야스는 사람이 달라진 듯 완고하기만 했다.

"충고에 대해서는 고맙게 생각하오. 여러분의 호의를 모르는 바는 아니오만, 이 일에 대해서는 이에야스의 뜻에 맡겨주시오. 이대로 가면 정부의 위력이 흐려집니다. 그리고 타이코가 시마즈와 호죠北條를 소환했으나 불응했기 때문에 정벌한 선례도 있소. 히데요리 님이 어리시다고 하여 정부를 경시하다니, 그 죄를 묻지 않을 수 없소."

세상에서는 이와 같은 이에야스의 완고한 태도가, 쇼타이에게 보낸 우에스기의 카로 나오에 야마시로노카미 카네츠구의 무례하기 짝이 없는 서신 때문이라 보고 있었다.

"육십 년 가까운 내 생애에 이처럼 무례한 서신은 본 일이 없다."

이에야스 역시 그 일을 두고 거듭거듭 말했다.

아이즈 공격은 7월 중순으로 정하고, 오사카 성에서 처음 군사회의가 열린 것은 6월 2일이었다.

그동안 다이묘들의 동향은 탐지해놓았다. 당연히 편들게 될 자, 편들게 해야 할 자, 기회주의를 허용해도 될 자, 허용해서는 안 될 자……등으로 구분되었다. 이러한 준비를 위해 이에야스의 움직임이 얼마나 활발했는가는, 그가 후쿠시마 마사노리에게 보낸 서신만도 10여 통에 달한다는 것만 보아도 짐작할 수 있었다.

6월 2일의 군사회의는 오사카에 있는 장수들을 한자리에 모아 다시 한 번 그 동향을 검토해본다는 의미를 가진 모임이었다.

참석한 사람은 히데요리의 측근 10여 명과 마에다, 마시타, 나츠카, 오타니 등의 부교 외에 아사노 요시나가淺野幸長, 하치스카 토요카츠蜂須賀豊雄, 쿠로다 나가마사, 호리오 타다우지堀尾忠氏(요시하루 아들), 이케다 테루마사池田輝政, 호소카와 타다오키, 아리마 노리요리有馬則賴, 야마노우치 카즈토요山內一豊, 오다 우라쿠織田有樂, 호리 나오마사, 그리고 이에야스의 측근들로, 이들이 서쪽 성의 넓은 방을 가득 메우고 있었다.

이 군사회의는 아직은 적과 이쪽 편이 동석한 자리였다. 이들은 저마다 의견을 가지고 있을 터였다.

이에야스는 회의가 열리자마자 엄한 표정으로 선언했다.

"이번 우에스기 정벌을 위한 아이즈 공격의 전진부서를 결정했으므로 먼저 그것부터 발표하겠소."

이렇게 되면 이미 회의가 아니었다. 그러나 일동은 조용하기만 하여 찌는 듯한 무더위인데도 부채를 사용하는 자조차 없었다.

"첫째 시라카와白川 방면은 이 이에야스와 히데타다, 둘째 센도仙道 방면은 사타케 요시노부佐竹義宣, 셋째 시노부信夫 방면은 다테 마사무네, 넷째 요네자와 방면은 모가미 요시아키最上義光, 다섯째 츠가와 방면은 마에다 토시나가와 호리 히데하루……"

듣고 있던 사람들은 저도 모르게 서로 얼굴을 마주보았다.

누구의 눈에도 미츠나리 편으로 보이는 사타케와 모가미가 중요한 요충지를 공격할 대장으로 올라 있으므로 무리가 아니었다.

2

'도대체 어떻게 된 인선이란 말인가……?'

당연히 각 다이묘들은 아이즈 공격의 5개 방면에 배치될 것이 분명하다……는 생각에서보다, 이에야스가 출진하면 미츠나리는 우에스기와 호응하여 일어선다는 예측 때문. 그러한 때 미츠나리 편인 사타케 요시노부와 모가미 요시아키에게 중요한 공격 지점을 맡기다니 과연 어떻게 하려는 것일까……?

이에야스는 군사회의에 참여한 모두의 의문을 짐짓 묵살한 채 다음 이야기로 넘어갔다.

"나의 오사카 출발은 이달 중순이 될 것이오. 도중에 에도에 들렀다가 아이즈 공략은 칠월 하순에 시작하겠소. 그러므로 여러분은 각자 속히 영지로 돌아가 출진 준비를 해야 할 것인데……"

이미 조금도 흔들림 없는 담담한 어조가 되어 있었다.

"히데요리 님 측근은 물론 이 성에 남아 있어야 할 것이고, 정무政務 수행에도 차질이 있어서는 알 될 것이오. 성에 남아 히데요리 님을 보좌할 부교 세 사람은 누구누구가 적당하겠소?"

이제야 겨우 회의의 형식을 취하고 있었다.

전쟁은 이미 기정사실. 누가 남아 정무를 보느냐 하는 결정은, 말하자면 이번 전쟁의 전과戰果에 대한 열쇠를 누구에게 맡기느냐 하는 것과도 같았다.

아이즈에서 승리를 거둔다 해도 이 성을 고스란히 미츠나리에게 넘기게 된다면 이에야스는 두 번 다시 오사카에 돌아올 수 없다. 그렇다면 승리가 곧바로 그를 에도로 은퇴하게 하는 패배로 이어진다.

일동의 시선이 일제히 부교들에게 집중되고, 그들의 이마에는 순식간에 구슬 같은 땀방울이 맺혔다.

마시타, 나츠카, 마에다, 오타니 등의 부교는 이에야스보다는 미츠나리와 가까웠다. 그런 사실을 알고 있는 만큼 누구를 남길 것인가 하는 문제는 모인 사람들의 큰 관심사였다. 아니, 이 문제로 어느 누구보다 더 긴장한 사람들은 바로 부교들 자신.

마시타 나가모리도 나츠카 마사이에도 현재 미츠나리와 긴밀한 관계를 맺고 있었다. 마에다 겐이와 오타니 요시츠구만 해도 미츠나리를 통한 반심이 있는지의 여부는 확인할 수 없으나 결코 이에야스의 심복은 아니었다. 이들 가운데서 누가 남고 누가 출진한다고 해도 예사롭지 않은 위험성을 다분히 내포하고 있었다.

'이런 말을 꺼내놓고 실은 아주 뜻밖의 인물을 남기려는 계략이 아닐까. 누가 그 말을 꺼내기로 미리 약속되어 있는 것은……?'

그러한 긴장이 무겁게 더위를 짓누르고 있을 때였다. 불쑥 이에야스가 말을 꺼냈다.

"모두들 특별한 의견이 없다면 내가 지명하리다."

이에야스는 태연한 표정으로 일동을 둘러보았다.

"역시 두 사람으로는 부족하오. 세 사람은 있어야 할 것이오."

마시타 나가모리가 꿀꺽 침을 삼키고 주위를 돌아보았다. 나츠카 마사이에는 전신을 경직시킨 채 겨우 이에야스를 똑바로 쳐다보았을 뿐이었다.

"우선 마에다 호인前田法印은 남아 있어야 할 것이오. 무장이라기보다는 문관이니까."

"예."

"다음에는 역시 정무에 밝은 사람이 좋을 테니 마시타 우에몬增田右衛門, 나츠카 마사이에 이렇게 세 사람이 적당하겠소. 오타니 교부大谷刑部는 출진하도록 하시오."

사람들은 또다시 아연실색하여 의아한 표정으로 눈만 끔벅거렸다.

3

참석자들 사이에서 소리 없는 동요가 일어났다.

이에야스의 말은 하나같이 의표를 찌르고 있었다.

미츠나리 편으로 보이는 세 부교를 오사카에 남기고 떠난다——이에야스가 완전히 미츠나리에 대한 경계심을 풀었다는 것인지, 아니면 그들에게 일부러 거사할 기회를 주려는 것인지도 알 수 없었다.

전자의 경우는 그렇게 생각할 수 있는 면이 없지도 않았다. 앞서 일곱 장수가 미츠나리의 목을 노리고 추격해왔을 때 이에야스는 그를 구출하여 무사히 사와야마로 보냈다.

'그때 이에야스와 미츠나리 두 사람 사이에 모종의 큰 밀약이 있었

던 것은 아닐까……?'

일곱 장수, 그리고 그들과 가까운 사람들이 이런 의문을 갖는다 해도 무리가 아니었다.

후자의 경우로는, 일부러 오사카를 비우고 미츠나리에게 거사할 기회를 주려는 것이 아닐까 의심을 품는 쪽. 주로 기회주의적 입장을 취하고 있는 장수들이었다.

이 경우라면 이에야스에게 처음부터 미츠나리를 무시하는 커다란 자신감이 뒷받침되어 있어야 한다. 유유히 우에스기를 치고 난 뒤 에도에서 진용을 가다듬고 그대로 진격하여 오사카를 탈환한다……

만일 그렇게 된다면 도요토미 가문의 운명은 풍전등화風前燈火.

미츠나리가 오사카 성에 들어오면 세 부교와 더불어 어린 히데요리를 옹립하고 이에야스를 역적이라 부를 것이 틀림없다. 역적이라 불린 입장에서 이에야스는 적의 수괴라면 전혀 아무런 배려 없이 히데요리를 칠 수 있게 될 터.

'마침내 일은 크게 벌어졌다……'

이렇게 생각한 사람은 있었다. 그러나 당장 확실한 결단을 이끌어내어 말하는 사람은 없었다.

"나와 히데타다의 본진에는 칸사이關西 장수들을, 요네자와의 모가미 요시아키에게는 오우의 장수들을…… 또 츠가와 방면의 마에다 토시나가와 호리 히데하루 휘하에는 히데하루의 요리키與力°인 무라카미 요시아키村上義明, 미조구치 히데카츠溝口秀勝를 딸리게 할 것이오."

다시 이에야스의 말은 담담하면서도 단호한 독단으로 바뀌었다.

"이번 전쟁은 타이코의 유지인 천하통일을 방해하는 무엄한 자를 일소하는 데 목적이 있소. 그런 의미에서 타이코의 유지를 이루느냐 못 이루느냐 그 분수령이 될 전쟁이오. 이미 나는 조정에 그 뜻을 전했소. 조정에서는, 이달 팔일 칙사勅使로 곤노다이나곤 카쥬지 하루토요權大

納言勸修寺晴豊 경이 오사카로 오셔서 이 이에야스의 출정을 격려하신다고 통보해왔소…… 그 칙사를 맞은 뒤 히데요리 님에게 고별 인사를 드리고 곧 출발할 것이오. 그때 히데요리 님이 세 부교에게 오사카에 남으라는 말씀을 하달하실 것인데…… 도련님 보좌역으로 마에다, 마시타, 나츠카 세 부교라면 이의가 없겠소?"

갑자기 다시 세 부교의 이름이 나와 사람들은 모두 깜짝 놀라는 표정이었다. 아무도 대답하는 사람이 없었다.

"이의가 없는 것 같으니, 그렇게 결정하겠소. 인원과 그 밖의 일에 대해서는 각자 나와 상의합시다. 그럼, 오늘 회의는 이만……"

이에야스가 이렇게 말했을 때 말석에서 재빨리 입을 연 것은 이번 전쟁의 길 안내를 명령받은 호리 켄모츠 나오마사堀監物直政였다. 나오마사는 오늘 모임을 액면 그대로 군사회의로 받아들였던 듯.

"황송합니다마는, 제 의견을 말씀 드리고 싶습니다."

나오마사는 무릎걸음으로 한 걸음 앞으로 나왔다.

이에야스는 씁쓸한 표정으로 혀를 찼다.

4

"켄모츠 나오마사, 아직 납득되지 않는 점이 있다는 말인가?"

혀를 차는 이에야스의 모습을 보며 호리 나오마사는 흥분했다.

"예. 직접 출정하시기로 결정한 이상, 군사회의에 소홀하거나 누락된 점이 있으면 큰일입니다."

"말해보게, 어디가 미심쩍은지."

"말씀 드릴 것도 없습니다. 오우 땅에는 험난한 곳이 많습니다."

"그러기에 자네에게 길 안내를 명하지 않았는가?"

호리 나오마사는 우직한 성격을 그대로 드러내면서 말했다.

"그래서 말씀 드립니다. 그 가운데서도 시라카와와 아이즈 사이에는 세아부리背あぶり라고 불리는 아주 험준한 곳이 있습니다. 그곳은 한 사람씩밖에 지나가지 못하는 말 등 같은 험한 바윗길, 선봉에 실수가 없도록 깊이 유의하셔야 합니다."

"닥치지 못할까!"

이에야스는 갑자기 천장이 떠나갈 듯한 소리로 꾸짖었다.

"켄모츠, 무엇이 큰일이란 말이냐. 험준한 곳이라 해도, 적이 내미는 창이 한 자루일 때 이쪽에서 찌르는 창도 한 자루. 창의 승부는 군사의 강약에 있지 지형의 험준함에 있지 않아. 그런 장소의 선봉에는 이 이에야스가 서겠다. 나는 전에 오카자키라는 한 성의 성주였을 때부터 다수의 적에게 포위도 당했고, 대적을 만나 넓은 벌판에서 야전은 물론 기습, 복병, 정면돌파, 선봉, 후군, 최후방 방어 등 해보지 않은 일이 없어. 한 번도 실수하지 않았고, 패배를 몰랐기 때문에 지금 이렇게 칸토 여덟 주를 영유하고 있어. 이는 군략, 무술, 조련이 뛰어난 탓임을 증명하고도 남는다고 생각지 않느냐!"

뜻하지 않은 호통이었다.

"예."

나오마사는 머리를 조아렸다.

"카게카츠 따위가 협소한 성에 틀어박혀 우리를 맞아 싸우겠다니 이게 어디 될 법이나 한 일이냐…… 우리는 천하의 대군, 게다가 군량 수송도 자유자재야. 카게카츠 정벌 같은 것은 나 혼자만으로도 충분하지만, 천하통일을 위한 의로운 군사이므로 명분을 밝히기 위해 여럿이 가는 것이다. 필요 없는 참견은 건방진 일이야."

"예."

나오마사는 다시 엎드렸다.

이에야스는 주위를 둘러보며 노기를 띤 채 물었다.

"다른 의견은?"

이런 분위기에 발언하려는 자가 있을 리 없었다. 이미 모든 일은 이에야스가 뜻하는 대로——이에야스의 태도는 반대 의견을 봉쇄하겠다는 의지 그것이었다.

"이제는 모두 이해하게 된 것 같습니다."

중재하듯 카타기리 카츠모토가 입을 열었다.

"조정과 히데요리 님에게 격려를 받고 나이다이진 님이 몸소 출전하시니 모두 마음을 합쳐, 나가는 사람도 지키는 사람도 전력을 다해 임무를 완수해야 할 것입니다."

이에야스는 카츠모토에게 시선을 보냈다가 좌중을 둘러보았다.

인원수와 소속에 대해서는 다시 개별적으로 상의하겠다고 하므로 이 이상 섣불리 입을 열었다가는 뜻하지 않은 의심을 받게 된다고 여겨 모두 고개를 끄덕였다. 그 중에서 오직 한 사람, 의연히 앉아 이에야스에게 표정을 보이지 않은 이는 얼굴을 온통 흰 헝겊으로 싼 오타니 교부노쇼 요시츠구大谷刑部少輔吉繼. 그는 문둥병에 걸렸다는 핑계로 얼굴을 완전히 싸고 있었다.

"그럼, 이것으로."

이에야스는 홀끗 그를 바라보고는 자리를 떴다.

5

히데요시가 장수들을 소집했을 때는 반드시 그 후에 술자리를 마련하곤 했다. 회의를 하면서 무섭게 꾸짖었던 자를 술자리에서 어깨를 두드리거나 위로의 말을 하면서 웃는 것이 히데요시의 버릇이었다. 그러나 이에야스는 좀처럼 꾸짖지 않는 대신, 꾸짖은 뒤 비위를 맞추는 일도 거의 없었다.

"인색하신 분이야. 술이 아까운 모양일세."

히데요리의 일곱 친위무사는 불평을 터뜨렸다. 그러나 뜻있는 장수들에게는 오늘 이에야스가 한 그 위협이 뼈에 스며들었다.

히데요시가 임종하기 직전 이에야스도 후시미 성에서 한번 모두를 꾸짖은 적이 있었다.

"전쟁을 하겠다면 마음대로 하라. 그 대신 한 사람도 이 성에서 내보내지 않겠다. 모두 처벌할 것이다."

성의 모든 문을 닫게 해 등성했던 자들의 간담을 서늘하게 했던 일이 있었다. 이에 필적하는 것이 오늘의 위협적인 호통이었다.

"카게카츠 따위가!"

켄신 이래 강한 병력으로 일본 제일이라는 120여 만 석의 우에스기 카게카츠를 거침없는 어조로 깔본 이에야스, 다른 장수들이 놀라는 것도 무리가 아니었다. 물론 그런 반응을 계산한 호통이었을 터.

이에야스가 자리를 뜨고, 다른 장수들도 일제히 일어났다. 이미 이에야스 쪽으로 마음을 정한 자, 반대하는 자도 기회주의자도 모두 안절부절못하며 성을 나섰다. 지금부터 이 저택에서 저 저택으로 상의하기 위한 사자들이 부산스럽게 왕래할 것이다.

엔슈遠州의 카케가와掛川 성주 야마노우치 카즈토요도 아직 확실하게는 마음을 정하지 못한 기회주의자 중 하나였다. 그는 서쪽 성 전각 앞뜰에서 뒤따라오는 오타니 요시츠구에게 말을 걸었다.

"교부노쇼 님, 나이다이진은 강압적으로 우에스기 정벌을 결정하셨소. 무슨 사정이 있을까요?"

네 명의 부교 중에서 유독 병을 앓고 있는 오타니 요시츠구만이 출정하게 되었다. 지금 요시츠구는 어떤 생각을 가지고 있을까? 이에 대해 알아보는 게 카즈토요에게는 크게 참고가 될 듯도 했다.

"깊은 생각이 계시기 때문이겠지요."

요시츠구는 붕대 속에서 희미하게 웃는 것 같았다.

"어떤 생각이실까요?"

"반도叛徒에게는 상대의 준비가 끝나기 전에 즉시 군사를 출동시켜 진압하는 관례를 만들겠다는 뜻인 듯합니다."

"켄모츠 님을 꾸중하시는 그 태도는 여간 과격하지 않더군요."

"화가 나신 거지요. 화가 나시면 무서운 분…… 좀처럼 화를 내시지 않지만 일단 화가 나시면 무섭습니다."

"그럼, 교부 님은 나이다이진을 따라 출전하시렵니까?"

"가야지요. 조정과 히데요리 님으로부터 격려를 받고 출전하시는 나이다이진, 따르지 않으면 반도가 됩니다."

"으음."

"나이다이진의 결심은 그분이 언성을 높이는 만큼 확고부동하지요."

야마노우치 카즈토요는 정중하게 인사하고 요시츠구 곁을 떠났다.

기회는 무르익은 모양이었다. 이에야스의 성난 목소리는 이미 장수들의 마음에 폭포가 떨어지는 듯한 결정적인 압력을 가하고 있었다. 그 기세를 과연 누가 거역할 수 있을 것인가.

'조정에서 히데요리에 이르기까지 모두 명분이 서 있다……'

6

오사카에도 후시미에도 쿄토에도 급박하게 전운戰雲이 감돌았다.

이에야스가 6월 2일 군사회의에서 밝힌 대로 8일에는 곤노다이나곤 카쥬지 하루토요가 칙사로서 쿄토에서 오사카에 왔다. 그리고는 이에야스의 출정을 격려하고 표백한 무명 100필을 하사했다.

이에야스는 칙사를 맞이하고 나서 즉시 휘하 장병을 정비하기 시작했다. 15일 모든 준비를 끝내고 히데요리와 고별 인사를 나누었다.

"에도 할아버지는 오슈로 싸우러 간다면서요?"

여덟 살인 히데요리의 질문을 받고 이에야스는 대답했다.

"예. 아버님 타이코 전하가 남기신 뜻은 천하의 통일, 그 뜻을 어기는 자가 있다면 어디에 있건 그냥 내버려둘 수 없습니다."

"오슈는 먼 곳이라 들었는데, 수고스럽지만 잘 부탁하겠어요."

카타기리 카츠모토의 지시에 따라 히데요리의 선물이 이에야스 앞에 쌓였다. 마사무네正宗의 단도와 다기茶器 및 황금 2만 냥, 이들 물품에 군량미 2만 석의 목록이 곁들여 있었다.

히데요리 옆에는 요도 부인이 굳은 표정으로 앉아 있었다.

당시 오사카 성에서는 요도 부인이 이에야스와 정을 통하고 있다는 소문이 나돌고 있었다. 전에 이에야스가 접근하려 했을 때는 요도 부인이 오노 슈리의 아이를 배고 있었기 때문에 할 수 없이 배척했으나 그 후에는 요도 부인도 이에야스에게 마음을 옮겼다, 그러나 이에야스에게는 그 무렵 젊은 소실 오카메가 있었다, 그래서 자존심 강한 요도 부인이 다시 멀어져갔다……는 소문이었다.

"무엄한 소문을 퍼뜨리는군. 그럴 리가 없다. 근거도 없는 소문을 퍼뜨리면 용서치 않을 것이다."

카타기리 카츠모토가 그 소문을 들으면 발끈 성을 내고 꾸짖는다는 이야기도 또한 소문에 꼬리를 잇는 소문이었다.

"이 할아버지는 아직껏 전쟁에 나가 진 적이 없습니다. 이번에도 이기고 돌아올 테니 안심하시고 어머님과 함께 기다려주십시오."

히데요리……는 카츠모토와 요도 부인의 가르침을 받은 앵무새에 지나지 않았다. 이에야스는 부드러운 분위기 속에서 고별 인사를 끝내고 본성에서 나왔다.

이에야스는 그날 중으로 마에다 겐이, 마시타 나가모리, 나츠카 마사이에 외에 사노 츠나마사佐野綱正를 서쪽 성으로 불러 히데요리의 명령을 전했다. 세 부교는 이에야스를 대신하여 정무를 담당할 것, 사노 츠나마사는 히데요리의 측근과는 별도로 500의 군사를 거느리고 서쪽 성을 지킬 것.

16일에 이에야스는 약 3,000의 군사를 이끌고 오사카 성을 떠나 후시미로 향했다.

이에야스를 따르는 자는 이이 나오마사, 혼다 타다카츠, 사카키바라 야스마사, 오쿠보 타다치카大久保忠隣, 혼다 마사노부, 히라이와 치카요시平岩親吉, 사카이 이에츠구酒井家次, 사카이 타다요酒井忠世, 오스가 타다마사大須賀忠政, 오쿠다이라 노부마사奧平信昌, 혼다 야스시게本多康重, 이시카와 야스미치石川康通, 오가사와라 히데마사小笠原秀政, 코리키 타다후사高力忠房, 스가누마 마사사다菅沼政定, 나이토 노부나리內藤信成, 마츠다이라 이에노리松平家乘, 마츠다이라 이에키요松平家淸, 아베 마사츠구阿部政次, 아오야마 타다나리靑山忠成, 혼다 야스토시本多康俊, 아마노 야스카게天野康景 이하…… 언제나 이에야스와 함께 생사의 고비를 넘겨왔던 도쿠가와 가문의 초석들이었다.

이들 외에 아사노, 후쿠시마, 쿠로다, 하치스카, 이케다, 호소카와 등 45명의 다이묘에게는 각각 군사를 거느리고 에도에 집결하도록 지시했다. 이들 병력을 모두 합하면 대략 5만 6,000이 될 예정이었다.

대담하다 해도 이처럼 대담한 결단도 없었다. 일본 전체에서 자기편을 모두 집결시키고 오사카를 깨끗이 비워놓다니……

이시다 미츠나리도 스미토 곤로쿠隅東權六를 사자로 보내 파병을 제의해왔다.

"이 미츠나리도 참전하고 싶으나 근신 중이므로 자식인 하야토노쇼

시게이에隼人正重家에게 군사를 딸려 오타니 요시츠구 님과 동행하도록 하겠습니다."

이에야스는 웃으면서 이를 허락했다.

7

이에야스가 군사를 거느리고 후시미 성에 도착했다. 후시미 성을 수비하던 토리이 히코에몬 모토타다鳥居彦右衛門元忠는 보타모치牡丹餅˚를 함지에 산더미처럼 쌓아놓고 차를 곁들여 모두에게 대접했다.

술을 좋아하는 사람들은 이맛살을 찌푸리고 불평했다.

"히코에몬 님은 어쩌자고 떡만 이처럼 잔뜩……"

그 말을 듣고 모토타다는 화를 내듯 대꾸했다.

"싫거든 먹지 않으면 될 것 아닌가. 나는 좋아하는 사람에게 대접하기 위해 떡을 쪘어."

그리고 고맙게 여기는 사람에게는 싸가지고 가기를 권하며 다녔다.

"아직 얼마든지 남아 있소. 원한다면 행진 도중에라도……"

열세 살 때부터 이에야스를 섬긴 토리이 모토타다는 이때 예순두 살로 이에야스보다 세 살이 많았다. 그러나 나란히 세워보면 열 살은 더 들어 보였다. 원래부터 절던 다리가 요즘에 와서는 마디마디 쑤신다고 하면서 지팡이를 짚고 다니며 성을 지휘하고 있었다.

히코에몬 모토타다 외에도 나이토 야지에몬 이에나가內藤彌次右衛門家長, 마츠다이라 토노모노스케 이에타다松平主殿助家忠, 마츠다이라 고자에몬 치카마사松平五左衛門近正 등 세 사람이 남아 성을 지키기로 되어 있었다.

본성은 총대장인 히코에몬 모토타다.

서쪽 성은 나이토 이에나가.

정문은 마츠다이라 이에타다와 치카마사.

나고야名護屋 성채는 이와마 효고岩間兵庫.

지부쇼유 성채는 코마이 이노스케駒井伊之助.

마츠노마루松の丸 성채는 후카오 세이쥬로深尾淸十郎, 코카甲賀 무
리°.

우에몬 성채는 그 밖에 지위가 낮은 자……

이에야스는 단숨에 배치를 정하고 사람들을 물러가게 했다. 본성 넓
은 방에는 이에야스와 모토타다 두 사람만 남아 마주보고 앉았다.

"어때, 다리가 아픈가, 히코에몬?"

두 사람만 남아 있으려니, 슨푸駿府에 인질로 잡혀 있던 소년시절부
터 계속 50년을 같이 보낸 그들 사이에는 형제 이상으로 공유하는 추억
이 많았다.

"자네도 나이와 더불어 점점 이카伊賀 노인을 닮아가는군."

모토타다는 그 말에는 대답하지 않고, 희끗희끗한 눈썹 밑의 쏘는 듯
한 눈빛으로 탄식했다.

"주군, 드디어 결단을 내리셨군요. 화살은 시위를 떠났어요…… 이
화살이 맞지 않으면 오십 년 노고가 물거품이 됩니다."

"위험한 다리는 건너지 말라는 것인가, 자네는?"

반문을 받고 모토타다는 빙긋이 웃었다.

"주군으로서는 보기 드문 일이라는 말씀입니다. 코마키와 나가쿠테
전투 때는 그처럼 대승을 거두고도 타이코 님과의 결전을 피하셨습니
다. 그러한 주군이 이번에는 자진하여 천하를 판가름할 전쟁을 위해 결
심을 하시다니."

이에야스는 웃으려 했으나 웃을 수 없었다.

'과연 모토타다는 내 고충을 꿰뚫어보고 있구나……'

"그때는 싸우면 이기든 지든 세상이 어지러워질 뿐이었으니까."

"이번에도 역시 패배하면 당분간은 수습할 방법이 없는 나라가 될 것입니다. 그렇게 되면 명나라나 조선이 움직이지 않는다는 보장도 없습니다……"

모토타다는 중얼거리듯이 말하고는 갑자기 앞으로 뻗친 발 위로 상반신을 내던지듯이 하면서 말했다.

"주군! 이 성에는 저 혼자 남아 있어도 충분합니다. 야지에몬과 토노 모노스케를 데리고 가십시오."

진지한 표정으로 시선에 더욱 빛을 가했다.

8

이에야스는 등줄기가 오싹해졌다.

'모토타다 녀석, 지금 이 자리가 이승에서의 마지막임을, 이별임을 분명히 깨닫고 있다……'

이런 생각과 함께 뻔히 짐작하고 있으면서도 시치미를 떼고 되묻지 않을 수 없었다.

"자네 혼자서도 이 성을 지킬 수 있다는 말인가, 그 몸으로?"

"주군!"

"왜 그러나, 심각한 얼굴로."

"설마 그것이 본심은 아니겠지요?"

"본심이 아니라니……?"

"하하하……"

모토타다는 어조가 너무 강했다고 생각했는지 가볍게 웃었다.

"주군의 생애에서 두번째 큰 도박입니다. 첫번째는 미카타가하라三

212

方ヶ原 때…… 그때는 젊음이 시켜서 한 큰 도박, 이번에는 천하를 다스릴 수 있을까 없을까 하는 데에 모든 것을 건 큰 도박…… 이치에 닿으므로 결코 말릴 생각은 하지 않습니다."

"으음. 큰 도박으로 본단 말이지, 히코에몬은."

"신불이, 그대가 하지 않으면 다시 전국戰國으로 돌아간다, 그대가 하지 않으면…… 이렇게 속삭이기라도 했다는 말씀입니까, 주군은?"

"물론일세, 히코에몬. 내가 이대로 팔짱을 끼고 있다가 죽어보게. 반년도 못 되어 일본은 사분오열四分五裂의 난세가 될 거야. 그리고 나는 이 일을 도박이라고는 생각지 않아."

"그러면 충분히 승산이 있다는 말씀입니까……?"

"당연히 있지."

"그렇다면 더더구나 이 성은 저 혼자라도 충분합니다. 나이토 야지에몬과 토노모노스케를 동반하십시오. 여기 있으면 저와 같이 죽게 될 뿐입니다. 이런 중요한 때 그들이 죽으면 너무 아깝습니다!"

마음속으로부터 짜내는 듯한 말에 이에야스도 그만 가슴이 메었다.

"히코에몬!"

"예."

"자네는 내가 떠나고 나면 이 성이 결국 대군에게 포위될 것으로 보고 있나?"

"주군도 잘 알고 계시지 않습니까? 주군의 눈에 씌어 있습니다."

"거기까지 꿰뚫고 있다면 숨길 수 없겠군. 과연 이 성이 제일 먼저 포위될 것일세."

"그 다음은 말씀하지 마십시오. 이 히코에몬 모토타다, 미카와三河의 무사는 이런 것이라고 죽어서도 적을 떨게 하지 않고는 못 배깁니다. 일단 나는 죽는다, 그러나 내 죽음이 불씨가 되어 일본은 두 조각으로 갈라져 불타오른다, 두 조각으로 불타오르는 일본을 주군이 깨끗이 대청소하신다, 하하하…… 미련이 남지 않도록 하기 위해 이처럼 제가 좋아하는 보타모치를 쌀이 있는 대로 만들어 저도 먹고 모두에게도 나누어주었습니다."

모토타다는 이렇게 말하면서 접시에 담겨 있는 떡 하나를 집어 맛있게 먹었다.

이에야스도 웃었다. 웃으면서 손을 뻗쳐 자기도 떡을 집었으나 눈이 흐려져 그 형체가 보이지 않았다.

"히코에몬은 점점 더 이가伊賀 노인을 닮아가는군. 노인은 나를 자주 꾸짖고 가르쳐주었지. 그래서 이 이에야스도 겨우 신불의 소리에 귀를 기울여 그런 큰 도박을 할 수 있는 자가 됐네. 그 보답일세, 야지에몬과 토노모노스케를 저승의 길동무로 삼아 데리고 가게……"

9

"그것은 아니 될 일입니다."

모토타다가 다시 대꾸했다.

"고자에몬(마츠다이라 치카마사) 한 사람이면 충분합니다. 제가 본성을 맡고 고자에몬이 바깥 성채를. 야지에몬과 토노모노스케는 주군이 데려가시면 훌륭하게 역할을 수행할 수 있는 사람들……"

그만 감정이 북받치는지 겸연쩍은 듯 얼굴을 돌리고 웃었다.

"주군이 아이즈에 가신 뒤에도 지금처럼 무사하시면 저와 고자에몬은 성을 지키는 소임을 다한 것이 됩니다. 만약 동쪽으로 출전하신 뒤 변고가 생겨 이 성이 포위된다면 가까운 지역에는 가세해올 후방군이 없습니다. 비록 다섯 배, 열 배의 군사를 남겨둔다고 해도 결과는 마찬가지입니다. 그렇다면 무익한 살생입니다."

"무익한 살생이 아닐세!"

이에야스도 더 이상 눈물을 감추려 하지 않았다.

"자네 말처럼 가까이에는 가세하거나 뒤를 지켜줄 자가 없을 것일세. 그러나 이 성을 굳게 지키기만 하면, 단지 그것만으로도 기회주의자들을 견제할 수 있어. 그리고 무엇보다도 자네만 남기고 두 사람을 데려가겠다고 하면 그 두 사람이 수락할 리 없어. 반드시 죽을 싸움은 하지 말아야 해. 어떻게든 살아남기 위해 항상 대비하고 있지 않으면 이 이에야스의 작전과 마음가짐은 후세에까지 흠집으로 남을 것일세. 제발 억지를 부리지 말게."

모토타다는 고개를 돌린 채 이에야스의 설득을 조용히 듣고 있다가 이번에는 순순히 고개를 끄덕였다.

"과연 그 말씀에도 일리는 있습니다."

"이해해주겠나?"

"아니, 주군과는 생각이 다를지도 모릅니다. 주군은 승리하신다…… 승리하면 이번에는 하나가 된 일본을 지배하신다, 그때 이 모토타다를 처음부터 죽일 생각으로 후시미에 남겨둔 잔인한 분……이라고 천하 사람들이 생각하게 된다면 이 모토타다의 낯이 서지 않습니다. 좋습니다. 그럼, 말씀대로 하겠습니다."

"히코에몬…… 자네는 어렸을 때 내가 때까치를 길들여 매의 흉내를 내게 하려 한다면서 몹시 꾸짖은 일이 있었지?"

"하하하…… 그 일로 이 모토타다는 혼이 났지요. 마루에서 걸어차시는 바람에 혼비백산했던 기억이 납니다."

"그 덕택에 지금은 이 이에야스가 훌륭한 매를 당당하게 가질 수 있는 몸이 되었어."

"잘 알고 있습니다. 손에 있는 매만으로는 안 됩니다. 이번 전쟁을 통해 전국의 매를 길들이시도록 하십시오."

"어떤가, 오늘 밤 우리 둘이서 한잔하지 않겠나?"

"주신다면 기꺼이 마시겠습니다."

그날 두 사람은 밤이 깊도록 석별의 잔을 나누었다. 양쪽 모두 주량을 넘어서며 50년에 걸친 회상의 분위기에 취해갔다.

모토타다는 이미 죽음을 엄숙하게 직시하고 있었다. 입 밖에 내어 말하지는 않으나 이에야스 역시 마찬가지였다.

히데요시가 죽은 후 반년 만에 다시 어지러워진 천하를 그의 손으로 확실히 거머잡을 수 있을 것인가? 아니면 50여 년 동안 인고의 아픔을 쌓은 귀중한 생애를 마츠나가 히사히데나 아케치 미츠히데처럼 공허한 수고로 끝낼 것인가……?

'과연 큰 도박……!'

때때로 두 사람은 서로 손을 잡고 울기도 하고 웃기도 했다.

10

토리이 모토타다는 새벽 가까이 되어서야 이에야스의 부축을 받고 침소로 돌아갔다.

"이제는 더 이상 세상에 미련을 남길 일은 없다……"

때때로 이렇게 말하고는 얼른 그 말을 지워버렸다.

"아니, 주군이 반드시 천하를 다져놓을 것으로 믿고 있기 때문."

천하를 다스리는 일이 얼마나 어려운가 깨달았을 때는 벌써 60이 지나 있었다고 술회하기도 했다.

"타이코마저 자기가 죽은 뒤 일 년을 지탱할 만한 대책도 마련해놓지 못했다, 아니, 본인은 마련한 줄 알았지만 자신이 키운 장수들에게 전쟁의 불씨를 남긴…… 이것을 절대로 잊지 마시도록……"

거듭 이 말을 되풀이했다. 개인의 역량이 아무리 탁월하다 해도 인간의 수명에는 한계가 있다. 그것을 깨닫지 못하고 세운 계획은 눈송이보다 덧없다고 술회하며 은근히 충고하기도 했다.

요즘 모토타다는 이에야스가 겐키츠元佶에게 명해 간행케 한『정관정요貞觀政要』˚를 누군가에게 읽혀서 듣고 있는 모양이었다.

지난날에는 혼다 사쿠자에몬에 못지않은 완고일변도인 사람으로 평가받았던 모토타다, 그러나 지금은 이렇게 말하곤 했다.

"학문은 귀중한 보물입니다."

또 이렇게도 말했다.

"결국 그 사람의 업적이 존속되느냐의 여부는 덕德에 달려 있습니다. 타이코 님은 기량은 뛰어났으나 덕이 부족했습니다."

그런가 하면 정색을 하고 호언하기도 했다.

"비록 몇 십만 대군이 몰려와 위협한다 해도, 유감스럽지만 이 모토타다는 두려움이라는 것을 모르는 사나이…… 언제라도 싸울 만큼 싸우고 성에 불을 질러 스스로 이 몸을 화장하겠습니다."

이에야스로서는 그날 밤의 대화가 모두 깊이 마음에 자리잡는 것들뿐이었다.

이튿날 17일에는 하루 종일 인마人馬를 후시미 성에서 쉬게 하고, 이에야스 자신은 18일 새벽 가마를 타고 떠났다. 모토타다를 비롯한 이에나가, 이에타다, 치카마사 네 사람이 성문 밖에 나와 전송했는데, 이때는 벌써 보내는 모토타다도 떠나는 이에야스도 감상의 흔적은 전혀 찾아볼 수 없는 엄한 무장과 무장의 얼굴이었다.

후시미를 나서면 이미 도중은 전쟁터라 해도 좋았다. 더구나 다음에 지나가야 할 오미 가도는 이시다 미츠나리의 세력권에 가까웠다.

이에야스는 낮에 이미 오츠에 도착해 재상宰相 쿄고쿠 타카츠구京極高次의 향응을 받고 있었다. 타카츠구의 아내는 히데요리 생모 요도 부인의 동생이고, 히데타다의 아내 오에요阿江與의 언니였다.

이에야스는 타카츠구가 앞날을 내다볼 줄 아는 안목을 가진 자기편이라 믿고 있었다. 그러나 아직은 자기가 목표로 삼은 적이 미츠나리라는 것을 타카츠구에게 눈치채도록 할 때가 아니었다. 적은 어디까지나 아이즈의 우에스기 카게카츠, 이에야스는 지금 그 카게카츠 정벌에 열중하고 있는 것처럼 보여야 할 때였다.

이에야스는 오츠에서 접대를 받고 그날 중으로 약간의 근신만을 데리고 이시베石部에 도착했다.

이시베에 도착하고 보니, 놀랍게도 미츠나리와 깊은 관련이 있는 나츠카 마사이에가 먼저 와서 인사를 청했다. 미츠나리의 명령으로 이에야스의 의중을 떠보려는 듯⋯⋯

11

6만 석 영지의 나츠카 마사이에 거성은 오미 미나쿠치水口에 있었다. 미나쿠치는 이시베에서 30여 리나 더 앞에 있으므로, 마사이에는 일단 자기 성에 들어갔다가 다시 나와 이시베까지 마중을 왔다. 생각하기에 따라서는 참으로 믿음직스러운 충성심이라 할 수 있었다.

마사이에는 카로 마츠카와 킨시치松川金七를 동반하고 이에야스 앞에 와서 인사했다.

"내일 아침 저희 성에서 조찬을 대접하고자 하오니 꼭 들러주시기 바랍니다."

이에야스는 문득 마사이에에게 연민을 느꼈다. 주판을 잡기만 하면 유능한 관리였으나, 소심하고 경솔한데다 분명한 자기 의지를 갖지 못한 사나이였다.

"그렇게 하겠소이다마는, 식사는 되도록 간소하게 차리시오."

"예. 특별한 대접은 아닙니다만 성의를 다해 준비하려 합니다……"

"고마운 일이오. 그런데, 무엇을 준비하겠소?"

이에야스는 질문을 던지면서 자신의 짓궂음에 혐오를 느꼈다. 이 사나이는 말로만 성의를 다해 준비한다고 공치사하고 있는 것은 아닐까? 문득 이런 생각이 떠올라 무심코 질문한 것이었다. 아니나 다를까 마사이에는 당황했다.

이에야스는 가엾은 생각이 들어 라이쿠니미츠來國光의 와키자시脇差°와 유키히라行平의 큰 칼을 꺼내놓으며 물었다.

"미나쿠치에는 작은 개울이 많아 미꾸라지가 명물이라고요?"

그리고는 와키자시를 마사이에에게, 칼은 그의 아들에게 선물로 주었다. 마사이에는 황송해하면서 물러갔다. 이미 날이 저물기 시작하여 마사이에는 말 위에서 밤을 맞이할 것이었다.

이에야스는 문득 한 가지 의문에 부딪쳤다.

여기까지 와서 내일 아침 식사에 초대하면서도 대접할 음식을 얼른 말하지 못하는 것은 초대할 의사와 관계없이, 내일 아침에는 이미 이에야스가 이 세상에 없다고 여긴 부주의 때문이 아니었을까……?

'그 사나이라면…… 일단 그렇게 알고 있을 경우 나머지 일은 전혀 생각지 않을지도 모른다.'

이에야스는 토리이 신타로를 손짓해 불러 작은 소리로 명했다.

"마사이에 수행원이 어느 정도인지 보고 오너라."

토리이 신타로는 곧 마사이에의 뒤를 밟았다. 그리고는 마사이에가 역참 변두리에 있는 시라치카와白知川로 가서 강기슭에서 기다리고 있는 7, 80명의 가신들과 합류하는 것을 보고 돌아왔다.

"으음, 수행원을 강가에 대기시켜놓았단 말이지?"

"예. 어째서 데려오지 않았는지, 참 이상한 짓을 하는 사람입니다."

이에야스는 그 말에는 직접 대답하지 않고, 다시 물었다.

"마사이에는 지금쯤 어느 정도나 갔을까?"

"글쎄요, 아마 시오 리 정도는."

"시오 리 정도라면 아직 이르다……"

이에야스는 허공을 노려보듯 생각에 잠겨 있었다. 그러다가 술시戌時(오후 8시)가 되었을 때 갑자기 벌떡 일어나 오늘 밤 안으로 이시베를 떠나겠다고 말했다.

"급한 일이 생각났어. 어서 가마를 불러라."

그곳은 아무 방비도 없는 여행길 숙소였다. 이에야스는 허술한 이런 곳에서 습격받을지도 모른다는 생각으로 불안해진 모양이다. 그러나 어째서 습격받을지 모른다고 판단했는지 신타로로서는 알 수 없었다.

"서둘러라. 늦은 달이 뜰 것이다. 늦어지면 큰일이야!"

12

신타로는 곧 가마를 대령하라고 명했다. 그러나 이시베에서 묵기로 했기 때문에 가마꾼들은 이미 그 자리에 없었다.

"어서 서둘러. 가마꾼은 없다고 해도 누군가 멜 수 있는 자가 있을 것 아니냐?"

이에야스는 마치 발등에 불이 떨어진 듯 서둘러 가마에 올랐다. 가마꾼을 기다릴 사이도 없이 수행해왔던 와타나베 타다에몬渡邊忠右衛門이 짚신에 감발을 둘렀다.

"죄송합니다."

느닷없이 뒤채를 메고 앞채는 총포를 들었던 아시가루가 메었다.

뒤따르는 자는 고작 킨쥬近習° 20여 명…… 조금 늦게 도착한 여자들과 미즈노 마사시게水野正重, 사카이 시게카츠酒井重勝, 나루세 마사카즈成瀬正一, 혼다 타다카츠 등은 뒤처지고 말았다.

"신타로, 나는 한발 먼저 떠났다고 모두에게 은밀히 전하라. 방심하면 안 된다."

가마가 스나가와砂川 가교假橋를 건넜을 무렵에야 비로소 이에야스는 늦게 뜬 달을 내다보면서 타다에몬에게 말했다.

"뒤채를 메고 있는 자는 누구냐?"

"예. 와타나베 타다에몬입니다."

"알겠다. 그래서 숨소리가 고르고 채를 메는 솜씨도 능숙하구나."

"황송합니다."

"타다에몬, 그대는 어째서 내가 이처럼 급히 이시베를 떠났는지 그 의미를 알겠느냐?"

"섭섭한 말씀을 하시는군요. 나츠카 마사이에가 지부쇼유의 명령으로 왔다고 보셨기 때문이겠지요."

"허어, 마사이에가 지부의 명을 받고 인사하러 왔었다면 왜 내가 서둘러 이시베를 떠나야 한다는 말이냐?"

"이시다 가문에는 시마 사콘 카츠타케라는 무서운 야습의 명수가 있습니다. 그자가 지부쇼유의 명이라 하고, 마사이에에게 주군이 분명히 이시베에 유숙하는지 알아보라고 했다……면 잠시도 그곳에 계실 수 없습니다. 그런 생각을 했기 때문에 이처럼……"

"하하하…… 그래서 가마를 흔들어 나를 즐겁게 해주었다는 말이로구나."

"죄송합니다. 참아주십시오."

"걱정할 것 없다. 습격한다 해도 한밤중이거나 새벽, 그때까지는 미나쿠치를 지날 수 있을 것이다. 마사이에는 내가 이렇게 소수의 인원만 데리고 성 밑을 지나갔다고 생각할 만한 사나이가 되지 못해. 봐라, 달이 뜨지 않았느냐. 좀더 천천히 가도록 하자."

이에야스가 타가와田川에서 이즈미いずみ 중간쯤에 이르렀을 때, 혼다 타다카츠는 부대를 이끌고 이시베를 떠나 이에야스를 뒤따라왔다. 그들이 새벽 무렵 미나쿠치 강변에 도착했을 때 이에야스의 가마는 벌써 미나쿠치에서 10리 이상이나 벗어나 있었다.

"좋아, 이제부터 나츠카 마사이에 녀석이 슬슬 군사를 이끌고 나타날 것이다. 여기서 한번 혼을 내주어라."

혼다 타다카츠는 총포대의 책임자 미즈노, 사카이, 나루세 등의 병사에게 화승火繩에 불을 붙여 달빛이 비치는 강변으로 내보냈다.

"와아!"

그리고 군사를 3마장쯤 포진시켜 한꺼번에 함성을 지르도록 했다.

"탕탕탕."

동시에 때아닌 공포가 새벽 하늘에 울려퍼졌다.

"자, 이제 됐다. 모두 달려라!"

혼다 타다카츠는 맨 앞에 서서 질풍처럼 전군을 지휘하며 성 밑으로 달려나갔다.

무장을 하면 물 만난 물고기처럼 젊음을 되찾는 혼다 타다카츠였다.

13

혼다 타다카츠만이 아니라 이에야스도 전쟁이 시작되면 온몸의 세포가 예민한 감각을 되찾고 뛰기 시작한다. 전쟁으로 날이 밝고 전쟁으로 날이 저문 오랜 과거의 경험이 그대로 묘한 습성이 되어 몸에 남아 있었다.

그러나 역시 쉰아홉 살이라는 나이에서 오는 피로는 어쩔 수 없는지

가마가 미나쿠치에서 25리 정도 동쪽에 있는 츠치야마土山에 도착했을 때는 전신이 쑤셨다. 그곳에서부터 에도까지는 아직 1,100리, 이번 여행을 통해 충분히 몸을 단련해놓지 않으면 안 되었다.

'쉰아홉 살이라면 타이코가 처음 히젠의 나고야로 출전했을 무렵이 아닌가……'

같은 나이일 때 히데요시는 이미 국내 문제에 대해서는 권태를 느끼고 있었는데, 이에야스는 지금부터 통일에 착수해야만 했다.

이번 일은 자칫 히데요시의 원정 이상으로 시일을 끌게 될지도 모른다. 이런 생각이 드는 순간 스스로도 고통이 끊이지 않는 인간의 일생이라는 것이 우스웠다.

'이 짐은 평생 어깨에서 내려놓을 수가 없구나……'

츠치야마에도 성이 없기 때문에 츠치야마 헤이지로土山平次郎란 자의 여인숙 앞에 임시로 휴게소를 마련하고 점심을 먹었다. 그때 또 나츠카 마사이에가 말을 달려 뒤에서 쫓아왔다.

이시베의 경우는 미츠나리의 명을 받은 정찰, 이번에는 간파되었다는 사실을 깨닫고 그냥 있을 수 없어 그 자신의 뜻에 따라 변명하러 왔을 터였다.

"그냥 떠나시다니 참으로 유감스러운 일……"

당연히 이렇게 말해야 할 것인데도, 마사이에는 창백한 얼굴로 이렇게 말했다.

"너무나 아쉬운 생각이 들어 문안 드리러 왔습니다."

'이것이 거의 모든 다이묘들의 실정일 테지……'

이에야스는 자기를 꾸짖었다. 의지할 기둥이 하나밖에 없고, 또 그 기둥이 흔들림 없이 굳건히 세워져 있다면 그들도 이처럼 안타깝게 우왕좌왕하지 않아도 될 것이었다.

'너무나 아쉬운 생각이 들어……' 라니 얼마나 부주의하고, 그러면서도 정직하게 속을 드러낸 인사란 말인가. 마사이에는 일단 동쪽으로 가는 이에야스와는 두 번 다시 만나는 일이 없을 것이라고 은근히 마음속으로 생각하고 있었을 터였다.

"이거, 먼길을 일부러 찾아와주다니 정말 고맙소. 그 인사로 이것을 그대에게 드리고 가리다."

앞서 이시베에서 선사한 라이쿠니미츠의 와키자시와 한 쌍을 이루는 칼을 꺼내 마사이에 앞에 놓았다.

마사이에는 깜짝 놀랐다. 라이쿠니미츠는 이에야스가 비장하고 있는 애검愛劍이었다. 그 칼을 자기에게 주고 간다……는 것은 이에야스도 마음속으로는 이미 오사카에 돌아갈 생각이 없다고 판단하게 하는 행동이었다.

"황송합니다. 이러한 명검을 주시다니."

"이 이에야스라 생각하고 아껴주시오."

"나이다이진 님이라 생각하고……?"

"그렇소. 나도 오사카를 떠나고서야 비로소 깨달았소. 나는 타이코가 나고야로 출발하셨을 때와 거의 같은 나이요. 앞장서서 우에스기를 공격하기란 용이치 않다는 것을 알았소. 하하하……"

다독거리면서도 그 언동은 벌써 싸우는 자로서 계산을 하고 있었다.

마사이에는 안도한 듯 긴장을 풀고 몇 번이나 인사를 하면서 미나쿠치로 물러갔다. 이 일 역시 미츠나리의 귀에 들어갈 터……

14

이에야스는 19일에 세키노지조關の地藏에서 하루를 묵고, 20일에는 욧카이치四日市에 도착했다. 그곳에서도 쿠와나桑名 성주 우지이에 나

이젠노쇼 유키히로氏家內膳正行廣가 정중하게 영접하고 향응을 제의
했으나 이에야스는 마음을 놓지 않았다.

'아직도 적지를 지나는 중이다······'

이 부근에서 미츠나리와 뜻을 같이하는 자들에게 습격을 받는다면
무사히 빠져나간다 해도 웃음거리가 된다. 아니, 그보다도 누군가가 창
을 겨누었다는, 다만 그것만으로도 이에야스를 둘러싼 전설과도 같은
무공의 명예에 흠이 간다.

"고맙소. 내일 아침에 들르기로 하리다."

예의 바르게 대답하고는 그날 밤 안에 배를 마련하여 곧바로 미카와
의 사쿠시마佐久島로 건너갔다. 그리고 그곳에서 오카자키 성으로 들
어갔다.

이에야스가 태어난, 조상 대대로 내려온 성. 반평생에 걸친 고통의
역사가 새겨진 성에는 현재 타나카 효부노타유 요시마사田中兵部大輔
吉政가 있었다. 요시마사는 전에 살생자 칸파쿠 히데츠구를 감시하는
역할을 맡았다가 히데츠구 사건으로 히데요시로부터 질책을 받았을 때
이에야스가 중재해주어 이를 큰 은혜로 생각하는 이에야스의 한 측근
이었다.

"나이다이진 님이 탄생하신 성에 오셨으니 이제 마음 편히 쉬시도록
하십시오."

이에야스는 웃으면서 대답했다.

"묘한 일일세. 이 성에 오니 마음이 놓이는군. 여기는 모두 타이코가
나를 괴롭히고 어렵게 만들기 위해 영지를 바꾸게 하고 들여놓은 사람
들이었는데도······"

요시마사는 벗겨진 머리를 흔들면서 웃었다.

"그러나 여기는 물론 요시다吉田도 하마마츠浜松도 모두 나이다이진
님에게 심복하고 있습니다. 막상 들어와 다스려보니 성안의 기품, 백성

들의 기질에 모두 나이다이진 님의 덕망이 스며 있어 절로 고개를 숙이
게 되더군요……"

그리고는 덧붙여 말했다.

"그런데 나이다이진 님을 뵈었으면 하는 사람이 기다리고 있습니다.
만나보시지요."

요시마사가 물러간 뒤 곧바로 서원書院에 들어온 것은 아직도 젊은
나이의 여승이었다.

이에야스는 깜짝 놀라 찬찬히 그 여승의 얼굴을 바라보았다. 어딘지
모르게 요시마사를 닮은 것 같았다.

"그대는 효부노타유의 여동생인가?"

"예. 쿄토에 올라가 곁에서 코다이인 님을 모시고 있는 케이쥰니라
고 합니다."

"뭐, 코다이인 님을?"

"예."

"그럼, 오랜만에 아버님을 뵈려고 집에 돌아왔나?"

케이쥰니는 약간 긴장하면서 고개를 저었다.

"아닙니다. 코다이인 님의 분부로 나이다이진 님을 배웅하러 여기까
지 왔습니다."

"허어, 고마운 일이로군."

"코다이인 님이 직접 배웅하기란 여의치 않은 일이라고. 그래서 저
더러 오카자키에서 기다렸다가 나이다이진 님에게 잘 말씀 드리라고
하셨습니다."

이에야스는 크게 고개를 끄덕이면서 문득 눈시울이 뜨거워졌다. 코
다이인만은 내 뜻을 정확히 이해하고 있다. 그 마음은 히데요시가 이해
해주는 것과 같다는 생각이 들었다.

"현재 타이코 님의 뜻을 분명히 이어받고 계신 분은 오직 나이다이

진 님 한 분, 부디 조심하시도록…… 이렇게 말씀하셨습니다."

"고맙소! 고맙소! 쿄토에 돌아가거든 이에야스가 기뻐서 눈물을 흘리더라고 전해주시오."

15

이미 기회가 무르익은 것으로 보고 화살을 시위에서 날려보내기는 했다. 그러나 이에야스에게 이번 계획이 결코 낙관만 할 수 있는 것은 아니었다.

자칫 실수하면 이에야스 자신도 이마가와 요시모토今川義元나 타케다 신겐武田信玄과 같은 최후를 맞이하게 될지도 몰랐다.

쉰아홉 살이라는 피로하기 쉬운 육체, 전쟁터에서 보내기에 부적절함은 말할 나위도 없었다. 종종 들놀이를 즐기던 히데요시, 히젠에서 나고야로 옮기는 것만으로도 부쩍 힘들어하던 늙은이의 모습을 자기 눈으로 분명히 보았다. 그런 만큼—

"무엇이 좋다고 이제 와서 새삼스럽게 전쟁을 하려드는가……"

세상의 눈이 이렇게 볼 것 같아 여간 고통스럽지 않았다.

칸토 8주가 수중에 있으므로 가문이 망할 우려는 없었다. 가문의 일로 만족한다면 이대로 은퇴하여 여생을 즐기는 것이 상책이라 할 수도 있었다.

그런데도 새삼스럽게 건곤일척乾坤一擲의 전쟁을 벌이려 하고 있다. 세상 사람들은 거의 모두 이에야스를 가리켜 끝없는 야심가라고 평할 것이다. 그 중에서 누구보다도 깊이 히데요시를 이해했던 코다이인의 이와 같은 은밀한 성원은 이에야스에게 어둠을 비추는 한 줄기 빛으로 여겨졌다.

마침내 케이쥰니를 포함한 일동의 잡담은 코다이인의 담담한 일상생활에서부터 그녀를 찾아가는 무장들의 이야기로 번져나갔다.

　"히데요리 님을 진정으로 펀드는 사람은 누구일까 하고 종종 무장들이 화제에 올리고 있습니다."

　"그럴 테지. 그때 코다이인 님은 무어라 하시던가?"

　"예. 그 사람은 바로 자기 자신이라고 언제나 분명히 말씀하십니다. 다른 사람들은 정감情感을 가지고 있기는 하나 후일에 대한 대비가 없다, 언젠가 내가 도련님을 위해 나이다이진에게 두 손 모아 부탁해야 할 때가 오지 말아야 할 텐데……라고."

　케이쥰니가 너무나 솔직하게 말하는 바람에 그녀의 아버지 요시마사가 난처하다는 듯 주의를 주었다.

　"그런 것은 다 알고 있으니 함부로 입 밖에 내지 않는 게 좋아."

　오카자키로부터 이에야스의 이번 출정, 동쪽으로의 여행은 비로소 마음 놓이는 유람과도 같은 것으로 변했다.

　23일 밤은 하마마츠 성에서 호리오 타테와키 요시하루堀尾帶刀吉晴 부자의 영접을 받고, 24일 밤에는 사요佐夜의 나카야마中山에서 묵었다. 이날 카케가와에서는 야마노우치 츠시마노카미 카즈토요山內對馬守―豊가 일부러 점심을 마련하여 찾아왔다. 이미 카즈토요도 확실히 이에야스를 따를 결심임을 알았다.

　25일에는 추억이 담긴 슴푸에 사자를 보내 성주 나카무라 카즈우지를 문병토록 하고, 이에야스는 둘째 성에 머물면서 환대를 받았다. 병중인 카즈우지는 가마를 타고 둘째 성까지 와서 눈물을 흘리며 이에야스에게 가문의 장래를 부탁했다.

　"보시다시피 병마에 시달리기 때문에 수행할 수 없는 것이 여간 한스럽지 않습니다. 자식놈은 아직 어리므로 아우 히코에몬 카즈히데彦右衛門―榮를 딸려보내고자 하오니 허락해주시기를……"

돌이켜보면 키요스의 후쿠시마를 위시하여 이들 장수는 모두 이에 야스를 견제하기 위한 히데요시의 뜻에 따라 배치된 사람들이었다. 그들 모두 한결같이 이에야스의 편이 되어 있었다. 그의 옛 영지를 다스려보고 나서야 비로소 숨겨진 그의 일면을 알게 되어 심복의 깊이를 더해갔던 듯.

　27일에는 오다와라小田原, 28일에는 후지사와藤澤, 29일에는 에노시마江の島 카마쿠라鎌倉 구경…… 그리고 속속 장수들이 집결하고 있는 에도에 이에야스가 입성한 것은 7월 2일이었다.

파멸의 진리

1

오타니 교부노쇼 요시츠구가 이에야스의 명에 따라 1,000여 명의 군사를 이끌고 에치젠의 츠루가敦賀를 출발한 것은 6월 29일이었다. 도중에 사흘을 묵은 뒤 7월 2일 미노美濃의 타루이垂井 숙소에 도착했다. 그리고 그곳에서 만나기로 한 이시다 미츠나리의 아들 하야토노쇼를 기다렸다.

자기 자신은 근신 중이므로 출정하지 못한다, 그 대신 아들인 하야토노쇼를 오타니 교부노쇼 요시츠구의 휘하로 삼아 출전시키겠다……고 미츠나리는 일부러 이에야스에게 청원했던 터였다.

요시츠구는 하야토노쇼가 거느린 이시다 군이 먼저 타루이에 도착하여 오타니 군을 기다릴 것으로 생각하고 있었다. 그러나 아직 하야토노쇼는 도착하지 않았다고 했다.

요시츠구는 불안한 마음이 들었다. 그래서 얼른 사자 유아사 고스케湯淺五助를 불러 미츠나리에게 편지를 쓰도록 했다.

에치젠의 츠루가에 5만 석 영지를 소유하고, 현재 부교이기도 한 오타니 교부노쇼 요시츠구는 이시다 미츠나리에게 우정 이상의 은혜를 느끼고 있었다. 요시츠구가 열여섯 살에 히데요시를 섬기게 되었을 때 그 추천인이 바로 미츠나리였다. 히데요시가 츄고쿠中國 정벌을 위해 히메지 성姬路城에 머무는 동안이었는데, 이때 분고豊後에서 올라와 미츠나리의 소개로 재기발랄한 소질을 인정받아 150석의 측근 코쇼로 발탁된 것이 출세의 계기였다.

그 후 요시츠구는 음으로 양으로 미츠나리를 도와왔다. 이번 출전에 즈음해서도 가능하면 미츠나리와 이에야스가 충돌하지 않기를 충심으로 바라고 있었다.

"알겠나, 내가 말하는 대로 쓰게. 지금 지부 님이 나이다이진에게 거역함은 스스로 파멸의 늪으로 몸을 던지는 것과도 같은 일."

이미 요시츠구는 문둥병 때문에 시력을 잃고 있었다. 그러나 히데요시의 총애를 받던 무렵의 촉망받던 그 분별력과 담력은 그대로 간직하고 있었다.

유아사 고스케의 먹 가는 소리가 멈추었다.

요시츠구는 나직한 목소리로 편지 내용을 구술하기 시작했다.

"귀하는 아이즈에 가실 수 없으므로 그 대신 아드님인 하야토노쇼로 하여금 나이다이진을 수행케 하신다고 들었습니다만…… 그보다 이번에는 귀하와 아드님이 함께 출전하심이 옳다고 생각합니다. 저도 동행하게 되었으니 나이다이진과의 문제는 제가 실수 없이 중재하겠습니다. 만일 귀하가 아이즈에 가시지 않으면 더욱 나이다이진에게 의심받게 되어 장래를 위해서도 이롭지 않으리라 생각합니다. 토고쿠東國(동일본)의 여름 또한 풍취를 더할 것이니 부자가 저와 같이 동행하시기를 청하면서 저는 타루이에서 기다리고 있겠습니다."

요시츠구는 구술하면서 자신의 이 편지가 미츠나리를 움직일 수 있게 되기를 간절히 바랐다.

이러한 요시츠구의 마음에 비치는 미츠나리와 이에야스는 인물의 기량 면에서 너무나 큰 차이가 있었다.

실력이 있는 자가 천하의 실권을 쥐는 것은 자연스러운 일. 지금은 이에야스를 옹립하여 나라의 평화를 지키면서 이에야스의 따뜻한 마음에 호소하여 도요토미 가문을 무사히 존속시킨다…… 이렇게 하는 것이 요시츠구의 복안이었다. 그러한 뜻이 있었기 때문에 시력마저 잃어 마음대로 걸을 수 없으면서도 가마를 타고라도 군사를 지휘하겠다는 각오로 여기까지 왔다.

이렇게 마음을 굳힌 요시츠구, 단지 하야토노쇼의 동행만이 아니라 미츠나리의 출정을 촉구한다면, 최소한 하야토노쇼만은 보내지 않을 수 없으리라는 것이 그의 계산이었다.

요시츠구의 사자는 얼마 지나지 않아 돌아왔다. 혼자가 아니라, 미츠나리의 가신 카시와라 히코에몬樫原彦右衛門과 같이. 그러나 이시다 군과 함께 온 것 같지는 않았다.

2

"서신은 분명히 지부 님에게 전했습니다마는 대답이 없으시고, 그 대신 카시와라 히코에몬 님을 보내셨습니다."

유아사 고스케의 보고를 받고 요시츠구는 세게 혀를 찼다.

'출정할 뜻이 없는 모양이구나……'

세상의 소문처럼 미츠나리는 이에야스가 없는 틈을 노려 무언가 획책하려 한다고 생각할 수밖에 없었다.

"알겠다. 그렇다면 여느 때처럼 지장紙帳을 치고 히코에몬을 들여보내도록."

문둥병이 당장 전염된다고는 생각지 않았다. 그러나 문드러져가는 사지와 붕대를 감은 얼굴을 보이지 않기 위해서였다.

요시츠구가 종이로 만든 방장房帳 안으로 모습을 감추고, 곧 카시와라 히코에몬이 안내되어왔다.

"건강하신 모습을 대하니 여간 기쁘지 않습니다."

히코에몬이 방장 밖에서 판에 박힌 인사를 했다. 요시츠구는 쓴웃음을 지었다.

"그대를 모기로 생각한 것은 아닐세. 그러나 병든 몸이라 방장을 쳤으니 이해하도록."

"황송합니다. 저희 주군께서도 안부 말씀을 여쭈라는 분부가 계셨습니다."

"히코에몬, 인사말은 이제 그만두게. 그보다 지부 님은 나와 같이 아이즈로 가시겠다고 했나, 아니면 나더러 먼저 가라고 하셨나?"

"예?"

순간 히코에몬은 고개를 갸웃했다.

"저는 주군께서 상의하실 일이 있으므로 교부 님을 사와야마로 꼭 모시고 오라는 지시를 받고…… 모시러 왔습니다마는."

"뭣이, 나를 사와야마로?"

"예. 상의하실 일이 있으니 반드시 모시고 오라고……"

"히코에몬!"

"예."

"지금이 어느 땐 줄 아는가? 칙사를 모시고 히데요리 님 축하를 받으신 나이다이진이 직접 아이즈로 출전하고 있어. 이런 중요한 때 아이즈에 가는 것말고 무슨 상의할 일이 있단 말인가. 그대는 무언가 알고 있을 테지?"

그 말을 듣고 카시와라 히코에몬은 깜짝 놀란 듯 상체를 바로 세웠다. 그리고 나직이 외치듯 대답했다.

"모릅니다! 저는 아무것도 모릅니다! 어떤 상의인지에 대해서는 전혀 말씀이 없으시고 단지 꼭 모시고 오라고만……"

순간 방장 안의 요시츠구는 입을 다물어버렸다. 알고 있으면서 모른다고 외쳐대는 미츠나리 중신의 목소리는 그대로 비수가 되어 요시츠구의 가슴을 찔렀다.

"……그래, 그대는 아무것도 모른다는 말이지."

"예. 아무 말씀도 듣지 못해서 정말 모릅니다!"

"그렇다면…… 가겠다고 전하라."

"그럼, 가시겠습니까?"

"가서 충고할 것이다, 히코에몬!"

"예…… 예."

"그대도 간언하도록 하라. 중요한 일이다."

히코에몬은 대답하지 않았다. 가기는 가되 충고하겠다고 한 말이 그를 당황하게 한 모양이었다.

요시츠구는 거듭 말했다.

"그대는 먼저 돌아가도록. 나도 곧 갈 것이다. 그러나 불안하다. 일이 어떻게 될 것인지 몹시 불안해……"

3

오타니 요시츠구는 미츠나리의 사자를 돌려보내고 나서 곧 타루이의 경계를 엄히 하도록 명했다.

분명히 미츠나리의 의견에 반대한다는 뜻을 표명한 이상, 먼저 공격해오지 않는다는 보장은 없었다. 미츠나리는 그렇지 않다 해도, 최근에 사와야마에서 고용한 떠돌이무사들 중에는 천성적으로 싸움을 즐기는 자들이 상당히 섞여 있을 것이었다.

'우리 군사는 당분간 여기 머물러 있게 된다……'

기습에 대한 대비를 끝냈다. 그리고 그 이틀 뒤 요시츠구는 사와야마로 향했다. 이틀 동안의 여유를 둔 것은 미츠나리에게 생각할 시간을 주기 위해서였다.

미츠나리도 이에야스를 적으로 돌렸을 때 승산이 있다고는 생각지 않을 터였다. 그런 만큼 이틀 동안의 생각할 시간은 미츠나리의 생애를 결정하는 중요한 '때' 가 된다는 요시츠구의 계산이었다.

수행원으로는 약간의 군사 외에 요시츠구를 돕기 위해 출진한, 에치젠의 1만 석 히라츠카 이나바노카미 타메히로平塚因幡守爲廣와 유아사 고스케, 킨쥬인 미우라 키다유三浦喜太夫 세 사람이 있었다. 이들 세 사람은 시력이 약한 그를 지팡이가 되어 안내할 것이다.

요시츠구가 온다는 말을 듣고 미츠나리는 매우 기뻐하면서 사잇길로 나와 그를 맞이했다.

성 주위에는 삼엄하게 경계를 펴고 있어 완전한 임전태세였고, 성벽과 보루의 손질도 끝나 있었다. 때때로 작은 소리로 미우라 키다유에게 이러한 점들을 확인함으로써 미츠나리의 반심은 이미 확고부동함을 확신할 수 있었다.

"정말 잘 오셨소. 자, 내가 안내하리다."

가마에서 내린 요시츠구를 미츠나리는 손이라도 잡을 듯이 반색하며 넓은 방으로 안내했다. 그곳에도 새로 수리한 벽의 냄새가 새로웠다. 그러나 요시츠구는 이미 후각마저 제대로 기능하지 못해 이러한 사실을 전혀 알 수 없었다. 그가 분명히 알 수 있는 것은 동료 미츠나리의 가슴속에 숨어 있는 계산뿐이었다.

미츠나리는 벌써 마시타, 나츠카 두 사람의 부교를 자기편으로 끌어들였을 터. 여기에 또 한 사람의 부교 오타니 교부노쇼 요시츠구의 찬성만 얻는다면, 타이로 세 사람을 움직여 자기야말로 히데요리의 뜻을 받든 도요토미 가문의 의로운 군사라는 대의명분을 세울 수 있다······ 그러기 위해 요시츠구를 설득하려 벼르고 있을 미츠나리의 마음이 손에 잡힐 듯 느껴졌다.

사실 요시츠구가 가담한다면, 그의 영지가 서쪽에 있기 때문에 우키타 히데이에는 물론 모리 테루모토도 등을 돌리지 못할 입장이었다. 그리고 또 한 사람의 타이로 우에스기 카게카츠는 이에야스와 전쟁을 앞둔 입장. 미츠나리의 요시츠구에 대한 포석이 성공하면 세 사람의 타이로와 세 사람의 부교가 한 사람의 타이로 이에야스와 싸우게 된다. 대의명분은 미츠나리 쪽으로, 그래서 상황은 역전될 수 있다.

그런 의미에서 오타니 요시츠구의 거취는 이번 거사의 성공 여부를 결정하는 중요한 요건이었다. 요시츠구가 호응하면 세 부교와 세 타이로가 연서連署한 격문, 히데요리의 이름으로 도요토미 가문의 은혜를 입은 전국의 다이묘들에게 총궐기하여 이에야스를 공격할 것을 선동하는 격문을 보낼 수 있다······

그러한 미츠나리의 속셈을 너무나도 잘 알고 있는 요시츠구. 그는 연노랑 명주 헝겊으로 얼굴을 싸고 흰 바탕에 검은 색으로 나비를 그린 요로이히타타레鎧直垂° 차림이었다.

미츠나리는 요시츠구가 자리에 앉기를 기다렸다가 시마 사콘, 가모 빗츄蒲生備中 등 다이묘 격인 맹장들을 불러 인사시켰다.

요시츠구는 그들의 인사에 가만히 고개를 끄덕였을 뿐 굳이 말은 하지 않았다.

미츠나리의 결의도 이미 확고했고, 요시츠구 또한 충고하려는 의지에는 전혀 변함이 없는······ 뜻한 바 의지가 서로 팽팽한 두 사람의 숨막히는 대좌였다.

4

히데요시 생전에 누구 못지않게 촉망받고 총애를 독차지했던 두 영 재 미츠나리와 요시츠구, 지금은 전혀 다른 뜻을 가지고 마주 앉아 있 었다.

인사가 끝나자 중신들은 모두 물러가고 주인인 미츠나리는 혼자, 잘 보지 못하는 요시츠구는 시중을 들기 위한 유아사 고스케 한 사람만을 곁에 있도록 했다.

유아사 고스케는 원래 떠돌이무사였으나 칸토의 호죠 씨를 섬기다 가 요시츠구에게 발탁되었다. 그 뒤 잠시 마구간 당번을 지냈으나, 이 어서 그 책임자가 되었으며, 다시 근시近侍로 승진하여 지금은 요시츠 구의 '눈'이 되어 있었다. 성격이 온후하고 성실하며 주인을 끔찍하게 생각하고 있었다.

"지부 님, 출전 준비는 갖추어진 것 같은데 언제쯤 출발하시겠소?"

사람들이 모두 물러가고 난 넓은 방에는 한여름 같지 않은 싸늘한 공 기가 감돌았다.

미츠나리는 희미하게 웃었다.

"모처럼의 충고이지만 나로서는 출전할 의사가 없어요. 그 일은 두 번 다시 말하지 마시오."

요시츠구는 숨도 쉬지 않는 것처럼 조용히 물었다.

"그러면 나이다이진을 적으로 돌릴 생각이오?"

"추측하신 그대로요."

"지부 님."

"예, 어서 말하시오."

"귀하는 설마 타이코 전하의 말씀을 잊지는 않았겠지요?"

"물론이오. 이에야스와는 출생이 다르다고 하신 말씀, 아주 잘 기억하고 있소."

"타이코 전하는 우리에게 늘 이렇게 말씀하셨소…… 이에야스를 예사 인물로 보아서는 안 된다, 내가 보기에 그 사람이야말로 정말 지용智勇을 겸비한 인물, 그대들은 이에야스를 훌륭한 의논 상대로 알고 항상 가깝게 지내라고 하셨소."

"분명히 그런 말씀도 하신 적이 있었던 것 같소."

"지부 님…… 귀하가 그런 이에야스를 상대로 싸우려 하다니 무모한 일이라 생각지 않소? 타이코 전하조차도 적으로 돌리지 못한 사람과 싸워 이기리라 생각한다면 미친 짓이라고 보는데 어떻소……?"

순간 미츠나리는 눈이 없는, 붕대를 감은 얼굴을 뚫어지게 바라보며 작은 소리로 말했다.

"패하게 될 테지요."

"그럼, 패할 줄 알면서도 싸우겠다는 말이오?"

"그렇소."

"그렇다면, 귀하를 편드는 사람에게 미안하지도 않소?"

"그야 미안한 일이지요."

"으음."

요시츠구는 비로소 나직하게 신음했다.

"그런데도 싸우겠다는 말이오?"

"그렇소."

"편드는 자는 극소수일 것이오. 이에야스는 가문으로 보나 관직으로 보나 귀하와는 비교도 되지 않소. 더구나 현재 일본에서는 겨룰 자가 없는 큰 영주, 칸토 여덟 주에 삼백만 석의 정병精兵을 거느리고 있소. 그러면서도 귀하와는 정반대로 다이묘들은 말할 것도 없고 길에서 신분이 낮은 자를 만나도 인사를 나눌 정도로 따뜻하고 친근해요. 이에 비해 귀하는 오만하고 언동에 모가 나서 자기편까지도 적으로 돌리는 성격…… 그런 형편에 패할 것이 뻔한 전쟁을 한다면? 자기편에게 목이 잘려 후세에까지 웃음거리가 될 것이다…… 이렇게 보는데 어떻게 생각하시오?"

말하는 쪽도 그랬으나 대답하는 쪽 역시 태연했다.

"그 점도 각오하고 있소."

5

요시츠구는 다시 입을 다물고 말았다. 패배도 각오, 자기편에게 폐를 끼치는 것도 각오, 자신이 어떤 치욕을 당할 것인가 하는 점까지 각오하고 있다는 데는 더 이상 할말이 없었다.

의견 따위는 듣지 않겠다고 오만한 태도를 보였던 지난날의 미츠나리가 생생하게 되살아났다. 그럴 때의 미츠나리는 한 조각의 이성도 갖지 못한 감정의 덩어리로 보였다. 사실 그 기묘한 성격 때문에 얼마나 많은 적을 만들었던가.

요시츠구가 보기에는 이에야스와의 불화만 해도 미츠나리의 그와 같은 성격이 자초한 결과였다. 이에야스 쪽에서는 일곱 장수가 미츠나리를 뒤쫓아왔을 때도 그를 후시미에 숨겼다가 무사히 이 사와야마 성으로 보내주지 않았는가……

어쩌면 이 일이 미츠나리에게는 도리어 분노의 원인이 되었는지도 모른다. 그 모든 것이 미츠나리를 부교의 요직에서 몰아내기 위한 이에야스의 책략이라 생각하고……

이와 같은 일방적인 오해는 세상에는 통하지 않는다. 아무리 이에야스가 모략에 능하다 해도 일곱 장수에게 미움을 받고 그들의 추격을 받는 미츠나리의 성격까지 만들어낼 수는 없는 일……

'문제는 미츠나리 자신에게 있는데도 본인은 이를 반성하려 하지 않는다……'

"알겠소. 귀하는 그토록 나이다이진을 증오하는군요……"

요시츠구는 가만히 한숨을 쉬었다.

"그렇게까지 증오하고 있다면, 나 같았으면 차라리 부자가 함께 아이즈 출정 쪽을 택했겠소만……"

"……"

"그렇게 되면 나이다이진은 오히려 크게 당황할 것이오. 귀하는 여기 남아 일을 도모할 것이다…… 이렇게 이미 충분한 계산을 하고 있을 테니까 말이오."

미츠나리는 대답하지 않았다. 틀림없이 어이없다는 표정으로 요시츠구 자신을 잔뜩 노려보고 있을 것이다…… 이렇게 생각하는 순간 요시츠구의 귀에 이상한 흐느낌 소리가 들려왔다.

처음에는 유아사 고스케의 울음소리인 줄 알았다. 요시츠구의 뜨거운 우정을 미츠나리는 거들떠보지도 않는다…… 순진한 고스케는 그 사실이 안타까워 울음을 참지 못한 모양이라고…… 그런데 그 울음소리는 고스케의 흐느낌이 아니었다. 미츠나리 자신의 것이었다.

'그 오만한 지부쇼유가 울다니……?'

순간 요시츠구는 붕대 감은 얼굴을 저도 모르게 허공으로 돌렸다.

이때 요시츠구의 귀에 오열 섞인 애처로운 미츠나리의 빠른 말소리가 들려왔다.

"교부 님, 귀하의 생명을 나에게 주시오…… 이 미츠나리와 같이 죽어주시오……"

"뭐, 뭐라고 하셨소?"

"……같이 일할 수 없다면 이 자리에서 미츠나리를 찌르시오. 내가 귀하의 손에 죽는다면 후회하지 않겠소. 이 미츠나리는 귀하의 우정만은 추호도 의심한 적이 없어요⋯⋯"

"⋯⋯"

"오늘까지 말하지 않았지만 알고 계실 것이오⋯⋯ 이 미츠나리는 이번 일에 모든 것을 걸기로 결심했소⋯⋯ 안 된다는 대답은 듣기가 민망합니다. 그러므로 귀하의 손으로 나를 찔러주시오."

그 목소리 이상으로 그 자세 또한 절박한 애처로움을 나타내고 있을 터. 이번에는 고스케가 훌쩍훌쩍 콧소리를 내고 있었다⋯⋯

6

요시츠구는 열풍처럼 불어오는 미츠나리의 의지 앞에 마음이 크게 흔들림을 깨달았다.

"교부 님! 나는 귀하 앞에 말을 꾸밀 생각은 추호도 없소. 이것이 도요토미 가문을 위한 최선의 길이라고도, 이에야스가 용서할 수 없는 도요토미 가문의 적이라고도 우길 생각은 절대로 없소⋯⋯"

일단 입을 연 순간 미츠나리는 봇물이 터진 듯 말하면서 점점 거리를 좁혀왔다.

"그와 반대로 이미 이에야스의 성공도 도요토미 가문의 앞날도 정확히 내다보고 있소."

"허어⋯⋯"

"교부 님! 이미 도요토미 가문의 시대는 지나갔소⋯⋯ 타이코 전하가 노부나가 공의 유아遺兒를 대신하여 천하를 다스렸듯이, 이에야스가 히데요리 님을 대신한다고 보는 점에서는 귀하와 나 사이에 견해 차이가 없을 것이오."

요시츠구는 몸을 앞으로 구부린 채 전신을 귀로 삼아 고개를 끄덕이고 있었다.

"그러므로 역설적으로 말한다면…… 일을 벌여 요소요소에서 일거에 나라 안 대청소를…… 아니, 이것이 본심은 아니지만…… 결코 무의미한 일이라고는 생각지 않소."

"뭐, 나라 안 대청소를……?"

"그렇소. 이에야스도 벌써 그럴 속셈으로 있어요. 나를 남기고 아이즈로 간다…… 그렇게 되면 이에야스를 좋게 여기지 않는 자, 천하를 소란케 할 불씨가 될 만한 자들은 모두 미츠나리 편을 들어 일어설 것이다, 그 거취를 분명히 확인했다가 단숨에 두들겨부술 생각임은 불을 보듯 뻔합니다."

"으음."

"나는 이에야스 생각대로 해주고 싶소! 승산이 있다고는 생각지 않소만…… 패해도 후회는 하지 않을 것이오. 어쨌거나 일본은 하나가 될 테니…… 그런 시도도 해보지 않고 그냥 이에야스에게 천하를 내준다면, 히데요리 님이 가여워요. 천하를 넘겨받은 이에야스의 기초도 약해질 것이고…… 물론 이시다 미츠나리라는 한 괴팍한 인간의 성격에서 나온 거사지만, 큰 의미로 볼 때 전혀 헛된 일만은 아니오. 생각하기에 따라서는, 타이코가 돌아가신 지금으로서는 가장 자연스럽게 지반을 굳히는 일이라 할 수 있소."

미츠나리는 문득 말을 그치고 여전히 꼼짝도 않고 눈앞에 앉아 있는 요시츠구의 붕대를 바라보면서 희미하게 웃었다.

"아니, 이런 말, 굳이 귀하에게 할 필요조차 없는 일이었소. 귀하는 진작부터 이 미츠나리의 마음을 꿰뚫어보고 있었소. 미츠나리의 작은 아집이라고 받아들여도 좋아요. 다만…… 미츠나리가 이 일을 추진하는 데는 귀하의 절대적인 협력이 있어야만 합니다…… 미츠나리만이라면 제후들이 믿지 않소. 귀하가 말했듯이 미츠나리는 불손하고 오만하며 인망이 없는 사나이…… 그런데 귀하는 이 미츠나리가 갖지 못한 것을 충분히 갖추고 있어요……"

미츠나리는 말을 끊고 다시 오열했다. 잠시 후—

"……그러므로 미츠나리에게 협력할 수 없다고 생각한다면…… 이 자리에서…… 찔러주시오. 죽지 않는 한 이 집념에서 벗어나지 못할 미츠나리요. 어서 찔러주시오……"

"안 됩니다! 안 될 말입니다."

갑자기 요시츠구는 우렁찬 소리로 제지하고 그대로 벌떡 일어났다.

"고스케! 타루이로 돌아가겠다. 오늘 지부쇼유 님이 좀 흥분하신 것 같아. 자, 어서 내 손을 잡아라."

유아사 고스케는 깜짝 놀라 일어서며 요시츠구의 손을 잡았다.

7

당황한 미츠나리는 서두르는 요시츠구의 뒤에서 날카롭게 불렀다.

"교부 님!"

유아사 고스케가 섬뜩할 정도로 살기를 품은 소리였다. 요시츠구는 돌아보려 하지 않았다. 도리어 고스케보다 앞설 만큼 빨리 복도를 걷고, 그 뒤를 미우라 키다유와 히라츠카 이나바노카미가 따랐다.

"고스케, 뒤따르는 자는?"

현관에서 가마에 오르기 직전에 요시츠구는 고스케의 귀 가까이로 얼굴을 가져가며 조용히 물었다.

"없습니다. 지부 님도 나오셔서 정중히 배웅하고 계십니다."

"으음, 저쪽에서 해치려 하지는 않는구나."

솔직하게 말해서 유아사 고스케는 요시츠구의 그 중얼거림을 이해하지 못했다.

요시츠구는 단호하게 거부당한 미츠나리가 도리어 해치기를 기다리는 마음이 아니었을까? 그렇게 되어 자기도 찔리고 상대도 찌를 생각이었는지도.

"그래, 직접 배웅을 나왔단 말이냐?"

가마는 곧 먼저 왔던 사잇길을 통해 타루이로 향했다.

타루이로 돌아가면 요시츠구는 당연히 그길로 동쪽을 향해 행군 명령을 내릴 것이라고 고스케는 생각했다.

미츠나리의 말에 대해서는 이미 더 이상 생각해볼 여지가 없었다. 자신은 물론 하야토노쇼도 종군하게 할 의사가 전혀 없었다…… 옆에서 대화를 모두 들은 고스케로서 이렇게 생각한 것은 당연한 일이었다.

타루이의 임시막사에 돌아온 요시츠구는 다시 종이로 만든 방장 안에 꼬박 이틀 동안이나 틀어박힌 채 아무 지시도 내리지 않았다.

7일이 되어서야 비로소 히라츠카 이나바노카미 타메히로가 요시츠구 앞에 불려갔다.

"이나바노카미, 그대는 이제부터 사와야마에 다녀와야겠네."

담담한 목소리였다.

"사와야마에……? 예, 알겠습니다."

이나바노카미는 미츠나리와 요시츠구의 대화를 직접 듣지 못했기 때문에 아무런 의심도 품지 않고 대답했다.

"오늘까지 기다렸으나 아직 하야토노쇼의 군사는 오지 않았어. 아이즈 공격에 늦어지면 안 되니 곧 출발하라고 전하게."

이나바노카미도 비로소 고개를 갸웃했다. 그 역시 육감으로 미츠나리의 결의를 깨닫고 있었다.

"그러시면…… 지난 이틀 동안은 지부 님에게 생각할 시간을 주신 것이군요……"

끝까지 말하기도 전에 요시츠구가 말했다.

"인간에게는 생각이 잘못될 때도 있게 마련일세. 이렇게 하는 것이 이 요시츠구의 우정이라 생각하게."

"알겠습니다."

히라츠카 이나바노카미는 그대로 말을 달려 사와야마로 향했다. 그러나 9일 돌아와서 그가 한 보고는 요시츠구가 직접 갔을 때 들은 대답과 조금도 차이가 없었다.

히라츠카 이나바노카미는 아무래도 이상하다는 표정으로 고개를 갸웃거리며 말을 꺼냈다.

"지부 님의 대답은 참으로 이해할 수 없습니다…… 교부 님이 성에 들어오셔서 자기를 찔러달라고, 그 말을 부디 전해달라고…… 처음부터 끝까지 그 말만 되풀이하셨습니다."

"역시 그렇구나."

"그리고 하야토노쇼는 출병하지 않을 것이라고…… 저번에도 그런 말씀을 하셨습니까?"

요시츠구는 쓸쓸히 고개를 끄덕였다.

"그렇구나, 역시 안 보내겠다는 말이로구나."

고스케는 요시츠구가 붕대 안에서 울고 있는 것 같아 숨을 죽였다.

8

그로부터 다시 이틀 동안 오타니 요시츠구는 타루이의 임시막사에 앉아 조용히 날을 보냈다. 지금까지 빠뜨리지 않고 마시던 탕약도 그대로 두어 식어버릴 때가 많았다.

'무언가 고민하고 계신다……'

그렇게 알고 있으면서도 어떻게도 할 수 없는 고스케였다.

미츠나리에게 다시 한 번 충고할 생각인지, 아니면 미츠나리가 그런 말은 했지만 생각을 바꾸리라 믿고 있는지……?

그 무렵 요시츠구는 전혀 다른 생각을 하고 있었다.

이 세상에는 막으려 해도 막을 수 없는 흐름이란 것이 있다는 생각. 홍수 때의 탁류처럼…… 따지고 보면 타이코의 조선 출병도 그러했다. 평양平壤에서 경성京城으로 퇴각할 때는 전쟁을 한 것이 잘못이었음을 누구나 다 알고 있었다. 그 후 몇 년에 걸쳐 진격도 후퇴도 하지 못 한 채 마침내 타이코의 목숨을 앗아갔다……

미츠나리가 이렇게까지 이에야스를 미워하고 있다는 자체가 이미 수리할 수 없게 된 제방의 엄청난 파손일 수 있었다. 이렇게 된 이상 탁류이기는 하나 흐르는 대로 내버려두었다가 그 물을 막을 수 있는 큰 제방을 다시 쌓는다…… 그런 시기가 왔는지도 모른다……고.

미츠나리는 이렇게까지 첨예하게 파벌이 대립된 이상 대청소가 자연스러운 일……이라고 내비쳤다. 이 경우 자기 쪽에 승산이 없다는 사실을 잘 알고 있는 것이 요시츠구의 마음을 못 견디게 괴롭혔다.

"나를 찌르시오."

찬성하지 않는다는 것을 알고는 이 말밖에 하지 못한 미츠나리였다. 목숨을 내놓겠느냐 그 손으로 나를 찌르겠느냐…… 솔직하게 말해서 그 말이 요시츠구의 귀를 떠나지 않았다. 그때마다 붕대 안에서 보이지 않는 눈이 하염없이 젖어갔다……

11일 아침.

"고스케, 사와야마에 갈 것이니 준비해주게."

요시츠구는 이렇게 말하고 그날 아침에도 잊고 있던 탕약을 깨끗이 비웠다. 그리고 요시카츠吉勝와 요리츠구賴繼 두 아들을 비롯하여 중신들을 불러놓고 군사들을 일단 츠루가로 철수시키도록 했다.

이유를 길게 설명할 필요는 없었다. 원래 병든 몸. 이대로 출전하더라도 전쟁터에서 행동은 뜻대로 되지 않는다. 게다가 홋코쿠의 움직임도 마음에 걸리므로 츠루가로 돌아가 엄히 대비하라, 나는 사와야마 성으로 미츠나리를 찾아가 사이고쿠西國(서일본)의 정보를 가지고 돌아오겠다…… 이렇게 설명하는 것만으로도 충분했다.

오타니 요시츠구의 가마는 다시 사와야마 성문을 들어섰다.

미츠나리는 미리 알고 있었다는 듯이, 이번에도 자기가 직접 나와 본성의 넓은 방으로 안내하고 가신들을 물린 뒤 마주앉았다.

"교부 님, 고맙소!"

이렇게 말하는 미츠나리에게 요시츠구는 떨리는 소리로 대꾸했다.

"또 찌르라는 말씀이오, 지부 님?"

"미안하오! 미안한 말을 했었소."

"일단 중요한 이야기를 들은 이상 나 혼자 동으로 갈 수는 없는 일, 요시츠구의 목숨을 오늘로써 귀하에게 드리겠소."

"참으로 고맙소! 천군만마千軍萬馬를 얻은 기쁨이오."

감동을 이기지 못하고 떠는 미츠나리의 목소리를 들으면서 요시츠구는 보이지 않는 눈으로 논과 밭과 들과 인가를 한꺼번에 집어삼키고 무섭게 날뛰는 홍수의 탁류를 응시하고 있었다……

9

일단 마음을 정하고 사와야마 성에 들어간 오타니 요시츠구의 헌책獻策은 엄하고 날카로운 채찍으로 변했다.

"거사를 하려면 무엇보다 기둥이 중요하오. 유감스럽게도 귀하는 그럴 그릇이 못 됩니다."

미츠나리에게 분명하게 말하고, 총대장으로는 반드시 모리 테루모토를 내세워야 한다고 했다.

그 무렵 후지와라 세이카藤原惺窩, 요시다 오키야스吉田意安, 아카마츠 히로미치赤松廣通 등의 학자와 교우가 깊었던 조선 사람 강항姜沆은 도쿠가와 가문과 모리 가문의 부富를 비교하는 다음과 같은 기록을 남기기도 했다.

"이에야스의 땅에서 수확되는 미곡은 이백오십만 석이라고 하나 실제로는 그 곱에 달한다. 테루모토의 금은도 이에 못지않다…… 이에야스는 칸토에 있고, 테루모토는 산요山陽와 산인山陰 두 지방을 지배하고 있다. 일본인들은 이 양자의 부를 평하여, 이에야스는 칸토에서 쿄토에 이르기까지 미곡으로 길을 만들 수 있고, 테루모토는 산요와 산인에서 쿄토에 이르는 모든 교량을 은전銀錢으로 가설할 수 있을 것이라고 한다. 여기에는 중국 연燕, 조趙나라의 부유함과 한韓, 위魏나라의 경영도 멀리 미치지 못할 것이다……"

이런 소문이 내외에 퍼지고 있는 형편이므로, 무엇보다 모리 테루모토를 이쪽 편으로 끌어들이지 않는 한 이번 전쟁은 처음부터 패배할 것이 자명하다는 주장이었다.

"그럼, 모리를 움직일 수 있는 효과적인 방법은?"

물론 오타니 요시츠구를 포함한 부교들의 총의總意로 타이코의 은혜를 입은 모든 무장들에게 궐기하도록 강력하게 촉구하겠다는 것이 미츠나리의 계산이었다. 그러나 그는 일단 자기 생각을 덮어두고 요시츠구의 의견을 물었다.

"안코쿠지 에케이安國寺惠瓊°를 움직이는 일이오."

요시츠구는 담담하게 대답했다.

"현재 모리 가문을 움직일 수 있는 것은 킷카와 히로이에吉川廣家와 안코쿠지 에케이 외에는 없습니다. 그러나 킷카와는 오히려 도쿠가와 쪽에 기울고 있으므로 에케이를 직접 만나도록 하시오."

"히데요리 님의 명령을 부교의 손을 통해 전하는 것보다도……?"

"형식을 따르기 전에 먼저 실리를 취해야 하오. 에케이는……"

그러면서 요시츠구는 음성을 낮추었다.

"죽을 때까지 무슨 일이든 꾀하지 않고는 못 배기는 사람. 그리고 언젠가는 모리를 천하의 주인으로 만들겠다는 야심만만한 속승俗僧이므로 이 교부도 한편이 되었다고 하면 반드시 마음이 움직일 것이오."

"으음, 그러나 여간 음험한 자가 아니라서……"

"에케이에게 죽이겠다고 하시오. 승낙하지 않으면 바로 그 자리에서 죽이겠다고……"

미츠나리가 생각했던 것보다 몇 배나 과격하고 무서운 얼음과도 같은 말이었다.

"지부 님, 이번 거사를 위해 귀하가 반드시 끌어들여야 할 사람은 모리의 거취를 좌우할 에케이와, 우에스기 가문의 존망에 대한 고삐를 한 손에 쥐고 있는 나오에 야마시로노카미 이렇게 두 사람…… 두 사람 모두 쇠사슬로 꽁꽁 묶어놓지 않으면 무슨 일을 저지를지 모르는 사나운 말이오."

미츠나리는 고개를 끄덕이는 대신 나직하게 신음했다.

"고마운 충고요. 그런데 그 두 사람을 묶어놓은 뒤에는?"

"우키타 님을 설득한 다음에 비로소 의로운 군사를 일으킨다는 격문을 천하에 돌리는 것이 순서겠지요."

"으음, 거기서부터는 이 미츠나리의 생각도 역시…… 그럼, 총대장은 모리 테루모토?"

"우키타 님으로는 가벼워요. 우선 귀하가 오사카 성에 들어가 즉시 모리 님을 서쪽 성으로 불러들이는 것이 선결 문제……"

이미 요시츠구의 머릿속에는 훌륭한 작전 계획이 세워져 있었다.

이시다 미츠나리는 오타니 요시츠구 주장 중 단 한 가지 제안에 대해서는 불만이었다.

이 거사에 모리 테루모토를 아군으로 끌어들여야 한다는 제안은 당연한 일로 생각되었다. 그러나 그를 총대장으로 추대하고 싶지는 않았다. 총대장은 비록 어리기는 하지만 히데요리를 추대하고 타이로는 타이로, 부교는 부교 그대로 앉혀놓은 채 자신이 히데요리를 보좌했으면 하는 것이 무엇보다도 우선하는 미츠나리의 생각이었다.

그렇게 되면 실질적인 총대장은 말할 나위도 없이 미츠나리 자신, 명령은 언제나 자신으로부터만 나온다. 그렇게 되어야만 장수들의 통솔이 가능할 것이다……

요시츠구는 처음부터 미츠나리의 이 생각을 강력하게 저지했다.

"귀하는 그럴 그릇이 못 되오."

조선과의 전쟁 때 군감軍監°으로 건너가 장수들의 갈등 때문에 고통을 겪었던 요시츠구가 굳이 그런 말을 하는 것은, 이번 전쟁의 누를 히데요리에게 끼치지 않으려는 생각 때문이었다.

"귀하에게 목숨을 드리겠소."

그런 의미에서 요시츠구의 이 한마디는 소름끼치는 중압감과 함축성을 지니고 있었다.

"이번 전쟁은 원래 히데요리의 의사로 하는 것이 아니라, 어디까지나 이시다 미츠나리의 계획…… 그러므로 도요토미 가문에 생명을 바치는 것이 아니라, 이시다 미츠나리와 함께 하는 정사情死."

요시츠구는 마음속으로 자기 자신에게 이런 말을 되풀이하고 있을지도 모른다.

그러한 요시츠구의 마음을 알고 있는 만큼 미츠나리는 차마 통솔에 대한 불만을 입에 올릴 수 없었다.

'교부는 아직도 이기리라고는 생각지 않고 있다……'

그러므로 이에야스의 천하가 되든 테루모토의 천하가 되든 히데요리만은 무사할 수 있도록…… 이렇게 생각할 것은 당연한 일이었다.

"귀하의 의견은 잘 알아들었소."

미츠나리는 다시 한 번 요시츠구의 마음을 자세히 음미하고 나서 비로소 그의 손을 잡고 털어놓았다.

"실은 에케이를 오사카에서 이곳으로 은밀히 불러놓았소."

"아니, 에케이가 여기 와 있다는 말이오?"

"그렇소. 부르지 않으면 킷카와 히로이에와 에케이의 손에 좌우되는 모리 군은 이에야스와 같이 곧장 동쪽으로 가게 될 것이오. 그렇게 되면 이미 때가 늦으므로 어쨌거나 에케이에게……"

"잠깐, 잠깐 기다리시오, 지부 님. 그렇다면 모리 테루모토 님은 벌써 일족을 나이다이진의 동정東征에 참가시킬 생각이란 말이오?"

"순진한 분이오, 테루모토 님은……"

미츠나리는 희미하게 웃고는 말을 이었다.

"나이다이진의 동정에 킷카와 히로이에는 총대장, 에케이를 부장副將으로 삼아 파병하라고 하여 칠월 사일, 이미 군사들은 이즈모出雲의 톤다富田를 출발했다고 합니다. 그래서 우선 오사카에 있던 에케이를 내가 이리로 불렀소."

"그럼, 에케이의 의견은?"

요시츠구가 다시 깊은 한숨을 쉬면서 물었다. 미츠나리는 가만히 그의 손을 놓았다.

"각오는 되었소! 승낙하지 않으면 죽이고 오겠소."

"으음."

"죽이든지…… 승낙하면 이리로 데려오든지 할 것이니 잠시 기다리시오, 교부 님."

"휴우!"

요시츠구는 대답 대신 조용히 한숨을 내쉬었다.

'모리를 총대장으로 추대하는 길도 자칫하면 막히겠구나……'

11

미츠나리는 요시츠구를 기다리게 하고 자기 거실로 돌아왔다. 거실에서는 안코쿠지 에케이가 거창한 승복 차림으로 앉아 무릎 가까이에서 향을 피우면서 냄새를 맡고 있었다.

"오래 기다리게 해서 미안하오."

에케이 앞에 이른 미츠나리는 사람이 달라진 듯이 오만했다.

"어떻소, 결심하셨소?"

에케이는 흘끗 미츠나리를 쳐다보고 말을 꺼냈다.

"앞서도 거듭 말씀 드렸듯, 이 일은 자칫 잘못하면 천도天道를 거스르는 대역大逆이 될 수도 있습니다. 그러므로 가볍게는……"

미츠나리는 끝까지 듣지도 않았다.

"이기면 관군, 지면 역적, 이번 일에 국한된 일만은 아닐 것이오."

"흐흐흐."

에케이는 책략가다운 면모를 드러내며 대담한 눈빛으로 웃었다.

"오신 손님이 오타니 님이라는 말을 들었는데, 그분이 편을 들기로 한 모양이지요?"

"그런 일은 스님에게 말할 필요가 없소."

"하지만 소승에게는 그것이 중요합니다."

"그렇다면 말하리다. 교부 님은 중요한 일을 스님에게 말한 이상 승낙하지 않을 경우에는 목숨을 끊으라고 했소."

"허어……"

"킷카와 히로이에가 거부한다고 해서 테루모토 님을 움직이지 못할 스님이 아니오. 히데요리 님이 연소하신 것을 기화로 횡포를 일삼는 나이다이진…… 이대로 내버려두면 도요토미 가문을 짓밟고 결국은 자기 야심을 달성할 것이오. 그 불의不義를 응징하는 일이 어찌 천도를 거스른다는 말이오. 우리 편을 들겠소, 아니면 이 자리에서 자결하겠소? 기밀을 밝힌 이상 다른 방법이 없소."

안코쿠지 에케이는 다시 이가 빠진 잇몸을 드러내고 웃었다.

"지부 님, 하실 말씀은 그것뿐입니까?"

"뭐, 그것뿐이냐고요?"

"그렇소. 이 일은 타이로로 계시는 츄나곤 테루모토 님의 협력 없이는 귀하가 말씀하시는 의義도 빛을 보지 못할 줄 압니다마는."

"그래서 어떻게 하라는 말이오?"

"이 에케이는 이상한 인연으로 타이코 님의 츄고쿠 정벌 때 모리 가문과 도요토미 가문의 중재를 맡았습니다."

"그런 일은 새삼스럽게 들을 필요도 없소."

"그러므로 두 가문을 위해 발벗고 나선다면 이야기는 됩니다. 그러나 지부 님의 계획에 가담하여 모리 가문을 궁지로 몰아넣는 잘못을 범한다면 이 에케이는 후세까지 웃음거리가 됩니다…… 이렇게 말씀드리면 아마 아실 것입니다. 의를 위해 일어선다면 그 맹주盟主가 지부 님이어서는 안 됩니다."

미츠나리는 에케이에게도 노골적인 평가를 받고 불쾌감을 꾹 씹어 삼키지 않을 수 없었다.

"그러면 스님은 모리 테루모토를 맹주로 내세워라, 그러면 협력하겠다는 말이오?"

"아니, 무리하게 말씀 드리는 것은 아닙니다. 그러나 누가 총대장인지도 모르는 군사는 아무리 많이 모아도 힘이 되지 않습니다. 우키타 히데이에도, 시마즈 일족도, 쵸소카베長曾我部와 코니시도, 이시다도 오타니도 모두 모리의 명에 복종한다……고 하면 타이로 중에서 제일 세력이 강한 츄나곤 님이 의의 기치를 들고 궐기할 만한 큰 무대가 마련되었다고 할 수 있을 것 같습니다마는……"

이렇게 말하고 눈을 가늘게 뜨면서 부채질을 했다.

12

미츠나리는 자신이 처한 부자연스러운 입장이 우스워졌다.

"도요토미 가문을 위해서……"

"히데요리를 위해서."

입으로는 모두 이렇게 말한다. 그러나 진심으로 그렇게 생각하는 사람은 하나도 없다. 이에야스가 그런 생각을 하지 않는 것은 당연하다 해도, 가만히 생각해보면 모리도 오타니도, 또한 미츠나리 자신도 목적은 다른 데 있었다.

"알겠소."

미츠나리는 미소를 떠올렸다.

"히데요리 님을 위해…… 대의를 위해…… 일어서면서도 모리의 이익을 도모해야 한다는 말이군요?"

형식적인 말보다 상대의 심장을 깊이 찌르는 편이 더 효과가 있다, 미츠나리는 이렇게 생각하고 일부러 빈정거리며 물었다.

"아니, 모리 가문을 위해서라면 협력하지 않겠다고 한 것입니다."

에케이는 태연한 표정으로 도리어 날카롭게 반격했다.

"도요토미 가문을 위해서라거나 대의를 위해서라는 말은 결국 형식에 지나지 않지만, 이것도 불필요하다고는 생각지 않습니다. 여론의 지지를 얻기 위해서는 이런 형식도 중요한 무기의 하나라 할 수 있지요. 그러나 형식만으로는 전쟁을 할 수 없습니다. 짓궂은 말인 것 같으나 일단 그 형식을 벗겨버리고 생각해보는 것도 큰일을 하기 위해서는 중요합니다."

"흥, 잘 알겠소! 형식을 없애고 벌거숭이로 만들어놓고 보니 결국 이미츠나리는 분수에 넘치는 계획을 꾸미고 있다는 말이오?"

"그렇게는 생각지 않습니다. 지부 님은 형식을 통해 나이다이진에 대한 원한을 풀려 하고, 교부 님은 지부 님에 대한 우정의 빚을 갚으려 합니다. 우에스기 님도 마찬가지. 지부 님의 거사를 예정에 넣고 자신의 싸움을 유리하게 하고자 할 것이고, 나이다이진은 이를 계기로 천하를 손에 넣으려 하고 있어요. 이런 마당에 모리 일족이 겉치레 말만 믿고 깊이 개입할 리 없습니다. 승리했을 경우에는 천하의 집권자로서 히데요리 님을 보좌한다, 지난날 카마쿠라 바쿠후鎌倉幕府의 호조 씨처럼…… 이런 확실한 밀약이 있다면 고려해볼 만한 일……이라는 것이 이 에케이의 솔직한 생각입니다."

아무래도 노회老獪하다는 점에서는 에케이가 미츠나리보다 위였다. 미츠나리는 부글부글 끓어오르는 분노를 빈정거리는 웃음으로 간신히 억제했다.

"과연 달인達人의 말씀, 깊은 뜻이 있군요. 결국 우리편이 되시겠다는 말씀 아닙니까?"

"제 말에 대한 대답을 아직 듣지 못했는데요."

"허허, 이거 스님답지 않은 말씀. 내가 모리 님에게 협력을 요청하는 이상 그건 두말할 나위도 없는 일이오!"

"그렇다면 총대장은 처음부터 츄나곤 님으로……?"

"타이코 님이 돌아가신 지금 츄나곤 님을 부장部將으로 삼을 만한 대장이 세상에 있을 리 없지 않습니까?"

"하하하…… 이거, 실례했습니다. 그러나 지부 님, 츄나곤을 부장으로 삼을 수 있는 분이 없다는 것은 지나친 속단입니다."

"스님은 있다는 말씀입니까?"

"그렇소. 있다고 하면 그 유일한 사람이 나이다이진입니다. 그러므로 여간한 결심이 아니고는 이 일에 가담하기 어렵습니다."

"어렵다……고 하면 이 자리에서 죽이겠다고 내가 말했을 텐데요?"

"그렇소. 이 자리에서 죽는 편이 좋을지, 아니면 무익한 전쟁을 하고 나서 죽는 편이 좋을지는……"

이렇게 말하고 에케이는 다시 애매하게 히죽 웃었다.

13

예전의 미츠나리였다면 틀림없이 분노를 폭발시키고 말았을 터였다. 무엇보다도 에케이는 미츠나리가 지금까지 보아온 사람 중에서 가장 싫어하는 인간형에 속하는 사나이였다.

우롱과 예리함을 동시에 지니고 분노라는 것을 잊어버린 노회함. 그러나 이 에케이를 제외하고는 달리 모리 테루모토를 설득할 만한 인물을 찾을 수 없기 때문에 도리가 없었다.

"그러면, 스님은 이번 전쟁을 지는 전쟁이라고 보시오?"

"아니, 이기고 지는 것은 지부 님의 마음에 달려 있다고 이 에케이는 생각합니다……"

태연스럽게 대답하고 이번에는 소리 내어 웃었다.

"더 이상 짓궂은 말은 하지 않겠습니다. 다만 한 가지 말씀 드린다

면, 지부 님이 군사 문제에 간섭하여 여러 사람의 감정을 상하게 하지
만 않는다면 승리하지 못할 것도 없습니다. 그러나 만일 패하면 이 에
케이는 책임을 한 몸에 지고 모리 가문의 안전을 도모해야 합니다. 그
래서 짓궂게 지부 님의 인내심을 시험해봤습니다."

"나를 시험했다고요……?"

"하하하…… 지부 님도 이 에케이를 시험하셨습니다. 승낙하지 않으
면 죽이겠다고 하시면서."

"으음, 그것을 시험이라 생각했소?"

"어쨌든 좋습니다. 그럼, 대답을 드리지요. 지부 님…… 대답을 하려
면 다시 겉치레 말로 돌아가야겠습니다…… 이 에케이가 곰곰 생각해
보니 지부 님의 말씀은 참으로 지당하다고 생각합니다."

미츠나리는 순간 어이가 없어 눈을 크게 떴다.

"타이코가 돌아가신 뒤 나이다이진의 전횡은 정말 용서할 수 없습니
다. 이대로 가면 히데요리 님은 계시나마나, 결국은 나이다이진에게 천
하를 빼앗기고 말 것입니다. 그러나 표면적으로는 히데요리 님의 명을
받든 것처럼 꾸민 아이즈 정벌, 더구나 조정에서도 칙사를 보내 장도를
축하했으니 그가 없는 틈을 노린다면 의를 저버린 모반과도 같습니
다…… 그러기에 이 에케이는 몇 번이나 지부 님에게 단념하시라고 의
견을 올렸습니다."

"……"

"그런데 지부 님은 받아들이지 않고 이처럼 대사를 말씀하신 이상
협력하지 않으면 살려보내지 않겠다고 하십니다…… 말씀을 듣고 보
니 당연한 일입니다. 나이다이진의 전횡은 명백한 일이므로 표면적인
의는 어찌 되었건, 진정한 의는 도요토미 가문을 위해 모든 것을 버리
고 궐기하시려는 지부 님 쪽에 있습니다. 그래서 이 에케이도 협력하겠
다고 대답했습니다…… 이 일의 도리를 잘못 이해하시지 않도록 명심

하시기 바랍니다."

미츠나리는 저도 모르게 쓴웃음을 짓고 한숨을 쉬었다. 세상에는 참으로 기묘한 인간도 다 있다. 이처럼 빙빙 돌려 말하지 않고 한마디로 대답해도 충분했을 것인데……

'이 사나이는 천성적으로 음모를 즐기고 있다. 정말로 이상한 부류의 인간……'

"납득되셨습니까?"

"그렇소. 이쪽 편이 되어 츄나곤을 설득하겠다는 것이겠지요."

"어쩔 수 없습니다…… 이것이 아깝기 때문에."

에케이는 자기 목을 두들겨 보이고 먼저 자리에서 일어났다.

"그럼, 즉시 교부 님과 셋이 궐기할 절차를 상의해야 하겠습니다. 안내해주십시오."

미츠나리는 비로소 안코쿠지 에케이가 말한 '인내'가 앞으로 자기에게 얼마나 중요할지 충분히 알 것 같았다.

동행서탐東行西探 🖌

1

7월 2일, 에도 성에 도착한 이에야스는 7월 7일에 에도에 모인 장수들을 한 자리에 모아 향응을 베풀고 전군의 부서를 정했다.

"나는 이십일일 에도를 출발하겠소. 그때까지 여러분은 각각 현지에 도착하여 포진하도록 하시오."

이에야스가 이렇게 말했을 때 사람들은 저도 모르게 얼굴을 마주보고 눈을 깜박거렸다.

오사카에서 출발할 때는 우에스기 카게카츠에게 전열을 가다듬을 틈을 주어서는 안 된다고 그토록 서둘렀는데, 에도가 가까워짐에 따라 한가로운 들놀이와 같은 모습으로 변했다.

카마쿠라에 들어가기 전에 에노시마를 구경하겠다고 벤자이텐弁財天°에 참배하는가 하면 동굴을 구경했다. 해녀들이 물질하는 모습을 한가롭게 바라보다가 그들에게 돈을 주기도 했다. 그런 뒤 카타세片瀬, 코시고에腰越, 이나무라가사키稲村ヶ崎 등에서 일일이 가마를 세우게 하여 카마쿠라야마鎌倉山와 호시즈쿠요星月夜의 우물 등을 구경하고

나서 츠루가오카鶴ヶ岡 하치만구八幡宮를 참배했다.

요리토모賴朝°의 사적을 세밀하게 조사하고 『아즈마카가미吾妻鏡』°를 열심히 읽은 이에야스였으니, 어쩌면 카마쿠라 땅만은 그에게 각별한지도 모른다……고 생각하고 있는데, 그 이튿날에는 카나자와를 구경하고 나서 매사냥을 하겠다고 했다.

'우에스기 정벌에 점점 자신감이 생겼기 때문일까……?'

이렇게 생각했다. 그러면서 에도에 도착하면 곧 장수들을 독려하여 2, 3일 안으로 아이즈를 향해 출발할 것이라 믿고 있었다.

에도에 도착해서도 7일까지 이에야스는 다른 장수들이 오기를 기다리는지 하는 일 없이 지냈다. 그러다가 이날 비로소 장수들의 배치를 정하고, 자신은 21일에야 에도를 출발하겠다고 했다. 그래서 사람들에게 몹시 혼란스러운 느낌을 주었다.

'쿄토와 오사카 방면에 있는 미츠나리의 동향을 살피고 있다……'

민감한 자들은 이렇게 느꼈을지도 모른다. 그렇다 해도 사람들의 의구심은 가시지 않았다. 쿄토와 오사카의 움직임이 심상치 않다면 그럴수록 빨리 아이즈 토벌을 끝내야 하기 때문이다.

이러한 장수들의 의구심을 아는지 모르는지 이에야스는 느긋한 표정으로 장수들의 배치를 정하고 나서 군령을 내렸다.

이에야스는 장수들의 배치에서 부서는 전군前軍과 본군本軍, 에도 수비군으로 나누었다.

전군의 총사령總司令에는 히데타다를 임명했다. 그 밑의 장수는, 유키 히데야스(히데타다의 형), 마츠다이라 타다요시松平忠吉(히데타다의 동생), 가모 히데유키蒲生秀行, 사카키바라 야스마사, 혼다 타다카츠, 이시카와 야스나가石川康長, 미나가와 히로테루皆川廣照, 사나다 마사유키眞田昌幸, 나리타 야스나가成田康長, 스가누마 타다마사菅沼忠政, 마츠다이라 타다아키松平忠明 등으로 총병력은 약 3만 7,500.

본군은 이에야스가 지휘하고, 그 주력은 후쿠시마 마사노리, 이케다 테루마사, 아사노 요시나가, 쿠로다 나가마사, 호소카와 타다오키, 야마노우치 카즈토요, 토도 타카토라, 타나카 요시마사 등 토자마外樣° 다이묘 29명으로 총병력은 약 3만 1,800 남짓……

에도 성의 수비대는, 본성은 마츠다이라 야스모토松平康元, 아오야마 타다나리靑山忠成. 서쪽 성은 나이토 키요나리內藤淸成, 이시카와 야스미치. 에도의 부교는 이타쿠라 카츠시게. 모노가시라物頭°는 카토 마사츠구加藤正次.

이러한 인선이었다.

이 밖에 오우 방면, 코시지越路 방면에서도 각각 별동대가 출동할 것이어서 배치로 본다면 총력을 기울인 아이즈 정벌이었다. 그런데도 불구하고 이에야스는 왠지 모르게 태평해 보였다. 모두에게 잔을 돌리고 바라보는 그 싱글벙글 웃는 표정은 전쟁과는 전혀 인연이 없는 순박한 얼굴이었다.

2

군령은 향응을 시작하기 전에 모두에게 전해졌는데, 이 역시 타이코의 조선 출병 때에 비해 손색이 없을 만큼 엄중했다.

사사로운 다툼은 이유 여하 불문하고 사형에 처하는 것이 군법의 상식, 방화와 남의 곡식을 베는 것은 물론 논밭에 진을 치거나 적지에서 부녀자를 범하는 자도 반드시 사형에 처한다고 했다. 선봉을 다투는 일도 엄격히 금지되고, 수레의 징발이나 무위武威를 과시하기 위한, 실용적이 아닌 긴 창 소지도 금지되었다. 상가商家에 침입해도 처형, 허락 없이 임무를 교대해도 처형, 군무를 이탈해도 처형이었다.

이에야스는 이번 전투에서 흔들림 없는 사기의 확립과 전력을 기울인 결전을 기대하고 있는 듯했다. 그런데도 7월 21일까지 에도를 출발하지 않는다는 것은 어떤 이유에서일까.

향응은 일곱 점 반(오후 5시)에 끝났다. 장수들은 각각 물러나 이튿날인 8일 에도 출발 준비를 시작했다.

이때 서쪽에서는 오타니 교부가 두번째 의견을 미츠나리에게 말하고 타루이로 돌아와 있었다.

이번 출정에서 참모와 비서를 겸하고 있는 나가이 우콘노다이부 나오카츠永井右近大夫直勝는 출발하는 장수들을 배웅하고 나서, 그 역시 이해할 수 없는 의문으로 고개를 갸웃거리면서 이에야스의 거실로 돌아왔다.

'그렇다, 주군에게 한번 여쭈어봐야지.'

이에야스는 이미 거실에서 혼다 사도노카미와 에도의 부교로 남게 된 이타쿠라 카츠시게를 상대로 웃으면서 무언가 이야기를 나누고 있었다.

"그러니까 서쪽 준비가 아직 마무리되지 않았기 때문에 여기 있으면서 기반을 굳히겠다……는 말씀입니까?"

이렇게 말한 것은 이타쿠라 카츠시게였다. 카츠시게 역시 나오카츠와 같은 의문을 품고 이에야스를 찾아온 모양이었다.

"그래, 서쪽 준비가 아직 덜 되었어."

이에야스는 고개를 끄덕이고 혼다 사도노카미를 돌아보았다.

"여보게 사도, 앞으로 열흘은 걸릴 것 같은데 어떻게 생각하나?"

그러나 혼다 사도노카미는 그 질문에 말려들지 않았다. 아주 진지한 표정으로 대답했다.

"저는 주군의 말씀이 도무지……"

나오카츠는 혼다가 시치미를 떼는구나 하고 생각했다.

측근에 있는 사도노카미가 이에야스의 속마음을 모를 리 없었다. 그가 이처럼 시치미를 떼는 것을 보면 함부로 지나친 말을 했다가 나중에 꾸중을 들을까 경계하기 때문인 듯.

"그래? 서쪽 준비가 덜 되었다는 것은 말일세, 아직도 서쪽에서 와야 할 군사들이 오사카에서 누군가에게 저지되거나 저지될지도 모른다는 뜻일세."

"서쪽에서 올 군사……?"

"그래. 시마즈, 나베시마鍋島, 킷카와, 와키사카脇坂…… 들은 이미 영지를 떠나 이리로 오는 도중일 것이라는 말일세."

"그야 물론 오고 있겠지요. 에치젠의 오타니 교부 같은 사람도."

카츠시게가 얼른 말했다.

"그 사람들이 오사카에서 동쪽으로 오지 못하고 발이 묶이면, 서쪽 준비가 끝나는 때일세."

듣고 있던 나오카츠는 깜짝 놀랐다. 카츠시게도 당황한 표정으로 입을 다물었다.

이에야스가 서쪽의 준비라고 한 것은 아무래도 아군의 준비가 아니라 미츠나리와 그 일파의 준비를 가리키는 모양이었다. 그 준비를 확인하고 아이즈로 가겠다니 무엇 때문일까……?

3

'주군은 처음부터 아이즈에 갈 생각이 없었던 것은 아닐까……?'

나가이 나오카츠는 문득 이런 의문이 떠올라 당황하며 시선을 이에야스로부터 돌렸다. 이에야스는 여전히 희미하게 미소를 띠고 나오카츠와 카츠시게를 번갈아 바라보고 있었다.

이에야스가 일부러 오사카를 비우고 미츠나리와 그 동조자에게 거사할 기회를 만들어주고 있다는 것은 나오카츠도 눈치채고 있었다.

'드디어 주군은 천하의 대청소를 하실 모양이다.'

그 사실은 조금 전의 말로 확실히 입증되었다. 미츠나리의 준비가 덜 되었기 때문에 아직 에도를 떠나지 않는다고 했다.

이 해석에 따르면, 미츠나리 쪽이 오사카 서쪽에서 아이즈 공격에 참가하려고 동으로 오는 다이묘들의 군사를 저지하고 당당하게 반기를 들었을 때 ──

"좋다. 준비는 되었다."

이에야스는 즉시 서쪽으로 되돌아가야만 한다……는 답이 나온다.

'그렇다면…… 아이즈 공격은 히데타다 님, 미츠나리 공격은 주군, 이렇게 양쪽으로 나누어 싸우려는 것일까……?'

이렇게 생각하다가 나오카츠는 다시 홀끗 이에야스를 훔쳐보았다.

'그럴 리가 없다……'

둘로 나눌 수 있는 편성이 아니었다. 무엇보다 히데타다로서는 타이코가 키운 부장들을 지휘할 수 없다……

"우콘도 카츠시게도 잘 생각해보도록 하게."

다시 이에야스가 웃으면서 말했다.

"배운 것만으로는 자기 것이 되지 않아. 내가 왜 이렇게 하는가는 나이의 차이, 경험의 차이가 있기 때문에 확실하게는 알 수 없을 것일세. 그러나 내 생각을 육칠 할 정도는 알 수 있을 것 아닌가?"

이에야스는 담 너머 해자 부근에서 날아오른 수많은 새떼를 가늘게 뜬 눈으로 바라보면서 말을 이었다.

"어떤가, 의문이 있거든 한두 가지는 물어보게."

"한두 가지뿐만이 아닙니다."

이타쿠라 카츠시게가 진지하게 말했다.

"주군의 뜻을 알 것 같으면서도 하나도 알지 못하겠습니다. 인간은 인仁을 지향하고 살아야 한다…… 언제나 이 말씀만 하시는 주군, 타이코 생전에도 돌아가신 후에도 인내를 거듭하며 전쟁을 피해오신 주군…… 그 주군께서 이번에는 스스로 전쟁을 하려 하시니."

"하하하…… 그래? 카츠시게 그대는 전쟁과 인정仁政은 다르냐고 묻고 있군."

"예. 그뿐이 아닙니다, 알 수 없는 것은."

"좋아, 그렇다면 자네가 보살피고 있는 우에스기 가문의 카로 후지타 노토노카미를 데려오게. 자네들의 의문도 약간은 풀릴 것일세."

"알겠습니다."

부교 이타쿠라 카츠시게는 의아하다는 태도로 대답했다. 그리고는 흘끗 나가이 나오카츠를 바라보고 밖으로 나갔다. 순식간에 나오카츠의 이마에는 땀방울이 맺혔다.

후지타 노토노카미는 이에야스와 전쟁을 하기로 결심한 우에스기 카게카츠와 관계를 끊고 아이즈에 돌아가지 않은 채 쿄토에서 에도로 와서 이타쿠라 카츠시게의 보호를 받고 있는 사나이였다……

'벌써 목숨이 끊어진 줄 알고 있었는데……'

4

우에스기 가문의 카로 후지타 노토노카미가 이타쿠라 카츠시게에게 도주해왔을 때 이에야스는 이렇게 말했다.

"어찌 되었건 주군을 배신하고 아이즈에 돌아가지 않겠다는 것은 괘씸한 일. 자네가 알아서 처리하게."

이렇게 명한 것을 나가이 나오카츠는 잘 알고 있었다. 그런 만큼 나

오카츠도 노토노카미를 죽여야 한다고 생각했다. 그런데 무엇보다도 '인정仁政'에 마음을 쓰는 이타쿠라 카츠시게는 계속 그를 보호하고 있었던 모양이다. 나가이 나오카츠가 온몸에 식은땀을 흘린 것은 이 때문이었다.

얼마 후 이타쿠라 카츠시게가 후지타 노토노카미를 데리고 돌아왔다. 성안에 머무르게 했을 리는 없는데, 아마도 카츠시게가 이에야스를 만나게 하기 위해 데려와 머물게 하고 있었던 모양이다.

뜻밖에도 이에야스는 카츠시게의 뒤를 따라 들어서는 노토노카미를 부드러운 낯으로 손짓해 불렀다.

"노토노카미, 가까이 오게."

노토노카미 역시 기죽지 않고 둥근 얼굴에 웃음을 띠며 말했다.

"드디어 선봉이 아이즈로 떠나게 된 모양이군요."

그러면서 이에야스가 가리키는 자리에 가서 유유히 앉았다.

"어떤가, 노토노카미. 그대는 지금도 이 이에야스를 믿고 있나?"

"예. 저는 에치고에서 자란 무사, 일단 믿고 나서 다시 의심한다는 것은 불쾌한 일입니다. 그래서 의심하지 않습니다."

"그대는 우에스기 가문을 그르치는 자는 야마시로라고 했지?"

"그렇습니다. 야마시로는 우에스기 가문에는 기량이 넘치는 자. 야마시로가 주인이고 카게카츠가 가신이었더라면 좋았을 것입니다."

"으음, 여전히 생각한 바를 거침없이 말하는군. 그런데 그대는 어째서 카게카츠 곁을 떠나 이 이에야스를 섬기려고 하나?"

나오카츠도 카츠시게도 노토노카미의 거침없는 발언에 모든 신경을 집중시키고 있었다.

"뜻밖의 질문을 하시는군요…… 칼을 사러 갔다가 명검名劍과 나쁜 칼을 내놓을 경우에는 누구든지 명검을 고르게 마련입니다."

"그대는 나를 명검으로 본다는 말인가? 그 이유를 말해보게."

단도직입적인 물음에 노토노카미의 둥근 얼굴이 순간적으로 빨갛게 달아올랐다. 부끄러움을 참는 듯.

"저는……"

노토노카미는 머뭇거리다가 말을 이었다.

"나이다이진 님처럼 큰 도박을 하는 사람은 본 적이 없습니다."

"허어, 도박이라니 뜻밖의 말을 듣는군. 나보다 미츠나리나 야마시로 쪽이 더 유능한 도박사가 아닌가?"

"아닙니다!"

노토노카미는 강하게 머리를 저으면서 그 말을 가로막았다.

"도박의 차원이 다릅니다. 야마시로는 고작 카게카츠의 고집에 내기를 걸고, 미츠나리는 도요토미 가문과 자신의 야심에 걸었습니다. 그러나 나이다이진 님은 신불의 뜻에 합당한가 아닌가에 거셨습니다. 합당하지 않으면 언제든지 벌을 내려도 좋다! ……내기의 크기도 목적도 비교가 되지 않습니다."

"허어, 내가 더 큰 도박을 하고 있다는 말인가? 그렇다면 내가 우에스기, 이시다 양쪽으로부터 공격받는다 해도 그대는 내게 걸겠나?"

"나이다이진 님, 그런 걱정은 하실 필요가 없습니다. 카게카츠와 이시다가 양쪽에서 나이다이진 님을 공격하는 일은 없을 것입니다. 그러므로 물론 저는 나이다이진 님에게 걸겠습니다……"

5

이에야스는 흘끗 나오카츠를 바라보고 또 카츠시게를 보았다.

두 사람 모두 서로 시선을 나누며 고개를 끄덕이고 있었다. 오직 혼다 사도노카미만은 반쯤 조는 듯 실눈을 뜨고 있었다. 그는 후지타 노토노카미가 무슨 말을 하려는지 어렴풋이 알고 있는 것 같았다.

이에야스가 갑자기 소리 내어 웃었다.

"나오카츠, 내가 동서 양쪽에서 공격당하는 일은 없을 것이라고 하는군. 그래서 노토노카미는 내게 걸겠다고 했어. 잊어버리지 말게."

"예."

"내가 더 큰 도박사라고도 했어. 이것도 하나의 견해일지 몰라."

"야심에 거는 것과 신불에 거는 차이……라고 했습니다."

"재미있는 말을 하는 사람이야. 그런데, 노토노카미."

"예, 말씀하십시오."

후지타 노토노카미 역시 시치미를 떼는 표정이었다.

"어째서 내가 양쪽으로부터 공격받는 일은 없을 것이라고 했나? 양쪽이 서로 호응하여 공격한다…… 이미 나오에 야마시로와 이시다 지부 사이에 몇 번이나 협의한 일일 텐데."

"나이다이진 님, 알고 계시면서도 물으시는군요."

"무엇을 말인가?"

"지부와 야마시로의 인물됨이 다르다는 것 말입니다."

"허어, 두 사람을 비교해본 적이 별로 없는데……"

"인물로는 야마시로 쪽이 훨씬 더 교활합니다. 지부는 소심하고 정직한 면이 있습니다마는, 야마시로에게는 좀처럼 그런 면을 찾아볼 수 없습니다."

"하하하…… 그럼, 야마시로의 그 교활한 점을 여기 있는 젊은이들에게 설명해주게."

"말씀 드리지요. 야마시로는 지부를 선동하여 거사하도록 만들고, 나이다이진 님을 오사카에 묶어놓을 생각을 했습니다."

"예?"

깜짝 놀라 소리지른 것은 이타쿠라 카츠시게였다. 나가이 나오카츠도 물론 그 이상 놀랐을 테지만 연장자답게 소리는 지르지 않았다.

"지부가 여러 가지로 책동하면 나이다이진은 오사카에서 움직이지 못한다……는 계산 아래 그런 무례한 서신을 쇼타이에게 보냈습니다. 여간 교활한 자가 아닙니다. 그 서신에 대해서는 물론 지부도 알게 된다, 지부는 우에스기가 자기편이 된 것으로 알고 더욱 서두른다…… 서두르면 나이다이진은 점점 더 오사카에서 움직일 수 없을 것은 당연한 일…… 그동안에 군비를 갖추고 새로 나이다이진에게 사과하는 방법도 있다…… 만약 일을 벌인 지부가 나이다이진에게 승리했을 경우는 서신 하나로 지부에게 협력한 우에스기의 위광이나 그 후의 발언권도 높아질 터…… 일단 지부에게 수고하게 하면서, 나중에 우에스기천하가 될지도 모른다는 생각으로 사방에 다리를 걸친 교활한 책략…… 나이다이진은 이를 간파하셨다, 아니, 간파하셨다기보다 야심과 신불의 마음은 그릇의 크기가 달랐다…… 실은 제가 우에스기 가문으로부터 쫓겨난 것도 그와 같은 나오에 야마시로의 흉중을 꿰뚫어보았기 때문입니다. 지금 나이다이진 님의 우에스기 정벌에 가장 당황하고 있는 자는 야마시로입니다."

6

뜻하지 않은 후지타 노토노카미의 술회를 듣고 가장 놀라야 할 사람은 당연히 이에야스여야 했다. 그런데 이에야스도 혼다 사도노카미도 별로 놀라는 기색은 없고, 나가이 나오카츠와 이타쿠라 카츠시게만이 더욱더 놀라는 기색이었다.

"그러면 내가 먼저 공격을 가하지 않는 한 우에스기 쪽에서도 싸움을 걸어오지 않을 것이란 말인가?"

이에야스의 독촉을 받고 비로소 노토노카미는 싱긋 웃었다.

"나이다이진 님도 잘 알고 계시지 않습니까?"

이에야스는 시치미를 떼고 정색하면서 말했다.

"그대의 지나친 생각. 나는 야마시로처럼 재능이 뛰어나지 못해."

"아니, 이 판단에는 재능이 필요치 않습니다. 싸우게 되면 진다, 지면 우에스기 가문은 멸망한다, 분명히 알고 있는 전쟁인 이상 아무리 나오에 야마시로라 해도 하려고 하지 않을 것입니다."

노토노카미는 문득 생각난 듯 무릎걸음으로 앞으로 다가앉았다.

"나이다이진 님의 눈은 날카로우십니다. 그러니 솔직히 털어놓는 게 좋을지 모르겠군요. 실은 이 후지타 노토노카미를 우에스기 가문에서 쫓아낸 것도 어쩌면 나오에 야마시로가 나이다이진 님을 두려워한다는 증거의 하나일지도 모릅니다."

"허어, 그대는 쫓겨났다는 말인가?"

"쫓겨났다……고만 말하면 거짓말이 될까요?"

노토노카미는 정색하고 고개를 갸웃거리며 생각하다 말을 이었다.

"쫓겨났다 하면 쫓겨났고, 수수께끼에 걸렸다 하면 걸렸다고……"

"카게카츠에게, 아니면 야마시로에게?"

"물론 야마시로입니다. 저를 쫓아내면서 이렇게 말했습니다…… 우에스기 가문의 중요한 기밀 누설은 나이다이진에게 내응하는 것과 같다, 용서할 수 없는 잘못이라고……"

"그래서 돌아가면 처형될 줄 알고 아이즈에 돌아가지 않았군."

"좀더 들어보십시오. 그렇게 쓴 편지 말미에…… 만약 그렇지 않다면 말로 하지 말고 행동으로 보이라고 했습니다."

"으음."

"……자기가 실수한 연극을 이 노토노카미더러 바로잡으라는 수수께끼입니다."

"수수께끼라니?"

갑자기 입을 연 것은 이타쿠라 카츠시게였다. 부교로서 심문하던 버릇이 불쑥 고개를 든 모양이었다.

"말을 삼가게, 카츠시게."

이에야스는 가볍게 꾸짖고 다시 물었다.

"수수께끼였다면 어떻게 하겠나?"

"수수께끼이건 아니건 제가 해야 할 일은 오직 하나……"

"허어……"

"야마시로가 실수한 연극 때문에 유서 깊은 우에스기 가문이 망해서는 안 됩니다. 그러므로 부디 우에스기 가문에 특별한 온정을…… 노토노카미는 나이다이진 님께 부탁 드리지 않을 수 없습니다."

"하하하……"

이에야스는 다시 소리 내어 웃었다.

"그것도 야마시로와 그대가 미리 짠 연극의 줄거리는 아닐 테지, 노토노카미?"

"당치도 않습니다…… 그 대신 저는 비록 우에스기 가문이 무사히 남게 되더라도 결코 돌아가지는 않겠습니다."

이번에는 진지함 그 자체인 후지타 노토노카미의 표정이었다.

7

이에야스도 조금 진지한 표정이 되었다.

후지타 노토노카미가 우에스기 가문을 떠난 것에 대해서는 상당한 의구심을 품고 있던 이에야스였다. 그 역시 지난날 이시카와 카즈마사 石川數正를 비밀리에 히데요시에게 들여보내 두 가문의 관계를 수습하게 한 일이 있었다.

'그렇다면 노토노카미도 카즈마사와 비슷한 생각을 가지고 주군을 떠나온 것은 아닐까······?'

그의 말이 사실이라면 나오에 카네츠구와 이시다 미츠나리라는 당대의 손꼽히는 책략가 사이에는 마음으로부터의 제휴는 있을 수 없다······ 모두 상대방을 이용할 생각으로 서로 노려보고 있다······는 생각이 들어 일부러 나오카츠, 카츠시게 두 사람 앞에 후지타 노토노카미를 데려오게 했는데, 아마도 빗나가지는 않은 것 같았다.

이에야스는 대담해졌다.

"으음, 그래서 우에스기 가문을 나왔다는 말이군. 그렇다면 나도 조금은 카게카츠를 달리 보아야겠는걸."

"그러면 나이다이진 님은 카게카츠의 의사에 따라 나오에 야마시로가 움직인다고 보셨습니까?"

"반드시 그렇다고는 생각지 않네. 주종 사이는 반, 반으로 보아야겠지. 나오에 카네츠구가 카게카츠를 조종하고 있다고는 할 수 없어."

말을 끊고 이에야스는, 더더욱 진지하게 몸을 앞으로 내밀고 있는 나가이 나오카츠와 이타쿠라 카츠시게에게 시선을 옮겼다.

"물론 나는 동서 양쪽에서 적을 맞았을 때는 먼저 총력을 다해 카게카츠를 정벌해 뒤를 다테와 가모에게 맡기고 서쪽으로 향할 생각이었어······ 그런데 공격하지 마라, 그럴 필요가 없다고 노토는 말하고 있어. 그렇다면 노토에게도 무슨 생각이 있어 그렇게 말했을 것 아닌가. 자네들, 노토의 말을 듣는 편이 좋을까, 들으면 도리어 방해가 될까? 자네들에게도 생각이 있을 테니 말해보게."

후지타 노토노카미는 그 말에 깜짝 놀랐다. 그 물음은 이에야스의 진심으로 생각되었기 때문이다.

'최근 나이다이진은 반석과도 같은 자신감 위에 있다.'

이런 자신감을 갖게 되면 공포도 잔재주도 흔적조차 찾아볼 수 없어진다…… 물론 이 자신감은 지니려 한다고 해서 누구나 쉽게 지닐 수 있는 것은 아니었다.

'히데요시가 죽은 뒤의 천하는 내가 다스릴 수밖에 없다……'

그 자신감은 이러한 투철한 사명감의 자각 위에 내려진 신불의 지상 명령이었다. 이에야스는 이제 사소한 일에 필요 이상 구애받거나 비밀을 지키려 애쓸 이유가 없었다……

이에야스를 이렇게 보고 있는 후지타 노토노카미로서는 자신의 탄원을 듣는 것이 좋으냐, 들어주면 도리어 방해가 되겠느냐고 묻고 있어 전신이 굳어질 수밖에 없었다.

"글쎄요, 어떻게 하면 좋겠습니까?"

나오카츠는 다시 혼다 사도를 흘끗 바라보았다. 그러나 사도는 여전히 실눈을 뜬 채 졸기라도 하는 듯 반응이 없었다.

"카츠시게는 어떻게 생각하나, 들어줘야 좋을까?"

이때 노토노카미가 느닷없이 두 손을 짚고 빠르게 말했다.

"나이다이진 님! 유서 깊은 우에스기 가문이 카게카츠 때문에 멸망하지 않도록 해주십시오. 나이다이진 님이 공격하시지 않는 한 화살 하나도 쏘지 못하도록, 카게카츠가 납득하도록 이 노토가 반드시, 반드시…… 설득할 것이오니……"

8

이에야스는 점점 붉어지며 젖어드는 노토노카미의 눈 가장자리를 놓치지 않고 지켜보았다.

'거짓말은 아닌 것 같다. 노토노카미는 아직 카게카츠와 연락할 수

있는 통로를 가지고 있다……'

그렇다고 그대로 믿는 것도 위험한 일. 그러나 이렇게까지 사정을 말하는데도 냉정하게 대한다면 잔인하다는 생각이 들기도 했다.

"그렇다면 듣도록 하겠네. 전쟁이란 생물과도 같은 것이어서 과연 그대의 말처럼 될지는 알 수 없지만……"

"나이다이진 님!"

후지타 노토노카미는 무릎걸음으로 다시 한발 앞으로 나왔다.

"이 일은 야마시로도 잘 알고 있기 때문에 저에게 건 수수께끼…… 야마시로와 카게카츠와의 사이를 갈라놓지 않으면 우에스기 가문을 구할 수 없습니다. 물론 야마시로도 이 점을 충분히 깨닫고 있습니다. 아마도 야마시로는 주군이 자기를 믿지 않게 되었기 때문에 미츠나리와 호응하여 나이다이진을 공격하지 못했다……고 미츠나리에게 변명하려 할 것입니다."

"잠깐, 그대는 이상한 말을 하는군. 내가 우에스기와 격렬하게 싸우지 않는다고 해서 서쪽에서 미츠나리에게 반드시 이긴다고는 할 수 없는 일 아닌가. 나오에 카네츠구 정도나 되는 자가 그런 일을 가볍게 생각한다고는 할 수 없어."

"아닙니다!"

노토노카미는 크게 고개를 저었다.

"카네츠구가 목숨을 걸고 가담하려 하지 않는 미츠나리! 어찌 그런 미츠나리의 편을 들겠습니까. 이번 전쟁은 동쪽에서 싸우지 않으면 서쪽에서도 승리! 대지에 내리치는 망치는 빗나갈지언정 이 노토의 예언은 어긋나지 않습니다."

이에야스는 엄한 표정을 짓고 말했다.

"나오카츠도 카츠시게도 지금 이 말은 믿지 말게. 이런 말이야말로 전쟁을 앞두고 큰 독이 될 것일세. 방심과 자만은 바로 이런 데서 나오는 게야. 사자는 토끼를 잡을 때도 전력을 기울이는 법…… 노토도 때로는 독이 되는 말을 한다. 방심하지 마라."

노토노카미는 이에야스의 말을 듣고 있는 것 같지 않았다. 본바탕은 철저히 고집스러운 자인 것 같았다.

"어쨌든 제가 야마시로와 카게카츠는 갈라놓겠습니다. 카게카츠에게 켄신 때부터 내려오는 에치고의 권위를 세우라고 하면……"

"그만 됐네. 카츠시게, 노토노카미를 데려가게. 지금 그 말은 이 이에야스가 마음에 담아두겠어. 나머지 일은 그대가 알아서 처리하게."

노토노카미는 입을 다물었다. 결코 불만스러운 얼굴은 아니었다. 오히려 감정에 사로잡혔던 자신의 발언을 부끄러워하는 듯했다.

"그럼, 이만 실례하겠습니다."

노토노카미는 똑바로 이에야스의 눈을 쳐다보면서 허리를 굽혔다.

이에야스도 고개를 끄덕였다.

'사람에게도 무사에게도 별의별 유형이 다 있구나……'

카츠시게의 독촉을 받고 물러가는 노토노카미는 결코 이 세상에서 입신출세할 유형으로는 보이지 않았다. 그러나 자기가 믿는 것, 자기가 사랑하는 것에 대해서는 외곬으로 심혈을 기울이는 인간으로 보였다.

갑자기 혼다 사도노카미가 고개를 들고 나오카츠에게 말했다.

"나오카츠…… 알겠나, 주군이 아이즈 공격을 별로 서두르시지 않는 이유를……?"

이에야스는 입 속에서 가만히 중얼거렸다.

"그래, 노토노카미는 내가 천하를 걱정하듯이 우에스기 가문을 걱정하고 있다……"

혼다 사도노카미의 말에도 대꾸하지 않고 나가이 나오카츠는 아직도 후지타 노토노카미가 사라진 공간을 잔뜩 응시하고 있었다……

9

혼다 사도노카미는 당장 대답할 것 같지 않은 나오카츠의 모습에 쓴
웃음을 지으며 이에야스 쪽으로 향했다.

"주군……"

이에야스는 후지타 노토노카미의 환상을 지워버리고 사도노카미를
돌아보았다.

"뭐라고 했나?"

"저어, 후지타 노토노카미에게 카게카츠와 나오에 야마시로의 사이
를 갈라놓을 만한 힘이 있을까요?"

이에야스는 잠자코 다시 허공으로 시선을 옮겼다.

"야마시로가 우에스기 님과 불화를 일으킨다면, 혹시 우에스기 군은
싸울 생각을 버리게 될지도 모릅니다."

"……"

"그리고 야마시로와 지부가 실은 서로 상대를 이용하려는 것뿐……
임을 알면 우에스기 가문의 전의戰意 상실은 그대로 서쪽의 전의 상실
과도 통할 것이므로……"

혼다 사도노카미 마사노부는 좀더 후지타 노토노카미의 뒤를 밀어
보았으면…… 하고 말하려는 것이 분명했다.

"잠자코 있게."

갑자기 이에야스가 사도노카미의 말을 막았다.

"사도, 자네는 도대체 몇 살인가?"

"예……?"

"나보다 연상인 자네한테 그런 말을 듣게 되다니 뜻밖일세. 자네는
이 이에야스가 왜 오사카 성을 비우고 왔는지 그 근본이 되는 뜻을 잊
어가고 있는 것 같아."

"예?"

"나는 아이즈의 우에스기나 사와야마의 지부를 개인으로서 상대하고 있지는 않아!"

격한 어조로 말했다.

'아차!'

사도노카미는 당황한 표정으로 고개를 숙였다.

"이번 전쟁은 신불이 굽어보시는 가운데 이에야스의 손으로 이룩하는 일본의 기반 굳히기…… 그렇지 않다면 하찮은 개인적 싸움에 지나지 않게 될 것일세."

"황송합니다."

"나오카츠도 잘 듣도록 하게. 전쟁에는 전략과 전술이 따르게 마련. 그러나 전략과 전술에만 정신이 팔려 무엇을 위한 전쟁인가 하는 근본을 잊어버린다면, 무의미한 살상으로 전락하여 병사는 미친 병사, 군대는 흉凶한 군대가 된다는 사실을 명심해야 하네."

나가이 나오카츠는 깜짝 놀란 듯이 이에야스를 쳐다보고 있었다. 그는 사도노카미가 무엇 때문에 꾸중을 듣는지 그 의미를 정확히 파악하지 못하고 있었다.

이에야스는 말을 계속했다.

"후지타도 훌륭해. 그 심정은 잘 알 수 있어. 나름대로 몹시 자기 주인을 생각하고 있어. 그렇다고 더 이상 후지타를 이용할 생각은 하지 말아야 해."

"과연 그렇습니다……"

"고작 한두 사람을 이용하고 이용하지 않는 것으로 승패가 역전될 전쟁은 하지 말아야 하네. 알겠나, 이번 전쟁은 이에야스가 깊이 생각한 끝에 결정한 일본의 기반 다지기…… 그러므로 이에야스의 행동이 신불의 뜻에 합당하고 모든 사람의 마음이 이에야스에게 기울 것인가,

아니면 미츠나리에게 기울 것인가 하는 전쟁일세."

'이 얼마나 놀라운 자신감인가!'

이렇게는 생각했으나, 솔직하게 말해서 그때까지도 사도노카미는 아직 이에야스의 진정한 각오까지는 알지 못했다. 그런데 확실히 알 수 있는 일이 그 얼마 후에 일어났다……

10

이에야스가 에도 성에 들어온 지 17일째인 7월 19일 저녁 무렵, 오사카의 마시타 나가모리가 나가이 나오카츠에게 보내는 서신을 가진 급한 전령이 도착했다. 보낸 날짜는 12일로 되어 있었다. 이에야스의 손에 들어온 서쪽으로부터의 첫 서신이었다.

나오카츠는 서신을 혼다 사도노카미에게 가져갔으며, 두 사람은 나란히 이에야스 앞으로 갔다.

이미 그 무렵에는 도착해야 할 다이묘들의 군사는 거의 도착해 아이즈로 향하고 있었다. 아직 도착하지 않은 다이묘들의 행렬은 오사카에 묶여 있다고 보아야 할 것이었다.

"마시타 우에몬노다이부增田右衛門大夫로부터 서신이 왔습니다마는."

나오카츠가 이에야스에게 서신을 건넸다. 이에야스는 안경을 끼고 천천히 서신을 읽어내려갔다.

겨우 다섯 줄에 불과한 짧은 내용, 그러나 그것은 이에야스의 아이즈 출정에 즈음하여 서부 일본의 인심이 이쪽을 택하느냐 저쪽을 택하느냐를 결정해야 할 상황에 쫓겨 크게 동요하고 있는 모습을 잘 표현하고 있었다.

"오타니 교부노쇼 요시츠구가 타루이의 숙소에서 병이 나서 출정을 포기했습니다. 그리고 이시다 지부쇼유 미츠나리는 군사를 이끌고 오사카로 출진한 것 같습니다…… 그 후의 일에 대해서는 나중에 다시 통지하겠습니다."

내용은 이것뿐이었다. 무엇보다도 기묘한 것은 미츠나리에게 가장 충실한 동료여야 할 마시타 나가모리가 맨 먼저 이런 서신을 보내온 일이었다.

"또 꾸중을 듣게 될지도 모르겠습니다마는, 이 서신은 지부의 음모에 의한 것이 아닐까 합니다. 일부러 서신을 보내 내통하는 것처럼 보이게 하여 주군의 내심을 탐지하는 한편 장수들을 동요시키려는……"

혼다 사도노카미가 곁에서 조용히 입을 열었으나 이에야스는 대답하려 하지 않았다.

"나오카츠, 곧 서기들을 불러 장수들의 수만큼 이 서신을 베껴 쓰도록 하게."

"알겠습니다."

나오카츠가 대답했다.

혼다 사도노카미가 당황해 물었다.

"그럼, 주군은 이 서신을 베끼게 하여 도요토미 가문의 장수들에게까지 배포하실 생각이십니까?"

"물론일세. 그렇게 하면 안 된다는 말인가?"

"주군! 그렇게 하면 저쪽의 덫에 스스로 걸리는 셈이 되지 않을까요? 무엇보다도 장수들은 모두 처자를 오사카에 남기고 왔습니다. 그런데 이런 서신을 보여준다면……"

"사기에 문제가 생긴다는 말인가?"

"그렇습니다."

"사도, 이 때문에 장수들이 나를 버리고 오사카로 돌아간다면 그것도 상관없는 일 아니겠나?"

"무……무……무슨 말씀을 하십니까?"

"천하의 인심은 아직 이에야스 편에 있지 않다…… 이렇게 신불이 판단한 것으로 생각하고 이 이에야스도 미츠나리에게 머리를 숙이게 될지도 몰라."

"당치도 않은 농담의 말씀을……"

"어쨌든 좋아. 이번만은 신불이 이에야스의 상대일세. 아무것도 숨기지 않겠어! 있는 그대로 알렸을 때 몇 사람이나 남을 것인지……"

이에야스는 안경을 벗고 다시 나오카츠에게 시선을 보냈다.

"나오카츠, 이제부터 속속 서쪽의 자세한 보고가 들어올 것일세. 여기서부터 우츠노미야까지 십 리마다 파발꾼을 두어 쿄토의 상황을 일일이 장수들에게 알리도록 조치해놓게."

이에야스가 그때까지 에도 성에 머물러 있었던 가장 큰 원인은 바로 이 일 때문이었던 것 같다.

11

혼다 사도노카미 마사노부는 잠시 동안 망연히 이에야스를 쳐다보고 있었다.

서쪽으로부터의 정보를 일일이 장수들에게 알리라니 이 얼마나 대담무쌍한 자신감이란 말인가…… 미츠나리가 오사카에 가면 무슨 일을 할 것인지 사도노카미도 이미 계산해놓고 있었다.

우에스기 카게카츠는 그렇다 하더라도 모리, 우키타 두 타이로와 마시타, 마에다, 나츠카, 오타니 등 부교들을 부추겨 장수들에게 이에야스 토벌의 격문을 보낼 것은 불을 보듯 뻔한 일. 아니, 그뿐 아니라 현재 에도에 내려와 있는 장수들은 그 처자를 거의 모두 오사카에 남겨두고 있었다. 그들을 인질로 잡아 오사카 성 안에 가둔다면 과연 장수들이 이에야스 밑에 남아 있으려 할 것인가?

사도노카미는 우에스기의 거취가 확실해질 때까지 서쪽의 정보는 극비에 부쳐야 한다는 판단을 결코 바꿀 수 없었다.

"황송합니다마는, 너무 대담한 일이지 않는가 합니다."

사도노카미는 나가이 나오카츠가 서기를 부르러 거실을 나간 뒤 눈을 크게 뜨고 이에야스에게 따졌다.

"주군의 심중은 참으로 공명정대합니다마는, 인간이 그대로 신불은 아닙니다. 만약 장수들의 동요가 쿄토에 알려지면……"

이에야스는 무서운 눈으로 자르듯 말했다.

"우에스기 군까지 용기를 얻어 공격해올 것이란 말인가?"

"그렇습니다. 비록 후지타 노토노카미가 아무리 카게카츠를 만류한다 해도……"

"이제 됐네, 나도 알고 있어."

이에야스가 얼른 말을 막았다.

"지금 이 이에야스를 움직이고 있는 것은 전략도 아니고 눈앞의 승패도 아닐세."

"예? 승패가 아니라면……?"

"그래. 인간의 생애에는 눈앞의 승패나 야심을 떠나 움직이는 경우가 한두 번쯤은 있어도 좋은 것일세."

"그럼, 주군은…… 무엇 때문에 일부러 위험한 길을 택하십니까?"

"사도, 지금 이 이에야스를 움직이는 것은 하나의 큰 사명감일세."

"사명감……?"

"그래! 이에야스는 선택을 받아 타이코가 없는 천하의 안정을 위해 일하는 것이야…… 이 사명이 반석보다도 무거운 줄 알게…… 그러므로 떠나겠다는 자가 있거든 가게 하고, 진정으로 이에야스의 사명을 알고 협력하는 자들의 힘만 모아 싸우겠어."

"그러나 이 때문에 생기는 어려움은……"

"물론 전혀 개의치 않겠어. 토자마 제후들이 모두 떠나고, 이 때문에 우에스기 군이 용기를 얻어 공격해올 경우에는 칸토 여덟 주에서 쌓은 이에야스 평생의 힘을 기울여 이를 섬멸하고 서쪽으로 달려가겠어. 더 이상 간언은 하지 말게."

혼다 사도노카미는 눈을 부릅뜨고 이가 빠진 잇몸을 드러내 보인 채 잠시 멍청하게 있었다.

신중함과 인내가 원숙기에 달한 이에야스. 그 이에야스의 입에서 이 얼마나 젊고 격렬한 말을 듣는가……

"알겠나, 사도? 천하를 평화롭게 하려는 뜻을 가진 자가 이 정도의 각오도 없다면 무엇에 쓰겠는가. 이것이 이번 전쟁에 임하는 이에야스의 기백일세."

사도노카미는 여전히 입술을 바르르 떨면서 이에야스를 쳐다보고 있을 뿐이었다……

12

세상에서는 이에야스가 혼다 사도노카미의 지혜로 움직이고 있는 것처럼 알고 있는 사람들이 있었다. 그러나 사실은 정반대여서, 사도노카미는 단지 이에야스의 뜻을 충실히 이행하고 있을 뿐이었다.

다만 이에야스는 자기 의사를 결정하기에 앞서 언제나 측근의 의견을 물었다. 아마도 이러한 태도가 다른 사람의 의견을 받아들여 움직이는 것처럼 보였을 터였다. 이에야스가 측근에게 의견을 물을 때는 직접 상대의 식견을 시험하려 하는 경우와, 상대의 이해력에 적합할 정도의 교육을 베풀려고 하는 경우가 있었다.

이러한 사실은 사도노카미도 잘 알고 있었다.

"주군이기에!"

항상 후진 교육을 잊지 않는 그런 일상생활을 진심으로 존경하기도 했다. 그러나 이 가르침의 채찍이 이에야스보다 연장자인 사도노카미 자신에게 이처럼 무섭게 휘둘러질 줄은 생각지도 못했다.

60년 가까운 생애를 모두 걸고 싸우겠다니, 듣기에 따라서는 일종의 '광신자'가 하는 말처럼도 여겨졌다.

이에야스가 다시 가볍게 말했다.

"걱정하지 말게. 이 이에야스는 사람으로서 할 일을 다하고 신불을 대하고 있네. 굳이 가호를 빌지 않아도 될 정도로 말일세."

사실 그 후의 이에야스는 정말 천의무봉天衣無縫이었다.

19일에 도착한 마시타 나가모리의 서신에 이어 20일에는 미츠나리가 드디어 오타니 요시츠구와 손을 잡고 오사카에 입성했다는 소식이 들어왔다.

챠야 시로지로와 호코지 쇼타이가 보낸 서신에는, 모리 테루모토도 에케이의 설득으로 킷카와 히로이에의 의견을 뿌리치고 오사카의 서쪽 성에 들어간 모양……이라고 씌어 있었다.

이에야스는 이 서신도 베끼게 하여 장수들에게 모두 나누어주도록 했다.

이미 장수들도 예상하고 있던 일이기는 하지만, 내심으로는 몹시 서쪽 일을 걱정하여 혼란스러워질 터였다. 이 통보는 뜻하지 않게 우에스기를 공격하려는 기세를 꺾고 선봉을 다투려는 일을 미연에 방지하는 결과가 되었다.

"과연 이에야스는 동쪽으로 갈 생각일까 서쪽으로 갈 생각일까?"

이 의문이 풀리지 않는 한 전쟁을 하기는 어렵다는 마음이 드는 것은 너무나 당연한 일이었다.

이에야스는 풍운이 급박한 서쪽 상황을 전군에게 통보하고 나서 예정대로 21일에 당당히 에도 성을 출발했다.

"아무래도 우에스기를 공격할 것 같아."

"그러나저러나 유유히 가마에 올라 동쪽으로 가시는 것은 무슨 생각에서일까?"

동행하는 하타모토旗本°들은 물론 선발대로 앞선 장수의 군사들도 모두 고개를 갸웃거리고 있었다. 이런 가운데 이에야스는 별로 서두르지 않고, 도중에 사흘이나 걸려 시모츠케下野의 오야마小山에 도착했다. 24일의 일이었다.

그곳으로 다시 서쪽으로부터 급한 보고가 들어왔다. 이번에는 후시미 성의 토리이 모토타다로부터였다. 모리 테루모토가 이미 오사카 성에 들어갔으므로 오래지 않아 후시미는 총공격을 당하게 될 것이라는 통보였다.

이에야스는 이 사실도 장수들에게 숨기지 않았다. 숨기지 않았을 뿐 아니라, 이런 말을 덧붙여 보냈다.

"걱정이 되거든 언제라도 돌아가라, 말리지 않겠다……"

서쪽의 도전

1

이시다 미츠나리, 오타니 요시츠구, 안코쿠지 에케이 등이 밀담을
나눈 끝에 작성한 세 부교 연맹의 호출장을 모리 테루모토가 히로시마
廣島에서 받은 것은 7월 14일 밤이었다.

"오사카에 관한 문제로 승낙받을 일이 있으니 조속히 오사카에 올라
오시기 바랍니다. 에케이가 모시러 가서 자세한 말씀을 드리려 했으나
사정이 여의치 않습니다. 급히 올라오시기를……"

마치 불이라도 붙은 듯이 다급하게 쓴 문장으로 발신인은 나츠카 마
사이에, 마시타 나가모리, 마에다 겐이 등의 세 부교였다. 미츠나리와
요시츠구의 이름은 쓰지 않았으나 그 서한이 무엇을 의미하는지는 에
케이가 별도로 보낸 서신을 통해 테루모토는 잘 알고 있었다.

테루모토는 여섯 살 된 아들 히데나리秀就를 데리고 15일 아침 일찍
배로 히로시마를 출발하여 16일 밤 오사카에 도착했다.

테루모토가 도착하기를 기다렸다가 미츠나리와 요시츠구, 에케이가
미리 꾸며놓은 거사 계획은 곧 실행에 옮겨졌다.

맨 먼저 이에야스가 없는 동안 서쪽 성을 지키고 있던 사노 히고노카미 츠나마사佐野肥後守綱正에게 성을 내놓으라고 위협했다. 츠나마사는 그 요구에 따라야 할지 저항해야 할지 망설였다. 그러나 결국 이에야스의 소실들을 데리고 성을 나왔다. 저항하다가 아챠阿茶 부인, 오카츠阿勝 부인, 오카메 부인 등의 신변에 위험이 미칠 것 같아 염려했기 때문이다.

모리 테루모토는 이에야스를 대신하여 서쪽 성에 들어갔다. 그는 아들 히데나리를 히데요리 곁에 있게 하고, 이튿날인 17일 서쪽 성에서 이에야스를 공격하기 위한 격문을 협의해 결정했다. 미츠나리가 미리 작성했던 초안이 그대로 결정된 것은 말할 나위도 없었다.

「나이다이진의 비리非理 사항」이라는 이 공격을 위한 문서는 모두 13개 항목에 걸쳐 이에야스의 잘못을 열거하고 있었다.

1. 다섯 부교 중에서 두 사람을 독단적으로 은퇴시킨 일(두 사람은 미츠나리와 아사노 나가마사).

1. 다섯 타이로의 한 사람인 우에스기 카게카츠를 제거하기 위해 마에다 토시나가에게 서약서를 쓰게 하고, 인질(어머니인 호슌인)을 잡아 멋대로 에도로 데려간 일.

1. 카게카츠에게는 아무런 잘못도 없으나, 타이코 님의 뜻을 어기고 부교들의 간언도 듣지 않은 채 끝내 출병을 감행한 일.

1. 녹봉을 정함에 서약을 어겨가며 충절을 인정할 수 없는 자에게 녹봉을 늘려준 일(호소카와 타다오키에게 준 키츠키杵築의 6만 석).

1. 타이코 님이 명하신 후시미 성 수비장수들을 모두 몰아내고 개인 병력을 들여놓은 일.

1. 키타노만도코로 님의 거처인 서쪽 성을 무엄하게도 자기 거처로 삼은 일.

이 밖에도 서쪽 성에 텐슈카쿠를 쌓은 일에서부터 장수들의 편을 들어 그 처자를 멋대로 자기 영지로 돌려보낸 일, 하치만八幡 땅을 오카메 님과의 연고를 빌미로 이와시미즈石淸水의 신관神官에게 준 일 등을 자세히 열거하고, 이 모두는 이에야스가 도요토미 가문을 빼앗으려는 음모에서 나온 것이라고 했다……

2

13개 항목에 달하는 「나이다이진의 비리 사항」은 말하자면 전쟁의 취지서와 같은 것, 그 다음에 드디어 선전포고의 결의를 담은 격문이 이어졌다.

"분명히 고하노라. 이번 카게카츠 공격을 위한 출병은 나이다이진의 서약서 및 타이코 님의 유언을 위배하고 히데요리 님을 저버리는 처사, 이에 우리는 깊이 상의한 끝에 보쥰鉾楯(싸울 결의)에 이르렀다. 나이다이진의 비리는 따로 열거하거니와, 이 취지에 찬동하고 타이코 님의 은혜를 잊지 않았다면 히데요리 님에게 충성을 바칠지어다."

이 격문에는 나츠카 마사이에, 마시타 나가모리, 마에다 겐이 등 세 사람이 서명하고, 다시 타이로 모리 테루모토와 우키타 히데이에가 연서한 격문이 따로 첨부되었다.

"간곡히 고하노라. 지난해 이래 나이다이진은 별지에 기록한 대로 법도를 어기고 서약을 지키지 않았도다. 이처럼 부교와 타이로들이 하나씩 차례로 제거된다면 어떻게 히데요리 님을 받들어모실 수 있겠는가. 이 점을 생각해 이번에 여러 사람이 상의하여 보좌를 하기에 이르렀노라. 그대들도 동조할 것으로 믿는다. 히데요리 님 편을 들 의사가 있는지 없는지 대답하기 바라노라."

13개 항목에 걸친 「나이다이진의 비리 사항」은 어찌 되었건, 히데요리를 방치하고 우에스기 카게카츠를 치기 위해 동쪽으로 출정한 것은 도요토미 가문의 은혜를 입은 장수들을 차례로 제거하려는 이에야스의 원대한 책략에 따른 것, 이를 드러낸 점이 미츠나리가 가장 고심한 대목이었다. 모리 테루모토를 일어서게 한 것도 바로 이 대목 때문이었을 터였다.

팔짱을 끼고 이에야스의 공격을 기다리기보다는 서군西軍 총대장으로 기선을 제압해야 하지 않겠는가…… 물론 에케이도 이를 간곡하게 권유했다. 우에스기 카게카츠가 전력을 다해 이에야스와 결전을 벌이면 이 전쟁에서 결코 지지 않으리라는 계산도 나왔다.

격문은 '케이쵸 5년(1600) 7월 15일' 전국에 배포할 준비가 끝났고, 이로써 서군은 분명 임전 태세로 들어갔다.

나베시마 카츠시게鍋島勝茂, 와키사카 야스모토脇坂安元, 마에다 시게카츠前田茂勝(겐이의 아들) 등은 이시다 미츠나리의 아들 마사타카正隆에게 차단되어 이에야스 밑에서 싸울 생각으로 오미의 에치가와愛知川에까지 갔으면서도 군사들을 데리고 오사카로 돌아왔다.

이미 이에야스를 따라 동쪽으로 간 장수의 가족들이 연금되었음은 말할 나위도 없었다. 마시타 나가모리의 명으로 인질을 차출하는 사자가 사방으로 달려갔다.

오츠의 쿄고쿠 타카츠구京極高次에게.

쿠츠키다니朽木谷의 쿠츠키 모토츠나朽木元綱에게.

토도 타카토라에게.

다테 마사무네에게……

쿄고쿠 타카츠구는 타이코의 소실 마츠노마루松の丸의 동생으로, 이에야스가 동쪽으로 갔을 때 향응을 베풀었다. 그는 당연히 마시타 나가모리의 인질 요구를 거부했다. 그러나 쿠츠키 모토츠나는 장남 쿠마와카熊若를 보냈고, 다테 마사무네도 장남 히데무네秀宗를 우키타 히데이에에게 인질로 보냈다. 토도 가문에서는 타카토라의 동생 타카키요高淸를 보내려 했다. 그러나 이에 대해 가신들이 완강하게 거부했다.

이와 같이 인질의 징발을 서두르는 한편 다른 사자는 즉시 후시미 성으로 달려갔다. 당장 성을 내놓으라는 통고를 하기 위해서였다.

3

마시타 나가모리의 사자가 맨 처음 후시미 성으로 찾아간 것은 18일 아침이었다. 이때 토리이 모토타다는 오사카의 서쪽 성에서 쫓겨난 사노 히고노카미 츠나마사를 만나 호되게 꾸짖고 있었다.

"이처럼 세상이 어지러울 때 어쩌자고 서쪽 성을 내주고 돌아왔단 말이오!"

모토타다는 입에 거품을 물고 힐문했다. 츠나마사는 고개를 떨군 채 잠시 대답을 하지 않았다.

"설마 귀하는 자진해서 서쪽 성을 내주지는 않았겠지요?"

이렇게 물었을 때는 이미 모토타다도 츠나마사가 무엇 때문에 찾아왔는지 확실히 알게 되었다. 소실들과 수많은 여자들의 안전을 생각하고 서쪽 성에서 나왔을 터.

안타까웠다! 어째서 나이다이진의 명으로 나이다이진의 숙소를 지킨다고 당당하게 내세우며 버티지 못했단 말인가……

이는 결코 무의미한 고집이 아니었다. 두고두고 큰 전략과 통할 수 있는 고집이었다.

"토리이 님, 어쨌거나 여자들은 야마토大和 모처에 무사히 피신시키고 왔습니다."

"그런 말은 듣고 싶지 않소."

모토타다는 피신시킨 곳이 오토코야마 하치만男山八幡과 관련이 있는 사람들의 집임을 알고 있었다. 그 말에 사실 내심으로는 안도했다. 그러나 일단 무사가 성을 지키라는 명을 받은 이상 끝까지 사수하겠다고 버티는 것이 당연한 일 아니겠는가. 그 오기와 여자들의 피신과는 전혀 별개의 문제. 서쪽 성을 건네지 않고 여자들을 피하게 할 방법을 왜 생각해보지 않았다는 말인가……?

"이제 와서 저도 잘못을 깨달았습니다. 사죄 드리고 싶습니다."

"벌써 서쪽 성을 내주었는데, 이게 어디 사죄로 끝낼 일이겠소?"

"부탁입니다. 토리이 님은 물론 농성籠城하실 결심이겠지요. 저도 이 성에 있게 해주십시오."

"안 되오."

토리이 모토타다는 한마디로 거절했다.

"나는…… 주군으로부터 내 힘만으로 성을 지키라는 분부를 받았소. 사노 님의 도움을 받으라고 하시지 않았어요. 이렇게 된 이상 미카와 무사의 심정이 어떤 것인지 지부의 오합지졸들에게 확실하게 보여야 하오. 입성을 하겠다니 당치도 않소이다."

이때 오사카에서 마시타 나가모리의 일곱 명 사자 가운데 한 사람인 이토 나가스에伊藤長季가 찾아왔다. 모토타다는 일단 츠나마사와의 말을 중단하고 지팡이를 손에 든 채 사자가 기다리는 방으로 갔다.

이토 나가스에는 고압적인 태도로 나왔다.

"히데요리 님이 이 성을 쓰시겠다고 하셨소. 그러므로 즉시 철수하고 성을 비우라……는 분부가 내리셨소."

"거절하겠소이다."

"예?"

모토타다의 대답이 너무 빨리 그리고 단호하게 나왔기 때문에 나가스에는 저도 모르게 반문했다.

"거절하겠다는 말이오. 나는 이에야스의 가신이지 히데요리 님의 가신이 아니오. 나에게 명을 내릴 사람은 이에야스밖에 없소. 어쨌든 수고가 많았소. 어서 돌아가시오……"

4

이토 나가스에는 모토타다의 대답이 의미하는 바를 새겨보는지 잠시 상대의 얼굴을 빤히 쳐다보고 있었다.

"토리이 님, 그렇다면 귀하는 이 사람의 통고는 일고의 가치도 없다는 말이오……?"

"그렇소."

"히데요리 님의 명령이라 해도 말이오?"

모토타다는 웃으면서 고개를 끄덕였다.

"사자는 예닐곱 살밖에 안 되신 히데요리 님이 그런 명령을 내리실 수 있다고 생각합니까?"

"으음."

"이 일에 대해서는 진작부터 각오하고 있었던 터요. 어서 돌아가 성을 내주지 못하겠다는 말이나 전하시오."

"토리이 님."

"왜 그러시오?"

"그 대답의 결과에 대해서는 충분한 각오가 되셨겠지요?"

"이것 참, 이상한 말씀을 하시는군. 우리 미카와 무사의 각오는 상대방이 나오기에 따라 이렇게도 변하고 저렇게도 변하는 그런 연약하고 만만한 것이 아니오."

"……나의 개인적 의견이오마는, 이미 동서간의 단절은 확실해졌소. 무의미한 농성을 하기보다 군사를 이끌고 일단 성에서 나가 속히 동쪽의 나이다이진과 합류하는 편이 현명한 일 아니겠소?"

"생각해주니 고맙군요. 우리 주군은 서쪽 소요를 모른 체하고 동쪽에서 유유히 체류하실 분이 아니오. 서쪽에서 반군이 일어났다고 아시면 즉시 군사를 돌려 이를 소탕할 것이오. 우리는 그때까지 이 성에 있으면서 주군을 기다리겠소."

"허어, 서쪽의 대군이 이 성을 포위해도?"

상대는 모토타다를 설득하려는 의사를 포기한 듯 말을 이었다.

"토리이 님, 그 기개는 높이 평가할 만하지만, 상당히 무모하다고 생각되는데, 어떻소, 마음을 돌리는 게……"

"거듭 생각해주어 고맙게 생각하오."

모토타다는 태연한 얼굴로 손을 내저었다.

"비록 오십만, 백만의 군사가 포위한다 해도 이 대답에는 변함이 없소이다. 어서 돌아가도록 하시오."

전혀 상대가 되지 않는다는 모토타다의 태도에 결국 사자는 노기를 띠고 일어났다.

"그럼, 언젠가 전쟁터에서 만납시다."

"마음껏 공격해보시오. 미카와 무사의 진면목을 보여줄 터이니."

첫번째 사자가 돌아간 뒤 모토타다는 즉시 본성의 넓은 방으로 장수들을 불러모았다.

당장 모리 군이 공격해오리라고는 생각지 않았으나 이미 포위는 시간문제였다. 나이토 야지에몬 이에나가, 그 아들 코이치로小市郎, 마츠다이라 토노모노스케 이에타다, 마츠다이라 고자에몬 치카마사 등의 장수 외에 코마이 이노스케, 후카오 세쥬로, 이와마 효고노카미, 코카사에몬甲賀左衛門 등이 모였다.

장수들이 모두 모인 뒤 모토타다는 가신 하마지마 무테에몬浜島無手右衛門을 불러오게 했다. 하마지마 무테에몬은 이미 모토타다로부터 몇 번이나 지시를 받고 있었다. 첫번째 사자가 도착한 뒤 곧 사자의 말과 적의 동태를 맨 먼저 이에야스에게 가서 보고하기로.

"드디어 무테에몬에게 옛날의 토리이 스네에몬鳥居强右衛門의 의기로 성을 탈출해달라고 부탁하게 되었군……"

모토타다는 반쯤 쉰 목소리로 담담하게 말하고 좌중을 둘러보았다.

5

비장감은, 때로는 조용한 담소로 더욱 깊어지기도 한다.

모토타다의 목소리나 표정에는 전혀 동요하는 빛이 없었다. 그래서 도리어 일동에게 으스스한 기분을 느끼게 했다.

"우리가 어떤 각오로 이 성을 지켜야 할 것인지는 이미 말한 바 있소. 죽음으로써 주군의 은혜에 보답한다는 그런 안이한 자세로는 부족하오. 죽어도 죽지 않는다! 이런 각오가 있어야만 하오."

"그렇습니다."

나이토 이에나가가 맞장구를 쳤다.

"이 성에서 농성하면서 얼마나 적을 끌어들일 수 있는가. 우리가 많은 적을 끌어들일 수 있다면 그만큼 주군을 공격하러 가는 군사 수가 적어지니 말이오."

모토타다는 웃으면서 고개를 끄덕였다.

"야지에몬(이에나가)이 말한 그대로요."

손을 들어 말을 제지하고는 하마지마 무테에몬을 향해 고쳐앉았다.

"이 자리의 모습도 잘 전하도록……"

무테에몬에게 지시하는 형식을 취하면서 모토타다는 그대로 작전회의에 들어갈 모양이었다.

"무테에몬은 날이 저물기를 기다렸다가 성에서 나가도록 하게. 물론 감시의 눈은 밤에도 올빼미처럼 빛나고 있을 것일세. 우지야마宇治山까지 탈출에 성공하거든 봉화를 올려 신호하게."

"알겠습니다."

무테에몬은 무릎에 얹은 커다란 주먹을 떨면서 고개를 숙였다.

"봉화가 보이거든 여러분은 각자 자기 부서에 자리잡으시오. 무테에몬이 가서 보고하기 쉽도록 그 부서를 다시 한 번 말하겠소. 본성은 이토리이 히코에몬, 정문은 마츠다이라 토노모노스케와 마츠다이라 고자에몬, 서쪽 성은 야지에몬과 아드님 코이치로, 마츠노마루 성채는 후카오 세이쥬로와 코카 무사들의 일부, 나고야 성채는 이와마 효고노카미와 코카 사에몬, 지부쇼유 성채는 코마이 이노스케…… 이렇소. 이제 제 위치로 돌아가기 전에 이별의 잔을 나누고 각자 맡은 부서를 죽을 장소로 삼으시오."

쉰 듯한 목소리로 조용히 말했을 때, 어느 틈에 왔는지 문 앞에 있던 사노 히고노카미 츠나마사의 목소리가 들렸다.

"부탁이 있습니다!"

"오오, 사노 님, 아직도 계셨군요."

"부탁입니다. 저도 농성할 수 있도록 해주십시오! 무사의 체면을 지키고 싶습니다."

모토타다는 흘끗 바라보았으나 이번에는 꾸짖지 않았다.

"야지에몬, 어떻게 하면 좋을까?"

"그토록 부탁하시니……"

"그러면 눈감아주기로 할까?"

"감사합니다!"

사노 츠나마사는 묘하게도 흥분한 기색으로 말을 이었다.

"허락해주신다면…… 밀사에게 제가 알아본 적의 동향을……"

"그만두시오."

모토타다는 이맛살을 찌푸리며 가로막았다.

"귀하는 오사카 서쪽 성에서 목숨을 잃었어야 할 것인데 잘못하여 후시미 성에서 최후를 마치게 되었소…… 다른 사람들은 절대로 죽을 곳을 잘못 택하지는 마시오."

이렇게 말하더니 모토타다는 다시 웃으며 무테에몬을 향했다.

"무테에몬, 칸토에 가서 혼다 사도노카미 님을 만나거든 각각의 부서를 수비 위치라 하지 말고, 죽을 장소라고 하는 편이 좋겠어. 그러면 훨씬 더 알아듣기 쉬울 테니까. 하하하……"

6

하마지마 무테에몬이 몰래 후시미 성을 빠져나갔다. 그리고 토리이 모토타다의 허락을 얻은 사노 츠나마사의 군사 약 500명이 후시미 성에 들어왔다. 이어 성에 있던 와카사若狭의 오바마小浜 성주인 키노시타 카츠토시木下勝俊가 성을 나가 쿄토로 향했다.

오바마 성주로 8만 1,500석의 녹봉을 받는 키노시타 카츠토시는 히데요시의 정실 코다이인의 조카인 동시에 모리 일족인 코바야카와 가문을 계승한 킨고 츄나곤 히데아키의 친형이었다.

이 카츠토시는 후시미 성에 있으면서도 이에야스를 대신하여 성주 대리로 있는 토리이 모토타다와는 거의 말을 나누지 않았다. 별로 사이가 나쁜 것은 아니었다. 그러나 성에서 나가는 이유를 모토타다와 의견이 맞지 않기 때문이라고 스스로 가신들에게 퍼뜨렸다.

"모토타다는 완강하게 농성을 고집한다. 나는 도요토미 가문과 연고가 있는 자로서 이에 찬성할 수 없다. 그러므로 나 자신이 성을 나가는 수밖에 도리가 없지 않은가."

불평을 터뜨리면서도 카츠토시는 모토타다에게 성을 내놓자는 말은 한마디도 하지 않았다.

그러고 있는데 미츠나리 쪽에서 두번째 사자가 왔다. 사자는 모리 테루모토의 명령을 전하면서 성을 내놓으라고 협박했다. 이번에도 역시 모토타다로부터 단호하게 거부당하고 물러갔다.

그때 카츠토시가 느닷없이 모토타다가 있는 넓은 방으로 찾아와 사람들을 물리쳐달라고 청했다. 사람들은 카츠토시가 모토타다에게 성을 내주도록 단호하게 요구할 것이라 생각하고 자리를 피했다.

모토타다와 단둘이 남았을 때 카츠토시는 그가 자랑하는 담뱃대에 가득 담배를 재워 유유히 피워물었다.

"히코에몬 님, 피우시지 않겠소?"

그 모습은 결사적인 농성을 결정한 당시 분위기와는 전혀 어울리지 않는 동작이었다.

"고맙군요. 그럼, 피워볼까요."

모토타다가 대답했다. 카츠토시는 천천히 빨대를 옷소매로 닦고 그에게 건넸다.

"히코에몬 님, 나도 귀하와 같이 이 성에서 농성하겠다고 해도 허락하지 않겠지요?"

모토타다는 웃으면서 연기를 내뿜고 대답했다.

"잘 보셨습니다. 쇼쇼少將 님은 충성하실 길이 달리 있을 텐데요."

카츠토시는 당시 위계가 종4품하 우콘에쇼쇼右近衛少將였다.

"으음, 역시 코다이인의 조카여서 믿을 수 없다는 말이오?"

"아닙니다. 코다이인 님 혈육이기에 돌아가시게 할 수 없습니다."

"히코에몬 님은 만일 지금 이 자리에 타이코 전하가 계셨다면 누구 편을 드실 것이라 생각하시오?"

"그야 말할 나위도 없지요. 타이코 님이 계셨다면 분명 우리 주군 편을 드실 것입니다."

"히코에몬 님."

"예. 다시 한 모금 피우고 싶습니다."

"자, 얼마든지…… 그런데, 내가 귀하의 말대로 이 성을 나가 코다이인 신변을 보호하러 간다 치고, 킨고 츄나곤이 농성하겠다고 청하면 어떻게 하겠소?"

이 말에 모토타다의 여윈 어깨가 꿈틀 움직였다.

"킨고 츄나곤 님은 쇼쇼 님 혈육, 올해 연세가 어떻게 되시지요?"

"내가 서른하나니, 아마 스물넷이 되었을 줄 아는데……"

"거절하겠습니다."

모토타다는 이렇게 대답하고 나서 공손히 담뱃대를 돌려주었다.

7

카츠토시의 눈이 희미하게 빛났다. 무슨 말을 하려는 듯 입가를 약간 움직였으나 곧 애매하게 웃었다.

"그래요? 나도 츄나곤도 도움이 안 된다고 보았소?"

"아닙니다. 가령 어떤 분이 농성을 청한다 해도 거절할 생각입니다."

"허어, 예컨대 시마즈 요시히로 님이 온다고 해도 말이오? 요시히로 님은 나이다이진으로부터 만약의 경우에는 돕도록 하라는 의뢰를 받은 것으로 알고 있는데."

"역시 거절하겠습니다."

모토타다는 같은 말을 되풀이하고 빙긋이 웃었다. 카츠토시도 여전히 미소를 지우지 않고 있었다.

"과연 노련하시군, 히코에몬 님은."

"아닙니다. 이번 전투의 중요성을 뼈에 새기고 있을 뿐입니다."

모토타다는 대답하고 나서 갑자기 목소리를 떨구었다.

"쇼쇼 님은 코다이인 님을 경호하시겠다고 하셨지요?"

"그렇소. 귀하가 조금 전에 하신 말처럼 나에게는 내 나름으로 충성하는 길이 있을 것이오. 코다이인 님과 더불어 속세 밖에서 사는 자가 일족 중에 한 사람 정도는 있어도 나쁘다고는 할 수 없겠지요."

"쇼쇼 님, 쇼쇼 님은 진정으로 킨고 츄나곤 님이 우리 주상의 편이 되리라 생각하십니까?"

모토타다가 말에 힘을 가하고, 카츠토시는 당황하며 시선을 피했다.

"그것은, 그것은 히코에몬 님이 더 잘 아실 텐데요. 그렇지 않소?"

"예."

모토타다의 눈이 이때만은 푸른 불길을 뿜어내는 것처럼 빛났다.

"킨고 님은 지부쇼유에게……"

코바야카와 히데아키가 미츠나리를 원망하고 있는 이유는 모토타다도 잘 알고 있었다. 두번째 조선 출병 때 히데아키는 42명의 장수와 함께 16만 3,000의 군사를 거느린 원수元帥였다. 이러한 그가 울산蔚山 전투 때는 직접 선두에 서서 공격해 열세 명을 죽이고 명나라 군사를 물리쳤다. 이것을 미츠나리는 히데요시에게 모함했다.

"적어도 일군의 총수로서 적진 깊이 쳐들어간다는 것은 더할 나위 없는 경거망동!"

이로써 히데아키는 50여 만 석 영지를 몰수당하고 에치젠 15만 석으로 옮겨질 뻔했다. 히데요시의 죽음으로 이 조치가 실현되지는 않았으나, 그때 히데아키를 위해 백방으로 애써준 사람이 이에야스였다.

카츠토시는 그 사정을 토리이 모토타다도 잘 알고 있을 것이라고 했고, 모토타다는 고개를 끄덕이며 새삼스럽게 말했다.

"쇼쇼 님, 츄나곤 님이 원하시더라도 제가 입성을 거절하겠다고 한 이유는 믿느냐 안 믿느냐의 문제가 아닙니다."

"그럼, 믿지 못해서가 아니라는 말이오?"

카츠토시도 순간 표정이 굳어졌다. 양쪽 모두 말보다 표정과 동작에 의미를 두고 겨루는 듯한 대화였다.

"예. 믿기 때문에 이곳에서 목숨을 단축시켜서는 안 된다고……"

카츠토시는 더 이상 들을 필요도 없다는 듯 무릎을 치고 일어났다. 적중에서 활동해달라는 뜻을 그 어조를 통해 확인했기 때문인 듯.

"작별의 담배도 끝났소. 나는 히코에몬과는 뜻이 맞지 않아 성을 떠나겠소."

"마음대로 하십시오."

모토타다는 짧게 대답하고 얼른 그의 뒷모습을 향해 허리를 굽혔다.

8

키노시타 카츠토시가 후시미 성을 떠남으로써 동서간의 단절은 결정적인 사실이 되었다. 카츠토시가 후시미 성 안에 있다면 코다이인이 오사카 성에 달려가 화의를 권할 것이라는 소문을 일부에서는 믿고 있었다. 그러나 이로써 그 소문도 헛되이 사라지고 말았다.

친형 키노시타 카츠토시가 성안에 있는 동안 동생 코바야카와 히데아키가 코다이인을 찾아가 형제가 서로 싸워야 할 것인가에 대해 상의했다…… 이에 대해 코다이인──

"그렇게 된다면 내가 오사카에 가서 이 전투를 마무리짓겠다."

이렇게 대답했다고…… 하는 소문.

카츠토시가 성을 떠났으므로 이제는 그럴 필요가 없어졌다.

이와 동시에 서군은 속속 후시미를 향해 육박해오고, 토리이 모토타다는 직접 성밖을 순시하여 방어에 방해가 될 듯한 부근 건물 모두를 불태웠다.

보기에 따라서는 미츠나리 쪽에서 도전한 전쟁이라 할 수 있었다. 그러나 사실은 서쪽에 대한 도쿠가와 쪽의 단호한 도전이었다…… 서쪽 진영의 장수들은 이 항전을 토리이 모토타다의 완고한 성격 탓으로 받아들이지 않고, 이에야스의 확고부동한 결의로 받아들였다.

이와 함께 포위한 군사 중에 동요하는 자가 나타나는 것은 당연하다면 당연할 수밖에 없는 일. 카츠토시가 은근히 암시했던 것처럼, 시마즈 요시히로는 모토타다에게 사람을 보내 넌지시 농성을 청했다.

"거절합니다."

이때도 모토타다는 한마디로 거절했다.

요시히로는 물러서지 않았다. 모토타다가 자신의 진심을 의심하고 있지 않나 하고, 새로 니이로 료안新納旅庵을 보내, 요시히로가 이쥬인伊集院 모반사건 때 이에야스에게 입은 은혜를 얼마나 깊이 생각하고 있는지를 설득하려고 했다.

모토타다는 역시 냉담했다.

"적의 첩자임이 틀림없다. 총을 쏘아 공격하라."

가라앉은 목소리로 명하고는 얼른 덧붙였다.

"그러나 맞추지는 마라."

파견한 사자까지 총격당한 시마즈 요시히로는 할 수 없이 서군에 가담했다.

코바야카와 히데아키도 성안으로 사자를 보냈다. 그도 또한 자기가 얼마나 이에야스의 덕을 입고 있는지 간곡하게 설득했으나 모토타다의 대답은 여전했다.

"거절합니다. 우리는 지부가 모은 군사와 같은 오합지졸이 되어서는 안 됩니다. 어느 한 분의 도움 없이도 칸토의 군사만으로 충분히 이길 결심이므로 어떤 분의 가세도 거절하겠습니다."

이 한마디가 어떤 영향을 코바야카와의 가슴에 남길 것인지…… 이에야스도 모토타다도 충분히 계산하고 있었다.

후시미 성을 포위한 군사는 시시각각 그 병력이 늘어나, 19일 저녁부터 시작된 총격은 점점 더 맹위를 떨치기 시작했다……

성안의 병력이 약 1,800인 데 대해 모리, 킷카와, 나베시마, 쵸소카베, 코니시 등의 군사에 시마즈, 코바야카와, 우키타 등의 군사가 가세하고, 오사카 성의 일곱 친위무사와 마시타, 나츠카, 이시다의 병력이 도착하면 그 총수는 약 4만.

그러나 이 역시 서쪽에 위치한 도전자 토리이 모토타다로서는 처음부터 계산에 넣었던 일. 오히려 자신의 죽음을 장식할 화려한 법등法燈의 행렬처럼 여겨져 내심으로 은근히 미소를 금치 못했을지도……

불퇴전不退轉의 별

1

대군을 후시미 성으로 유인할 수 있게 된 토리이 모토타다 ──

'내 일은 성공했다.'

회심의 미소를 띠고 있었다.

이때, 이시다 미츠나리 역시 자기편이 점점 늘어나는 상황에 내심으로 은근히 놀라기까지 했다. 안코쿠지 에케이의 획책에 따라 모리 테루모토를 자기편으로 끌어들여 오사카 성에 맞이했을 무렵의 미츠나리에게는 아직도 큰 불안이 있었다.

무엇보다 미츠나리 자신이 아직 뒷전에서 지휘할 수밖에 없었던, 아이즈 출정 장수의 가족에 대한 인질 징발이 보기 좋게 실패했다. 그가 표면에 나서서 움직였다면 그런 실수는 없었을 터였다.

미츠나리는 부교 직에서 물러나 있었기 때문에 주로 마시타 나가모리와 나츠카 마사이에에게 그 일을 맡겼다. 그 결과 일이 진행되기 전에 탐지되어, 미츠나리가 가장 중요하게 생각하고 있던 호소카와 타다오키의 정실 아케치明智 씨의 완강한 저항에 부딪쳐 계획이 완전히 뒤

집히고 말았다······

　지금도 그때의 일을 생각하면 미츠나리는 여간 마음이 아프지 않았다······ '히데요리 님을 위해' 서라고 믿게 하여 재빨리 장수들의 가족을 오사카 성에 납치해온다면, 성의 경비는 현재의 5분의 1도 안 되는 병력만으로 충분하다고 계산했다.

　그런데 호소카와 부인의 반항으로 예사롭지 않은 반反미츠나리 감정의 불길이 여자들을 비롯한 각 수비 장수들이 없는 저택에 퍼져 인질을 데려올 수 없게 되었다. 그뿐 아니라, 저택마다 대나무 울타리를 치고 수많은 감시병을 배치하여 이를 경계하지 않을 수 없는 까다로운 문제가 발생하고 말았다······

　이렇게 되어 당연하게도 각 장수들의 오사카 저택과 칸토 사이에는 밀사의 왕래가 빈번해지고 수비하는 무사의 반감도 커질 수밖에 없었다. 호소카와 부인의 뜻하지 않은 반항으로 거리에 다섯 배의 인원을 배치해야만 했고, 칸토를 비롯한 모든 연락로의 관문을 엄중하게 경계할 수밖에 없었다.

　'건방진 계집······ 도대체 누가 호소카와 부인에게 그런 지혜를 일러준 것일까?'

　뜻대로 이쪽을 규합하지 못했더라면, 미츠나리는 필요한 병력을 후시미 공격을 위해 할애할 수 없을 뻔했다. 그 정도로 호소카와 부인 오타마ぉ珠(가라시아)•의 반항은 전략, 전술의 급소를 찌르고 인정의 핵심에 파고든 반항이었다.

　"말씀 드립니다. 아타카 사쿠자에몬 님이 분부하신 일에 대해 직접 하실 말씀이 있다고 합니다마는······"

　오사카의 서쪽 성 사무실.

　후시미 성 포위가 끝났다는 보고를 듣고 안도하며, 작전회의를 끝내고 돌아온 미츠나리에게 코쇼가 고했다.

미츠나리는 후시미 성 공격에 자신을 대리하여 타카노 엣츄高野越中와 오야마 호키大山伯耆 두 사람에게 군사를 동원케 하고, 자신은 모리 테루모토를 보좌하며 마시타, 나츠카 두 부교와 함께 오사카 성에 남아 있었다.

"뭐, 사쿠자에몬이 돌아왔어?"

"예. 호소카와 저택에 관한 그 후의 일을 보고 드리겠다고……"

"호소카와에 관해서? 좋아, 곧 들여보내라."

미츠나리의 낯빛이 변한 것은 아직도 부인의 반항이 생생하게 기억 속에 상처로 남아 있었기 때문이다.

2

전령과 정보 수집의 일을 겸하고 있는 아타카 사쿠자에몬은 미츠나리의 얼굴을 보자 정중히 목례를 했다.

"후시미 성의 포위가 끝난 일, 축하 드립니다."

사쿠자에몬은 무릎걸음으로 나앉으며 자세를 바로했다.

"뜻하지 않은 곳에서 일이 누설되었습니다."

"뭣이, 뜻하지 않은 곳에서? 물론 호소카와에 대한 말이겠지."

"예. 분부하신 대로 호소카와 저택의 불탄 자리를 철저히 조사하고 살아남은 자들의 이야기도 자세히 들었습니다."

"인질에 대한 것이 뜻하지 않은 곳에서 새나갔다는 말이냐?"

"예. 그 한 사람은 마시타 나가모리 님, 또 한 사람은…… 황송합니다마는 코다이인 님이…… 아닌가 생각됩니다. 코다이인 님 측근에서 챠우콘ちゃうこん이라는 천주교인인 듯한 여자와 오소데 님이 같이 문안 드리러 온 것이 십삼일 아침입니다."

"아니, 오소데가 심부름을?"

"예…… 되도록 조용히 인질을 보내라고 말씀하시기 위해서인지도 모릅니다."

"그게 그 말 아니냐?"

미츠나리는 꾸짖듯이 소리를 질렀다.

"자세히 말해라. 그래, 우에몬노다이부에게 새나갔다는 말이지."

말끝을 나직하게 떨어뜨리며 혀를 찼다.

마시타 나가모리의 석연치 않은 기회주의적 성격은 잘 알고 있었다. 그러므로 호소카와, 카토(키요마사) 등의 부인에게는 생각할 틈을 주지 않고, 눈치를 채면 본성에서 다회가 있다고 요도 부인의 이름으로 초대하여 그대로 감금하기로 이야기되어 있었다.

나가모리는 사실을 누설하면 상대가 사태의 중요성에 놀라 도리어 순순히 인질이 될 것이라고 쉽게 생각했는지도 모른다.

"이제부터가 정말 중요하다. 우리편 일에 대해서는 실수도, 인물됨도 잘 알고 있어야 한다. 그대가 조사한 것을 빠짐없이 말하도록."

"알겠습니다."

아타카 사쿠자에몬은 눈을 가늘게 뜨고 무슨 말부터 해야 할지 잠시 생각하다가 말을 꺼냈다.

"유일하게 살아남아 몸을 숨기려 한 부인의 측근 시모죠霜女라는 시녀가 한 말입니다마는……"

신중하게 입을 열었다.

7월 13일 ─

아케치 미츠히데라는 세상에서 용납치 못하는 아버지를 두고 지금은 오직 천주교 신앙을 통해 구원받으려 하는 호소카와 타다오키의 부인 오타마, 그날도 아침 예배가 끝난 뒤 자기 방에 틀어박혀 프레르 완산 선교사가 선물한 성서를 펴놓고 있었다.

지난날 노부나가로부터 도라지꽃이라 불린 재능과 미모를 지닌 그녀도 지금은 서른여덟 살. 아버지 미츠히데 사건 이후 거의 세속과의 교제를 끊고 신앙에만 의지하며 살아온 그 모습에는 청초한 면이 더해 고작 서른이나 되었을까 할 정도로 보였다.

이러한 그녀가 탁자 위에 향을 피우고 앉아 거위깃털 펜으로 포르투갈 어를 쓰면서 가끔 고개를 갸웃거리고 무언가를 생각했다…… 그 해 맑은 눈동자는 이 세상 사람의 것이 아닌 듯했다.

3

"부인, 챠우콘 님이 코다이인 님 심부름으로 문병 오셨습니다……"

시녀 시모죠의 말에 오타마 부인은 고개를 갸웃했다. 병을 앓고 있지는 않았다. 그러므로 문병이란 말에 약간 의아한 생각이 들었다.

"확실히 문병을 왔다고 하더냐?"

"예."

"그렇다면, 혼자 집을 지키고 있는 데 대한 위로일지도 몰라. 안내하도록 해."

남편 타다오키는 장남 타다타카忠隆, 차남 오키아키興秋와 함께 출정했고, 삼남인 타다토시忠利는 에도에 인질로 가 있었다. 그 밖에 부인이 낳은 두 딸이 있었으나 모두 출가하고 없었다.

호소카와 부인은 탁자 위에 있던 성서를 조용히 문갑에 넣고 손님이 들어오기를 기다렸다. 원래 챠우콘은 같은 신앙을 가진 여자로, 종종 남의 눈을 피해 부인을 찾아오곤 했었다.

"아침부터 방해를 해서 죄송합니다."

마흔 가까운 챠우콘은 엄숙한 표정으로 시모죠 뒤를 따라 들어와 동행한 또 한 사람의 여자를 부인에게 소개했다.

"쿄토에서 오늘 아침에 배로 도착한 코다이인 님을 모시고 있는 오소데입니다."

호소카와 부인은 물론 처음 만나는 오소데였다. 챠우콘은 오소데에게 별로 말할 기회를 주지 않았다.

"실은 지부쇼유 님이 오사카 성에 들어가셨습니다…… 그리고 오래지 않아 모리 님도 입성하실 예정입니다."

호소카와 부인은 잠자코 머리만 끄덕였다. 남편과 사이가 좋지 않은 미츠나리가 성에 들어갔다는 말만으로도 별로 좋은 일이 아닐 것이라고 짐작할 수 있었다.

"그런데, 쿄토에 계신 코다이인 님이 어떻게 아셨을까요?"

"예. 킨고 츄나곤 님이 그 일로 상의 드리기 위해 오셨다고 합니다. 그렇지요, 오소데 님?"

"예."

오소데는 간단하게 대답했다.

"아시다시피 킨고 님의 형님이신 키노시타 님은 후시미 성에 계십니다. 만일 전쟁이 벌어지면 형제가 서로 적이 된다…… 이것이 염려되어 상의하러 오시지 않았을까 생각합니다."

킨고 츄나곤 히데아키는 어릴 때부터 코다이인이 양자로 삼아 키운 사람이었다.

히데요시는 히데아키를 모리 일족의 분가分家 코바야카와 가문이 아니라 본가인 테루모토의 양자로 삼을 생각이었다. 그런데 본가를 혈통이 다른 자에게 계승시키기를 꺼린 코바야카와 타카카게小早川隆景가 선수를 쳐 코바야카와 가문의 양자로 삼았다는 말도 있었다.

"그래서, 코다이인 님은 내게 무슨……?"

"예. 다만 그 말만을 전하라, 그러면 사려 깊으신 분이므로 반드시 어떤 생각이 계실 것이라고."

호소카와 부인은 얌전히 두 손을 짚고 감사를 표했다.

"고마우신 말씀입니다."

시모죠가 들은 두 사람의 대화는 이것뿐이었다. 마침 그때 성의 수비를 책임진 오가사와라 쇼사이小笠原少齋가 시모죠를 부르러 왔다. 시모죠는 얼른 부엌으로 갔다. 그리고 비로소 쇼사이와 카와키타 이와미河北石見 두 사람으로부터 인질을 성안에 유폐하려는 것이 미츠나리의 계획인 듯하다는 말을 들었다.

4

호소카와 가문의 오사카 저택은 타마츠쿠리玉造에 있었다. 그 썰렁하게 넓은 부엌에 시모죠가 얼굴을 내밀었을 때 실내에는 오가사와라 쇼사이와 카와키타 이와미 외에 총포 사범인 이나토미 이가노카미稻富伊賀守까지, 세 사람이 모여 진지하게 밀담을 나누고 있었다.

쇼사이가 시모죠를 일부러 부른 것은 호소카와 부인의 거실에 내객이 있기 때문은 아니었다. 호소카와 타다오키는 질투심이 많았다. 그자신이 없을 때 그녀에게 남자가 출입하는 것을 몹시 싫어했다. 부인 쪽에서 먼저 부르는 경우가 아니면 노신들도 방문을 꺼리고 시녀를 통해 일을 보는 것이 관례였다.

시모죠가 안으로 들어갔을 때 이나토미 이가노카미는 말없이 밖으로 나갔다. 1,000석 녹봉을 받는 그는 전국적으로 이름이 알려진 총포의 명인으로, 제자 중에는 이시다 미츠나리의 가신도 마시타 나가모리의 가신도 있었다.

"시모죠, 실은 마시타의 가신이 기묘한 소식을 전해와서 즉시 이가 님에게 조사를 부탁했어. 이가 님의 제자 중에는 이시다의 가신도 있기 때문에……"

오가사와라 쇼사이가 입을 여는데, 시모죠가 얼른 물었다.

"기묘한 소식이라니 칸토에 가신 영주님 신상에……?"

"그런 것은 아니고……"

쇼사이는 혀를 찼다.

"이시다 지부가 부인을 성안에 인질로 보내라고…… 머지않아 요구해올 것이라고 하더군."

"아니, 마님을 인질로……?"

"그래. 시모죠도 알고 있듯이 주군은 타이코 님이 분부하셨을 때도 부인을 내놓지 않았어. 아케치 가문 소동 때도 선수를 쳐서 짐짓 헤어지신 것처럼 꾸미고 미도노三戸野 산속에 유폐시켰을 정도였지."

"예. 저도 그 일은 알고 있습니다."

"다이고醍醐 꽃놀이에 초대받았을 때도 역시 그랬어. 미츠히데의 딸임을 내세워 사양하고 한 걸음도 저택 밖으로 내보내지 않으셨지. 그러한 부인을 성안으로 보내라는 거야."

"만약 거절할 경우에는……?"

"당연히 군사를 동원해 데리러 올 테지. 손님이 돌아가거든 그대가 이 일을 말씀 드리고 부인의 의견을 여쭈어보았으면 하는데……"

시모죠는 그제야 챠우콘이 무슨 말을 하려고 찾아왔는지 깨달았다.

'이거 큰일났다.'

"이제 마님의 각오에 달렸습니까…… 여러분은 특별한 의견이 없으십니까?"

물어보고 나서 시모죠는 후회했다. 비록 남아 있는 노신들이 무슨 말을 한다 해도 그 말에 움직일 부인이 아니었다. 그런 점을 시모죠는 잘 알고 있었다. 평소에는 성모 마리아를 연상케 할 정도로 온화한 부인이었으나, 일단 결심하면 타다오키가 설득한다 해도 따르지 않았다.

"저는 귀신의 아내이므로 바로 귀신입니다."

태연히 말하고 물러서지 않았다. 그런 의미에서는 제후들 앞에서 타이코와 부부싸움을 했던 코다이인과 쌍벽을 이룰지도 모른다. 솔직히 시모죠는 호소카와 부인이 정말 행복한 여자라고는 시원스럽게 말할 수 없었다.

타다오키는 이런 아내를 몹시 사랑하고 있었다. 그러나 마음으로부터의 결합이라기보다 아름다운 꽃에 대한 소유욕처럼 보이기도 했다. 호소카와 부인은 그러한 사실을 알고 온몸으로 항의하면서 살고 있는지도 모른다.

'그러한 부인이 이번 일에 어떤 태도로 대응할 것인가?'

5

시모죠가 부엌에서 부인의 거실로 돌아왔을 때 이미 손님은 일어날 준비를 하고 있었다. 대화 내용은 평소와 다름없이 신앙에 대한 것이었고, 손님도 부인도 평소와 달라진 점은 없었다.

"그럼, 다음에 다시 말씀을 나누기로 하지요."

성호를 긋고 돌아가는 손님을 현관까지 배웅하고 돌아온 시모죠는 자기 얼굴이 풀칠이라도 한 것처럼 굳어짐을 깨달았다.

"마님, 이시다 지부 님이 우리 가문에 대해서도 성안으로 인질을 보내라는 압력을 가해왔다고 오가사와라 님과 카와키타 님이 걱정하고 있었습니다."

호소카와 부인은 흘끗 시모죠를 바라보고 다시 탁자를 향해 돌아앉아 책을 펼치고 있었다.

"인질은 물론 우리 가문에게만 요구한 것은 아닙니다. 동쪽으로 출정한 모든 다이묘의 부인들을 인질로 할 예정이라고 합니다. 어떻게 해야 할지 의논을 거듭하고 있습니다."

호소카와 부인은 책을 덮고 다시 돌아앉았다.

"지부쇼유와 남편 산사이三齋(타다오키)는 원래부터 사이가 좋지 않아. 당연히 제일 먼저 인질을 내놓으라고 요구해올 테지."

"예…… 그럴 것 같습니다."

"다른 사람이 먼저라면 그 예를 따른다고 하겠지만, 나를 맨 처음에 지목했다면…… 본보기가 될 것이야. 이 점을 정확히 분별해야 한다고…… 쇼사이와 이와미에게 전하고 오라."

"알겠습니다."

시모죠의 목소리는 조용했으나 그 대답은 이미 부인의 의중을 충분히 알아챈 듯. 시모죠는 다시 부리나케 쇼사이와 이와미에게로 가 그 뜻을 전했다. 물론 그들에게도 이미 복안은 세워져 있었다.

"그럼, 지부가 인질을 요구해온다면, 우리에게는 인질로 보낼 만한 사람이 없습니다…… 이렇게 대답하겠어. 요이치로與一郎(타다타카) 님도 요고로與五郎(오키아키) 님도 모두 동쪽으로 떠나시고 나이키內記°(타다토시) 님은 에도에 인질로 가셨다. 그래도 굳이 보내라고 한다면 탄고丹後의 유사이幽齋(타다오키의 아버지) 님에게 연락해 오사카에 인질로 가실 것인지, 그 밖에도 여러 가지 지시를 받아야 할 것이므로 그때까지 기다려달라…… 이렇게 대답하면 어떨까?"

시모죠는 다시 두 사람의 의견을 호소카와 부인에게 보고했다.

이때도 부인은 오래 생각하지 않았다.

"그게 좋겠구나."

한마디로 대답하고 탁자를 향해 돌아앉았다. 아마도 호소카와 부인의 생각 역시 노신들과 같았을 것이다.

그 후의 일이었다. 두 번 세 번…… 빈번하게 미츠나리의 사자가 찾아오기 시작한 것은……

"어째서 보낼 인질이 없다는 말이냐, 부인이 있지 않느냐?"

미츠나리 쪽의 요구였다. 미츠나리 역시 챠우콘을 개입시켜 호소카와 부인의 입성을 서두르도록 압력을 가해왔다.

드디어 상대는 실력을 행사해서라도 호소카와 부인을 인질로 잡겠다고 위협하기 시작했다.

호소카와 부인은 이런 사태도 미리 예상하고 있었던 듯, 시모죠가 몇 번이나 중신들과 왕래하면서 이 일을 고했을 때 성호를 그으면서 부드럽게 말했다.

"나는 안 가겠어!"

6

시모죠는 호소카와 부인의 대답을 듣고도 별로 놀라지 않았다. 대답은 처음부터 정해져 있었다……는 것을 노신들과의 사이를 왕래하면서 깨닫고 있었다. 나중에 남편으로부터 조급하다거나 경솔하다는 말을 듣지 않도록, 미츠나리 쪽의 억지를 충분히 가신들에게 인식시킨 뒤 거절할 생각이었다.

"나는 안 가겠다!"

한마디로 거절한다면 미츠나리는 도대체 어떻게 나올까?

내놓지 않으면 짓밟고 들어가서라도…… 이미 이런 뜻을 통고해왔던 만큼 군사의 동원도 서슴지 않을 것이었다.

'그랬을 때 가신들은 어떻게 할 것인가……?'

호소카와 부인을 피신시키고 싸우다 죽을 것인가, 아니면 부인과 함께 이곳에서 저항할 것인가……

나가지 않고 있는 시모죠의 모습을 보고 호소카와 부인은 비로소 미소를 떠올렸다. 그 미소 안에 모든 것을 체념한 불행한 한 여성의 무한한 고독이 아로새겨져 있었다. 시모죠는 숨이 막혔다.

"그렇지, 이번에는 그대의 전갈만으로는 부족할 거야. 쇼사이를 미닫이 밖까지……"

"마님은 어떻게 하실 생각입니까?"

호소카와 부인은 다시 한 번 미소를 떠올렸을 뿐 직접 대답은 하지 않았다.

"참, 작은마님도 불러오너라. 말해둘 게 있어."

"그러면…… 그러면 두 분 모두 이 저택과 운명을……?"

"시모죠."

"예."

"작은마님은 마에다 가문의 딸, 나는 아케치의 딸이야."

"예."

"여자라 해도 태어난 가문과 아버지에 따라 그 운명이 달라지는 거야. 나는 이 무거운 짐을 견디려다가 도리어 천주님의 은혜를 입었어. 무거운 짐을 졌다고 해서 반드시 불행한 것만은 아니야. 자, 어서 쇼사이부터 불러오너라."

시모죠는 대번에 눈물이 글썽해졌다. 호소카와 부인은 평소에 믿고 있는 천주님 곁으로 갈 생각을 하고 있는 듯.

"어서 불러오지 않고 무얼 하고 있느냐!"

"예, 알겠습니다."

오가사와라 쇼사이가 옆방에 대령했다. 호소카와 부인은 남자 못지 않은 어조로 미닫이 너머를 향해 단호하게 말했다.

"우리 행동이 다른 다이묘들의 남아 있는 가족들에게 본보기가 될 것이니, 성안에는 못 가겠다고 분명하게 대답하도록 하세요."

오가사와라 쇼사이도 이미 각오하고 있었다.

"잘 알겠습니다. 지금 이나토미 이가노카미에게 알아보게 한 바로, 지부쇼유는 벌써 이쪽으로 병력을 보냈다고 합니다마는……"

"그랬을 테지요. 이 일을 나중에 산사이(타다오키) 님 부자가 알 수 있도록 급히 서신을 쓰게 하고 시모죠를 피신시켜주세요. 여자의 몸이라 아직은 빠져나갈 수 있을 거예요."

"그 일이라면……"

쇼사이가 말했다.

"부인께서 자결하신 후에라도 충분하지 않을까……"

7

시모죠는 온몸이 굳어진 채 두 사람의 대화를 듣고 있었다.

호소카와 부인의 말도 당당했으나, 이에 응하는 오가사와라 쇼사이의 대답 또한 단호했다. 듣기에 따라서는 쇼사이 역시 —

"자결하시기를……"

이런 말을 꺼낼 기회를 엿보고 있었는지도 모른다.

"쇼사이 님, 나는 자결은 하지 않아요."

호소카와 부인이 싸늘하게 대꾸했다.

"자결은 신앙이 금하는 일…… 쇼사이 님도 아실 텐데요."

쇼사이의 표정이 복잡한 움직임을 보였다.

'혹시 살아날 길이 있을지 모른다고 생각하는 것은……?'

이런 의문이 번개처럼 뇌리를 스치고 지나간 듯.

호소카와 부인의 미소가 다시 입가에 떠올랐다.

"그러므로 쇼사이 님의 손에 죽어야겠어요."

"예?"

쇼사이는 크게 당황했다.

"안 됩니다! 주군의 부인에게 손을 대다니…… 그런 일을 하면 가신으로서 이……이 오가사와라 쇼사이의 무사도가 용서치 않습니다."

시모죠는 숨을 죽였다. 쇼사이의 말에도 물론 일리가 있었다. 그러나 호소카와 부인이 일소에 부칠 것 같았다. 그런데 부인은 웃는 대신 당혹해하는 기색이 역력했다.

"내가 가장 걱정했던 일이 그것이에요."

"헤아려주십시오…… 이 경우는 특별합니다. 지부쇼유의 도리에 어긋난 반란을 만나 호소카와 타다오키 님의 면목이 달려 있는 낭떠러지를 앞두고 있습니다. 이번만은 신앙을 굽히시고 자결하십시오. 물론 카이샤쿠介錯°는 제가 하겠습니다마는……"

호소카와 부인이 의기 잃은 모습을 보인 것은 이때뿐이었다. 시모죠의 눈에는 부인이 무릎에 얹은 손 위에 시선을 떨구고 온몸으로 울고 있는 것처럼 보였다.

'어째서 그런 슬픈 모습을 보이는 것일까……?'

자결이건 남의 손에 죽건 어차피 가게 될 곳은 똑같은 '죽음' 이 아닌가. 더구나 카이샤쿠는 쇼사이가 하겠다고 한다. 부인은 오직 단도를 꺼내 목이나 가슴에 대기만 하면 그것으로 끝나는 일인데……

이윽고 호소카와 부인은 깊이 생각한 듯한 표정으로 쇼사이에게 시선을 옮겼다.

"신앙은 굽힐 수 없어요. 그렇다면 나는 도망치겠어요."

"예? 무, 무어라고 하셨습니까?"

"내가 죽는 것이 두려워 도망쳤다…… 그렇게 되면 쇼사이 님은 나를 죽일 수밖에 없을 거예요. 그것으로 남편에 대한 의리, 쇼사이 님의 무사도도 관철될 거예요."

이렇게 말하는 부인의 눈에는 다시 미소가 돌아와 있었다.

"아케치의 딸이 훌륭한 죽음을…… 감히 이런 생각을 했다는 그 자체가 잘못이었어요. 그 아버지의 딸답게 끝까지 비겁하고 미련을 버리지 못했다…… 이런 손가락질을 받는다 해도 나는 후회하지 않겠어요. 천주께서 금하는 자결을 피하려고 도망쳤다, 그래서 어쩔 수 없이 죽였다고 하면 쇼사이 님의 무사도는 훌륭하게 빛을 볼 거예요."

시모죠는 비로소 부인이 슬퍼하는 이유를 알았다.

쇼사이의 무사도 정신과 호소카와 부인이 지닌 신앙의 계율이 불을 뿜으면서 부딪쳤다……

8

쇼사이는 잠시 미닫이 밖에서 옷을 움켜쥐고 떨고 있었다. 위기는 시시각각 닥쳐오고 있었다. 오래지 않아 부교가 보낸 군사가 저택을 에워싸고 강제로 부인을 납치하기 위해 짓밟고 들어올 터.

그 적을 앞두고 부인도 죽고 쇼사이도 죽어야 한다는 것은 알고 있었다. 이러한 두 사람이 하찮은 '죽음의 절차' 때문에 이처럼 격렬하게 대립해야 하다니……

시모죠가 숨막히는 긴장을 참지 못하고 가만히 자리에서 일어나려고 했을 때였다.

"호호호……"

미닫이 너머 부인의 거실에서 웃음소리가 새나왔다.

"꽃도 낙엽도 가지를 떠나 땅에 떨어질 때까지 그 한순간의 풍정風

情…… 떨어지고 나면 다 같은 티끌에 지나지 않는다……는 것을 알면서도 이처럼 그대를 괴롭히는 나의 어리석음을 용서하세요. 나는 주군에게 고집을 세우고 세상을 떠나고 싶어요."

"……"

"쇼사이 님은 아실 거예요. 나는 평생 마음을 열고 남편에게 매달려보지 못했어요. 항상 고독하게 남편과의 거리를 유지하면서, 싸늘하게 바라보며 살아올 수밖에 없었던 여자예요…… 그러한 내가 결국 고독을 이기지 못해 천주님 가슴에 안겼어요…… 주군은 어떻게 생각하셨는지 점점 더 엄하게 감시했어요. 호호호…… 이따금 그대는 천주의 것이냐 남편의 것이냐 심각하게 묻기도 하셨어요……"

시모죠는 몸이 마비되어 일어날 수 없었다. 부인의 마음에 숨겨져 있던 여자의 불행을 그대로 눈앞에 보는 듯한 느낌이었다.

사실은 신의 가슴보다 남편의 가슴에 안겨 자신을 잊고 싶었던 부인이 아니었을까……?

남편 타다오키는 부인의 이러한 염원을 깨닫기에는 너무 세속에 얽매어 바쁘게 살아왔는지도 모른다.

사랑스러운 아내가 아케치의 딸임을 항상 마음에 간직하고 일부러 엄한 무장의 표정으로 결코 마음의 문을 열지 않은 타다오키, 애정을 나눌 기회를 스스로 봉쇄해 애정을 질투와 감시로 바꾸었는지도.

"주군은 내가 어째서 신앙생활을 하게 되었는지조차 깨닫지 못한 것 같아요. 나는 이제 계율을 지키면서 눈을 감고 싶어요. 쇼사이 님, 아무리 설득해도 자결은 못하겠다고 해서 어쩔 수 없이 베었다……는 것으로 해주세요. 주군에 대한 나의 고집이에요."

그와 함께 다시 —

"호호호……"

웃는 소리가 들려왔을 때 미닫이 너머에서 쇼사이는 조용히 무릎걸음으로 한 걸음 다가앉고 있었다.

"알겠습니다. 제가 너무 구애받고 있었습니다."

"구애를 받다니요?"

"무사도에는 그처럼 소승적小乘的인 계율은 없습니다. 신앙 때문에 자결하지 못하시는 부인, 따라서 부인의 분부를 받들어 이 쇼사이가 도리는 아니지만 칼에 손을 대었다……는 것으로 하겠습니다."

"그렇게 해주시겠어요, 쇼사이 님?"

"예. 마음놓으십시오. 유해도 결코 적에게는 보이지 않겠습니다. 깨끗이 불태우겠습니다."

바로 그때였다. 카와키타 이와미가 허겁지겁 쇼사이 옆으로 달려와 장남 타다타카의 부인 마에다 마님의 모습이 저택에서 사라졌다고 알려 왔다……

9

"뭣이, 요이치로의 아내가?"

호소카와 부인은 그만 목소리를 떨었으나 곧 이어 고쳐 말했다.

"잘됐어, 그것으로……"

마에다 가문에서 시집온 작은마님의 신변에는 만약의 경우 적중돌파를 감행할 연줄이 있을 것이라는 의미였다.

돌이켜보면 이 역시 슬픈 해학諧謔. 마에다 토시나가의 여동생이라면 적도 함부로 손을 대지 못한다. 그러나 아케치 미츠히데의 딸만은 놓아줄 수 없을 터였다. 아니, 무엇보다 호소카와 타다오키가 묘한 질투심으로 열애하고 있는 미츠히데의 딸이라는 그 사실이 한결 더 인질로서의 가치를 높이고 있었다.

"분명히 지부쇼유의 속셈을 알았습니다. 부인의 목을 베어 제후들 앞에 그 위세를 과시하려는 속셈. 그러니 곧 준비해주십시오."

두 사람이 사라지자 호소카와 부인은 시모죠를 불렀다.

"그대에게도 들리겠지, 저 인마의 날뛰는 소리가?"

"예. 드디어 포위된 것 같습니다."

"수비할 부서는 이미 정해져 있어. 정문은 이나토미 이가가 지킬 것. 그리 쉽게 돌파되지는 않을 거야. 그대는 내가 지금부터 쓰려는 유언장을 주군과 요이치로(타다타카)에게 전하도록…… 몰래 탄고로 떠나는 거야. 밖에서 전쟁이 벌어지면 적당한 때에 이와미 님이 은밀히 연락해줄 것이다."

"예…… 예."

"왜 그렇게 울고 있느냐. 이미 각오는 되어 있을 것. 이 소란을 잘 보고 기억해두어야 하는 거야."

"예…… 틀림없이…… 유언은……"

힘차게 대답하려 했으나 말이 나오지 않았다.

어느 틈에 주위에는 어둠이 깔려, 7월 16일의 실내는 사람의 얼굴도 분간할 수 없을 정도가 되었다. 시모죠는 조용히 탁자를 향해 돌아앉아 무언가 쓰기 시작한 부인을 위해 얼른 촛대에 불을 켰다.

가슴이 터질 것 같았다. 유달리 태연해 보이는 부인의 옆모습이 갖가지 기억을 한꺼번에 되살려주었다.

호소카와 부인이 천주교 교의에 귀를 기울이기 시작한 것은 남편의 친구였던 타카야마 우콘高山右近의 영향 때문이라고 시모죠는 생각하고 있었다. 혼노 사本能寺 사건 이후 우콘은 자주 타다오키 부부를 방문하여 천주교의 교의를 전했다.

처음에는 부부 모두 별로 탐탁하게 여기지 않았다. 그러나 이윽고 타다오키는 이를 몹시 싫어하게 됐고, 반대로 부인은 점점 더 깊이 심취해갔다.

한때 시모죠는 무척 조마조마했던 적이 있었다. 타카야마 우콘은 그림에서 빠져나온 듯한 수려한 용모의 사나이, 이러한 우콘에 대한 질투심이 타다오키로 하여금 노골적으로 천주교를 혐오하게 만들었다는 생각 때문이었다.

이렇게 되어 부인도 고집으로 교리에 더 깊이 몰입하게 되었을 터. 질투하기보다 좀더 사랑해준다면 어떻다는 말인가…… 이런 반항심이 부인의 가슴에 숨겨져 있었는지도 모른다.

그렇다고 두 사람은 결코 사이 나쁜 부부는 아니었다. 한쪽에서는 계속 초조해하고 다른 쪽에서는 냉담한 체하면서도 그들은 잇달아 자식을 낳았다.

'이제 부인도 잠시 후면 세상을 떠난다……'

"자, 다 썼어. 이것을 얹은머리 속에 단단히 간직하고……"

호소카와 부인은 유서를 시모죠에게 건네고 온 신경을 귀에 집중시켰다. 정문이 돌파된 듯한 기색이 있었기 때문이다……

10

요란하게 복도를 달려오는 발소리가 가까워졌다.

"아룁니다!"

미닫이 밖에서 내던지듯 소리친 것은 오가사와라 쇼사이가 아니라 카와키타 이와미였다.

"정문을 수비하던 이나토미 이가가 배신했습니다."

"뭐, 이가 님이 배신을?"

"예. 부교의 사자가 무어라고 설득했는지, 부인에게 직접 사자를 만나게 하는 것이 좋겠다면서 성문을 열고 통과시킨 모양입니다. 이제는 각오하셔야 합니다."

"각오는 벌써 되어 있어요. 그러나 왜 이가 님 같은 분이 그런……"

"이가는 총포를 다루는 데는 천하의 명인입니다. 그 기술은 호소카와 가문의 것, 그렇기는 하지만 호소카와 가문만의 것은 아니고 천하의 것이라는 선동을 받고 생각이 바뀌었다고."

"호호호…… 천하의 이가이므로 호소카와 가문을 위해서는 죽을 수 없다고 생각한 모양이군요."

"예. 적을 끌어들이고는 그대로 자취를 감추고 말았습니다. 자기 기술을 아끼면서 덕德은 아끼지 못하는 요즘 세상에서 흔히 볼 수 있는 배신자입니다."

"좋아요. 내가 그대들의 의견에 좌우되는…… 조종되어 움직인다고 생각하는지도 몰라요. 그런데, 쇼사이 님은?"

"밖에서 가신들을 지휘하며 적을 막고 있습니다."

"그럼, 서둘러야겠어요. 그대도 시모죠를 피신하도록 조치하고, 돌아와 나의 최후를 지켜보세요."

"알겠습니다. 그러면 곧 오가사와라 님을 이리로."

이미 적은 문안으로 들어와 현관 부근에서 가신들의 제지를 받고 있는 모양이었다. 고함소리와 고함소리 사이로 칼이 부딪치는 소리까지도 뚜렷하게 들려왔다.

호소카와 부인은 탁자 앞에서 일어나 조용한 걸음걸이로 방 아래쪽 미닫이 곁에 와서 앉았다. 그리고 하얀 팔을 그대로 드러낸 채 긴 머리카락을 두 손으로 움켜잡고 머리 위로 감아올렸다. 그렇게 하지 않으면 쇼사이가 목을 치지 못하리라고 생각한 듯.

"산타마리아! 이 가라시아는 기꺼이 곁으로 가겠습니다."

갑자기 우스운 생각이 들었다. 이런 기도에 질투를 느끼고 안타까이 자기를 독점하려 하던 남편의 얼굴이 뇌리에 떠올랐기 때문이다.

"산사이 님은 나 때문에 신과도 다투실 생각이었어."

이렇게 중얼거리고 성호를 그었을 때 로죠老女° 한 사람이 넋을 잃고 뛰어들어와 부인의 무릎을 붙들고 울음을 터뜨렸다.

"마님! 생각을 바꾸십시오. 부교들은 오사카 성이 싫으시면 우키타 님 저택으로 가시게 하라고. 우키타 님이라면 혈육이니……"

호소카와 부인은 끝까지 듣지 않고 말을 잘랐다.

"안 될 말이야. 우키타의 하치로八郎 님은 일족이기는 하나 지부쇼유의 일당. 그리로 간다고 해도 인질이기는 마찬가지야. 나는 호소카와 산사이의 아내야."

다시 허둥대는 발소리에 이어 옆방 미닫이를 연 것은 긴 언월도偃月刀를 손에 들고 한바탕 싸우고 온 듯한 오가사와라 쇼사이였다.

"쇼사이 님이군요. 수고스럽지만……"

호소카와 부인은 이렇게 말하고 가느다란 목을 내밀었다.

11

쇼사이는 언월도를 내던지고 저도 모르게 문지방을 넘어와 그 자리에 무릎을 꿇었다.

"안타깝게도 이제는 최후를 맞이하실 때. 그만 이나토미 이가 놈이 뜻밖에도 성문을 열었기 때문에……"

호소카와 부인이 맑은 목소리로 그 말을 가로막았다.

"됐어요. 이가에게는 이가 나름의 생각이 있었겠지요. 용서해주도록 하세요. 그보다 요이치로의 아내는 분명 이 집에는 없겠지요?"

"그런데, 저희들 생각과는 달리……"

"아니, 나무라는 게 아니에요. 죽을 결심으로 남아 있는 것을 내가 데려가지 않는다면 가여운 생각에서 물어본 것뿐이에요. 그럼 어서."

호소카와 부인의 재촉을 받고 쇼사이는 칼을 들었다.

이미 실내에 카와키타 이와미는 없었다. 부인이 자결하는 동안 어떤 일이 있어도 적의 침입을 막겠다고 쇼사이를 대신하여 밖으로 달려나 갔다.

"그럼, 용서하십시오."

칼을 빼어들고 쇼사이는 깜짝 놀랐다. 그곳이 주군 타다오키가 엄히 출입을 금하고 있는 부인의 거실이었기 때문이다.

"안 되겠습니다. 비록 어떤 경우라 해도 주군의 말씀은…… 문턱 가까이로 나오십시오."

쇼사이가 한 말의 뜻은 곧 호소카와 부인의 마음에도 통했다.

생각해보면 우스웠다. 죽으려는 자가 남편의 질투심과 신의 계율 사이에서 죽는 자리까지 몇 자 안 되는 거리를 옮겨야만 하다니……

돌이켜보면 행복하기도 했다. 영혼은 신에게 바쳤으면서도 남편의 광기에 가까운 사랑을 외곬으로 받아왔다……

'신의 딸 가라시아도 지상에서는 의심할 나위 없이 호소카와 타다오 키에게 없어서는 안 될 아내였다……'

"자, 여기가 좋겠지요?"

"예."

쇼사이는 높이 칼을 쳐들었으나 문지방의 방해로 칼을 마음껏 휘두를 수 없었다. 초조한 마음에 혀를 찼다.

벌써 적은 가까이 다가와 있었다. 그렇다고 부인을 옆방으로 옮기게 할 수는 없었다. 거실에 같이 있는 것과 같으므로.

"황송합니다마는 가슴을 헤쳐주십시오."

"아니, 가슴을 헤치라고요?"

"예. 안타깝게도 칼을 휘두를 수 없습니다. 가슴을 찌를 수밖에."

"좋아요. 자, 이렇게 하면 될까요?"

쇼사이는 눈이 부셔 시선을 돌렸다. 그토록 남편이 집착했던 새하얀 부인의 가슴이 유방을 나란히 드러내고 눈앞에서 애처롭게 빛나고 있었다. 남편을 제외하고는 누구에게도 보인 일이 없을 터, 영리하고 불행한 미인의 가슴은……

"마님! 유해는 절대로 남에게 보이지 않겠습니다. ……안심하시고 기도를."

"고마워요. 이것으로 나도 신의 가르침을 어기지 않게 되었어요."

"용서하십시오!"

오가사와라 쇼사이는 경련하듯 말하고 부인의 하얀 가슴을 찔렀다.

"아아, 마님!"

지금까지 미닫이 옆에서 초조하게 카와키타 이와미를 기다리고 있던 시모죠가 저도 모르게 달려와 호소카와 부인의 몸에 매달렸다. 그러나 이때 미소를 띠고 있는 듯한 부인의 단아한 얼굴에서는 이미 아무런 반응도 찾아볼 수 없었다.

호소카와 부인은 조용히 앞으로 쓰러졌다……

12

카와키타 이와미가 점점이 피를 묻힌 모습으로 돌아왔다.

"오가사와라 님, 더 이상 적을 막을 수 없습니다."

그러면서 쓰러진 호소카와 부인의 모습을 보고는 말을 이었다.

"오오, 훌륭하신 모습!"

이렇게 말하는 이와미에게 코바야카와 쇼사이가 재빨리 말했다.

"이와미 님, 준비하신 화약을, 그리고 시모죠를 포위망 밖으로."

"알겠습니다!"

이런 말이 시모죠의 귀에도 들어왔으나 그것이 현실과 어떻게 이어지는지 판단할 여유가 없었다.

이와미가 한 손을 들고 무어라 외쳤다. 그와 함께 한쪽 어깨를 벗어붙인 무사 두 사람이 달려와 호소카와 부인의 주검 주위에 누르스름한 잿빛 가루를 지렁이가 기어간 자국처럼 둥글게 뿌렸다. 그리고 그 한쪽 끝이 멀리 정원으로까지 뻗쳤을 때였다.

"위험해!"

시모죠를 팔에 안은 카와키타 이와미가 정원과는 반대쪽인 부엌을 향해 복도를 달려갔다.

팔에 안기는 순간 시모죠의 눈에 띈 것은 옆방 입구 부근에 부인과 마주보듯 단정히 앉아 있는 오가사와라 쇼사이의 모습이었다. 담담한 표정으로 그는 단도를 들어 왼쪽 옆구리를 찌르려 하고 있었다. 아니, 어쩌면 이미 찔렀는지도 모른다.

"같이 모시고 가겠습니다."

호소카와 부인을 향해 이렇게 말하는 것 같았다. 그 목소리도 귀에 들리는 것 같았다.

"저택에 불을 지를 것이니 그대는 소란한 틈을 타서 뒷문으로……"

시모죠가 이와미의 팔에서 풀려났다고 생각했을 때.

"쏴아……"

날카로운 소리와 함께 바닥에 뿌려진 화약을 향해 불화살이 날아갔다. 별로 큰 폭음은 나지 않았으나 날아간 불화살이 큰 불길이 되는 순간 발 밑까지 확실하게 보이는 큰 화재로 변했다.

"와앗!"

크게 소리지른 것은 방안으로 쇄도하고 있던 공격자들이 불길에 쫓겨 퇴각하면서 지른 비명이었다.

'이것으로 부인의 유해도 쇼사이 님 유해도 깨끗이 타겠지……'

시모죠는 정신이 가물가물해지는 자신을 채찍질하면서 무섭게 타오르는 불길 속을 뚫고 뒷문을 향해 달렸다……

긴 이야기를 끝내고 나서 아카타 사쿠자에몬은 무표정하게 말했다.

"불탄 자리를 조사해보니, 카와키타 이와미도 나중에 돌아와 불 속에 몸을 던진 모양인지 그의 것인 듯한 유골이 있었고, 그 밖에도 두서너 명…… 시모죠는 그대로 놓아주었습니다."

미츠나리는 아무 말도 하지 않았다. 그토록 심하게 저항했다면, 다른 가문에 영향을 끼치지 않을 리 없었다.

'호소카와 가문에 져서는 안 된다!'

그대로 신호가 되어 동쪽으로 간 장수들의 남아 있는 가족들을 분발케 할 터. 함부로 손을 대면 모두 자결하게 될지도 모르는 분위기를 만들었다. 더구나 카토 키요마사의 부인, 쿠로다 나가마사 부자의 부인 등은 영지로 피신해 인질 작전은 여지없이 실패하고 말았다.

미츠나리는 지금도 호소카와 부인이 어딘가에서 싸늘하게 자기를 비웃고 있는 듯한 기분이 들어 견딜 수 없었다.

── 22권에서 계속

《 일본의 시대 구분 》

	죠몬繩文 시대
기원전 3C	
	야요이彌生 시대
기원후 3C	
4C 초	
	코훈古墳 시대
6C 말(592)	
	아스카飛鳥 시대
710	
	나라奈良 시대
784	
794	
	헤이안平安 시대
1192	
	카마쿠라鎌倉 시대
1333	
1336	
	난보쿠쵸南北朝 시대
1338	
	무로마치室町 시대
1392	
1467	
	센고쿠戰國 시대
1568	
1573	
	아즈치 · 모모야마安土桃山 시대
1598	
1603	
	에도江戶 시대
1867	
	메이지明治 시대
1912	
	타이쇼大正 시대
1926	
	쇼와昭和 시대
1989	
	헤이세이平成 시대

≪ 도쿠가와 가문과 여러 다이묘의 혼인 관계도 ≫

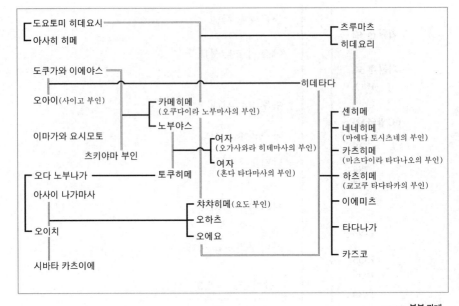

도요토미 히데요시 ━━━━ ┐   ┌ 츠루마츠
아사히 히메   └ 히데요리

도쿠가와 이에야스 ━━ ┐   ━━ 히데타다
오아이(사이고 부인)   ┌ 센히메
                          카메히메   네네히메
                          (오쿠다이라 노부마사의 부인) (마에다 토시츠네의 부인)
                          노부야스   카츠히메
이마가와 요시모토   (마츠다이라 타다나오의 부인)
        츠키야마 부인   ┌ 여자   하츠히메
                          (오가사와라 히데마사의 부인) (쿄고쿠 타다타카의 부인)
오다 노부나가 ━━━ 토쿠히메 └ 여자   이에미츠
아사이 나가마사   (혼다 타다마사의 부인)   타다나가
                          ┌ 챠챠히메(요도 부인)
오이치   오하츠   카즈코
                          └ 오에요
시바타 카츠이에

━━ 부부 관계
━━ 친자 관계
[형제 관계

330

≪ 세키가하라 전투 동서 참전 주요 무장 ≫

〈모리 가신단〉
- 모리 히데카네
- 모리 모토야스
- 안코쿠지 에케이
- 코바야카와 히데아키
- 킷카와 히로이에

〈다섯 타이로〉
- 모리 테루모토 — 히데모토
- 우에스기 카게카츠
- 우키타 히데이에
- 마에다 토시이에 — 토시나가
- 도쿠가와 이에야스 — 히데타다

〈이에야스 가신단〉
- 사카이 타다요
- 오쿠보 타다스케
- 이이 나오마사
- 혼다 타다카츠
- 혼다 마사노부
- 사카키바라 야스마사

〈히데요시 측 서군 무장〉
- 키노시타 토시후사
- 나카가와 히데나리
- 코니시 유키나가
- 와키사카 야스지
- 오타니 요시츠구
- 카와지리 히데나가
- 모리 요시나리 — 요시마사
- 오가와 스케타다
- 아카자 나오보
- 타치바나 무네시게

〈다섯 부교〉
- 이시다 미츠나리
- 나츠카 마사이에
- 마시타 나가모리
- 마에다 겐이
- 아사노 나가마사 — 요시나가

〈히데요시 측 동군 무장〉
- 토도 타카토라
- 이케다 테루마사
- 야마노우치 카즈토요
- 카가 요시아키
- 후쿠시마 마사노리
- 카토 키요마사
- 요시시게 — 하치스카 이에마사
- 카즈마사 — 이코마 치카마사
- 요시시게 — 카나모리 나가치카
- 타다오키 — 호소카와 유사이
- 나가마사 — 쿠로다 요시타카
- 센고쿠 히데히사

〈서군 참전 토자마 다이묘〉
- 사나다 마사유키 — 유키무라
- 쵸소카베 모리치카 — 노부유키
- 쿠키 요시타카 — 모리타카
- 소 요시토모
- 오다 히데노부
- 쿠츠키 모토츠나
- 사타케 요시노부
- 시마즈 요시히로

〈동군 참전 토자마 다이묘〉
- 쿄고쿠 타카츠구
- 다테 마사무네
- 모가미 요시미츠
- 츠가루 타메노부
- 츠츠이 사다츠구
- 카츠시게 — 나베시마 나오시게

— 친족 관계
▬ 주종 관계

▨ 서군에 참가한 무장
☐ 동군에 참가한 무장

▨ 서군을 배신하고 동군에 참가한 무장
☐ 불참. 곧, 사망

≪ 주요 등장 인물 ≫

나오에 카네츠구直江兼續

관직명 야마시로노카미. 우에스기 카게카츠의 카로家老. 우에스기 가문의 가신 중 최대 실력자로, 세키가하라 전투가 일어나기 전 이시다 미츠나리와 내통하며 이에야스 토벌의 뜻을 같이한다. 우에스기 카게카츠 앞으로 온 이에야스의 서신을 보고 이는 우에스기 가문을 무시하는 이에야스의 건방진 태도라며 강경한 입장을 고수, 이에야스의 아이즈 출정의 한 원인이 되기도 한다.

도요토미 히데요리豊臣秀賴

도요토미 히데요시의 차남으로 어머니는 히데요시의 첩 요도 부인이다. 히데요시의 양자 히데츠구가 자살함으로써 정식으로 도요토미 가문의 상속자가 된다. 히데요시가 죽고 어린 나이에 후계자로 선정되지만 이에야스와 이시다 미츠나리에게 정치적으로 이용당할 뿐 실권은 장악하지 못한다.

도쿠가와 이에야스德川家康

관직명 나이다이진. 히데요시 사망 후 천하 경영에 대한 강한 의욕을 보인다. 천하 장악에 걸림돌이 되는 이시다 미츠나리를 비롯한 정적들의 제거와 도요토미 가문의 가신들, 그리고 자신의 세력권 밖에 있는 다이묘들을 자신에게 끌어들이기 위해 아이즈 출병이라는 기발한 책략을 구사한다.

모리 테루모토毛利輝元

빗츄 타카마츠 성의 공방 이후 히데요시에 소속되어 히데요시 수하의 다이묘 중 최대의 영지를 소유한다. 히데요시 사후에는 히데요시의 유언에 의해 히데요리를 보좌하고, 세키가하라 전투에 앞서 오타니 요시츠구에 의해 서군 총대장으로 추대된다.

안코쿠지 에케이安國寺惠瓊

승려이자 모리 테루모토의 가신. 모리 가문의 가신 중 가장 강력한 실권을 장악하며 모리 군을 실질적으로 움직일 수 있는 사람이다. 모리 가문을 반 이에야스 세력으로 끌어오기 위해 가장 먼저 담판을 지을 사람으로 오타니 요시츠구에게 지목된다.

오타니 요시츠구大谷吉繼

초기의 행적은 명확하지 않다. 텐쇼 11년(1583)의 시즈가타케 전투에서 무공을 세운다. 큐슈 원정에서는 군량을 맡아 출전하고, 임진왜란에서는 명군과의 교섭을 담당한다. 세키가하라 전투에 앞서 이시다 미츠나리에게 서군의 총대장으로 모리 테루모토를 강력하게 추천한다.

오타마お珠 부인

아케치 미츠히데의 차녀로 이름은 타마, 세례명은 가라시아다. 텐쇼 6년(1578)에 호소카와 타다오키와 결혼하고, 혼노 사의 변이 일어나자 아케치 미츠히데의 딸이라는 이유로 탄바 미토노에 유폐된다. 세키가하라 전투로 남편이 이에야스를 따라 아이즈 정벌에 나서고 없을 때 이시다 미츠나리 군이 그녀의 집을 포위하고, 인질이 될 것을 요구한다. 하지만 이를 거부하고 가신에게 자신을 베라고 명한다.

우에스기 카게카츠上杉景勝

우에스기 켄신의 아들이다. 텐쇼 14년(1586) 오사카 성에서 도요토미 히데요시에게 신하의 예를 올리고, 그 후 에치고를 통치한다. 히데요시 사후에는 다섯 타이로의 한 사람이 되고, 케이쵸 5년(1600) 이시다 미츠나리와 함께 도쿠가와 이에야스 협공 작전을 모색한다.

이시다 미츠나리石田三成

관직명 지부쇼유. 도요토미 정권에서 다섯 부교의 한 사람으로 강력한 실권을 발휘한다. 히데요시 사망 후에도 도요토미 정권의 위신을 유지하기 위해 이에야스는 천하를 장악하려는 못된 놈이라는 말을 퍼뜨리며 반 이에야스 세력의 규합에 전력을 기울인다.

챠야 시로지로茶屋四郎次郎

초대 챠야 시로지로로 이름은 키요노부. 원래 이에야스의 가신이었으나 상인으로 위장하고 시중의 정보를 수집하는 이에야스의 첩보원. 챠야 시로지로라는 이름을 세습하며 이에야스의 첩자와 어용 상인으로 활약한다.

키타노만도코로北の政所

네네라고도 불린다. 열네 살 때 노부나가의 하인이던 도요토미 히데요시와 결혼한다. 히데요시 사후에 도요토미 가신단은 네네를 중심으로 하는 오와리 파와, 요도를 중심으로 하는 오미 파로 분열한다. 히데요시 사후에 코다이인이라 이름을 바꾼다.

혼아미 코에츠本阿彌光悅

혼아미 코지의 아들로 미술 공예 부문에 금자탑을 쌓은 예술가다. 입정 안국론을 철저히 신봉하는 사람으로, 이에야스의 인간적인 면에 끌려 각종 정보를 수집하거나 연락책의 역할을 맡는 등 이에야스를 위해 크게 활약한다. 칼 감정가로도 유명하다.

《 에도 용어 사전 》

고쇼비나御所雛 | 머리가 크고 몸이 토실토실한 어린이 모양의 인형.

군감軍監 | 군대를 감독하는 직책. =감군監軍.

나이다이진內大臣 | 다이죠칸太政官의 장관. 료게슈外 관직의 하나. 천황天皇을 보좌하는 사다이진左大臣과 우다이진右大臣 다음의 지위. 헤이안平安 시대부터 원외員外 대신으로 상치常置.

나이키內記 | 조칙 등을 기초하고 위기位記를 쓰며 궁중의 기록을 맡아보는 관직.

나치구로那智黑 | 나치 지방 특산인 검고 단단한 돌.

노바카마野袴 | 옷자락에 넓은 단을 댄 무사들의 여행용 하카마.

니치렌日蓮 | 니치렌 종日蓮宗. 니치렌 선사가 창시한 일본 불교 12대 종파의 하나로『법화경法華經』을 기본 경전으로 삼는다.

다다미疊 | 일본식 주택의 바닥에 까는 것으로, 짚으로 만든 판에 왕골이나 부들로 만든 돗자리를 붙인 것. 일반적으로 크기는 180×90cm이며, 일본에서는 지금도 방의 크기를 다다미의 장수로 나타내는 경우가 많다.

다이나곤大納言 | 우다이진 다음의 정부 고관으로, 다이죠칸의 차관.

다이묘大名 | 넓은 영지와 많은 무사를 둔 무사의 우두머리.

도보同朋 | 쇼군이나 다이묘를 섬기며 신변의 잡무나 예능상의 여러 가지 일을 맡아보는 사람.

로죠老女 | 쇼군이나 영주의 부인을 섬기는 시녀의 우두머리.

모노가시라物頭 | 무가 시대의 직제로, 활·창·총포 따위를 다루는 부대의 대장.

모모히키股引 | 통이 좁은 바지 모양의 남자 옷.

벤자이텐弁財天 | 일곱 가지 복을 내리는 신을 모신 사당.

보타모치牡丹餠 | 속에 팥을 넣고 둥글게 빚은 떡.

부교奉行 | 행정, 재판, 사무 등을 담당하는 무사의 직명.

시나이竹刀 | 검도에서 연습용으로 사용하는 대나무로 만든 칼.

신카게류新陰流 | 카게류陰流를 바탕으로 한 검술의 한 유파로 야규 무네요시가 창시한 검법.

싯세이執政 | 로쥬老中 또는 카로家老를 이르는 말.

아시가루足輕 | 평시에는 잡일에 종사하다가 전시에는 병졸이 되는 최하급 무사.

아즈마카가미吾妻鏡 | 카마쿠라 바쿠후鎌倉幕府의 역사를 일기체로 기록한 책.

야네부네屋根船 | 지붕을 씌운 작은 배. 집배. =야카타부네屋形船.

업인業因 | 불교에서, 선악의 인과응보를 받을 원인이 되는 행위를 이르는 말. 업연業緣.

와키자시脇差 | 일본도의 일종으로 큰 칼에 곁들여 허리에 차는 작은 칼.

요로이히타타레鎧直垂 | 갑옷 밑에 받쳐입는 옷으로, 저고리의 소맷부리와 바지의 가랑이 끝을 죄어 매 입는다.

요리키與力 | 부교 등의 휘하에서 부하를 지휘하는 하급 관리.

요리토모賴朝 | 미나모토노 요리토모源賴朝. 카마쿠라 바쿠후 초대 쇼군. 재위 1192~1199. 무가 정치武家政治의 창시자.

우다이진右大臣 | 다이죠칸의 장관. 사다이진 다음의 직위.

우에몬右衛門 | 대궐 여러 문의 경비를 담당한 벼슬.

이도井戸 **찻잔** | 조선산朝鮮産으로, 말차抹茶(가루로 된 고급 녹차)를 담는 찻잔의 일종.

임제종臨濟宗 | 선종禪宗의 한 유파. 당나라 승려 임제臨濟를 개조開祖로 한다. 일본에는 카마쿠라 시대에 에이사이榮西가 처음 전파했다.

입정안국론立正安國論 | 니치렌 종의 근본 교리. 혹은 조사祖師 니치렌이 저술한 책. 1권으로 되어 있으며, 1260년에 완성되었다. 『법화경』의 '정법正法'을 넓힐 것을 주창한 문답체 글이다. 약칭 '안국론安國論'이라고 한다.

잇큐一休 | 기행奇行으로 유명했던 임제종의 승려.

정관정요貞觀政要 | 당나라 태종이 신하들과 정치 문제를 문답한 내용을 집대성한 책.

조동종曹洞宗 | 선종의 한 유파. 카마쿠라 시대 초기의 중 도겐道元이 송宋나라 여정如淨에게서 법을 배워 일본에 전했다.

지세이辭世 | 임종 때 지어 남기는 시가詩歌.

츄로中老 | 무가武家의 중신重臣으로, 카로家老 다음 자리에 있는 사람.

카로家老 | 다이묘大名, 쇼묘小名 등의 중신으로, 한 가문의 일을 총괄하는 직책. 가신家臣 중의 우두머리.

카이샤쿠介錯 | 할복하는 사람의 뒤에 있다가 목을 치는 것. 또는 그 사람.

코쇼小姓 | 주군을 측근에서 모시며 잡무를 맡아보는 무사.

코카甲賀 **무리** | 게릴라 전법을 구사하는 코카 지방의 자치 공동체.

킨고 츄나곤金吾中納言 | 킨고는 에몬후衛門府의 중국식 명칭. 츄나곤은 다이죠칸의 차관.

킨쥬近習 | 주군의 측근에서 벼슬하는 사람. 코쇼小姓와 와카도시요리若年寄를 겸임.

킨키近畿 | 왕실을 중심으로 한 그 부근 지역.

타력본원他力本願 | 부처의 힘을 빌려 일을 성취하려는 일.

타이로大老 | 무가 정치에서 도요토미 히데요시 및 도쿠가와 가문을 보좌하던 최상위 직급. 히데요시 시대에는 다섯 부교 위에 다섯 타이로를 두었고, 에도 시대에는 당시 로쥬老中 위에 타이로 한 명을 두었다.

타이코太閤 | 본래 섭정攝政 또는 다죠다이진太政大臣의 경칭敬稱. 뒤에는 칸파쿠의 직위를 그 자식에게 물려준 사람에 대한 높임말.

텐슈카쿠天守閣 | 성의 중심부 아성牙城에 3층 또는 5층으로 쌓아올린 망루.

토자마外樣 | 카마쿠라 시대 이후의 무가 사회에서 쇼군의 일족이나 대대로 봉록을 받아온 가신이 아닌 다이묘나 무사.

하카마袴 | 일본옷의 겉에 입는 아래옷. 허리에서 발목까지 덮으며 넉넉하게 주름이 잡혀 있고, 바지처럼 가랑이진 것이 보통이나 스커트 모양의 것도 있다.

하타모토旗本 | (진중에서) 대장이 있는 본영. 또는 그곳을 지키는 무사.

호칸寶冠 | 긴 흰색 무명으로 머리를 감싸는 두건의 일종. 또는 보석으로 장식한 관.

《 에도 시대의 방위·시각표 》

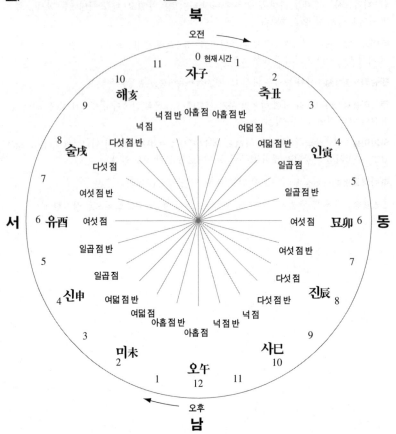

《 에도 시대의 도량형 》

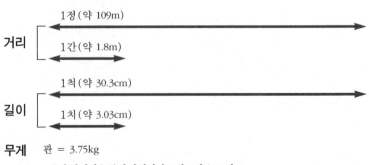

거리 1정(약 109m)
     1간(약 1.8m)

길이 1척(약 30.3cm)
     1치(약 3.03cm)

무게 관 = 3.75kg
     ◈무가 사회의 녹봉의 단위이기도 함. 1관은 10석石.

《 에도 시대의 관위표 》

관 \ 품	정일품	종일품	정이품	종이품	정삼품	종삼품	정사품 상	정사품 하	종사품 상	종사품 하	정오품 상	정오품 하	종오품 상	종오품 하	정육품 상	정육품 하	종육품 상	종육품 하
다이죠칸	다죠다이진	사다이진 우다이진	나이다이진	다이나곤	츄나곤		산기	다이벤			츄벤	쇼벤	쇼나곤		다이시			
나카츠카사칸	1587년 히데요시의 관위		1596년 이에야스의 관위			케이					타유		쇼유	지쥬	다이나이키 · 다이죠		쇼죠	
쿠나이쇼宮内省 / 오쿠라쇼大蔵省 / 효부쇼兵部省 / 교부쇼刑部省 / 지부쇼治部省 / 민부쇼民部省 / 시키부쇼式部省							케이					타유 · 다이한지		쇼유	다이죠	츄한지	쇼죠	쇼한지
지방 — 대국													카미		스케			
지방 — 상국					1567년 이에야스의 관위									카미			스케	
지방 — 중국																카미		
지방 — 하국																		카미

다이죠칸太政官 | 국정의 최고 기관.
나카츠카사칸中務官 | 천황 곁에서 궁중의 정무를 통괄하는 관청.
쇼省 | 한국의 부部에 해당하는 행정 관청.
쿠니國 | 지방 행정 구획.

다죠다이진太政大臣 | 다이죠칸의 최고 장관.
다이진大臣 | 다이죠칸의 장관.
나곤納言 | 다이죠칸의 차관.
산기參議 | 다이진과 나곤의 다음 직위.
벤弁 | 다이죠칸 직속 사무국.
시史 | 문서와 사무를 관장하는 관리.
케이卿 | 조정의 고위 관직.
타유大輔 | 오품 관직의 통칭.
쇼유少輔 | 차관의 하위직.
죠丞 | 장관의 보좌역.
한지判事 | 소송의 심리, 판결을 담당하는 관리.
카미守 | 지방 관청의 장관.
스케介 | 4등급의 제2위 차관.

《 도쿠가와 이에야스 관련 연보(1599~1600) 》

◆ —서력의 나이는 도쿠가와 이에야스의 나이

일본 연호		서력	주요 사건
케이쵸 慶長	4	1599 58세	윤3월 7일, 미츠나리는 유키 히데야스의 호위를 받으며 사와야마 성으로 물러난다. 윤3월 13일, 이에야스는 무코지마에서 후시미로 옮긴다. 4월 16일, 천황은 칙사를 야마시로 아미다가미네의 가전假殿으로 파견하여 토요쿠니 다이묘진豊國大明神이라는 사호社號를 하사한다. 4월 19일, 토요쿠니 다이묘진에게 정1품을 내린다. 9월 9일, 이에야스는 오사카 성으로 문안을 가서 히데요리를 배알한다. 9월 26일, 히데요시의 부인 코다이인은 오사카 성 서쪽 성에서 나와 쿄토로 옮긴다. 9월 28일, 이에야스가 오사카 성 서쪽 성으로 옮긴다. 이해 겨울, 이에야스는 카가 카나자와의 마에다 토시나가에게 이심이 있음을 듣고, 이를 토벌하려 한다. 토시나가는 카로인 요코야마 나가카즈를 보내서 변명한다.
	5	1600 59세	2월 25일, 이에야스는 아시카가 학교의 젠키츠에게 『정관정요貞觀政要』 간행을 명한다. 3월 16일, 네덜란드 배 리프데 호가 분고에 표류한다. 이에야스는 그 배의 영국인 윌리엄 아담스를 오사카 성으로 부른다. 이달, 무츠 아이즈의 우에스기 카게카츠가 이시다 미츠나리와 도모하여 무츠 아이즈 성 서남쪽에 성을 쌓는다. 에치고 카스가야마春日山의 호리 히데하루가 이 사실을 이에야스에게 보고한다. 이달, 우에스기 카게카츠의 노신 후지타 노부요시는

일본 연호	서력	주요 사건
케이쵸 慶長		카게카츠가 이시다 미츠나리와 접근하는 것을 반대하며, 나오에 카네츠구와 충돌하여 아이즈를 떠난다. 4월 1일, 이에야스는 이나 아키츠나를 무츠 아이즈로 보내, 우에스기 카게카츠의 잘못을 타이르고 신속히 쿄토로 올 것을 권한다. 6월 2일, 이에야스는 오사카 성에서 여러 장수를 모아 아이즈 정벌 군사 회의를 연다. 6월 16일, 이에야스는 병사를 이끌고 오사카 성을 출발하여 야마시로 후시미 성으로 들어간다. 6월 17일, 이에야스는 후시미 성의 수비를 토리이 모토타다, 마츠다이라 이에타다에게 명한다. 6월 18일, 이에야스는 오미 이시베에 머무른다. 미나쿠치의 나츠카 마사이에가 다음날 성안에서 대접하고 싶다는 뜻을 전한다. 이에야스는 한밤중에 급히 이시베를 출발한다. 7월 2일, 이에야스가 에도로 입성한다. 7월 11일, 오타니 요시츠구, 마시타 나가모리, 안코쿠지 에케이 등이 이시다 미츠나리와 오미 사와야마 성에서 회합하고, 아키 히로시마의 모리 테루모토를 총대장으로 영입하여 이에야스 토벌을 논의한다. 7월 12일, 마시타 나가모리는 사와야마 성의 회합을 이에야스에게 보고한다. 7월 13일, 킷카와 히로이에는, 안코쿠지 에케이가 획책한 이시다 미츠나리, 오타니 요시츠구 등과 우에스기 카게카츠의 협공에 의한 이에야스 공략에 반대하고, 모리 테루모토의 출진을 저지하기 위해 테루모토에게 간언한다. 7월 16일, 모리 테루모토는 이시다 미츠나리의 부름에

일본 연호	서력	주요 사건
케이쵸 慶長		응해 오사카에 도착한다.

같은 날, 이시다 미츠나리는 아이즈 정벌에 종군한 여러 다이묘의 처자를 오사카 성에서 인질로 잡으려 한다. 이날, 호소카와 타다오키의 부인 가라시아는 이를 거부하고 자살한다.

7월 17일, 모리 테루모토는 이에야스가 없는 틈을 타사노 츠나마사가 지키고 있는 오사카 성의 서쪽 성을 빼앗는다. 츠나마사는 이에야스의 측실을 야마시로 요도 성으로 옮기고 후시미 성으로 들어간다.

같은 날, 도요토미의 부교 나츠카 마사이에, 마시타 나가모리, 이시다 미츠나리 등이 이에야스의 비리 사항 13개조를 열거하며, 이에야스 토벌을 여러 다이묘에게 주장한다.

같은 날, 쿠로다 나가마사의 어머니와 카토 키요마사의 부인 등이 오사카에서 몰래 도망친다.

7월 19일, 이시다 미츠나리는 후시미 성을 내줄 것을 요구한다. 성을 지키는 토리이 모토타다는 이를 거부하고, 변고를 이에야스에게 보고한다. 후시미 성에 있는 키노시타 카츠토시가 모토타다와 결별하고 성을 탈출한다. 이날, 미츠나리 등 여러 장수들은 후시미 성 공격을 시작한다.

7월 21일, 이에야스는 에도를 출발하여 아이즈로 향한다.

7월 24일, 이에야스는 시모츠케 오야마로 출진한다. 다음날, 토리이 모토타다의 보고를 받고 여러 장수들을 소집하여 거취를 묻는다.

쿠로다 나가마사, 후쿠시마 마사노리 등이 이에야스에게 아군이 되겠다는 서약서를 제출한다.

일본 연호	서력	주요 사건
케이쵸 慶長		7월 29일, 이에야스는 야마토 야규 마을의 야규 무네요시에게 거병을 명한다. 무네요시의 아들 무네노리를 시모츠케 오야마에서 서쪽으로 진군시키라고 명한다. 8월 1일, 이시다 미츠나리 등의 서군은 야마시로 후시미 성을 공격한다. 토리이 모토타다, 마츠다이라 이에타다 등이 전사한다.

옮긴이 **이길진** 李吉鎭

1934년 황해도 출생. 1958년 서울대학교 사회학과를 졸업하였다.
일본 문학 작품 및 일본 문화에 관련된 많은 책들을 유려한 우리말로 옮겼다.
주요 역서로는 가와바타 야스나리의 『설국』, 이마이 마사아키의 『카이젠』,
오에 겐자부로의 『사육』, 기쿠치 히데유키의 『요마록』,
야마오카 소하치의 『오다 노부나가』, 『사카모토 료마』 등이 있다.

| 부록의 자료 제공 및 감수는 고려대학교 일어일문학과 최관 교수님께서 해주셨습니다.

도쿠가와 이에야스 제21권

1판 1쇄 발행 2001년 5월 25일
2판 2쇄 발행 2023년 5월 1일

지은이 야마오카 소하치
옮긴이 이길진
펴낸이 임양묵
펴낸곳 솔출판사

주소 서울시 마포구 와우산로29가길 80(서교동)
전화 02-332-1526
팩스 02-332-1529
이메일 solbook@solbook.co.kr
홈페이지 www.solbook.co.kr
출판 등록 1990년 9월 15일 제10-420호

한국어판 ⓒ 솔출판사, 2001
부록 ⓒ 솔출판사, 2001

이 책의 '부록'은 독자들이 일본의 전국시대를 폭넓게 조망할 수 있도록
전공 학자와 편집부가 참여, 오랜 시간과 많은 비용을 들여 작성한 것입니다.
저작권자인 솔출판사의 서면 동의 없이 무단 전재와 무단 복제를 금합니다.

ISBN   979-11-86634-46-2   04830
ISBN   979-11-86634-22-6   (세트)

• 잘못된 책은 구입한 곳에서 바꿔드립니다.
• 책값은 뒤표지에 표시되어 있습니다.

세키가하라 합전도 병풍 뒷부분